Alexandra Raife

Umwege zum Glück

Roman

Aus dem Englischen von
Ursula Walther

BASTEI LÜBBE TASCHENBUCH
Band 14691

1. Auflage: März 2002

Vollständige Taschenbuchausgabe

Bastei Lübbe Taschenbücher ist ein Imprint
der Verlagsgruppe Lübbe

Deutsche Erstveröffentlichung
Titel der englischen Originalausgabe: The Wedding Gift
© 2000 by Alexandra Raife
© für die deutschsprachige Ausgabe 2002 by
Verlagsgruppe Lübbe GmbH & Co. KG,
Bergisch Gladbach
Titelillustration: Nordfriesland Galerie, E. Heilmann
Einbandgestaltung: Tanja Diekmann
Satz: Heinrich Fanslau, EDV & Kommunikation, Düsseldorf
Druck und Verarbeitung: AIT, Trondheim, Norwegen
Printed in Norway
ISBN 3-404-14691-3

Sie finden uns im Internet unter
http://www.luebbe.de

Der Preis dieses Bandes versteht sich einschließlich
der gesetzlichen Mehrwertsteuer.

Teil eins

Kapitel eins

Die Flitterwochen waren vorbei. Als sie wieder in Richtung Süden fuhren, wusste Cass, die noch immer die schroffen Bergformationen und das grelle Licht auf den Seen des Westens vor sich sah und von der beeindruckenden, kargen Landschaft begeistert war, dass die Tage zu kurz, zu erfüllt und hektisch gewesen waren. Guys Verpflichtungen hatten den Urlaub verkürzt – sie schränkten immer ihre gemeinsame Zeit ein, und das würde auch so bleiben. Aber es war gut, dass sie es geschafft hatten, wenigstens für ein paar Tage wegzukommen – oder, korrigierte sie sich mit angestrengtem Humor, dass Guy angesichts ihrer prosaischen Gründe für die Heirat zugestimmt hatte, überhaupt Flitterwochen zu machen.

Dieser zarte Hinweis, den sie sich selbst gab, kam gerade rechtzeitig und vermittelte ihr die Erkenntnis, unwillkürlich in die Falle getappt zu sein und sich gewünscht zu haben, dass dieser Kurzurlaub etwas Besonderes sein sollte. Hatte sie doch jetzt, nach diesen drei Tagen, dasselbe Gefühl wie letzten Endes bei der Hochzeit – das Gefühl, der Anlass müsste etwas festlicher begangen werden, sodass er einem warm und leuchtend in Erinnerung blieb. Es hatte natürlich Spaß gemacht; Guys knisternde Energie und sein Talent, jeden Moment auszukosten, hatten dafür gesorgt. Vielleicht wäre Cass nach der langen Reise von London auch ganz gut ohne die kurvige, rasante Fahrt auf den vorösterlich leeren Straßen von Wester Ross zurechtgekommen, aber die großartige Landschaft hatte sie mehr als nur entschädigt.

Du bist einfach müde, sagte sie sich und streckte ihre langen Glieder auf dem Beifahrersitz des Aston Martin. Sie hatten Inverness hinter sich gelassen und fraßen die Meilen von Drummossie Muir. Cass hätte eine gemütlichere Route gewählt, möglicherweise einen Abstecher nach Strathglass gemacht und sich über den Great Glen von Westen Glen Maraich genähert, aber Guy hatte nur einen Blick auf die Karte geworfen und ihren Vorschlag mit einem entschlossenen »A9« beiseite gefegt. Sie befanden sich jetzt auf der Strecke, die rücksichtslos die Landschaft mit Flüssen, Schluchten und Felsen durchschnitt. Wie Guy selbst. Dieser Gedanke drängte sich Cass wie von selbst auf, und sie richtete sich auf – wieder spürte sie ihre Erschöpfung.

Sie schien sich seit Wochen wie eine Wahnsinnige abgehetzt zu haben, und gelegentlich hatte sie sich gefragt, ob darin nicht eine tiefere Bedeutung lag – nämlich die, dass sie in ihrem ausgefüllten Leben gar keine Zeit für Zusätzliches wie eine Hochzeit hatten.

Carra Castle, in dem sie die letzten Tage verbracht hatten, war ein erstklassiges Hotel und so herrlich am Loch Kishorn gelegen, dass sich selbst die verwöhnten Seelen beeindruckt zeigten, die wohlhabend genug waren, um die luxuriösen Zimmer, die erstaunlich raffinierte Küche, den Jacuzzi, die Sauna, den Pool und die Fitnessräume genießen zu können – alle diskret versteckt im »Verließ« des Schlosses. Cass nahm jedoch an, dass dort früher der Kochbereich gewesen war. Sie hatte sich allerdings gewünscht, wenigstens einmal die Squash-Hallen und Fitnessgeräte verlassen zu können, an denen Guy so gern seine überschüssige Energie abarbeitete, und stattdessen über die felsige Landzunge zu wandern, auf der das Schloss stand und so arrogant nach Westen blickte, oder die hellen, leeren Strände auszukundschaften, den frischen, kühlen Wind im Gesicht zu spüren und zuzusehen, wie sich die grünen Wellen bis zum Strand kräuselten.

Sie hatte ein bisschen kürzer treten, das Auto wegstellen wollen und nahm an, dass sie sich im Grunde nichts anderes gewünscht hatte als die Intimität von frisch Verheirateten, aber selbst an der entfernten Westküste und sogar um diese Jahreszeit hatte Guy den Kollegen eines Bekannten aufgetrieben, und sie waren unausweichlich zu Drinks eingeladen und gebeten worden, beim Abendessen am Tisch dieses Bekannten und seiner Frau Platz zu nehmen. Es waren interessante, gebildete und angenehme Leute, und Guy lief in einer solchen Gesellschaft zur Höchstform auf, aber sie hatten nie die Zeit allein, die Cass brauchte, um sich an den Schritt zu gewöhnen, den sie getan hatten.

Zu heiraten war eine praktische Entscheidung gewesen. Sie hatten fünf Jahre ein erfolgreiches, zufrieden stellendes gemeinsames Leben geführt, doch nach dem Umzug in die Wohnung in Denham Court hatte Guy des Öfteren davon gesprochen, wie sinnvoll es wäre, wenn sie ihre finanziellen Ressourcen zusammenwerfen würden. Wie immer war er erschöpfend ins Detail gegangen, und wie immer, wenn es um derlei Dinge ging, hatte Cass, selbst eine Geschäftsfrau, seinem Scharfsinn und Weitblick vertraut. Sie hatte seine Ratschläge bei Investitionen befolgt und in den letzten Jahren Erstaunliches mit ihrem Kapital vollbracht, deshalb wusste sie, dass er vernünftige Gründe für diese Entscheidung hatte.

Zum Glück müssen wir heute nicht die ganze Nacht durchfahren, dachte sie erleichtert, als sie über das trostlose Drumochter rasten. Noch stand ihnen ein Genuss bevor, und diese Aussicht erfüllte sie seit drei Tagen mit Vorfreude. Es war, als winkte ihr etwas verführerisch zu, was sie nicht benennen konnte und was sich stets gerade außerhalb ihrer Reichweite befand.

Was, um alles in der Welt, erwartest du?, fragte sie sich und machte dabei unbewusst eine ungeduldige Bewegung. Cass warf einen Blick auf Guy, um zu sehen, ob er etwas bemerkt hatte. Sie lächelte. Wenn Guy fuhr, dann konzentrierte er sich aufs Fahren. Er liebte sein Auto – jedes Auto, das er sich zulegte – mit unvergleichlicher Leidenschaft, und in dem Moment, in dem er sich hinters Steuer setzte, wurden die Straße und andere Fahrzeuge zu Herausforderungen, die ihn ganz in Anspruch nahmen. Wie attraktiv er ist, ging es ihr durch den Kopf. Sein gutes Aussehen konnte beunruhigenderweise nach wie vor ihren Blick fesseln. Markant – diese Beschreibung fiel ihr immer ein. Schmaler Kopf mit glattem, dunklem Haar, gerade Nase und Stirn, breite Schultern – alles war gut definiert. Sie betrachtete die Einbuchtung unter seinem hohen

Wangenknochen und seinen Mund, als der Aston Martin wie eine geisterhafte Erscheinung auf einen schmutzigen, voll beladenen Kombi aufschloss und ihn dann verächtlich hinter sich ließ.

Hinter dem Hundegitter saßen Kinder, bemerkte Cass mit einer flüchtigen Belustigung, die sie nicht mit Guy zu teilen versuchte. Plötzlich empfand sie den absurden Wunsch, diesen Kindern zuzulächeln, Kontakt zu dieser unbekannten Familie zu knüpfen und nicht unaufhörlich an allem und jedem vorbeizuflitzen.

»Wir müssen bald nach rechts abbiegen«, sagte Guy, als sie den Glen Garry hinunterfuhren. »Kannst du ein bisschen aufpassen?«

»Es sind noch ungefähr fünf Meilen.« Es gab kaum etwas, woran sie erkennen konnte, wo genau sie sich befanden. Mit dem aufgeschlagenen Reiseatlas auf dem Schoß spähte Cass an Guy vorbei zu den Bergen im Süden. Irgendwo da drüben zwischen Hügeln und unter den noch immer mit Schnee bedeckten Gipfeln wartete – wenn es ihnen gefiel und sie sich einig waren – das Hochzeitsgeschenk, das sie sich gegenseitig machen wollten. Das Highlight ihrer Reise – ihrer Flitterwochen, korrigierte sich Cass hastig, aber dann staunte sie selbst über die Wortwahl »Highlight«. Sei vernünftig, mahnte sie sich. Konnte ein reifes Paar – sie war in den Dreißigern, Guy wurde bald vierzig – nach fünf gemeinsamen Jahren noch prickelnde Gefühle und große Überraschungen erwarten? Das Flitterwochen-Etikett war das Problem – es war untrennbar mit bestimmten Vorstellungen und Erwartungen verbunden. Sie hätten das Unternehmen »Frühjahrsurlaub« nennen sollen, so, wie es in der Reisebroschüre stand. Eine weniger anspruchsvolle Bezeichnung. Sie hatten ja schließlich auch darauf bestanden, dass die Hochzeit eine Party war, nichts weiter.

Obwohl das einigermaßen funktioniert hatte, musste Cass wieder daran denken. Im Standesamt war niemand gewesen außer ihrer Schwester und deren Freund, der sich, Roeys distanziertem Benehmen nach zu urteilen, glücklich schätzen konnte, wenn die Beziehung die Zeremonie überdauerte. Dann die Zusammenkunft in ihrer Wohnung, die Cass' Ansicht nach die entspannteste Form einer Feier sein würde, die man sich vorstellen konnte, aber sie hatte nicht bedacht, dass sie dabei so grundverschiedene Menschen wie ihre geschiedenen Eltern, ihren viel älteren Bruder und seine Frau, Guys Stiefmutter und je ein, zwei Freunde von beiden Seiten unter einen Hut bringen musste – das hatte niemals ein normales, fröhliches, rauschendes Fest mit Menschen werden können, die ihr Alltagsleben mitbestimmten. Alle hatten sich Mühe gegeben, sich möglichst zurückhaltend zu verhalten, weil sie angenommen hatten, genau das sei erwünscht, und das Fest hatte unausweichlich in Unbehagen geendet.

Sie bogen mit beträchtlicher Geschwindigkeit von der zweispurigen Autobahn auf eine schmale Straße ab, die sie in die Berge führen würde, und mussten sich erst an die Enge gewöhnen. Cass' Stimmung hellte sich auf, weil sie sich auf das freute, was vor ihr lag. Sie folgten der Straße, die aus dem bewaldeten Flusstal über Muirend bergan stieg, und Guy maulte über das Licht, das ihn blendete, aber Cass liebte das abendliche Strahlen, das rot durch das feine Geflecht der frisch knospenden Birkenzweige leuchtete und die steilen, mit Steinmauern begrenzten und frisch gepflügten Terrassenfelder mit einem glühenden Schimmer überzog. Die niedrigeren Gefilde von Glen Maraich erschienen nach den Weiten des Westens beengt und bedrückend, doch sobald sie das kleine Dorf Kirkton hinter sich gelassen hatten, genoss Cass einen großzügigeren Ausblick auf den vereisten Grund des Glens, der von mit Felsen, dürrem Farn und Heidekraut vom letzten Jahr durchsetzten Hängen beherrscht wurde, und auf die Schluchten und kahlen Vorsprünge. Bridge of Riach, von wo aus die Straße zu dem Pass führte, über den Cass lieber gekommen wäre, war weniger als drei Meilen entfernt und vor dem spektakulären Hintergrund der zerklüfteten, schneebedeckten Berge zu sehen.

»O Guy, sieh nur! Da oben! Könnte es das sein?«

Am Abhang zu ihrer Rechten überblickte ein weißes, noch von der Sonne beschienenes Cottage den Glen.

»Himmel, ich hoffe nicht. Da führt kein Fahrweg hin, so viel ich sehen kann.«

»Aber da muss einer sein. Etwas weiter oben ist ein größeres Haus mit Farmgebäuden, unterhalb dieser Schonung.«

»Wo ist die Beschreibung des Hauses? Sieh noch mal nach, welchen Weg wir nehmen müssen.«

»Weißt du, ich glaube wirklich, es ist das weiße«, meinte Cass, nachdem sie eilends die Details über das Projekt überflogen hatte. Mit einem Mal erfasste sie eine lächerliche, atemlose Erregung.

»Morgen sehen wir uns noch andere an, vergiss das nicht«, rief ihr Guy ins Gedächtnis und betrachtete die schroffe Umgebung ohne große Begeisterung.

Cass sah von dem Schnellhefter in ihrer Hand auf und konnte kaum fassen, was sich ihren Blicken darbot. Auf dem Foto hätte Corrie Cottage direkt am Weg oder an einer größeren Autostraße stehen können, denn von der herrlichen Gegend war kaum etwas zu erkennen. Hinter dem Gebäude stürzte ein Bach in einer Kaskade über den mit Gras bewachsenen Abhang und verschwand zwischen den schützenden Bäumen auf der Ostseite. Das schlichte, blütenweiße zweistöckige Haus mit der Veranda in der Mitte und den zwei Dachfenstern thronte friedlich und gelassen im Abendlicht – Cass verliebte sich auf den ersten Blick in dieses Haus und wollte es unbedingt haben.

Allerdings war sie klug genug, das nicht laut auszusprechen. An einer breiten Brücke, die den Fluss überspannte und auf einen neuen Straßenabschnitt mündete, fuhren sie auf dem alten Weg weiter und suchten nach der Zufahrt zum Cottage. Für einen Moment fürchtete Cass, Guy würde sich weigern, den Aston Martin das steile Stück hinaufzujagen, aber er bemerkte lediglich: »Ich kann nicht behaupten, dass das viel versprechend aussieht.« Dabei holperte er über Schlaglöcher im Schotterweg.

»Zugang von der öffentlichen Straße über eine kurze Privatstraße...«, las Cass vor.

»*Straße?*«

»... die von den Arbeitern auf dem Riach-Anwesen und den Bewohnern des angrenzenden Wohnhauses benutzt wird. Das Nutzungsrecht bedingt die Verpflichtung, einen Beitrag zur Instandhaltung zu leisten.«

»Ich frage mich, wie sie das handhaben.«

Cass hörte an seinem Tonfall, dass er große Lust hatte, deswegen einen Streit vom Zaun zu brechen.

Der Weg beschrieb hinter einem bemoosten Felsen eine Kurve und stieg steil bis zu einem grünen Wall an, auf dem schon die Blätter von Osterglocken sprossen. Guy warf einen Blick auf die losen Steine und die Wasserrinnen am Eingang, die schräg von der einen Seite zur anderen führten.

Als Cass ausstieg und die Luft auf ihren Wangen fühlte, die um einiges frischer war als die im milden Westen, erkannte sie, warum der Fotograf nur eine Nahaufnahme von der Vorderseite gemacht hatte. Der klare, reine Schrei eines Kiebitz, der irgendwo auf dem Hügel hinter dem Haus saß, erfüllte sie mit einer überwältigenden Wehmut, und wieder verspürte sie jene atemberaubende Erregung – eine Empfindung, die sie Guy nie hätte begreiflich machen können. Dies hätte die Freude, der Genuss sein können, den sie sich gegenseitig bereiten wollten, aber für Guy war das Auswählen und der Kauf eines Wochenend-Cottages eine ernste Angelegenheit.

Sie gingen die steile Böschung hinauf, die von dunklen Weißdornbüschen gesäumt war und kamen auf einen mit Gras bewachsenen Platz. Ein verwitterter Gartensessel stand in einem Winkel der Veranda. Von dieser Stelle aus hatte man einen wunderschönen Blick auf den Glen. Hier an einem sonnigen Morgen zu sitzen, dachte Cass mit ungeheuerlicher Sehnsucht, und diese meilenweite unverdorbene Schönheit zu betrachten... Sie fühlte Frieden und Glück in sich. Die kleinen Bäume, die rechts neben dem Rasen wuchsen – Erlen und Haselnussbäume, vielleicht Eberesche, überlegte Cass –, hatten noch kahle Äste. Cass schloss die Augen und lauschte dem Plätschern des kleinen Wasserfalls.

Es wäre ihr fast lieber gewesen, nicht ins Haus zu gehen.

Am liebsten hätte sie diese Höhe und Weite, die doch eine solche Abgeschiedenheit möglich machte, in sich aufgesaugt. Der Weg verlief hinter dem Cottage, und das Farmhaus konnte man von hier aus nicht sehen. Sie wollte das Haus kaufen, ohne es sich von innen anzusehen. Cass hatte keine Lust, sich über feuchte Wände, Holzwurmbefall, dubiose elektrische Leitungen oder die »Verschönerungen«, die andere Leute vorgenommen hatten, Gedanken zu machen. *Geschmackvoll modernisiert*, stand auf dem Zettel. Das hätte fast gereicht, um das Corrie Cottage von der Liste zu streichen, aber überraschenderweise hatte Guy darauf bestanden, es sich wenigstens anzuschauen. Empfanden alle Menschen diesen Nervenkitzel, wenn sie zum ersten Mal den Schlüssel in einem Türschloss umdrehten? Noch immer wagte es Cass nicht, ihre Gedanken laut auszusprechen, weil sie den Zauber des Augenblicks nicht zerstören wollte.

Die innere Tür der Veranda führte in einen großen Raum, von dem aus sich eine rohe Holztreppe in den ersten Stock wand. Der Kamin zur Linken war mit verschiedenfarbigen Steinen verblendet, der zur Rechten war roh gemauert.

»Ein Opfer willkürlicher Mauerdurchbrüche«, bemerkte Guy im Ton zurückhaltender Kritik. »Ich hoffe, sie haben sich vergewissert, dass die Wand keine tragende war, bevor sie sie eingerissen haben.« Er ließ seinen Blick abschätzend durch den Raum schweifen. »Das könnte reichen.«

Reichen – wofür? Cass erkannte, dass sie selbst nicht überzeugt war, genauso wenig wie sie sicher war, warum er sich für diesen speziellen Teil von Schottland entschieden hatte. Wie bei der Hochzeit, den Flitterwochen und so vielem anderen hatte es keine Gelegenheit gegeben, ausführlich darüber zu diskutieren. Während ihres Zusammenlebens war von Zeit zu Zeit der Gedanke aufgekommen, ein Ferien-Cottage zu kaufen, aber Guy hatte immer gesagt, dass Schottland nicht infrage käme. Cass hatte gehorsam andere Orte in Erwägung gezogen, war aber jedes Mal zu dem Schluss gekommen, dass sie nirgendwo anders etwas kaufen wollte. Sie hatte das Gefühl, dass sie in Schottland Wurzeln schlagen müsste;

nichts konnte daran etwas ändern. So war es kaum erstaunlich, dass dieses Thema erst einmal zurückgestellt worden war.

Und jetzt, an diesem Abend im Vorfrühling, an dem die Wärme das Tages rasch wich, waren sie hier. Weil sie jetzt verheiratet waren? Weil sie neue gegenseitige Verpflichtungen eingegangen waren? Cass verdrängte diese Fragen. Es war geschehen; sie standen hier, und das musste für den Augenblick genügen.

Eine Tür führte von dem großen Raum zu einem Anbau und einer geräumigen Küche, dort gab es eine Hintertür zu einem »Patio«, dessen hässliches, von methodischer Hand verlegtes Mosaikpflaster durch die letzten Strahlen der untergehenden Sonne erträglich wurde. Drinks hier draußen, gemütliche Abendessen, behagliche Plaudereien...

»Hast du jemals so etwas Scheußliches gesehen?«, wollte Guy wissen. »Mit Naturstein auf allen Seiten.«

»Aber der kleine Innenhof ist an einem Tag wie diesem wunderbar geschützt.« Träumerisch und zufrieden registrierte Cass die beeindruckende Aussicht.

»Er birgt ganz bestimmt einige Möglichkeiten. Sehen wir uns die oberen Räume an.«

Dort hatte man wenig verändert, nur über der Küche befand sich nun ein zusätzliches Schlafzimmer neben einem winzigen Bad. Die beiden größeren Zimmer mit den schrägen Wänden und den Fenstern mit breiten Simsen hatten ihren ursprünglichen Charakter behalten.

»Wir müssen noch eine Dusche einbauen«, erklärte Guy. »Und diese grässlichen Nachtspeicheröfen rauswerfen. Das ist das Erste, was gemacht werden muss.«

»Also denkst du, es könnte etwas sein?«, fragte Cass vorsichtig, als sie die blanke Treppe hinunterpolterten und ihre Köpfe dabei einzogen, um nicht an der Decke anzustoßen. Nichts hatte die spontane Anziehungskraft beeinträchtigt, die das Haus auf sie ausgeübt hatte, und die zauberhafte Lage versetzte sie in eine derartige Hochstimmung, dass sie Mühe hatte, gelassen zu erscheinen. Guy hingegen war kein Mensch, der derartige Entscheidungen aus kindlicher Begeisterung heraus fällte. Bei ihm musste alles seinen Nutzen haben. Deshalb wunderte sich Cass über seinen plötzlichen Entschluss, gerade in dieser Gegend etwas zu kaufen.

»Was hat dich dazu veranlasst, dich ausgerechnet hier umzusehen?«, fragte sie und drehte sich am Fuß der Treppe zu ihm um. »Du hast nie ein Wort darüber verloren.«

Guy gab keine Antwort und inspizierte stattdessen eine Lücke in der Fußleiste in einer Ecke – der Boden schien dort etwas schräg zu sein. »Höllische Straße hier herauf. Keine Garage. Das dritte Schlafzimmer ist kaum größer als eine Abstellkammer. Aber dieser Raum hat eine gute Größe, die Küche ist besser, als ich erwartet hätte, und obwohl der Winter gerade erst zu Ende ist, scheint es keine ernsthaften Probleme mit der Feuchtigkeit zu geben. Ich würde sagen, es lohnt sich, genauere Erkundigungen einzuziehen. Was meinst du?«

Cass wartete eine Sekunde ab, ob er sich ihr zuwenden, zu ihr kommen und ihr ins Gesicht sehen würde, um herauszufinden, wie sie darüber dachte. Aber er begutachtete die rohe Mauer des zweiten Kamins. »Ich frage mich, ob der Kamin auch abgedichtet wurde.«

Cass zögerte noch einen Moment, dann ging sie zur Verandatür, die sie offen gelassen hatten. Unterhalb der gezackten Rasenfläche weideten Kühe in der kühlen Abenddämmerung auf der Böschung, und der glitzernde Fluss durchzog den bereits finsteren Glen.

Ich will es, sagte sie im Stillen. Mein Geschenk an dich, dein Geschenk an mich – damit besiegeln wir unsere Ehe, da die Hochzeit und die Flitterwochen dies nicht vermochten.

Sie drehte sich um – das Zimmer erschien ihr jetzt dunkler, nachdem sie ins Licht gesehen hatte. »Oh, ich denke, das Haus wäre es wert, einen Schätzer zu beauftragen«, stimmte sie ihrem Mann in geschäftsmäßigem Ton zu.

Kapitel zwei

Es regnete in Strömen, heftige Windböen peitschten die Tropfen hin und wieder gegen das Fenster, an dem Cass stand. Ihre Ruhelosigkeit und Frustration nahmen mit jeder Minute zu. Der Lieferwagen, mit dem die Möbel kommen sollten, hatte bereits vier Stunden Verspätung, und während der ganzen Zeit hatte sie hier in dem frisch geputzten, kahlen Cottage herumgelungert und verspürte eine ungewohnte Hilflosigkeit, weil sie mit ihrem Handy in den Bergen keine Funkverbindung bekam.

Das Telefon im Haus war noch nicht angeschlossen, dafür war der Klempner, den sie im Branchenbuch gefunden hatte, wie vereinbart am Morgen gekommen, um das Wasser anzustellen. Er betätigte die Klospülung und verkündete unheilvoll: »Das ist nicht gerade toll«, dann entfernte er den Schmutz aus irgendeinem Filter, kontrollierte die Wasserhähne und erneuerte die Dichtung in der Küche, weil ihm etwas an der Mischbatterie nicht so recht gefallen hatte.

»Läuft das Wasser immer so langsam?«, erkundigte sich Cass.

Er warf ihr einen Blick aus den Augenwinkeln zu. »Sie können nichts Besseres als das verlangen«, antwortete er und fügte rätselhaft hinzu: »Es gibt hier oben nicht viele Leute, die ein Bad im ersten Stock haben.«

Er stellte ihr nur eine einzige Frage: »Sie sind wahrscheinlich nur an den Wochenenden hier, oder?«

Als Cass das bejahte, nickte er und schwieg. Er sammelte sein Werkzeug ein und ratterte mit seinem tief liegenden, schmutzigen kleinen Lieferwagen nach einigen Fehlzündungen den Weg hinunter.

»Hm«, stöhnte Cass laut, als sie wieder ins Haus kam. Ihre erste Begegnung mit einem Menschen aus dieser Gegend war nicht gerade viel versprechend verlaufen. Wenigstens hatte sie jetzt Wasser, der Stromzähler war abgelesen, es gab Elektrizität im Haus – und sie hatte ihren Wasserkessel mitgebracht. Die Arbeit konnte beginnen; was noch wichtiger war, sie konnte zur Toilette gehen und Kaffee kochen – das war das Allerwichtigste.

Der Regen setzte ein, als sie den ersten Schluck trank, und entwickelte sich zu einem regelrechten Guss. Cass dachte verzweifelt an die Möbel, die bestimmt nass werden würden, aber dann gewann ihre Vernunft die Oberhand. Falls die Möbel jemals geliefert wurden, musste sie es darauf ankommen lassen. Die meisten waren ohnehin in Plastik verpackt. Wie es nicht anders zu erwarten war in der hektischen Zeit, in der sie den neuen Zweig der Agentur aufgebaut hatte, war ihr nichts anderes übrig geblieben, als alles, was sie fürs Corrie Cottage brauchten, mehr oder weniger in Windeseile zu kaufen. In der Londoner Wohnung konnten sie nichts entbehren. Sie war um so vieles größer als ihre frühere in der Portobello Road. (Der Gedanke an das ehemalige Apartment, das ihr so gut und Guy offensichtlich gar nicht gefallen hatte, weckte noch immer Wehmut in ihr.) Cass hätte gern die Zeit gehabt, sich nach und nach und mit viel Liebe die passenden Möbelstücke für das Cottage auszusuchen. Doch da sie ihre Neuanschaffung noch in diesem Sommer genießen wollten, war es unmöglich gewesen, Guy in den Möbelkauf mit einzubeziehen und mit ihm in den Antiquitätengeschäften und Einrichtungshäusern zu stöbern. Stattdessen war sie in einer knapp bemessenen Mittagspause ins John Lewis gestürmt und hatte alles Nötige bestellt. Der Einfachheit halber hatte sie sich für langweilige Fichtenholzmöbel, fertige Vorhänge und Teppiche entschieden, die zu allem passten.

Und Guy war wieder einmal nicht da. Bei diesem heftigen Juni-Regen würde der Einzug eine ziemliche Plage werden. Cass spürte, was selten vorkam, Ärger in sich aufsteigen, aber sie nahm sich zusammen. Hatte dieser neue Unmut darüber, dass Guy ihr kein bisschen zur Hand ging, etwas damit zu tun, dass er jetzt ihr Ehemann war? Stand er nun automatisch in der Schusslinie, weil er diese Rolle eingenommen hatte? Weil sie von Rechts wegen erwarten konnte, dass er ihr zur Seite stand?

Diese Überlegungen gefielen ihr nicht besonders gut. Sie hatte immer akzeptiert, dass Guy sehr von seinem Job in Anspruch genommen wurde, dass die Arbeit Vorrang vor allem anderen hatte und dass es jederzeit passieren konnte, dass er kurzfristig die Koffer packen und verreisen musste. Als politischer Krisenberater, der auch Firmen, die im Ausland investieren wollten, Empfehlungen gab, reiste er viel in der Weltgeschichte herum – allerdings hatte Cass die Beobachtung gemacht, dass andere, die in dasselbe komplizierte Spiel verwickelt waren, weniger unterwegs waren. Guy verdiente eine Menge Geld und besserte sein Einkommen mit vielen geschickten Anlagen und Beteiligungen noch auf. Er konnte dem Rausch des Geschäftemachens und der Spekulationen nie widerstehen, war ein Energiebündel und ein unverbesserlicher Workaholic. Zudem war er nicht in der Lage, über seine Unternehmungen zu sprechen, zum Teil, weil er Diskretion bei seiner politischen Tätigkeit wahren musste, aber auch weil es seinem Charakter entsprach, wichtige Dinge möglichst für sich zu behalten. Cass respektierte das alles, genau wie er respektiert hatte, dass sie ihren gut bezahlten Angestelltenjob aufgegeben hatte, um ihr eigenes Unternehmen aufzubauen.

Sie half Aupairmädchen, Stellungen zu finden, und machte mit ihrer Agentur »Quickwork« den großen Firmen, die nach wie vor auf professionell geschultes Personal spezialisiert waren, Konkurrenz, indem sie die erstaunlich große Anzahl der gut situierten Familien bediente, in denen es mindestens genauso wichtig war, ein Pony zu satteln wie darauf zu achten, dass das Baby in der Badewanne nicht ertrinkt. Allerdings hatte Cass nach leidvollen Erfahrungen erkannt, dass man sich bei Einstellungsgesprächen häufig nicht die nötige Klarheit verschaffen konnte und deshalb eine weitere Betreuung der Mädchen vonnöten war. Außerdem hatte sie einen neuen »Markt« aufgetan. Sie sorgte jetzt dafür, dass Landhotels auf kurzfristige Anfragen Aushilfen bekamen. Cass vermittelte hauptsächlich junge Leute aus Australien und Neuseeland, da deren Reisegewohnheiten bestens mit zeitlich begrenzten Anstellungen zu vereinbaren waren. Cass und ihre Mitarbeiter, allen voran Diane, ihre rechte Hand im Büro, hatten mit dieser Idee mehr Erfolg, als Cass je zu hoffen gewagt hatte.

Die Geschäfte liefen sehr gut. Ich hätte in diesem Jahr gut und gern auf den Kauf des Cottages verzichten können, dachte sie und sah auf ihre Uhr. Sie wandte sich vom Fenster ab, drehte sich jedoch sofort wieder um, weil es ohnehin nichts für sie zu tun gab.

Und wäre ich auch besser dran, wenn ich in diesem Jahr nicht geheiratet hätte?, ging es ihr unwillkürlich durch den Kopf. Sie runzelte die Stirn. Wieso fiel ihr das ausgerechnet hier ein? Vermutlich weil sie in London so sehr in ihre befriedigende Arbeit und die noch befriedigenderen, aber kurzen Stunden mit Guy eingebunden war. Der Freundeskreis, die Anforderungen des Haushalts, in dem Cass nur das Notwendige selbst erledigte, um sich ein bequemes und angenehmes Leben zu ermöglichen, das alles war so geblieben wie immer.

Hier drängten sich andere Fragen auf. Warum hatte sich Guy plötzlich entschieden, ein Feriendomizil so weit weg von London zu erstehen, ausgerechnet in Schottland, das er eigentlich gar nicht mochte, und dann noch in diesem kaum besiedelten Glen?

»Ich weiß doch, dass du diese absurde Sehnsucht nach dem Land deiner Väter hast«, hatte er leichthin erklärt, als sie versucht hatte, ihm eine Begründung zu entlocken.

»Dann müssten wir oben am Pentland Firth sein und nach einem Stück Land am Stroma suchen oder irgendwo in den Rhinns of Kells«, hatte sie sich über ihn lustig gemacht. Ihr Großvater war einer der letzten Männer gewesen, die am Stroma gearbeitet hatten, einer der etwa hundert letzten Bewohner, die die Gegend in den Dreißigern, ein Jahr vor der Geburt von Cass' Vater, verlassen hatte. Sie selbst war in einem anderen Teil Schottlands zur Welt gekommen, in Dalry in der Nähe der Galloway Hills. St. John's Town of Dalry.

Lange nach dem tränenreichen, verzweifelten Wegzug, als sie acht Jahre alt gewesen war, kam ihr noch liebevoll der Name über die Zunge, auch der von Clatterinshaws Loch, Cairnsmore of Carsphairn, High Moor of Killiemore, Stewartry ... Aber all ihre Beschwörungen hatten sie nicht dorthin zurückgebracht. Es hatte sie nach London verschlagen, wo sie seither geblieben war.

Jetzt wäre es ihr nur natürlich erschienen, dort nach einem Cottage zu suchen – leicht über die A74 zu erreichen, und die Fahrt wäre gute drei Stunden kürzer gewesen als die hierher.

»Geh niemals zurück«, hatte Guy sie in dem halb ernsten Ton ermahnt, den er immer anschlug, wenn er Fragen abwehrte, für die er keine Zeit hatte oder die er nicht beantworten wollte. »Wenn es schon Schottland wird, dann bitte in den Highlands. Alles oder nichts.«

»Aber wieso willst du plötzlich überhaupt ein Ferien-Cottage haben? Was hat dich zu diesem Entschluss gebracht?« Und sollte ein solcher Entschluss nicht gemeinsam gefällt werden?

»Vielleicht ist es Zeit für ein wenig Entspannung. Wir standen beide ziemlich unter Druck, und solange wir hier in London sind, fällt es uns schwer, ein bisschen kürzer zu treten. Mehr Ruhe und ein Tapetenwechsel tun uns beiden gut. Ich bin ganz schön erschöpft und ausgebrannt, und das ist auf Dauer kontraproduktiv. Und du denkst schon lange darüber nach, in Schottland Fuß zu fassen. Das ist deine Chance.«

Damals hatte sie über den Schlusssatz seiner kleinen verheißungsvollen Ansprache gelacht, aber jetzt, in diesem kalten, nicht unbedingt einladenden Raum (ich muss irgendwo Holzscheite auftreiben, dachte sie), in diesem leeren Cottage auf einer verregneten Anhöhe über einem nebligen Glen, konnte sich Cass kaum vorstellen, was Guy an einem solchen Ort reizte. Und wie immer, wenn er das Gefühl hatte, dass man zu sehr in ihn drang, hatte sich eine an Gerissenheit grenzende Vorsicht in seine Antworten geschlichen. Er hasste es, wenn man ihn bat, seine Empfindungen in Worte zu fassen, worum auch immer es ging. Cass liebte Guy und ihr aufeinander abgestimmtes Zusammenleben, die feine Balance zwischen Unabhängigkeit und gegenseitigen Ansprüchen. Mit niemandem sonst hatte sie annähernd eine solche Übereinstimmung erreicht, und während ihrer gemeinsamen Jahre hatte sie Verständnis für seine tief sitzende Zurückhaltung entwickelt, die aber dennoch einen Hauch von Kälte, einen Schauder der Einsamkeit hinterlassen konnte, doch darüber wollte sie jetzt nicht nachdenken.

Sie konnte nicht länger warten; sie musste herausfinden, was aus diesem verdammten Möbelwagen geworden war. Hatte der Regen nachgelassen? Cass redete es sich ein. Ihr Mantel lag mit einem Arm voll anderer Kleider, die sie hier lassen wollte, über dem Gepäck auf dem Rücksitz ihres Volvo. Es hatte gar keinen Sinn, die Sachen hereinzuschleppen, weil sie sie nirgendwo ablegen oder einräumen konnte. Sie würde hinunter nach Bridge of Riach gehen und sehen, welche Möglichkeiten sich ihr dort boten. Cass wusste, dass es keine Geschäfte gab. In der Beschreibung der Immobilie stand, dass sich der nächstgelegene Laden in Kirkton befand. Aber vielleicht fand sie eine Telefonzelle, und wenn nicht, ließ sie vielleicht jemand ein Privattelefon benutzen. Es war richtig unheimlich, so abgeschnitten zu sein und das eigene Handy nicht benutzen zu können, so unheimlich, dass sie es in ihre Tasche steckte, falls sie doch irgendein Fleckchen finden sollte, an dem die Funkverbindung zu Stande kam.

Der Regen hatte kein bisschen nachgelassen. Cass flitzte über die durchweichte Rasenfläche und ließ sich in den Wagen fallen. Sie streckte die Hand aus, um den Zündschlüssel umzudrehen. In einem schwierigen Manöver hatte sie den großen Volvo auf dem steilen Stück ganz am Rand der scharfen Kurve neben dem Haus abgestellt, um dem Lieferwagen Platz zu lassen, und merkte erst jetzt, in welchem Zustand die so genannte Zufahrt war. Sie öffnete die Tür einen kleinen Spalt und beobachtete das schlammig braune Wasser, das in dutzenden von kleinen, strömenden Bächen den Weg hinunterfloss. Erde, Kies und relativ große Steine wurden weggeschwemmt. Es war schon fraglich, ob sie überhaupt ins Dorf kam – doch würde es ihr danach gelingen, diesen Weg wieder hinaufzufahren? Wenn sie auf halber Strecke stecken blieb, blockierte sie den Weg für den Lieferwagen. Das war zu riskant.

»Eine heikle Situation«, bemerkte sie vergnügt. Allmählich gewann sie ihre Unerschütterlichkeit zurück, mit der sie normalerweise die Probleme anging. »Bevor der Tag zu Ende geht, werde ich wohl sehr, sehr nass sein.«

Sie fischte nach ihren Stiefeln und mit gehörigen Verrenkungen gelang es ihr, sie anzuziehen, dann nahm sie ihren großen braunen Mantel vom Rücksitz, stieg aus, zog ihn im strömenden Regen über und holte ihren Schlapphut aus der Tasche. Nach kurzem Zögern setzte ihr gesunder Menschenverstand ein, und sie nahm ihre Geldbörse aus der Handtasche, die sie mitsamt dem Handy und allem anderen im Wagen verstaute. Während sie mit großen Schritten den glitschigen Abhang hinunterstieg, knöpfte sie sich den Mantel zu. Cass schritt zur Tat.

Es war einfacher, im Gras zu gehen als auf dem überschwemmten Weg, obwohl sie bei jedem Schritt tief im Wasser versank und sie den Stellen, an denen sich Bäche gebildet hatten, ausweichen musste. Mit einem Mal fühlte sich Cass regelrecht beschwingt – vielleicht weil sie das frustrierende Warten aufgegeben hatte, vielleicht weil dies etwas anderes, Neuartiges war, das dennoch an sehr frühe Erfahrungen erinnerte.

»Atavismus – kollektives Bewusstsein eines Volkes? Ist das dein Ernst?« Sie hatte Guys spöttische Stimme im Ohr. Ja, wahrscheinlich wollte sie glauben, dass sie eine Affinität zu dieser Landschaft hatte. Das ist nichts Schlimmes, fand sie. Aber wie wäre Guy mit den Problemen des heutigen Tages zurechtgekommen? Er wäre längst ins Auto gestiegen und hätte entweder einen Platz gefunden, an dem das Handy funktionierte oder wäre nach Kirkton, wenn nötig auch nach Muirend oder Perth gefahren, um die Dinge wie geplant ins Rollen zu bringen. Er verabscheute Verspätungen und Pannen, vor allem aber ohne Kommunikationsmöglichkeit zu sein. Wieder quälte sie der Gedanke daran, dass Guy eigentlich hier bei ihr sein sollte, und wieder verdrängte sie ihn.

Als sie auf die Straße kam, zischten zwei Autos mit einer Gleichgültigkeit, die Cass gut nachempfinden konnte, an ihr vorbei und über die neue Brücke, dann verschwanden sie im Regenschleier. Sie schwenkte auf der alten Straße nach rechts und sah, dass in der Enklave zwischen der neuen Zufahrt zur Brücke und der alten Straße ein noch unfertiges Haus gebaut worden war. Auf einer großen, mit Maschendrahtzaun und akkurat beschnittener Hecke eingegrenzten Rasenfläche stand ein kunstvoll gestalteter Bungalow mit Klinkermauern und Doppelgarage. Eine Tür, die antik wirken sollte, mit Kutscherlampen rechts und links und Jalousien an jedem Fenster, die ziemlich abweisend aussahen. Trotz des Regens entschied Cass, sich lieber weiter umzusehen. In einem Winkel, den Straße und Fluss bildeten, befand sich ein zweites, weit weniger aufwändiges Haus; der Garten war im gleichen Maße überwuchert wie der der Nachbarn kahl, eine umgedrehte Mülltonne auf dem mit Unkraut übersäten Kiesweg wies darauf hin, dass hier niemand wohnte. Dahinter standen neben dem Bogen der alten Brücke etliche Picknicktische, und der Regen prasselte auf die überquellenden Abfalleimer. Gegenüber bewachte ein Pförtnerhäuschen eine Einfahrt, die, wie Cass in der Karte gesehen hatte, zu dem großen Haus von Riach führte – es gehörte der Familie Mackenzie, mit der es Verhandlungen wegen der Zufahrts- und Wasserrechte gegeben hatte.

Auf der anderen Seite der Brücke, wo der Wind heftiger wehte und an Cass' Mantel zerrte, drängten sich eine Hand voll Cottages zusammen. Am Flussufer entdeckte sie zwei verfallene Häuschen ohne Dächer; Weideröschen und Brennnesseln wuchsen an den eingestürzten Mauern. Die schmale Straße, die an der Mündung des Glen endete, wurde vom Dunst des Regens eingehüllt.

Das war Bridge of Riach. Keine Telefonzelle, kein Pub, keine Werkstatt, kein Geschäft und kein wie auch immer gearteter Treffpunkt. Nun gut, fang mit den Cottages an, sagte sich Cass und wandte sich einem Garten zu, der selbst unter diesen Umständen gepflegt aussah. Sie ging über einen Kiesweg zu der grünen Haustür und klopfte. Keine Reaktion. Das Tor eines Schuppens, der offensichtlich als Garage genutzt wurde, stand offen.

Im benachbarten Cottage begrüßte sie eine Frau, die unter ihrem Anorak so etwas wie Strandkleidung trug, mit unübersehbarem Argwohn und breitem Birmingham-Akzent. Dies seien Ferienhäuser, erklärte sie widerwillig, aber ihr sei schleierhaft, was eine Familie mit Kindern an einem Ort wie diesem in den Ferien von morgens bis abends machen sollte. Im Haus dröhnte ein Fernseher, Kinder grölten, und ein Mann schimpfte lautstark.

Blieb nur noch der scheußliche Bungalow.

Die Türglocke schlug in lieblichen Tönen an. Keine Überraschung. Cass legte den Kopf schief und lauschte; das Wasser tropfte von der Hutkrempe auf ihre Schulter. Stille.

Es war still, aber trotzdem hatte sie das Gefühl, dass das Haus nicht leer war. Sie läutete noch einmal und hörte, wie die Klänge süßlich widerhallten. Dies war ihre letzte Möglichkeit, jetzt musste sie doch den Wagen holen und nach Kirkton fahren. Die Tür blieb geschlossen. Sie ging über den nassen Kiesweg um das Haus herum. Die Jalousien waren nicht ganz heruntergelassen, und der untere Raum nahm die ganze Breite des Hauses ein. Cass glaubte, eine Bewegung wahrgenommen zu haben, und war mit einem Mal ganz sicher, dass sich jemand in Haus aufhielt. Sie kehrte zurück zur Haustür und klingelte zum dritten Mal, doch falls jemand daheim war, hatte er nicht die Absicht, ihr zu öffnen. Ungehalten ging sie auf die andere Seite und rüttelte an den Garagentoren. Verschlossen. Sie drehte sich noch einmal um und schüttelte die Faust, dann trat sie den Rückzug an.

Erst als sie wieder auf dem Weg war, der jetzt eher einem Sturzbach glich, fiel ihr das Haus über Corrie Cottage ein. Das Mains of Riach, mit dessen Bewohnern ebenfalls Vereinbarungen wegen der Instandhaltung der Zufahrt getroffen worden waren – es stand zu befürchten, dass nach der heutigen Sintflut nicht mehr viel davon übrig war. Dort war sicher jemand zu Hause. Während der langen Wartezeit im Cottage hatte Cass nicht gehört, dass ein Auto vorbeigefahren wäre. Natürlich besagte das nicht viel, aber Cass war von Natur aus Optimistin. Und möglicherweise war ja auch der Möbelwagen angekommen, während sie an die geschlossenen Türen ihrer zukünftigen Nachbarn gepocht hatte.

Mit neuer Entschlossenheit zog sie den Hut fester über ihr lockiges Haar und nahm den Anstieg in Angriff. Sie fluchte leise, als sie um die Ecke bog und der Wind ihr den Regen ins Gesicht fegte. Kein Lieferwagen. Corrie Cottage lag einsam und verlassen da, die weiße Tünche hatte bei diesem Wetter eine fleckig graue Färbung angenommen. Cass stapfte weiter.

Nach zwei- oder dreihundert Metern machte der Weg eine Biegung nach rechts, wurde eben und mündete in einen großen gepflasterten Hof mit einem Mäuerchen am Rand. An einer Seite stand das große Farmhaus mit angrenzender Scheune. Cass atmete erleichtert auf, als sie einen mit Schlamm bespritzten Wagen in der offenen Scheune entdeckte. Hier war jemand daheim. Sie ging auf die weiße Tür mit den tiefen Kratzern unter der Klinke zu; sie war nur angelehnt. Eine Glocke gab es nicht. Cass klopfte und stellte sich dicht vor die Tür, um dem Wasser, das vom Vordach strömte, auszuweichen. Trotz des Fußmarsches bergauf fror sie. Dies war bisher wirklich nicht ihr allerbester Tag.

Kapitel drei

„Kommen Sie rein, kommen Sie rein. Bleiben Sie bloß nicht da draußen, Sie werden ja ganz durchweicht, wer immer Sie auch...«

Die warmherzige, eifrige Stimme, die aus dem Innern des Hauses drang, wurde von hysterischem Gekläff übertönt, aber Cass dachte ein wenig zu spät darüber nach. Da sie draußen unter dem lächerlichen Vordach nasser wurde als auf dem gesamten Ausflug nach Bridge of Riach, stieß sie trotz des Hundes die Tür ganz auf.

Sie kam in eine mit Steinfliesen ausgelegte Diele, in der ein heilloses Chaos herrschte. Ein Möbelstück – ein Tisch oder eine Truhe – war unter einem Berg von Mänteln begraben. An der Wand unter der Treppe stand ein mit Jacken behängtes Trainingsrad. Sporttaschen lagen in den Ecken. Stiefel und Schuhe – hauptsächlich stinkende Turnschuhe – flogen überall herum. Aus einer der offenen Türen raste ein großer, weiß gefleckter Hund mit wehendem Fell und irren blauen Augen. Er machte zwei Riesensätze durch die Diele und schleuderte dabei die verstreuten Schuhe durch die Gegend, aber man sah ihm an, dass er keine unfreundlichen Absichten hegte. Sogar als er noch seine pelzigen Pfoten gegen Cass' Brust stemmte, brachte sie es nicht übers Herz, seinen herzlichen Willkommensgruß zurückzuweisen.

»Passen Sie auf, dass Tiree nicht an Ihnen hochspringt. Ich komme sofort, ich muss nur das hier aus dem Ofen nehmen, sonst ... O mein Gott, ich glaub es nicht!« Ein Verzweiflungsschrei entwickelte sich zu hilflosem Gelächter, und auf der Schwelle, über die Tiree gerast war, tauchte eine Frau auf. Sie hatte ein Küchentuch um ihre Hand gewickelt und trug ein Backblech mit goldbraunen runden Plätzchen. Sie war eine so unerwartet exotische Erscheinung an diesem trüben, verregneten und bisher freudlosen Tag, dass Cass merkte, wie ihre Augenbrauen in die Höhe schnellten. Trotz der vielen Eindrücke, die auf sie einstürmten, hatte sie Zeit, sich um ihr eigenes Äußeres Sorgen zu machen: einsfünfundsiebzig groß (den zusätzlichen Zentimeter ließ sie unter den Tisch fallen, seit sie mit vierzehn Jahren diese beeindruckende Größe erreicht hatte), mausbraunes Haar, dürre Glieder und eine Haut, die nie braun, sondern höchstens beige wurde. Die lachende junge Frau auf der Schwelle hatte im Gegensatz zu ihr lebhafte, wunderbare Farben – dickes dunkelrotes Haar, das mit einem Samtband zurückgebunden war, einen hellen Teint mit etwas dunkleren Sommersprossen auf Nase und Wangenknochen und ungewöhnliche, weit auseinander stehende gelbbraune Augen. Ein loses T-Shirt – braun und pflaumenfarben (waren die ineinander laufenden Farben Absicht oder das Ergebnis des falschen Waschgangs?) – verhüllte ihre großen, weichen Brüste, dazu trug sie einen indischen Baumwollrock in Braun, Gelb und Violett, der ihr bis zu den Knöcheln reichte.

»Ich kann es nicht fassen, dass ich so was gemacht habe«, rief sie aus und schwenkte das Backblech gefährlich hin und her; offensichtlich dachte sie nicht daran, dass sie Cass noch nie zuvor gesehen hatte. »Ich hab vergessen, die Marmelade hineinzugeben! Das spielt zwar keine Rolle – Marmeladenplätzchen sind unglaublich langweilig. Ich habe nur den Rest des Teiges aufgebraucht. Sie wissen, wie das ist: Immer bleibt etwas davon übrig, und man hat keine Ahnung, was man damit anfangen soll, doch es wäre auch schade, den Teig wegzuwerfen. Aber ehrlich, wie blöd kann man eigentlich sein? Tiree, geh *runter*!«

Tiree gehorchte, stieß sich mit beiden Pfoten von Cass ab und nutzte den Schwung, um zu dem verführerisch duftenden Gebäck herumzuwirbeln.

»O nein, lass das!« Die Frau riss das Blech hoch, ein Plätzchen rutschte herunter, und der Hund schnappte danach. Gleich darauf öffnete er das Maul wieder und heulte.

»Oh, armer Liebling, das war bestimmt heiß. Aber es geschieht dir ganz recht, wirklich.« Wimmernd wie ein pathetischer Schauspieler vergrub der Hund seine Schnauze in ihrem Rock, sie drückte mit der freien Hand seinen Kopf an sich und lächelte Cass an. »Tut mir Leid. Ich glaube nicht, dass wir uns schon mal...«

Cass trat lachend vor – ihre Stimmung hatte sich aufgehellt. »Cass Montgomery. Wir ziehen gerade ins Corrie Cottage, zumindest versuchen wir es. Entschuldigen Sie, meine Hand ist vom Regen ganz nass.«

»Wie schön, dass Sie hier vorbeischauen.« Eine kleine, warme Hand umfasste Cass' Rechte. »Wir sind sehr froh, dass das Cottage endlich verkauft ist. Es wurde schon seit Ewigkeiten angeboten. Zu teuer, dachten alle – oder darf man so etwas dem Käufer nicht sagen? Ich bin Gina Fraser...« Das Händeschütteln hatte wieder eine Schieflage des Backblechs zur Folge. Tiree zog hastig den Kopf zurück, aber den zweiten heruntergefallenen Leckerbissen betrachtete der Hund mit mehr Skepsis und gespitzten Ohren. »Hören Sie, ich sollte das hier lieber irgendwo abstellen, bevor alle Plätzchen herunterfallen. Obwohl ich keinen Schimmer habe, was ich damit machen soll. Vielleicht friere ich sie ein. Ich habe die Plätzchen einfach so in den Ofen geschoben, obwohl mein Gebäck fast immer matschig wird. Aber das gilt hauptsächlich für Quiches und solche Sachen, und jeder erzählt mir, was ich falsch mache. Jetzt dachte ich, gut, das ist gelungen, und dabei habe ich die Marmelade vergessen! Kommen Sie rein und wärmen Sie sich auf. Ist das nicht ein scheußliches Wetter? Besonders bei einem Umzug, Sie Ärmste! Und das soll Sommer sein...«

Sie ging voraus in die große Küche mit niedriger Decke und nahm einen Wäschehaufen (zum Flicken oder Waschen) von einem Stuhl und deponierte ihn auf dem Tisch, der schon übersät war mit Backutensilien, Zeitungen und Post – aufgerissene Kuverts eingeschlossen. Eine Obstschale stand in der Mitte, und auf einigen Früchten war schon grauer Schimmel zu erkennen, ein paar Exemplare des *Leitfadens für Antiquitätenhändler und -sammler* waren aufeinander gestapelt.

»Die Sache ist die, unser Umzug hat noch gar nicht angefangen«, erklärte Cass und ließ sich erleichtert auf einen Stuhl mit Bast-Sitzfläche und Lederlehne fallen. Ihre Sinne nahmen dankbar das Durcheinander von Farben, die Wärme und die Backdüfte wahr. Diese wundervolle Küche, in der die traditionelle Atmosphäre trotz einiger moderner Geräte gewahrt geblieben war, musste das Werk dieser Frau sein. Überall standen Gegenstände, die sich Cass gern genauer angesehen hätte – eine ganze Reihe von Krügen auf dem Sims über dem Ofen, ein Majolica-Service in dem Geschirrständer einer Eichenvitrine und vieles, vieles mehr. Cass zweifelte nicht daran, dass Gina, die einen Wasserkessel auf die Herdplatte stellte und sich voller Mitgefühl ihre Klagen anhörte, diesem Raum ihre persönliche Note verliehen hatte.

Gina war älter, als Cass zuerst vermutet hatte, Anfang vierzig vielleicht. Cass schloss ihren Bericht mit einem Seufzer. »Wenn doch nur mein verdammtes Handy...«

»Oh, das ist hier oben hoffnungslos«, fiel Gina ihr ins Wort. »Laurie ist deswegen wütend, obwohl die Dinger zu funktionieren scheinen, wenn man sich mitten auf die neue Brücke stellt, aber dort ist relativ viel Verkehr, deshalb kann man auch nicht in Ruhe telefonieren. Die Jungs haben das herausgefunden – dass die Handys dort funktionieren, meine ich. Doch die Verbindung oder der Empfang, wie immer man das auch nennt, ist auch dort nicht einwandfrei. Aber eigentlich braucht man ja auch kein Handy, es sei denn, das normale Telefon ist aus irgendeinem Grund gestört, doch das kommt hier so gut wie nie vor. Bitte – benutzen Sie mein Telefon und erledigen Sie alle nötigen Anrufe von hier aus. Kann ich Ihnen irgendwelche Nummern heraussuchen oder sonst irgendwie helfen? Woher kommen die Möbel? Ach, wahrscheinlich ist das ganz egal. Ich brühe uns inzwischen einen Tee auf – oder wäre Ihnen Kaffee lieber? Oh, Sie können sich bestimmt nicht einmal ein Mittagessen zubereiten und sind vermutlich schon seit Ewigkeiten hier oben. Ich mache uns was zu essen, während Sie telefonieren.«

Sie lief in einen angrenzenden Raum – vermutlich in eine

Speisekammer, denn Tiree heftete sich mit einem erwartungsvollen Funkeln in den Augen an ihre Fersen.

Cass erinnerte sich daran, die Karte mit der Nummer in die Geldbörse gesteckt zu haben. Nicht auszudenken, wenn sie noch einmal bei diesem Regen den Weg hinunter hätte machen müssen! Während es am anderen Ende der Leitung klingelte, betrachtete sie eine Keramikkuh und ein Milchkännchen, an dem Briefe vom Finanzamt lehnten, und fühlte sich warm, behaglich und geborgen.

Der Möbelwagen war auf der Umgehungsstraße von Stirling mit einer Panne liegen geblieben, war aber inzwischen repariert und wieder auf dem Weg. »Wir haben etliche Male versucht, Sie zu erreichen.« Ein leiser Tadel. »Die Möbel müssten in der nächsten halben Stunde bei Ihnen ankommen.«

»Ich sollte hinuntergehen, damit ich sie empfangen kann«, sagte Cass halbherzig und beäugte sehnsüchtig den mit Nelken gespickten Schinken auf dem blau-weißen Teller und gab sich Mühe, den Duft der frisch im Gewächshaus geernteten Tomaten und des mit Knoblauch gewürzten Frischkäses nicht zu gierig in sich einzusaugen.

»Ach, Unsinn. Wenn der Fahrer die Straße durch den Glen nicht kennt, braucht er doppelt so lange, wie er sich einbildet. Das geht jedem so«, behauptete Gina leichthin. »Alles steht auf dem Tisch, und ich habe auch noch nicht zu Mittag gegessen. Ich habe keine Ahnung, wo die Zeit geblieben ist.«

Cass sah sich in der chaotischen Küche um und glaubte, das erraten zu können.

»Wir machen Folgendes«, fuhr Gina fort, nahm das Brotmesser und rückte damit zuerst einem knusprig braunen Laib, dann dem Schinken zu Leibe, von dem sie eine ungleichmäßige Scheibe abschnitt, die an manchen Stellen einen halben Zentimeter dick war (Cass entdeckte ein Schinkenmesser in dem Messerblock). »Ja, so machen wir es – Moment mal, ich habe irgendwo guten körnigen Senf, ich hole ihn –, wir essen schnell was, dann komme ich mit Ihnen. Wir warten gemeinsam auf Ihre Möbel – es muss schrecklich für Sie gewesen sein, den ganzen Vormittag allein im Cottage zu sitzen. Und heute ist es elend kalt, dann fühlt man sich in leeren Häusern noch miserabler. Falls der Möbelwagen dann immer noch nicht kommt, kann ich wenigstens wieder zurückgehen und irgendwo anrufen. Nur eines darf ich auf keinen Fall vergessen – Sie müssen mich daran erinnern: Ich soll Nessa um halb vier von Kirkton abholen. Sie wird böse, wenn ich nicht daran denke, und daraus kann man ihr wohl kaum einen Vorwurf machen – es sind fast drei Meilen von Kirkton, und ...«

»Nessa?«

»Meine Tochter. Sie heißt eigentlich Janessa. Sie ist fünfzehn und geht in die Highschool in Muirend. Das ist zwar nicht ideal, aber hier hat man keine andere Wahl. Sie fährt mit dem Schulbus bis ins Dorf, und ich hole sie von dort ab. Und bei einem solchen Wetter ist es ratsam, dass ich sie nicht warten lasse.« Sie schnitt eine Grimasse und lachte schuldbewusst, was verriet, dass sie des Öfteren zu spät kam. »Aber im Moment scheint es nicht ganz so sehr zu schütten, was meinen Sie?«

Und tatsächlich, nachdem sie den kleinen Imbiss eingenommen und den starken Kaffee getrunken hatten – Cass aus einem irdenen, achteckigen Becher, Gina aus einer großen Tasse mit einem aufgemalten Raumfahrzeug –, machten sie sich auf den Weg. Der Regen hatte nachgelassen; es nieselte nur noch. Gina erwies sich als unerwartet umsichtig und ließ Tiree im Haus. Sein Heulen verfolgte sie unterwegs, und Cass hatte das Gefühl, dass diese Begleitmusik wunderbar zu dem trüben Wetter passte, bei dem man kaum weiter als zweihundert Meter sehen konnte.

»Er ist ein solcher Schauspieler«, bemerkte Gina und gab sich alle Mühe, das Wimmern zu ignorieren, aber trotzdem zuckte sie bei jedem neuen Jaulen zusammen. »Er denkt, wir machen einen Spaziergang ohne ihn.«

Cass fand, dass diese Annahme berechtigt war, weil sie das Auto stehen ließen. »Es wäre nur im Weg«, hatte Gina erklärt, die direkt über die Wiese voranging. Auf dem Abhang grasten vollkommen durchnässte Schafe und Lämmer. Macht ihnen der Regen nichts aus?, überlegte Cass. Aber Gina wusste bestimmt, was sie tat. Cass verspürte eine kindliche Vorfreude, als sie erkannte, dass sie dies ab jetzt öfter tun würde – sie würde über die Wiesen laufen, nachdem sie einen Besuch im Farmhaus gemacht hatte. Der unkomplizierte Umgang zwischen ihnen, das Lachen beim ersten Kennenlernen – das waren untrügliche Anzeichen. Je älter man wurde, desto seltener erlebte man auf Anhieb eine solche Sympathie; man konnte dieses Gefühl auch nicht erklären, aber es war spürbar.

»Ich bin schon überall herumgewandert, bevor ich zu Ihnen raufgegangen bin«, erzählte sie Gina, als sie das Corrie Cottage betraten. »Ich hätte beinahe vergessen, dass über uns noch ein Haus steht.«

»Und niemand hat Sie telefonieren lassen?«, fragte Gina ungläubig.

»Es war niemand da. Das da unten sind hauptsächlich Ferienhäuser, oder?«

»Nicht alle. Obwohl – was für einen Tag haben wir heute? –, Nancy ist vielleicht in der Bibliothek in Muirend. Sie hat dort einen Teilzeitjob. Nancy Clough, sie wohnt in dem Haus mit Garten. Und in dem Pförtnerhaus hält sich derzeit niemand auf. Ed Cullane wohnt dort, er ist der Schäfer von Riach und um diese Zeit unterwegs. Aber in der Sycamore Lodge, in dem neuen Bungalow, hat Ihnen doch sicher jemand geöffnet?«

»Nein, aber ich hatte das Gefühl, dass ...«

»Was?« Gina hatte sich nicht die Mühe gemacht, einen Hut aufzusetzen. Jetzt nahm sie das Band aus dem Haar und schüttelte die Regentropfen aus ihrer Mähne, und Cass war für einen Moment fasziniert von der schimmernden roten Flut, die Ginas Gesicht verdeckte.

»Sycamore Lodge – heißt es wirklich so? Es erscheint mir in einer solchen Umgebung ziemlich absurd, ein Haus ›Platanenhaus‹ zu nennen.«

»Oh, da stehen zwei Platanen. Aber können Sie sich vorstellen, dass jemand hier tatsächlich solche Bäume kauft und pflanzt? Sie säen sich überall selbst und werden zu einer echten Plage. Aber erzählen Sie weiter – was war los?« Gina hielt mit einer Hand ihr Haar zurück und sah Cass erwartungsvoll an.

»Ich weiß nicht so recht – ich hatte einfach das Gefühl, dass jemand im Haus war und mich beobachtete. Ich habe mehrmals geklingelt und bin mit knirschenden Schritten über den Kiesweg gegangen, habe praktisch in die Fenster gespäht. Keine Reaktion. Ich dachte, ich hätte eine Bewegung im Haus gesehen, aber vielleicht hab ich mir das auch nur eingebildet. Wieso sollten die Bewohner die Tür nicht öffnen? So bedrohlich sehe ich doch gar nicht aus, oder?«

Nicht bedrohlich, dachte Gina belustigt, sondern anders, viel versprechend anders. »Das war sicher Beverley«, meinte sie. »Sie muss daheim gewesen sein. Waren die Tore beider Garagen geschlossen? Ja, sie war zu Hause und hat ihr privates Reich verteidigt, das dumme Ding.«

»Aber warum? Wer ist sie? Hat sie irgendwelche Probleme?«

Gina hockte sich auf die Treppe und riss die Druckknöpfe ihres gelben Ölzeugs auf. »Beverley Scott. Sie und ihr Mann haben dieses Monster von Haus gebaut und sind kurz vor Ostern eingezogen. Sie verbringt ihre ganze Zeit ... Besser, ich sage nichts mehr, schließlich werden Sie ihre Nachbarin.« Ihr Gesicht strahlte vor Belustigung, als sie die feuchten Strähnen nach hinten strich und ihr Haar wieder zu einem Pferdeschwanz band.

»Was verschweigen Sie mir?«, hakte Cass träge nach, als sie es sich auf dem Fenstersims bequem machte und ihre langen Beine in den Jeans von sich streckte. Sie hatte wieder kalte Füße.

»Oh, na ja.« Gina grinste. »Sie werden sie ohnehin kennen lernen. Und so schlimm ist sie auch gar nicht. Sie ist, um ehrlich zu sein, meine Hauptunterhaltung hier, schon allein deshalb schätze ich sie. Aber sie hat sich eingebildet, dass sie sich hier ein Stück Highland-Frieden und Ruhe erkauft – an einer alten Straße, die kaum jemand benutzt, dabei war es ihr egal, ob der Verkehr hinter ihrem Haus vorbeirauscht. Ich glaube sogar, das beruhigt sie irgendwie. Aber dann hat der Gemeinderat beschlossen, das ungenutzte Grundstück bei der alten Brücke zu einem öffentlichen Picknickplatz zu machen. Sie haben Tische und Bänke aufgestellt – vielleicht haben Sie sie gesehen – und eine Wendemöglichkeit für Autos und sogar für *Busse* geschaffen. Also treiben sich dort eine Menge Leute herum, werfen Sachen in den Fluss und lassen überall ihren Abfall liegen, und nicht wenige machen, wenn sie schon mal da sind, einen Spaziergang. Dabei gehen sie nicht nur an der Syc Lo, wie die Jungs den Bungalow nennen, vorbei, sondern *glotzen auch noch in die Fenster.*«

Wie viele Jungs gab es? »Aber der Bungalow steht doch mindestens fünfzehn Meter von der Straße entfernt.«

»Das stimmt. Trotzdem haben die Scotts Jalousien angebracht, schnell wachsende Sträucher als Hecke gepflanzt und unzählige Beschwerdebriefe an die Gemeinde geschrieben. Es ist bestimmt ärgerlich, wenn immer wieder Wildfremde an die Tür klopfen, das muss ich zugeben.«

»Aber es könnte sich ja auch um einen Notfall handeln.« Ich kann gar nicht glauben, dass ich dich gefunden habe, Gina, dachte Cass und fügte laut hinzu: »Um einen Unfall, oder jemand ist verletzt oder krank.«

»Darum schert sich Beverley keinen Deut.«

»Aber was ist mit ihrem Mann? Wo ist er? Was macht er?«

Genau das will ich über deinen Mann auch wissen, ging es Gina durch den Kopf. Warum musst du dich allein mit diesem Umzug abplagen? »Oh, das ist eine traurige Sache.« Sie war jetzt ganz ernst. »Er war offenbar monatelang sehr krank, bevor sie herkamen. Der Stress der modernen Welt hat ihm zugesetzt, wie Beverley es ausdrückt. Ich glaube, sein Unternehmen ist Pleite gegangen, und er ist nicht damit fertig geworden. Er hatte einen Nervenzusammenbruch oder so was. Jedenfalls hat ihn noch niemand zu Gesicht bekommen, und er verlässt den Glen niemals. Gelegentlich bringt Beverley ihn zu einem Therapeuten oder Arzt, aber das weiß ich nicht so genau. Beverley klatscht und tratscht zwar über alles und jeden, aber über Richard verliert sie kaum ein Wort. Ich glaube, seine Krankheit war der eigentliche Grund dafür, dass sie hergekommen sind – Richard sollte viel Ruhe haben. Ich fand immer, dass dies gar keine Gegend für Beverley ist, dieser Glen, meine ich. Allerdings hat sie die fixe Idee, in die ›Glen-Society‹ aufgenommen zu werden, damit meint sie die Mackenzies oben in Riach und die Munros in Allt Farr. Ich bezweifle, dass die bisher überhaupt Notiz davon genommen haben, dass Beverley hier ist.«

»Vielleicht ist der kranke Ehemann der Neurotiker, wenn es um Leute geht, die in die Fenster schauen«, mutmaßte Cass. »Könnte doch sein, dass Beverley versucht, ihn zu beschützen.«

»Warten Sie, bis Sie sie kennen lernen.« Mehr hatte Gina dazu nicht zu sagen.

»Und wer wohnt in ...«, begann Cass, als ein lautes Knirschen durch das geschlossene Fenster hörbar wurde. »Ja! Endlich!«

Die Möbelpacker zeigten sich ausgesprochen feindselig. Sie hatten nicht nur die Panne in Stirling gehabt, sondern waren ärgerlicherweise auf der Straße durch den Glen auch noch von einer Patrouille der Zoll- und Steuerbehörde aufgehalten worden, die kontrollierte, ob sie verbilligtes Benzin getankt hatten, das nur den Farmern vorbehalten war. Und dann mussten sie zu allem Übel noch einen steilen, so gut wie nicht befestigten Schlammweg hinauffahren – nirgendwo gab es eine Möglichkeit zum Wenden – und im strömenden Regen die Möblierung für ein ganzes Haus herbeischleppen und durch viel zu schmale Türen und über eine u-förmige Treppe bugsieren, die irgendein idiotischer Heimwerker-Künstler selbst eingebaut zu haben schien.

Cass würde nie vergessen, wie Gina diese brisante Situation entschärfte und die maulenden Möbelpacker beschwichtigte, die schon davon sprachen, dass sie viel zu spät dran seien und morgen wiederkommen würden. Gina verströmte Herzlichkeit und Hilfsbereitschaft in besänftigender Dosierung, die, wie Cass dachte, bei jedem anderen Übelkeit erregt hätte.

»Sie haben wirklich Schreckliches durchgemacht«, flötete Gina mit aufrichtigem Mitgefühl. »Es war großes Pech, dass

Sie kontrolliert wurden, besonders nachdem Sie sowieso schon wegen der Panne Zeit verloren hatten. Wir machen Folgendes...«, eine tröstliche Phrase, die Cass bereits kannte, »wir fahren alle hinauf zu mir – mein Haus befindet sich nur ein paar Meter weiter oben hinter der Kurve. Dort haben Sie genügend Platz zum Wenden, und Sie können sich ein wenig aufwärmen und etwas essen, dann kommen wir hierher zurück und tragen die Sachen in null Komma nichts ins Haus.«

Was hat den Wandel bewirkt? Liegt es an dem beschwichtigenden Tonfall, an Ginas besorgtem Blick oder an ihrem üppigen Busen, der unter der gelben Ölhaut zu erahnen war?, fragte Cass sich voller Bewunderung, dabei bemerkte sie gar nicht, dass der jüngere, weniger ungehaltene Mann ihre Beine ausgiebig begutachtete, als wären sie die längsten, die er jemals gesehen hatte.

Beide Männer waren eigentlich gutmütige Kerle und gaben sich sogar mit Tiree ab, der die Gesellschaft so begeistert begrüßte, als wäre er mindestens eine Woche eingesperrt gewesen.

»Ich schulde Ihnen was«, flüsterte Cass Gina zu, als sie sah, wie viel Whisky die Männer in ihren Kaffee schütteten, »aber denken Sie daran, wir brauchen die beiden noch, und es wäre gut, wenn sie nachher sicher auf den Beinen wären. Ach, und vergessen Sie Nessa nicht.«

»Guter Gott, dem Himmel sei Dank, dass Sie mich daran erinnern. Wie spät ist es? Oh, das ist gut. Ich bin ausnahmsweise mal nicht zu spät dran. Wir halten auf dem Heimweg bei Ihnen, dann können wir Ihnen zu zweit helfen.«

»Nein, Gina, danke – Sie waren ehrlich wunderbar, aber Sie haben selbst mehr als genug zu tun. Ich bin sicher, dass wir jetzt ganz gut zurechtkommen.«

»Versuchen Sie lieber erst gar nicht, mich davon abzuhalten. Diese Typen schaffen wahrscheinlich alles ins Haus, hauptsächlich weil sie nicht ein zweites Mal herkommen möchten, aber das ist ja erst der Anfang.«

Doch die Gastfreundschaft im Mains of Riach und Ginas Charme wirkten nach. Die Möbelpacker fluchten zwar heftig, während sie mit den schweren Sachen den schlammigen Weg hinauf und ohne sie wieder zurück zum Wagen stapften, aber sie ließen Cass nicht mit Problemen allein, die sie selbst nicht lösen konnte. Als sie den Fernseher hereinbrachten, fragten sie allerdings resigniert und mit hochgezogenen Augenbrauen: »Wo ist eigentlich Ihr Mann, meine Liebe?« (Cass überlegte tatsächlich, ob Guy allen Ernstes ausgerechnet an diesem speziellen Tag auf den Seychellen sein musste), aber sie taten alles, was sie konnten, um Cass zu helfen. Sie rollten die Teppiche aus, bauten die Betten zusammen, packten die Waschmaschine aus und schlossen sie an, stellten den Kühlschrank auf und betonten erneut, dass man den Kerl, der die Treppe eingebaut hatte, erschießen sollte. In diesem kritischen Moment tauchte Gina mit einer zusätzlichen Helferin auf – einem schlanken, attraktiven Schulmädchen mit ebenfalls rotem Haar und dunklen Glutaugen; das gab den beiden Männern neuen Auftrieb.

Nessa war nicht gerade entgegenkommend – sie ignorierte ihre Mutter vollkommen, was nichts Gutes ahnen ließ, aber sie benahm sich ansonsten höflich und lehnte entschieden ab, als Cass ihr diskret versicherte, dass sie nicht zu helfen brauchte. Natürlich war ihr Beitrag eher methodischer Art als der ihrer tatkräftigen Mutter, die durch die schweigende Gegenwart der Tochter nervös wurde und sich versöhnlich, vielleicht sogar ein wenig zu heiter gab. Als die schwere Arbeit getan war, versammelten sich alle um den neuen Fichtenholztisch, um einen letzten Kaffee zu trinken. Nur Nessa schlich sich ohne ein Wort davon, bevor sich Cass bei ihr bedanken konnte.

Mittlerweile war der Zwischenfall mit der Zoll- und Steuerpatrouille zu einem Scherz geworden. »Verdammte Hölle, auf der A1 ist man sicherer.« Außerdem fühlten sich die Männer heimisch genug, um neugierig zu fragen: »Was treibt einen dazu, in einem gottverlassenen Nest wie diesem leben zu wollen?«

Obwohl Cass es nicht in Worte fassen konnte, zumindest nicht in Worte, die die Möbelpacker verstehen würden, wusste sie, dass sie trotz des Regens, des Windes, des Schmutzes, den die Leute in ihr frisch geputztes Cottage getragen hatten, großes Glück gehabt hatte, diesen Ort zu finden.

»Es ist nur für die Wochenenden«, erklärte sie betrübt.

»Oh, dann ist es gar nicht so schlecht«, meinten die Männer.

Doch Gina sagte, als der Lieferwagen mit einem letzten Hupen davonfuhr: »Ich wünschte, Sie würden immer hier wohnen.«

Kapitel vier

Zwei Wochen später lag Cass vor Corrie Cottage im Gras, genoss die Junisonne, die von einem wolkenlosen Himmel schien, und fand, dass es kein hübscheres Fleckchen Erde und keinen schöneren Moment als diesen geben könnte. Stille, Hitze und der Duft des Weißdorns und der Eschen drangen bis zu ihrem geschützten Winkel. Der Fluss wand sich unten durchs Tal, die Ufer waren weiß von den blühenden Buschwindröschen, und das helle Gelb des Ginsters leuchtete auf den Hängen. Die Rhododendren rund um das große Haus mit dem kleinen See auf der Kirkton zugewandten Seite standen noch in voller Blüte, wilde Rosen säumten die Zufahrt und die Straße durch den Glen, und violette Wicken, Storchenschnabel und schneeweiße Margeriten blühten unter den Sträuchern und an den Straßenrändern.

Die Heuernte hatte begonnen. Ich werde später ein wenig spazieren gehen, überlegte Cass schläfrig, und mein Gesicht gegen die noch warmen Ballen drücken – das würde sie in die Kindheit und die Hügel von Dalry zurückversetzen. Abgesehen von dem reinen Vergnügen, sich an früher zu erinnern, gab es keinen zwingenden Grund, sich von der Stelle zu bewegen. Ich bin hier, und die Gegenwart ist noch schöner als die Vergangenheit. Um sie herum wuchsen in dem kleinen verwahrlosten, nicht eingezäunten Garten Lupinen und Mohnblumen, gemischt mit Fingerhut und Bärenklau. Das uralte Geißblatt an der Hauswand war übersät mit Blütenknospen, der Rasen durchsetzt mit Gänseblümchen, Butterblumen und Klee. Das friedliche Plätschern des Baches untermalte das Summen der Bienen.

Es kam so selten vor, dass es absolut nichts zu tun gab. Cass schloss die Augen und lauschte auf die Laute der Schafe, das Vogelgezwitscher und einen schrillen, klagenden Ruf des

Bussards, der am Morgen seine Kreise am Himmel gezogen hatte.

Cass war immer noch begeistert, dass sie in der Früh um sechs, als sie aufgewacht war, einfach so in die frische Luft und die menschenleere neue Welt hatte hinaustreten und durch das kleine Gatter über dem Haus auf den Hügel steigen können. Sie war dem Lauf des Baches auf einem schmalen Pfad gefolgt, den tausende von kleinen Hufen im Laufe vieler Jahre getrampelt hatten, und entdeckte die schweren Betonplatten, die vermutlich das Wasserbecken für das Corrie Cottage abdeckten. Das wollte sie bald genauer untersuchen. Als sie die Senke hinter sich und freien Blick hatte, jauchzte sie vor Freude. Die hohen Berge, die den Glen im Norden abschlossen, waren bei ihrem letzten Besuch vom Nebel verhüllt gewesen. Jetzt bildeten sie die Kulisse für eine alte Schlossruine – das musste Allt Farr sein. Der Pass im Westen durchschnitt einen hohen Kamm, den Cass unbedingt erforschen wollte. Ob sie an diesem Wochenende die Zeit dazu finden würde? Bisher hatte sie zu viel zu tun gehabt, und sie musste noch Vorhänge aufhängen und etliche Kisten auspacken. Sie wollte das Cottage fertig eingerichtet haben, bevor Guy eintraf.

Als sie einen Umweg über Bridge of Riach machte, dachte sie über diesen dominierenden Wunsch nach und musste sich eingestehen, dass sie nach wie vor nicht von Guys Zuneigung zu diesem Ort überzeugt war. Vielleicht war es sogar ganz gut gewesen, dass er am Umzugstag nicht hatte hier sein können – dieser Gedanke kam ihr nicht zum ersten Mal.

Sie überblickte das verschlafene Bridge of Riach mit neuem Interesse, da sie jetzt wusste, wer hier lebte. Wie hübsch musste dieses Örtchen gewesen sein, bevor der neue Highway und die Brücke über die traditionelle, mit Steinmauern gestützte alte Straße geführt worden war, die sich durch die felsige Schlucht wand. Eine Bewegung im Garten von Sycamore Lodge weckte Cass' Aufmerksamkeit; eine große männliche Gestalt ging über den Kiesweg zum Straßendamm. Der kranke Ehemann? Ließ ihn die unfreundliche Beverley so früh am

Morgen aus dem Haus gehen, zu einer Zeit, in der sonst noch niemand unterwegs war? Was machte er den ganzen Tag, wenn er in diesem charakterlosen Kasten mit den heruntergelassenen Jalousien eingesperrt war? Der Anblick dieser einsamen Gestalt, die bald aus ihrem Sichtfeld verschwand, hatte etwas Beunruhigendes an sich, und Cass verdrängte bewusst den Gedanken an den Mann.

Sie sollte Guy am Nachmittag vom Flughafen in Edinburgh abholen und wollte auf dem Hinweg noch einkaufen, damit sie sich nicht noch einmal auf den Weg in die Stadt machen mussten und keinen Augenblick ihres kostbaren Wochenendes verloren. Im Grunde hatte sie sich vorgenommen, schon gestern in Perth mehr zu erledigen, aber überraschenderweise hatte sich ihr Treffen mit einer ihrer Mitarbeiterinnen länger als geplant ausgedehnt. Obwohl die Arbeit eine Million Meilen entfernt zu sein schien, war diese neue Entwicklung so aufregend, dass Cass sie selbst jetzt, da sie einfach nur dalag und die Sonne auf ihren Rücken brannte, keineswegs als störend empfand.

Wie rasch der Kauf von Corrie Cottage ihr Denken beeinflusst hatte! Diese Erkenntnis brachte ihr wieder ins Bewusstsein, wie Guy seinen Widerstand aufgegeben hatte, obschon sie bisher noch keine Gelegenheit gehabt hatte, mit ihm über die neue Idee zu sprechen. Sie war noch nicht daran gewöhnt, dass sie seine Zustimmung brauchte. Bis zu ihrer Hochzeit hatte es keiner von ihnen für nötig erachtet, den anderen um Rückhalt zu bitten, wenn es um berufliche Angelegenheiten ging. Es war schön, wenn Interesse und Anerkennung bekundet wurden, aber in geschäftlichen Dingen waren sie immer vollkommen getrennte Wege gegangen. Jetzt, da sie in eine Tasche wirtschafteten, hatten sich neue gegenseitige Verpflichtungen ergeben, und Cass ertappte sich noch immer gelegentlich dabei, dass sie sich innerlich dagegen auflehnte. Aber diese Möglichkeit war so verheißungsvoll, dass sie sich ohnehin danach sehnte, mit jemandem darüber zu reden.

Eine der Besonderheiten, die der Agentur zum Erfolg verholfen und womöglich ein totales Versagen verhindert hatte, war, Kontaktpersonen in verschiedenen Gegenden zu etablieren. Die meisten waren verheiratet und hatten Familie; sie arbeiteten je nach Bedarf und von zu Hause aus, besprachen sich mit Klienten, besuchten bereits vermittelte Aupairmädchen, kümmerten sich um verlorene Koffer, spendeten Trost bei Heimweh und bewältigten auch größere Krisen, zum Beispiel, wenn eines der Mädchen krank, schwanger oder ein bisschen verrückt war. Vor allem waren diese Kontaktpersonen da, um zuzuhören – beiden Seiten, wenn nötig. Cass war zwar noch oft unterwegs, weil sie gern selbst mit den Klienten und Mädchen in Verbindung blieb, aber ihre freien Mitarbeiterinnen in Orten wie Bath, Oxford, York und Norwich ersparten ihr mörderisch lange Fahrten.

Sie war einen Tag früher als Guy zum Glen Maraich gefahren, weil sie mit ihrer Mitarbeiterin Lindsay in Perth zu Mittag essen wollte, einer ehemaligen Kollegin aus Cass' Tagen als Marketing-Managerin. Bisher hatte Lindsay nur ein paar Stunden täglich gearbeitet, aber die Aufgaben wurden immer umfangreicher, besonders in den Sommermonaten, in denen Jagdhütten auf abgeschiedenen Inseln und in Mooren für kurze Zeit bewohnt wurden und die großen Ferienhäuser in den Glens Freunde und Familien beherbergten, die jede Menge Hilfe brauchten.

Cass wusste, dass ihre Überlegungen, was den schottischen Zweig ihrer Agentur betraf, der Wirklichkeit in den letzten zwei Wochen weit vorausgeeilt waren. Aber dieses kleine Cottage, seine unvergleichliche Lage und friedvolle Atmosphäre, sogar die Strapazen des Umzugs, der letzten Endes eher ein Spaß gewesen war, hatten sie in ihren Bann gezogen. Immer wieder beschäftigte sie die Frage, wie sie mehr Zeit hier verbringen konnte.

Die Antwort darauf war ihr vor zwei Tagen eingefallen, und alles war so wunderbar einfach. Seit Beginn der Sommersaison war die Hotelvermittlung von Quickwork richtig angelaufen; Schaltstelle war das Büro in London. Cass hatte die Entwicklung voller Zufriedenheit beobachtet und sich überlegt, ob und wo sie eine zweite Filiale aufbauen sollte.

Oxford war ihr als der beste Standort erschienen. Dort tummelten sich Studenten und Reisende, und es gab viele potenzielle Arbeitgeber in der Gegend. Zudem war Oxford schnell zu erreichen, was besonders im Anfangsstadium wichtig war. Doch dann hatte sie einen Einfall. Warum eröffnete sie keine Filiale in Schottland? Gab es ein besser geeignetes Operationsfeld als Schottland mit seinen zahllosen Ferienhäusern und Landhotels, die dringend Saisonarbeiter brauchten und deren Stil ideal für freundliche, willige Australier und junge Leute aus Europa war, die ihr Englisch verbessern wollten? Wieso sollten nur Glasgow oder Edinburgh infrage kommen? Was war so falsch an Perth, das näher an den Highlands und nicht weit entfernt vom Cottage lag? Na ja, die Fahrt nach Glen Maraich zog sich ein wenig hin, aber von dort aus war es nur ein Katzensprung über die A9. Sie würde heute die Fahrtzeit stoppen. Gestern war sie nicht im Stande gewesen, an etwas derart Profanes zu denken, weil ihr ständig Lindsays Vorschlag durch den Kopf gegangen war.

Lindsay Hume war nach ihrer Heirat vor sechs Jahren in ihre Heimatstadt Perth zurückgekehrt, wo ihr Mann, ein Künstler, eine kleine Galerie in der South Street besaß. Er war vor kurzem eine Partnerschaft mit einem Tischler eingegangen, der sich aufs Holzschnitzen spezialisiert hatte, und sie hatten ein größeres Haus am St. John's Place gemietet.

»Wir hatten daran gedacht, die Galerie zu einem Wohnzimmer zu machen«, erzählte Lindsay, »aber wir hatten es eigentlich bequem so, wie es immer war, und außerdem fanden wir es störend, dass sich die Fenster direkt neben dem Bürgersteig befinden. Wir haben in Erwägung gezogen, den Raum zu vermieten, aber das könnte eine Menge Probleme verursachen. Wir müssten einen idealen Mieter finden, aber wir sind nie dazu gekommen, nach ihm zu suchen.«

Cass sah sie über die Gemüse-Lasagne hinweg fragend an. »Willst du damit das andeuten, was ich denke?« Wie so oft, wenn sie aufgeregt war, war Cass buchstäblich atemlos – eine Eigenart, die Guy kindisch fand.

Lindsay, die wesentlich nüchterner und pragmatischer als

Cass war, fragte vorsichtig: »Soll das eine Antwort sein? Möchtest du wirklich hier eine Filiale von Quickwork gründen? Aber du müsstest erst die Lage sondieren und...«

»Nein! Das brauche ich nicht.« Cass war fest entschlossen und zögerte nicht. »Diesmal nicht. So eine Chance bekommt man nur einmal. Man muss sie nutzen und darf keine Zeit damit verschwenden, das Für und Wider abzuwägen. Wir bringen die Filiale zum Laufen. Das heißt, wenn du etwas mehr Zeit in die Arbeit investieren kannst.«

»Natürlich kann ich das. Darum geht es mir ja. Früher musste ich mich viel um die Galerie kümmern, damit Phil malen konnte. Jetzt teilen sich Douglas und er die Arbeit.«

»Und es würde dir nicht gefallen, etwas mehr Zeit für dich zu haben und ein wenig kürzer zu treten?«

»Ich soll daheim herumlungern und Hausfrau spielen? Wäre dir das genug? Cass, du weißt ganz genau, dass wir beide nicht dafür geschaffen sind. Das war einer der Aspekte, die mich gestört haben, als die Galerie noch im Haus untergebracht war. Lauter Kunstobjekte zum Abstauben und noch ein Raum, der geputzt werden musste. Und Phil und ich, wir sind nur zu zweit.«

»Ich weiß, was du meinst«, erwiderte Cass. So praktisch und durchdacht ihre Wohnung in Denham Court auch sein mochte – sie machte wesentlich mehr Arbeit als ihr früheres kleines Nest.

Jetzt, als sie sich in ihrem kleinen Garten sonnte, kam ihr in den Sinn, dass sie das Cottage nie als etwas angesehen hatte, was ihr häusliche Pflichten auferlegte. Wie selektiv ihr Verstand doch arbeitete. Sie lachte und erhob sich. Die Feuchtigkeit des Bodens war durch die Decke gedrungen, aber das war Cass gleichgültig. Inzwischen war fast das ganze Heu von der großen Wiese zu Ballen gepresst. Bildete sie sich nur ein, dass der Wind den Duft des Heus bis zu ihr heraußtrug? Wahrscheinlich. Heute war jede Faser ihres Seins auf Freude und Genuss eingestellt.

Guy war in Hochform. Cass seufzte im Stillen, als sie sah, dass er seine Aktentasche und den Laptop bei sich hatte, aber sie sagte nichts. Sie machte sich bewusst, dass er diese Dinge genauso wenig zu Hause lassen konnte wie sie ihre Handtasche. Es war besser, das Ganze zu vergessen und sich darüber zu freuen, dass sich Guy die Zeit genommen hatte, sich vor dem Flug umzuziehen. Er trug eine teure Designer-Jeans und einen Kaschmirpullover. Wie immer, auch wenn sie sich nur kurze Zeit nicht gesehen hatten, ergötzte sich Cass an seinem Anblick, seiner schlanken Gestalt, seinem markanten Gesicht, den dunklen Wimpern und dem fein geschwungenen Mund. Und was für einen tatkräftigen, temperamentvollen Eindruck er machte, als er mit großen Schritten auf sie zukam, mit ihr hinaus zum Wagen ging und, ohne auch nur eine Sekunde zu vergeuden, in Richtung Norden fuhr, als wäre diese Fahrt so wichtig wie jeder Flug über den Globus, bei dem er bedeutende finanzielle Transaktionen und politische Aufgaben zu erfüllen hatte.

»Gott, das ist wunderbar, nicht?«, fragte er, als er nach einem Rundgang durch das kleine Haus in den Garten kam. »Ich glaube, wir haben eine gute Entscheidung getroffen. Riech nur diese Luft!«

Er legte den Arm um ihre Schultern, und Cass lehnte den Kopf an seinen. Sie war froh über Guys Zufriedenheit, und ihr fiel ein Stein vom Herzen. Hatte sie befürchtet, dass ihn das Cottage langweilen würde, nachdem er es in seinen Besitz gebracht hatte? Dass er für die wenig originelle Einrichtung, die Fichtenmöbel, die hellen Teppiche und die rustikal angehauchten Vorhänge in Apfelgrün, Pink und Creme nur Verachtung übrig haben würde?

Aber ihre angeborene Aufrichtigkeit zwang sie dazu, sich einzugestehen, dass ihre Erleichterung tiefer ging. Seit ihrer Hochzeit hatte ein Gefühl der Leere an ihr genagt, dessen Quelle die Tatsache war, dass sich nichts in ihrem Leben geändert hatte. Wenn sie versucht hätte, dies in Worte zu fassen, wäre Guy aus allen Wolken gefallen. Seiner Ansicht nach sollte sich gar nichts ändern, ihn hatten nur ein paar praktische

Überlegungen dazu bewogen, eine Ehe einzugehen, und ein gemeinsamer Nachname war dabei hilfreich. Dennoch konnte Cass sich jetzt eingestehen, dass sie wider alle Vernunft gehofft, ja sogar erwartet hatte, dass ihre Beziehung eine andere Dimension annehmen würde. Wenn ihre Gedanken so weit gediehen, wurde sie jedes Mal ärgerlich auf sich selbst. Verschleierten Frauen alles mit dieser Art von emotionalen Bedürfnissen? Doch eine Stimme in ihr protestierte: Warum auch nicht? Das war etwas ganz Natürliches.

Jetzt, da sie sich im sanften Licht dieses lauen Sommerabends an Guy schmiegte, spürte sie fast, wie er sich entspannte und ruhiger wurde, und neue Hoffnung flammte in ihr auf, dass dieses Cottage und diese wundervolle Landschaft den Aspekt in ihre Ehe brachten, nach dem sie sich so sehr sehnte.

Es wurde ein gemütlicher, behaglicher Abend. Sie saßen draußen hinter dem Haus und verfolgten, wie die Sonne hinter dem Bealach Dubh, dem hohen Pass im Westen, unterging, wie sich das Licht in den frisch angepflanzten Nadelbäumen fing, die den Glen wie ein grüner Schleier überzogen, und wie die nadelfeinen Schatten eines jeden Grashalms im Garten länger wurden. Mit der unschuldigen Freude der zufälligen Zuschauer beobachteten sie, wie die Kaninchen auf den goldgrünen Hängen spielten.

Dann aßen sie Spargel und geräucherten Lachs mit Salat und neuen Kartoffeln aus dem örtlichen ökologischen Anbau. Beide waren sie überzeugt, seit ihrer Kindheit keine so frischen Lebensmittel mehr genossen zu haben. Dazu tranken sie den Champagner, den Cass am Nachmittag in Muirend gekauft hatte. Guy versagte sich die Bemerkung, dass er nicht gut genug gekühlt war. Sie gingen den Weg hinunter und wanderten über die frisch gemähte Wiese, sogen die gute Luft ein und sahen sich um. Nach dem Spaziergang gingen sie ins Schlafzimmer, öffneten das Fenster, um die kühle Nachtluft hereinzulassen, fielen in ihr neues Bett und liebten sich mit einer Zärtlichkeit, die sie seit langem nicht mehr beieinander gefunden hatten.

Kapitel fünf

Das Wochenende gestaltete sich nicht so, wie Cass es sich vorgestellt hatte.

Wie üblich wachten sie früh auf. Vielleicht durch die andere Umgebung zu neuen Gewohnheiten getrieben, ging Guy hinunter, um Tee aufzubrühen. Nach dem Early-Morning-Tea gönnten sie sich zum ersten Mal seit langer Zeit den Luxus eines behaglichen Schäferstündchens am Morgen. Danach murmelte Guy schläfrig, es sei der Himmel auf Erden, ausnahmsweise nirgendwohin hetzten zu müssen, und döste ein. Es war ein strahlender Tag, und Cass wäre liebend gern aufgestanden und hinausgegangen, aber es erschien ihr nicht gerade freundlich, sich klammheimlich davonzustehlen. Guy hatte einen Arm auf ihre Hüfte gelegt, und sie blieb dicht neben ihm und dachte – nicht ohne Amüsement, denn sie wäre ihrerseits nicht gerade erbaut gewesen, wenn Guy nach dem Sex über geschäftliche Probleme gegrübelt hätte – an die verlockende Aussicht, ein neues Unternehmen in Perth aufzubauen.

Am Abend zuvor hatte Guy ihre Idee vorbehaltlos gut geheißen und nur die eine Einschränkung gemacht, dass sie vorher alles gründlich durchrechnen mussten. »Es passt alles unglaublich gut zusammen«, hatte er gesagt, doch dann hatte sein Gesicht den verschlossenen Ausdruck angenommen, den Cass mittlerweile so gut kannte. Er verstummte, als hätte er beinahe noch etwas hinzugefügt, das er aber lieber unausgesprochen ließ.

»Was passt?«, fragte Cass nach, obwohl sie genau wusste, dass sie ihren Atem verschwendete, wenn Guy beschlossen hatte, etwas für sich zu behalten.

»Die Räumlichkeit, die Nachfrage und die Tatsache, dass Lindsay mehr arbeiten möchte, Dummchen«, erwiderte er eine Spur zu schnell, nahm die Champagnerflasche aus dem Topf, der als Kühler diente, und füllte ihr Glas auf.

Der Ursprung seines beinahe paranoiden Bedürfnisses, Dinge – wichtige und unwichtige – nicht preiszugeben, lag in Guys einsamer Kindheit, und Cass war sich im Klaren, dass diese Eigenschaft fest in ihm verwurzelt war. Am Anfang ihrer Beziehung hatte sie naiverweise angenommen, Vertrauen und Stabilität würden seine Zurückhaltung aufweichen, aber im Laufe der Zeit hatte er sie eines Besseren belehrt. Guy war in einem Haushalt aufgewachsen, in dem sich alles nur um die Musik drehte – sein Vater war Pianist, seine Mutter Opernsängerin, und ständig waren Musiker zu Besuch gewesen. Seine ältere Schwester hatte mühelos die Erwartungen der Eltern erfüllt und hatte nicht nur selbst Karriere als Musikerin gemacht, sondern auch noch einen Fagott-Spieler aus Bremen geheiratet und kurz darauf einen kleinen Fagottisten zur Welt gebracht.

»Geschieht ihr recht«, sagte Guy jedes Mal mit irrationaler, kindlicher Bosheit, wenn die Sprache auf den Nachwuchs seiner Schwester kam.

Guy hatte nicht das geringste Interesse an Musik, und seine Gleichgültigkeit hatte sich unter dem nie nachlassenden Druck der Eltern in vehementen Hass verwandelt. Sein erstaunliches mathematisches Talent, das schon früh zu Tage trat, wurde als unbedeutend abgetan, seine Geschäftstüchtigkeit sogar laut beklagt. Als Kind wurde er gezwungen, seine natürlichen Begabungen zu unterdrücken, und bei dem, was er erlernen sollte, versagte er kläglich. Danach strafte man ihn mit Missachtung. Er hatte diese weit greifende Zurückweisung nie wirklich überwunden, und Cass wusste – trotz ihrer Hoffnung auf einen spontanen Beweis seiner Zuneigung zu ihr als eine Unterschrift auf einer Heiratsurkunde –, dass er niemals das Risiko einer emotionalen Abhängigkeit eingehen würde. Von Zeit zu Zeit, wenn sie mit ihrem unscheinbaren, mausgrauen Äußeren unzufrieden war und sich klar machte, dass der gut aussehende, einflussreiche Guy jede Frau hätte haben können, die er wollte, redete sie sich ein, dass er sich nur zu ihr hingezogen fühlte, weil sie absolut unmusikalisch und nicht im Stande war, eine Tonlage von einer anderen zu unterscheiden. Aber am Ende musste sie selbst über diesen absurden Gedanken lachen. Sie waren seit mehr als fünf Jahren zusammen. Und er hatte sie geheiratet.

Während sie an diesem Morgen neben ihm lag und den Drang unterdrückte, aufzustehen und den Tag zu genießen, rief sich Cass ins Gedächtnis, dass sie sich das immer gewünscht hatte. Sie hatten Zeit füreinander, konnten die Stunden verstreichen lassen und die Stille und Gelassenheit der neuen Umgebung in sich aufsaugen.

Fürs Frühstück schoben sie den Tisch ganz ans Wohnzimmerfenster und öffneten die Tür, um die Sonne ins Haus zu lassen.

»Ich muss ordentliche Gartenmöbel besorgen«, meinte Guy. »Diese Ecke hinter dem Haus könnte man hübsch für Barbecues und Abendessen im Freien herrichten. Wir könnten uns heute ein bisschen umsehen und etwas bestellen. Und vielleicht sollten wir beim Anwalt vorbeischauen und ihm einen Schlüssel geben, dass Sachen geliefert werden können, wenn wir nicht da sind.«

»Vielleicht hat Gina nichts dagegen, wenn wir ihr einen Schlüssel dalassen. Gina ist die Frau, die oben in dem alten Farmhaus wohnt. Sie war sehr...«

»Ich halte das für keine gute Idee«, fiel ihr Guy mit gerunzelter Stirn ins Wort. »Wir sollten uns lieber nicht mit den Nachbarn einlassen, meinst du nicht? Wenn man sich einmal mit ihnen abgibt, wird man sie nie mehr los, und das ganze Vorhaben, uns eine friedliche Zufluchtsstätte zu schaffen, wäre verdorben. Mal sehen, was der Anwalt zu der Idee mit dem Schlüssel sagt.«

Cass hatte sich darauf gefreut, Gina zu besuchen und ihr Guy vorzustellen. Sie hätte die Gelegenheit am ersten Abend, als sie noch allein hier war, nutzen und zu ihr hinaufgehen sollen. Aber Cass war klug genug, das Thema nicht weiter zu verfolgen. Vielleicht konnte sie Guy wenigstens ausreden, nach Muirend zu fahren.

»Wir könnten den Anwalt anrufen«, schlug sie vor, »und ihm den Schlüssel schicken oder ihn morgen Abend auf der Heimfahrt in den Briefkasten stecken.«

»Wir müssen sowieso in die Stadt fahren. Ich brauche alle möglichen Klamotten – Stiefel, eine Jacke, eine Hose. Ich habe gehört, dass es einen ordentlichen Büchsenmacher mit Jagdgeschäft in Muirend gibt, dort könnten wir es versuchen.«

Er hatte gehört? Mit wem hatte er geredet, wen kannte er in Muirend? Cass stellte ihm diese Fragen nicht.

»Ist es nicht ein bisschen schade, dieses Fleckchen zu verlassen, um einkaufen zu gehen?«, startete sie einen neuen Versuch. Schon als sie die Worte aussprach, spürte sie, wie sich der sonnige Tag, den sie am Fluss oder in den Bergen hatte verbringen wollen, von ihr zurückzog.

»Wir können uns ansehen, was hier geboten wird, eine Rundfahrt machen und von Osten durch den Glen zurückkommen.«

»Glen Ellig.« Im Grunde unterschied sich das kaum von ihren Plänen, oder? Es war die gleiche Idee, nur im größeren Stil – sie wollte auch die Gegend erforschen. Ihr Verlangen, sich in Bridge of Riach eingehend umzusehen, mit den Leuten zu sprechen, die hier lebten, einige kleine persönliche Verbindungen zu knüpfen, war zu vage und vielleicht zu unrealistisch, um mit Guy darüber zu reden. Das konnte warten.

Als Guy am Steuer ihres Volvo saß (sie war eine groß gewachsene Frau und fuhr gern ein großes, solides Auto) und über die A1 flitzte, verkniff sich Cass jeden Vorwurf. Sie hatte die Gabe, sich dem Unvermeidlichen ohne Gegenwehr zu fügen. Dadurch vermittelte sie den Eindruck großer Gelassenheit und Toleranz, doch das täuschte manchmal gewaltig.

Ihr erstes gemeinsames Wochenende im Corrie Cottage, das so schön begonnen hatte, hatte ein unerwartet frühes Ende gefunden. Der ursprüngliche Plan war, dass sie spät am Sonntagabend nach London zurückfahren sollten. Beide hatten nichts dagegen, nachts anzukommen, nur ein paar Stunden zu schlafen und morgens mit der Arbeit zu beginnen. Aber dann waren sie doch gleich nach dem Frühstück aufgebrochen, weil Guy behauptet hatte, er müsse unbedingt noch am Sonntag dringende Dinge aufarbeiten.

»Dieses Daressalam-Projekt entwickelt sich zu einem erbitterten Kampf. Ich muss noch einiges vorbereiten und morgen eine Menge Laufarbeit verrichten, damit alles auch wirklich hieb- und stichfest ist. Und du solltest dich freuen, dass ich mich nicht schon hier in die Arbeit vergraben habe.«

Das musste Cass ihm tatsächlich zugute halten. Guy hatte seinen Laptop nur für eine Stunde eingeschaltet, als sie das Abendessen zubereitet hatte. Diese Arbeitsteilung war nicht üblich bei ihnen, und sie gefiel Cass auch nicht sonderlich gut. Aber der Tag war erfreulich verlaufen. Guy erklärte sich sogar bereit, ihr zu helfen, einen neuen Küchenschrank zusammenzubauen, obwohl er das Handtuch warf, als offenbar wurde, dass das Unterfangen länger als die zwanzig Minuten dauern würde, die in der Bauanleitung versprochen waren. Nur um sich die Einzelteile zurechtzulegen, hatten sie schon so lange gebraucht.

Cass räumte umsichtig die Liste weg, die folgendermaßen begann:

Handtuchhalter im Bad anbringen. Vorhangstange im kleinen Schlafzimmer befestigen. Farbspritzer von Fensterscheiben entfernen...

Als sie sich nach Muirend auf den Weg machten, setzte sich Cass ans Steuer, damit sich Guy die Landschaft ansehen konnte. Aber er sah sich gar nichts an, sondern starrte nur immer auf die nächste Kurve; er hasste es, Beifahrer zu sein, und er hasste schmale Straßen. Cass fand, es wäre passend, in Kirkton Halt zu machen, ein paar Nahrungsmittel zu kaufen und sich vorzustellen. Allerdings verwarf sie die Idee, noch bevor sie das Dorf erreichten.

Guy zeigte nur ein einziges Mal Interesse, großes Interesse.

»Fahr hier ein bisschen langsamer«, ordnete er an, als sie bergab durch den Wald vor Muirend kamen. Rechts ging ein Weg ab und verschwand zischen den dunklen Bäumen, und ein bunt bemaltes Schild verkündete: *Sillerton Activity Centre*. Darunter war in verschnörkelter Schrift zu lesen, dass hier vom Paragliding bis zur Falkenjagd, vom Mountainbiking bis zu Golf so gut wie alles geboten wurde.

»Hier hast du Gelegenheit, wieder mal Golf zu spielen«, bemerkte Guy. »Ich könnte meine Technik auch ein bisschen aufpolieren.«

Cass gab keinen Kommentar dazu ab. Ihr Vater war zu seiner besten Zeit ein Golfer mit Handicap 0 gewesen, und sie und Roey hatten von Kindesbeinen an die Runden mit ihm gemacht. Sie waren beide Naturtalente, hatten das Spiel aber nie richtig ernst genommen. Guy war viel später zum Golf gekommen und sah es als Möglichkeit an, sich Zugang zu bestimmten Gesellschaftsschichten zu verschaffen. Er spielte mit einem Ehrgeiz, der Cass den Spaß fast immer verdarb. Wenn sie in Form war, konnte er ihr nicht das Wasser reichen, aber ab und an, wenn sie nicht bei der Sache war und nicht aufpasste, feierte er triumphierend seinen Sieg. Gleichzeitig ärgerte er sich, weil er genau wusste, dass sie sich nicht die geringste Mühe gegeben hatte – Cass fand das sehr ermüdend. Jetzt hätte sie ihm am liebsten klar gemacht, dass ihr die Stunden auf dem Golfplatz viel zu viel Zeit von ihren ohnehin knapp bemessenen Wochenenden stehlen würden, aber sie verbiss sich jede Bemerkung. Was war Golf, wenn nicht Entspannung? Wenigstens in der Theorie. Und wie sollte sich Guy ihrer Ansicht nach die Zeit hier vertreiben?

Als sie nach Muirend kamen, das voll mit Touristen und Wochenendeinkäufern war, erledigten sie rasch alles, was sie sich vorgenommen hatten, dann steuerte Guy trotz des späten, ausgiebigen Frühstücks ein Hotel an, das er sich offensichtlich von vornherein hatte ansehen wollen.

»Du hast bestimmt schon was über dieses Hotel gelesen«, meinte er, während er zwischen zwei mit Efeu bewachsenen

Säulen hindurchfuhr. »Im letzten Jahr stand ein großer Artikel in *Country Life*.«

Wann las Guy jemals *Country Life*? Ein irrationaler Widerwille keimte in Cass auf, als sie auf das gepflegte und keineswegs landestypische Haus zurollten, das von kurz geschnittenen Rasenflächen und akkurat gestutzten immergrünen Sträuchern umgeben war. Guy parkte zwischen blitzsauberen Wagen der Marken Jaguar, Mercedes und Range Rover.

»Du könntest dich mit den Leuten bekannt machen und ihnen anbieten, Saisonarbeiter hierher zu vermitteln«, schlug Guy ernst vor, während sie über dicke Teppiche in eine Bar namens *Breadalbane Room* mit Brokat bezogenen Salon-Stühlen schlenderten. Durch die Schiebefenster konnte man die Wiesen, den Fluss im Tal, bewaldete Hänge und die gezackten Berge im Hintergrund sehen. Schöne Kulisse, dachte Cass.

»Ich versuche, gut für meine Arbeiter zu sorgen.«

»Was, um alles in der Welt, soll das nun wieder heißen?«

»Das hier ist doch reiner Schwindel – nicht echt.«

»Oh, das stimmt absolut nicht«, protestierte Guy – er fühlte sich aus unerfindlichen Gründen persönlich angegriffen »Schau dir nur diese Holzvertäfelung und die Stuckarbeiten an, alles in bestem Zustand. Ich erinnere mich nicht mehr, wen sie mit dem Umbau beauftragt haben, aber ich weiß, dass es sie ein Vermögen gekostet hat. Ich finde, es war der Mühe wert, sich hier mal umzuschauen. Wir brauchen ohnehin ein Lokal.«

»Dieses hier? Es ist Meilen vom Cottage entfernt.« Bei Meinungsverschiedenheiten mit Guy war es unbedingt erforderlich, materielle Einwände anzuführen. »Ein Stammlokal sollte schnell zu erreichen sein, und außerdem möchte man doch Leute von hier treffen.« Französische, amerikanische und deutsche Wortfetzen waren von den Gästen zu hören, die an den Tischen saßen und sich diskret unterhielten.

»Also, wenn die Leute von hier so sind wie diese Idioten, die heute Morgen in Muirend herumgelatscht sind, ist ihre Gesellschaft für uns nicht gerade erbaulich«, versetzte Guy in dem aufreizenden Ton, mit dem er ausdrückte, dass er sie für so vernünftig hielt, letzten Endes doch seinen Standpunkt einzunehmen. Dann steckte er die Nase in die Speisekarte, die so dick wie ein Atlas war, und das Thema war abgehakt.

Die Fahrt nach Hause brachte sie nach Aberfeldy, Kenmore und Fortingall, bevor sie durch den schmalen Glen Ellig, über den Berg und schließlich wieder nach Kirkton kamen. Die Gegend war atemberaubend schön, aber Guy sah die engen Straßen als eine Art Kriegsgebiet an, und er konzentrierte sich nur darauf, Wochenendausflügler so zu bedrängen, dass sie ihm Platz machten.

»Verdammte Touristen.«

Wir sind auch Touristen, dachte Cass niedergeschlagen – diese Leute dürfen sich die Landschaft ebenso ansehen wie wir. Und sie wusste bereits nach dieser kurzen Zeit, dass sie keine Touristin sein und nicht zu dieser verhassten Klasse der Wochenend- und Ferienhausbesitzer gezählt werden wollte. Sie wollte dafür sorgen, dass die Menschen – welche Menschen? – wussten, dass sie irgendwie hierher gehörte. Dass sie bei ihren Aufenthalten im Corrie Cottage nicht nur den Strapazen des »wahren Lebens« entkommen wollte.

Wieso empfand sie dann eine so unglaubliche Entrüstung, als Guy ihr endlich, nachdem sie die Scotch Corner hinter sich gelassen hatten, den eigentlichen Grund für die Entscheidung offenbarte, ein Haus im Glen Maraich zu kaufen – besonders da er die Eröffnung so positiv einleitete?

»Weißt du, Cass, ich glaube, dein Geschäft in Perth kann gar nicht schief gehen. Lindsay wird dir mit der Miete nicht die Haut abziehen, deshalb solltest du so bald wie möglich alles anschaffen, was du für das Büro als notwendig erachtest. Es ist ein Top-Gebiet, und da wir jetzt hier oben eine Basis haben, kannst du dich auch selbst um deine Klienten kümmern. Vielleicht macht es dir ja Spaß, deine ursprüngliche Heimat neu zu entdecken.«

Cass ließ die Neckerei, die im Grunde eher eine kleine Spitze war, unkommentiert. Mit Guy über ihre beruflichen Belange zu sprechen war für sie noch immer so ungewohnt, und sie ärgerte sich darüber, von ihm die Erlaubnis zu bekommen, das zu tun, was sie bereits beschlossen hatte. Aber, so rief Cass sich mit ihrem unerschütterlichen Gerechtigkeitssinn ins Gedächtnis, es wäre weitaus unbequemer, wenn Guy jetzt, da er theoretisch ein Mitspracherecht hatte, Einwände gegen das Projekt erheben würde.

»Ja, ich mache mich ans Werk«, erwiderte sie. »Ich kann mir keine bessere Mitarbeiterin als Lindsay wünschen – sie wird mich hier fast genauso gut vertreten, wie Diane es in London tut.« Wenn Cass wie geplant selbst in Schottland aktiv werden wollte, würde auf Diane auch mehr Arbeit zukommen.

»Das Unternehmen hier wird sich blendend entwickeln, und alles fügt sich wunderbar«, fuhr Guy fort und bemühte sich, Wärme und Natürlichkeit auszustrahlen. Cass spürte, dass er sich darauf vorbereitete, etwas zu enthüllen, was er lieber nicht preisgegeben hätte. »Besonders, da ich jetzt auch in dieser Gegend geschäftliche Interessen verfolge.«

»Geschäftliche Interessen?« Cass wandte sich ihm abrupt zu – seine Worte hatten sie erschreckt, aber sein Tonfall bereitete ihr noch mehr Unbehagen.

»Ich musste irgendwo ein bisschen Geld anlegen. Du weißt ja, wie das ist. Es hat sich die Gelegenheit ergeben, das Kapital hierher zu transferieren.«

»Hierher – wohin genau? In welches Unternehmen hast du investiert?«, fragte Cass vorsichtig nach. Das neue System, ihre Mittel gemeinsam zu verwalten, schloss, wie es schien, Guys Kapital nicht mit ein.

»In dieses neu erschlossene Gebiet, das wir gestern gesehen haben.«

Für einen Moment glaubte Cass, er meinte das geschniegelte Hotel am Fluss, und sie spürte, wie sich ihr Widerstand verhärtete.

»In der Nähe von Muirend. Der Golfplatz und das ganze Drum und Dran bei Sillerton.« Guy fiel es augenscheinlich auch jetzt noch schwer, ihr weitere Informationen zu geben.

»*Was?*« Cass empörte sich hauptsächlich deshalb, weil sie gestern direkt an dem Sportzentrum vorbeigefahren und auf Guys Bitte hin fast am Eingang stehen geblieben waren, und er hatte kein Sterbenswörtchen verlauten lassen. Das war unbegreiflich! Nach dem ersten Schock sickerten andere Ungeheuerlichkeiten in ihr Bewusstsein. Er hatte sich alles über ihre Agentur in Perth angehört und über seine Unternehmung geschwiegen. Und er musste dieses Vorhaben schon viel früher, sogar noch vor ihrer Hochzeit, ins Auge gefasst haben, denn damals war er wie sie der Ansicht gewesen, dass ein Cottage in Schottland ein wunderbares gegenseitiges Hochzeitsgeschenk sei (sie erinnerte sich im Moment nicht mehr, wie die Sprache darauf gekommen war). Er hatte so getan, als wollte er ihr mit Schottland eine Freude machen, dabei hatte der Glen Maraich die ganze Zeit großartig in sein Konzept gepasst. Sie waren am letzten Tag ihrer Flitterwochen hierher gekommen, um sich das Corrie Cottage anzusehen, und er hatte nichts von seinen geschäftlichen Interessen erwähnt.

Cass überlief ein erschreckend eisiger Schauer, und sie war zu entsetzt, um auch nur einen Blick auf den Abgrund der Heimlichtuerei zu werfen, der sich zwischen ihnen aufgetan hatte.

»Wirklich günstig, dass du ein neues Unternehmen gründen willst, das nur einen Katzensprung von hier entfernt ist«, bemerkte Guy lebhaft – es war ihm anzusehen, wie erleichtert er war, nachdem er die gefürchtete Hürde, sich zu offenbaren, genommen hatte. Diese Art von Offenheit widersprach seiner Natur so sehr, dass er sich seit Wochen damit herumgequält hatte. Die Tortur hatte ihn derart in Anspruch genommen, dass er nicht über Cass' Reaktion hatte nachdenken können, und da sie keine rationalen Bedenken gegen die Investition haben konnte, war ihm gar nicht in den Sinn gekommen, dass sie an anderen Dingen Anstoß nehmen könnte.

»Aber warum hast du mir nichts davon gesagt? Ich dachte, dass wir diese Dinge gemeinsam besprechen.« Cass bemühte sich nach allen Regeln der Kunst um einen ruhigen Ton.

»Oh, dieses Geschäft war schon angekurbelt, lange bevor wir diese Vereinbarung getroffen haben. Man kann Investitionen dieser Größenordnung nicht im Verlauf von ein, zwei Monaten abwickeln.«

Diese lächerlichen Ausflüchte raubten Cass genauso den Atem wie Guys gönnerhaftes Gebaren, auch wenn dies sicher unbewusst war. »Ich war der Ansicht, dass wir alles zu gemeinsamen Angelegenheiten gemacht haben, als wir – ja, was? – *fusionierten*, das erscheint mir der richtige Begriff zu sein. Wovon hast du mir sonst noch nichts erzählt? Wie konntest du gestern neben mir im Auto direkt vor der Zufahrt zu diesem Center sitzen und *immer noch* schweigen? Es ist unglaublich...«

»Die Akten sind vollständig da. Du kannst dir alles ansehen, das weißt du.«

Guy nahm eine defensive Haltung ein. Er konnte weder Erklärungen abgeben noch sich entschuldigen, darüber war sich Cass im Klaren. Aber er hatte sie in dem Glauben gelassen, ihr einen ganz speziellen Wunsch zu erfüllen, als er zugestimmt hatte, ein Haus in Schottland zu kaufen, und das tat wirklich weh. Wie viel Zeit würde er seinen neuen Geschäften widmen, wenn er hier war? Welche Bedeutung hatte das für ihre erholsamen Wochenenden und die Zeit, die sie sich eigentlich füreinander nehmen wollten?

Cass stellte Guy diese Fragen nicht, weil er ihr darauf nur erwidern würde, dass sie doch das Gleiche tue.

Während der Heimfahrt waren beide sehr schweigsam.

Kapitel sechs

Cass saß am Steuer des Mietwagens und gondelte gemächlich nach Kirkton, ein Caravan war hinter ihr und konnte nicht überholen, aber sie kümmerte sich nicht darum. Die Woche war hektisch gewesen, und Cass hatte sich abgehetzt, um das Flugzeug noch zu erreichen, aber selbst an einem so trüben Abend stimmte sie die Fahrt vom Airport hierher auf das bevorstehende Wochenende ein und vermittelte ihr ein Gefühl von Freiheit und Erwartung. Diesmal musste sie nicht nach nur zwei Tagen wieder zurück nach London rasen. Am Montag fingen sie und Lindsay an, das neue Büro zu organisieren; sie wollten ihre Marketing-Strategie planen und mit potenziellen Klienten für Dienstag Termine verabreden. Und jeden Abend konnte sie Zuflucht im Cottage suchen.

Sie fühlte sich heute ganz anders, als sie das Cottage betrat, weil es ihr in den nächsten Tagen nicht nur als Erholungsstätte diente, sondern auch als Ausgangspunkt für berufliche Belange. Cass konnte es kaum fassen, dass sich die Dinge so schnell entwickelt hatten. Nach wie vor empfand sie ein Gefühl der Befreiung, aber da war noch etwas anderes – etwas, worauf sie kaum zu hoffen gewagt hatte: Sie spürte einen Hauch von innerem Frieden, den sie sich immer erträumt hatte, aber nie genau hatte definieren können. Die hellen, sauberen Zimmer, die Stille, der Glen, der darauf wartete, erkundet zu werden, zwei bevorstehende Tage ohne jede Verpflichtung – das alles kam ihr ungeheuer verheißungsvoll vor. An diesem Wochenende wollte sie nicht an Guys erschreckendes Geständnis von seiner Beteiligung am Sillerton-Projekt denken. Sie hatte diese Information verdaut – besser gesagt, sie hatte sie, ohne zu kauen, geschluckt – und konnte damit fertig werden, auch wenn sie sich zurückgesetzt und übergangen fühlte. Aber das würde Guy niemals verstehen.

Obwohl es bereits Anfang Juli war, ging mit dem Frieden und der Ruhe eine kühle Frische einher, gegen die Cass noch nicht abgehärtet war. Die neuen Heizkörper würden den großen Raum trotz der offenen Treppe ausreichend beheizen, aber ein Kaminfeuer wäre dennoch schön. Seit ihrer Kindheit in Dalry hatte Cass nicht mehr in einem Haus mit offenem Kamin gewohnt. Der Schornstein war kalt, aber nachdem er einige Male Rauch gespuckt hatte, wurde Cass nach etlichen Experimenten mit einem behaglichen Knistern der brennenden Holzscheite belohnt. Das prasselnde Feuer schuf eine ganz neue Atmosphäre im Haus. Cass rückte einen Stuhl an den Kamin und richtete auf einem kleinen Tisch ihr Abendessen an – eine Quiche und Salat. Morgen würde sie nach Kirkton fahren und sehen, was das Geschäft dort zu bieten hatte.

Nach dem Essen hantierte sie in der Küche herum und räumte die restlichen Sachen in die Schränke. Das Telefon war noch immer nicht angeschlossen – Guy hatte deswegen bereits Krach geschlagen –, und es war eigenartig, dass Cass nicht einfach zum Hörer greifen und mit ihm plaudern oder ihre Mutter oder Roey anrufen konnte, um ihnen zu erzählen, wie sehr sie den Aufenthalt im Corrie Cottage genoss. Sie wären begeistert von diesem Haus und der Gegend.

Der Fernsehempfang war, mit Ausnahme von Channel 4, akzeptabel – Guy fand diesen Sender entsetzlich –, aber die Sendungen, die sich Cass zu Hause, ohne nachzudenken, angeschaut hätte, kamen ihr plötzlich nichts sagend und unbedeutend vor.

Schließlich lockte sie die kühle Abendluft hinaus; die Sonne leuchtete rosa zwischen den grauen Wolken über dem Bergkamm, als Cass über das hügelige Gelände zwischen Cottage und der Straße hinunterging, die zur alten Brücke neben dem Torhaus von Riach führte. Auf der anderen Flussseite fand sie einen Weg an der felsigen Böschung und machte es sich vor einem der verfallenen Häuser auf einem großen Stein bequem. Wie viele Menschen hatten hier wohl schon gesessen und den schwarzen und silbrigen Fluss im letzten Schein des Tages betrachtet? *Das unirdische Licht der Dämmerung.* Wer hatte das geschrieben? Schwarze, stumme Schatten flatterten über das Wasser. Schwalben? Fledermäuse? Wer auch immer die Sommerabende hier draußen genossen haben mochte, er musste eine dickere Haut gehabt haben als Cass. Die Mücken fraßen sie förmlich bei lebendigem Leibe auf. Fluchend kratzte sie sich und machte sich eilends auf den Weg zurück zur Straße.

Eine Frau stand am Tor des gepflegten Gartens, und Cass blieb stehen, um ein paar Worte mit ihr zu wechseln.

»Hallo. Ein kühler Abend, nicht wahr?«

»Ein klein bisschen frisch für diese Jahreszeit, ja.« Die Frau traf präzise den Ton, der der Temperatur entsprach. Außerdem drückte er auch den Grad der Herzlichkeit aus, den sie für diese Fremde mit dem englischen Akzent erübrigen konnte.

Cass grinste. Sie deutete diesen Tonfall ganz richtig. »Ich bin Cass Montgomery«, erklärte sie. »Wir, mein Mann und ich, haben Corrie Cottage gekauft.«

»O ja, das Corrie«, erwiderte die Frau. Sie taute ein klein wenig auf und nickte knapp.

»Ich glaube, an dem Tag, an dem wir eingezogen sind, hat Gina von Ihnen gesprochen. Sind Sie nicht Bibliothekarin in Muirend? Ich freue mich, Sie kennen zu lernen.« Cass war umsichtig genug, ihr nicht die Hand entgegenzustrecken.

»Mitarbeiterin in der Bibliothek.« Das klang schon weniger eisig – Cass schien freundlich zu sein und gute Manieren zu haben.

Die Frau stellte sich nicht vor, aber das hatte Cass auch nicht erwartet. Nancy sonstnochwie, hatte Gina sie genannt.

»Kannten Sie die Leute, denen das Cottage vorher gehört hat?«, fragte sie. »Waren sie oft hier?«

»Dundee-Leute.« Mittlere Verdammung. »Ich hatte nie viel mit ihnen zu tun.« Das wurde eindeutig wie eine Tugend präsentiert. »Am Anfang war da ein ständiges Kommen und Gehen – sie konnten gar nicht genug von dieser Gegend bekommen –, dann haben sie sich monatelang nicht mehr blicken lassen.« Eine Spitze.

»Wir kommen aus London«, erklärte Cass bescheiden, »deshalb werden wir es wahrscheinlich nicht viel besser machen.«

»London. Nein, von dort werden Sie nicht sehr oft herkommen, das schaffen Sie nicht. Besonders nicht im Winter.«

Na, das hätten wir hinter uns, dachte Cass, als sie weiterging, und beglückwünschte sich für den repressiven Ton der letzten Bemerkung. Ihr war klar, dass sie auf der Skala irgendwo zwischen Urlauber, die ein, zwei Wochen in einem gemieteten Cottage blieben und danach nie wieder gesehen wurden, und Eindringlinge wie die Bewohner von Sycamore Lodge gerutscht war, die wenigstens ständig hier wohnten, auch wenn sie in den Augen der Bevölkerung voller Unzulänglichkeiten waren.

Sie überquerte die neue Straße und ging am Fluss entlang, weil ihr eingefallen war, dass sie weiter unten einen Steg gesehen hatte, über den das Vieh getrieben wurde. An der Flussbiegung zwischen Wasser und Straßenrand entdeckte sie ein Haus, das sie bisher nicht bemerkt hatte. Der rechteckige Steinbau war unbeleuchtet und stand nah am Ufer hinter ein paar Bäumen. Eine Scheune – abgeschnitten und überflüssig wegen der neuen Straßenführung? Der Schein der starken Außenlampen des von hier aus nicht zu sehenden Bungalows ließ die Nacht außerhalb ihrer Reichweite stockfinster erscheinen und warf dunkle Schatten auf den Fluss und an das Ufer. Aus diesem Grund sah Cass den stillen Beobachter nicht, dessen Blick auf sie gerichtet war, als sie stehen blieb und sich umschaute, bevor sie ihren Weg zu dem Steg fortsetzte.

Gina hievte den überquellenden Korb mit der Bügelwäsche ächzend auf den Tisch und starrte ihn voller Abscheu an. Sie wagte kaum, daran zu denken, in welchem Zustand die unterste Schicht inzwischen war. Wahrscheinlich hatte die Wäsche schwarze Stockflecken. Welche Wäsche lag überhaupt ganz unten in dem Korb? Irgendwie war sie immer gezwungen, ihre häuslichen Pflichten im allerletzten Moment zu verschieben – selbst wenn sie noch so gute Absichten hegte. Gina vermutete stark, dass die Vorhänge des Wirtschaftsraums seit Wochen auf ein Bügeleisen warteten.

Die Vorhänge des Wirtschaftsraums? Ist mein Leben tatsächlich auf solche Dinge reduziert?, begehrte sie unvermittelt auf. Darauf, dass ich mir Gedanken um bunte Stofffetzen mache, die rechts und links von einer Fensterscheibe hängen und nicht ein einziges Mal zugezogen werden? Eines Tages war sie, vom Wunsch beseelt, alles richtig zu machen, auf einen Hocker geklettert und hatte die Dinger abgenommen, um sie zu waschen, sie danach wie eine gute, bewundernswerte Hausfrau mit dem Bügeleisen zu glätten und wieder aufzuhängen. Aber sie hatte sie von März bis Juli im Korb liegen lassen, und gerade heute hatte sie keine Zeit für zusätzliche Arbeiten.

Sie war schon in Muirend gewesen. Nessa machte bei einem Schwimmwettbewerb mit, hatte sich aber geweigert, mit Laurie, ihrem Vater, hinunterzufahren, weil er wegen der Sommer-Meisterschaften etwas früher im Club sein musste. Gina war noch immer nicht sicher, was das bedeutete, sie wusste nur, dass niemand eine Medaille gewann. Sie hätte darauf bestehen müssen, das sich Nessa zu Laurie ins Auto setzte – es war lächerlich, innerhalb einer Stunde mit zwei Autos denselben Weg zu machen –, aber mit jedem Tag scheute sie mehr vor Konfrontationen zurück. Allerdings schien es ihr nicht zu gelingen, ihnen aus dem Weg zu gehen; es gab immer Streit, egal, was sie sagte oder tat.

Steve hätte auch mit seinem Vater fahren sollen, aber er war noch nicht aufgestanden. Gina hatte mitbekommen, dass er erst kurz vor fünf Uhr in der Früh nach Hause gekommen war, aber das hatte sie Laurie verschwiegen. War es unverantwortlich von ihr, es ihm nicht zu erzählen? Im College konnte Steve machen, was er wollte. Wer weiß, wann er dort, wenn überhaupt, nach Hause kam? Und Laurie hatte heute Morgen nicht nach ihm gefragt – er war wortkarg gewesen und hatte sich Gedanken um all die Dinge gemacht, die heute schief gehen konnten. Außerdem war er wütend geworden, weil das Hemd, das er hatte anziehen wollen, nicht gebügelt war, obwohl Gina angeboten hatte, es schnell zu erledigen, während er frühstückte. Nur die Manschetten waren noch ein bisschen feucht gewesen. Laurie hatte Tiree angebrüllt, weil der Hund winselnd um ein Würstchen gebettelt hatte, gerade als Laurie die Wettervorhersage im Radio hatte hören wollen. Er war hinausgestürmt, hatte zum Abschied das Fenster seines Autos heruntergekurbelt und ihr zugerufen, dass er alle gebeten habe, um sieben Uhr zum Dinner hier zu sein.

Gina stocherte widerwillig in der Wäsche und machte die Entdeckung, dass das besagte Hemd über den Boden geschleift worden war. Außerdem wies es große schwarze Pfotenabdrücke auf.

»O Tiree, du bist ein Albtraum!« Gina musste sogar noch kichern, als ihr die Tränen in die Augen schossen – sie kicherte, weil sie sich das Drama vorstellte, das entstanden wäre, wenn Laurie ihr Angebot, das verdammte Ding zu bügeln, angenommen hätte. Letzten Endes gewannen die Tränen doch die Oberhand, und Gina sank schluchzend auf den nächsten Stuhl.

Tiree hatte keine Ahnung, was er in den letzten zwei Minuten verbrochen haben sollte, und sprang gut gelaunt auf Gina zu. Das half wie so oft: Gina schlang fest die Arme um ihn, und er ließ es, so gut er konnte, über sich ergehen. Tiree hatte nicht viel für Emotionen übrig, und außerdem spürte er etwas Nasses auf seinem Kopf, aber vielleicht war es die Sache wert.

»Du bist ein unglaublich schrecklicher Hund«, machte Gina ihm klar. Sie fasste in den Korb und wischte sich mit einem Kissenbezug über die Augen. Das nützte nicht sehr viel. »Aber Gott allein weiß, was ich ohne dich anfangen würde. Du bist der Einzige, der mir zuhört.«

Ihr war bewusst, dass sie selbst an ihrem so abgeschiedenen Leben schuld war. Als sie das ehemalige Farmhaus auf dem Riach-Anwesen vor zwei Jahren gekauft hatten, war ihr Joanna Mackenzie vom großen Haus freundlich und hilfsbereit begegnet, und über sie hätte Gina Bekanntschaften gemacht und vielleicht sogar Freundschaften geschlossen. Aber irgendwie hatte sie alles schleifen lassen. Offenbar nahm der Kampf, den Haushalt auf dem Laufenden zu halten, ihre ganze Zeit in Anspruch – dabei verlor sie diesen Kampf täglich aufs Neue. Dieser Gedanke setzte eine weitere Tränenflut frei, die Tiree dazu veranlasste, die Ohren zu spitzen. Es schien nie einen Moment zu geben, den sie für sich selbst nutzen konnte, und es war um einiges schwerer, nach dem ersten herzlichen Willkommen Freunde zu finden. Die Nachbarn waren meilenweit verstreut; man begegnete niemandem rein zufällig, sondern musste sich verabreden. Außerdem hatten alle genug mit sich selbst zu tun. Gina hatte unter den Highschool-Müttern von Muirend keine Seelenverwandten gefunden, und Lauries neue Geschäftspartner (genauer gesagt handelte es sich dabei um *Bosse*, weil er der Geschäftsführer war und sie alle Geld investiert hatten) waren nicht gerade die Menschen, mit denen Gina sich gern umgab. Genau genommen langweilten die Männer sie zu Tode, und ihre Frauen waren noch schlimmer. Heute Abend würden sechs von ihnen sie hier heimsuchen und das essen, was sie für sie gekocht hatte. O Gott, sie hatte noch keinen Handstreich für das Dinner getan, wusste noch nicht einmal, was sie den Leuten vorsetzen sollte! Stöhnend schmiegte Gina die Wange an Tirees seidenweichen Kopf, und er leckte schnell ein-, zweimal, um sie daran zu erinnern, dass er kein Kissen war und auch seine Probleme hatte.

Gina hatte sich mehr von den neuen Bewohnern des Corrie Cottages erhofft. Sie hatte Cass' Gesellschaft an jenem verregneten, chaotischen Umzugstag sehr genossen. Als Cass das nächste Mal ein Wochenende im Cottage verbracht hatte, hatte Gina erwartet, dass sie bei ihr auftauchen würde. Sie war sogar drauf und dran gewesen, selbst hinunterzugehen, aber das Cottage war praktisch die ganze Zeit verlassen gewesen. Von Beverley, der nie etwas entging, erfuhr Gina, dass Cass mit ihrem Mann da war, doch als Gina am Sonntag bei ihnen vorbeischaute, um die beiden zu einem Drink vor dem Mittagessen einzuladen, waren sie bereits abgereist. Heute hielt sich wieder jemand im Cottage auf, aber es stand ein anderes Auto vor dem Haus. Vielleicht hatten Freunde es sich ausgeliehen. Gina nahm an, dass den ganzen Sommer über verschiedene Leute Ferien im Cottage machen würden – Fremde, die sich selbst genügten und nicht auf Kontakte zur Bevölkerung oder gar Freundschaften aus waren.

Sie hörte nichts, aber Tiree, der ausnahmsweise einmal seine Pflichten als Wachhund wahrnahm, bellte ein paar Mal laut auf, während sie ihn noch an sich drückte, dann riss er sich so vehement von ihr los, dass sie beinahe mitsamt dem Stuhl umgefallen wäre.

Gina wischte sich hastig die Tränen von den Wangen und ging zur Haustür; da stand Cass mit ihren absurd langen Beinen, die in engen Jeans steckten. Ihre Augen waren schmal wie Schlitze, als sie auf die Art lächelte, die Gina so mochte. Der Wind, der über den Hof fegte, bauschte das riesige rote Flanellhemd auf.

»Hi. Ist das eine ungünstige Zeit? Samstagvormittag? Sagen Sie mir einfach, wenn Sie zu beschäftigt sind.«

»O Cass, kommen Sie rein, bitte, kommen Sie rein«, flehte Gina und hielt Cass' Arm fest, damit sie ihr nicht mehr entkommen konnte. »Ich habe gerade an Sie gedacht. Kommen Sie rein und bewahren Sie mich vor dem Bügeln, der Langeweile und der Verzweiflung.«

»Klingt schlimm.« Cass ließ sich in die Küche ziehen, während sich Tiree ihnen immer wieder in den Weg stellte. Gina gab sich vergnügt, aber Cass sah ihre geröteten Augen und die Tränenspuren auf den sommersprossigen Wangen.

»Als Erstes räumen wir das hier weg.« Gina stellte den Wäschekorb auf den Boden, und das trügerische Gefühl, die Bügelwäsche sei erledigt, hellte ihre Stimmung auf. »Kaffee, ja? Verdammt, der Wasserkessel muss entkalkt werden. Oh, gut, dann nehmen wir eben den elektrischen.«

Cass, die nichts von dem Feldzug wissen konnte, den Laurie gegen diese unnötige Extravaganz führte, wunderte sich über Ginas trotzigen Unterton.

Die Geschirrspülmaschine stand offen und wartete darauf, ausgeräumt zu werden. Das Frühstücksgeschirr stapelte sich auf der Arbeitsplatte darüber. Eine Pfanne mit schwarzer Schicht und einem Stück Fisch stand gefährlich schief auf Tellern und Tassen.

»Ich kann Ihnen gar nicht sagen, wie sehr ich mich freue, Sie zu sehen«, gestand Gina, als sie einen Karton Milch und eine wunderbar bemalte Keramikschale mit Plätzchen auf den Tisch stellte.

»Ist etwas nicht in Ordnung?«

»Nichts Besonderes.« Gina strahlte sie an und holte Becher aus der Spülmaschine. »Nur mein ganzes Leben.«

»Das ist alles? Dann können wir uns ja über etwas anderes unterhalten.«

Gina lachte. »Wissen Sie, ich habe mich in den letzten Wochen einige Male gefragt, ob ich es mir nur eingebildet habe. Das habe ich doch nicht, oder?«

»Nein, Sie haben es sich nicht eingebildet.« Cass brauchte keine weiteren Erklärungen. Auf dem Weg hier herauf hatte sie sich auch Gedanken darüber gemacht, ob die Sympathie und Unbeschwertheit zwischen ihnen noch da sein würde oder ob sie Gina womöglich mit ihrem Besuch störte. Aber jetzt, da sie sie in ihrem gelben Hemd und dem langen, zimtfarbenen Samtrock vor sich sah und so herzlich aufgenommen wurde, waren all ihre Bedenken verflogen. Sie spürte, dass sie etwas Wunderbares gefunden hatte.

»Ist irgendetwas Spezielles in Ihrem Leben nicht in Ordnung?«, erkundigte sie sich. Schillernde, offene Menschen wie Gina sollten nicht weinend in einer menschenleeren Küche sitzen.

»Aufsässige Kinder, ein verärgerter Ehemann, ständige häusliche Krisen, die ich mit meiner Unfähigkeit heraufbeschwöre, und heute Abend eine Dinnerparty für acht Personen. Laurie möchte, dass ich vier Gänge serviere und alles hübsch arrangiere, und das für die grässlichsten Leute, die Sie jemals kennen gelernt haben – die Hälfte von ihnen kenne ich nicht einmal«, erklärte Gina jämmerlich, aber das Blitzen in ihren gelbbraunen Augen verriet, dass sie auch die komische Seite der Tragödie sah.

»Ich weiß nicht so recht, ob ich die Logik der letzten Aussage erkennen kann«, entgegnete Cass, »aber der Rest klingt unheilvoll. Wer sind die ›Kinder‹, abgesehen von Nessa?« Gina hatte hin und wieder »die Jungs« erwähnt.

»Laurie hat zwei Söhne, Steve und Andy.«

»Wie alt sind sie?«

»Steve ist einundzwanzig und muss noch ein Jahr Betriebswirtschaft in Strathclyde studieren. Andy steht vor dem Schulabschluss und hat zwei Ziele im Leben: Er will Geld machen und Geld ausgeben. Jeder Versuch, aus ihm herauszubekommen, wie er Ersteres erreichen möchte, ist Zeitverschwendung.«

»Und Nessa ist Ihre und Lauries gemeinsame Tochter?«

»Nein, wir sind erst seit vier Jahren verheiratet. Nessa ist das Produkt meiner ersten Ehe.« Gina lachte. »Ein scheußliches Kind. Heute Morgen auf dem Weg nach Muirend hat sie mich davon in Kenntnis gesetzt, dass alle anderen Mädchen in ihrem Alter kürzere und engere Röcke tragen als sie, und unterbrach ihre Tirade nur, um mir meine unglaubliche Gedankenlosigkeit vorzuwerfen, weil ich ihr einen Vornamen mit zwei ›S‹ gegeben habe, obwohl sie in ihrem Nachnamen noch eines hat. Der ist übrigens Pascoe.«

Cass lachte. »Ich habe meiner Mutter Vorhaltungen gemacht, weil ich einsachtzig groß bin und diese furchtbar lockigen Haare habe, obwohl ich beides nicht von ihr haben kann.«

»Doch nicht wirklich einsachtzig, oder?«, rief Gina aus.

»Manchmal fühlt es sich so an. Aber was haben Sie so früh in Muirend gemacht?«

»Nessa musste zum Schwimmen. Ich muss sie bald wieder abholen. Steve hätte mit uns fahren sollen, nachdem er schon nicht seinen Vater begleitet hat – er hat versprochen, heute als Caddie zu arbeiten, aber er liegt noch im Bett. Das ist genau das, was Laurie so auf die Palme bringt – unter anderem«, fügte sie hinzu. »Oh, das alles soll mir gestohlen bleiben.« Sie ließ sich auf einen Stuhl fallen und nahm sich ein Plätzchen. »Es ist viel zu ermüdend, um auch nur ein Wort darüber zu verlieren. Erzählen Sie mir lieber, wie sie im Corrie zurechtkommen. Ich weiß, dass Ed Ihnen in der letzten Woche Brennholz geliefert hat. Ist alles andere in Ordnung?«

Cass betrachtete sie amüsiert. Gina standen die Vorbereitungen für ein riesiges Abendessen bevor, sie musste noch aufräumen und sauber machen (möglicherweise) und nach Muirend fahren, trotzdem setzte sie sich gemütlich hin und wollte einen minutiösen Bericht von Cass hören. Und um wie viel hübscher klang es, wenn jemand vom »Corrie« sprach statt vom »Corrie Cottage«.

Cass erhob sich. »Hören Sie, ich könnte mich eigentlich um die Bügelwäsche kümmern, während wir plaudern. Dann hätten Sie eine große Sorge weniger.«

»Gütiger Gott, das würden Sie tun? Aber nein, das kann ich nicht zulassen – Sie können nicht die Wäsche anderer Leute bügeln!«

»Warum nicht? Sie ist gewaschen, oder nicht? Sie *ist* doch sauber?«

Gina kicherte. »Das meiste. Nur das hier nicht.« Sie zog das Hemd mit den Pfotenspuren aus dem Korb. »Deshalb habe ich vorhin geheult.«

»Nein, nicht deshalb.« Cass drückte vorsichtig eine Hand auf das Bügelbrett – es sah so aus, als ginge es auf einer Seite in die Knie, und sie hatte kein großes Vertrauen in das Ding. »Möchten Sie darüber reden?«

Gina musterte Cass, die sorgfältig einen Hemdsärmel auf das Bügelbrett legte und ihn glatt zog. Sie könnte einfach erwidern: »Nicht jetzt«, und Cass würde das akzeptieren. Oder sie könnte sich erlauben, vorsichtig in Worte zu fassen, wie unzulänglich und abgeschnitten von der Welt sie sich fühlte. Sie hatte beinahe vergessen, wie tröstlich es war, bei jemandem bei einer belebenden Tasse Kaffee Verständnis zu finden.

Kapitel sieben

Cass aß geruhsam in der windgeschützten Ecke auf der Veranda zu Mittag. Es war der reinste Luxus, nach Ginas emotionalen Ausbrüchen Ruhe und Frieden zu haben und allein zu sein. Gina war losgefahren, um Nessa abzuholen. In einem solchen Haushalt musste es endlos viel Arbeit geben. Cass überdachte ihren eigenen Tagesablauf.

Der Laden in Kirkton war eine angenehme Überraschung gewesen. Sobald die bedrückende Bemerkung »Ach, Sie sind nur an den Wochenenden hier?« geäußert war, wurde sie freundlich behandelt. Als sie das Angebot überblickte, stellte sie fest, dass ihre Erwartungen bei weitem übertroffen wurden. Seit der Verbreiterung der Straße durch den Glen herrschte viel mehr Verkehr auf der Touristenroute über den Pass, und das hatte Auswirkungen auf das Dorf. Cass hatte Baguette und eingelegte Makrelen, Wein, Käse, Obst und Salat gekauft und sich gefreut, nicht nach Muirend fahren zu müssen.

Danach hatte sie zwei Stunden die Gegend erkundet, den steilen Anstieg über den Mains in Angriff genommen und sich auf halbem Weg auf einen großen Felsen gesetzt, um sich den Glen von diesem Blickwinkel aus anzusehen und wieder zu Atem zu kommen, denn selbst das geschäftige Londoner Leben verschaffte ihr nicht die Fitness, die sie hier brauchte. Das große Haus von Riach stand auf einem weitläufigen ebenen Grundstück, dahinter führte ein schmaler, grasbewachsener Weg zum Eingang des Glen und den anderen imposanten Gebäuden von Allt Farr. Ob es jemanden störte, wenn man auf diesem Weg spazieren ging? Gina würde das wissen, hatte sie zu dem Zeitpunkt noch gedacht.

Jetzt allerdings hegte Cass Zweifel, ob sich Gina um so etwas kümmerte. Wie herrlich verrückt sie doch war. Wenn es ihr wenigstens ab und zu gelingen würde, sich von ihrem Haushaltschaos zu befreien, könnten sie viel Spaß miteinander haben.

Ein Auto fuhr schnell und laut dröhnend die Zufahrt herauf – Gina. Hatte sie es so eilig, weil sie nach Hause und kochen musste? Nein, der Wagen bremste scharf ab und setzte viel zu hochtourig rückwärts in die Einfahrt des Corrie. Der Lärm verstummte. Cass erhob sich und sah genauer hin. Der schmutzige Subaru, den sie in Mains of Riach gesehen hatte stand schräg mit dem Heck zur Böschung. Gina stieg aus. Das Auto rollte ein wenig, und Gina sprang wieder hinein, der Subaru machte einen kleinen Satz, als sie die Handbremse anzog. Cass lief die ungleichmäßigen Stufen hinunter, zwischen denen Wiesenfrauenmantel wuchs, und hoffte, dass Gina nicht vergessen hatte, einen Gang einzulegen.

»Erzählen Sie mir nicht, dass Sie noch einmal hinunterfahren müssen. Was haben Sie vergessen? Doch nicht Nessa, oder?« Nur Tiree saß in dem Wagen und war beinahe ganz von Einkaufstüten begraben, von denen er die meisten schon eingehend untersucht zu haben schien.

»Bisher ist mir noch nichts eingefallen, obwohl ich ganz bestimmt was vergessen habe. Nein, hören Sie, ich habe eine blendende Idee.« Gina strahlte über das ganze Gesicht, als hätte es die Tränen am Morgen nie gegeben.

Tiree rutschte mit einigen anderen Dingen zwischen Rück- und Vordersitz auf den Boden und kämpfte sich wieder zurück auf die Sitzbank. Dann kläffte er Cass an.

»Sei still, Tiree!«, schimpfte Gina und schlug mit der Faust gegen das Wagendach. Das besänftigte den Hund keineswegs.

»Was ist passiert?«, wollte Cass wissen.

»Tiree, ich schlag dir den Schädel ein, wenn du nicht augenblicklich ruhig bist. Du kennst Cass doch. Warten Sie«, setzte sie an Cass gewandt hinzu, dann tauchte sie ab, um etwas auf dem Beifahrersitz zu suchen. Cass übte sich in Geduld – sie hatte den ganzen Tag Zeit.

Tiree, den das Rascheln von Papier sehr interessierte, hörte auf zu bellen und kletterte über die Kopfstütze nach vorn. Cass drehte ihr Gesicht einem Sonnenstrahl zu, wartete alles Weitere ab und überlegte dabei, dass kaum ein Unterschied zwischen Hund und Frauchen bestand, wenn es um Organisation und Vorausplanung ging.

»Da.« Gina richtete sich atemlos, aber mit einem triumphierenden Lächeln auf. »Die ersten Himbeeren der Saison. Blairgowries, das sind die allerbesten. Ich konnte nicht widerstehen, obwohl sie noch irre teuer sind. Oh, Sie wissen schon, was ich meine. Ich habe für uns auch welche mitgenommen. Sie sind wunderbar für den Sommer-Pudding heute Abend.«

»Muss ein solcher Pudding nicht stundenlang im Kühlschrank stehen?«, fragte Cass und nahm dankend das Schälchen mit den Himbeeren entgegen. Ihr Herz flog dem großzügigen, leichtsinnigen Mädchen zu.

»Dazu reicht die Zeit leicht«, erwiderte Gina munter.

»Wirklich? Und wo ist Nessa? Ich dachte, das Wichtigste sei, sie abzuholen.« Allerdings musste Cass nach einem weiteren Blick in das Wageninnere einräumen, dass das Dinner hätte mager ausfallen können, wenn Gina nicht eingefallen wäre, noch ein wenig einzukaufen.

»Oh, dieses *unausstehliche* Kind«, rief Gina aus und verzog ärgerlich das Gesicht. »Sie hat beschlossen, bei einer Freundin zu übernachten. Gestern Abend noch sah es so aus, als würden sie ihr Leben lang nie wieder ein Wort miteinander wechseln. Nessa hat beteuert, sie hätte versucht, mich anzurufen, und ich würde ihr das gern glauben, aber nachdem ich ihren verschlagenen Blick gesehen habe, kann ich das nicht mehr. Ist es nicht schrecklich, wenn man der eigenen Tochter nicht mehr vertraut? Auf einer weniger moralischen Ebene hatte ich eigentlich gehofft, dass sie mir ein bisschen bei den Vorbereitungen für heute Abend hilft. Da ich mich aber damit abfinden musste, die Arbeit ganz allein zu machen, habe ich mir erlaubt, ein wenig zu mogeln und ein paar Dinge zu besorgen, mit denen ich es mir leichter machen kann – gefrorenen Blätterteig und tiefgekühltes Gemüse, weil mein Garten im Moment nichts anderes hergibt als Spinat. Ich glaube nicht, dass Spinat gut zu Rindfleisch-Carbonnade passt.«

Cass wusste, wie lange die Zubereitung des Gerichts dauerte, und fand, dass von Mogeln nicht die Rede sein konnte.

»Dann gab es noch geräucherten Kabeljau-Rogen im Angebot«, plapperte Gina weiter. »Ich hab welchen mitgenommen, aber eigentlich habe ich keinen Schimmer, was ich damit machen soll. Und ich wage gar nicht, auf das Verfallsdatum zu schauen. Doch das alles ist langweiliges Zeug und hat nicht das Geringste mit dem zu tun, weshalb ich hergekommen bin. Wie gesagt, ich hatte eine großartige Idee. Steigen Sie ein, und ich erzähle es Ihnen auf dem Weg. Oh, können Sie da überhaupt einsteigen?«

Auf dem Weg wohin? Spielte das überhaupt eine Rolle? »Vielleicht, wenn Sie ein kleines Stück nach vorn fahren.«

»Schlagen Sie nicht diesen resignierten Ton mir gegenüber an.« Gina kicherte.

Cass betrachtete das Schälchen mit den Himbeeren in ihren Händen. Roter Saft lief ihr über die Finger. Sie stellte die Himbeeren ins Gras neben den Stufen und ging zur Beifahrertür des Subaru, der mittlerweile schon auf dem Weg stand. Sie setzte sich auf den Sitz und zog die Beine hoch, weil sie auf dem Boden keinen Platz für ihre Füße fand. Das schrille Jaulen auf dem Rücksitz verriet, dass Tiree auch Schwierigkeiten hatte. Vermutlich war er daran gewöhnt.

»Es ist mir plötzlich eingefallen«, rief Gina, als sie rasant die erste Kurve nahm und offensichtlich als selbstverständlich voraussetzte, dass kein anderer den Weg benützte, »dass dies eine ideale Gelegenheit für Sie sein könnte...«

»Brauchen Sie den Choke noch? Sie sind doch gerade vierzig Meilen gefahren, und der Motor müsste warm sein.«

»Guter Gedanke.« Der Motor wurde augenblicklich leiser.

»Was sagten Sie gerade?«

»Als ich in der Apotheke war, haben sie mich gebeten, ein paar Sachen für Beverley mitzunehmen. Sie kriegt ganze Wagenladungen von Pillen und Medikamenten – natürlich sind sie hauptsächlich für Richard, aber sie selbst gibt auch ein

Vermögen für alle möglichen Cremes und Lotionen aus, um die Augenlider zu straffen, die Kinnlinie zu modellieren und alles andere zu verschönern, worüber wir schon lange nicht mehr nachdenken. Sie brauchen sich ohnehin keine Sorgen wegen Falten oder dergleichen zu machen. Oh ... was ist jetzt umgefallen?«

»Keine Panik, ich kann mir kaum vorstellen, dass noch was da ist, was kaputtgehen kann, wenn Sie mit dieser Fahrweise von Muirend hierher gekommen sind.« Cass hielt sich am Armaturenbrett fest, als Gina so schnell über die Zufahrt zur Sycamore Lodge raste, dass der Kies nach allen Seiten spritzte.

»Jedenfalls«, meinte Gina und bremste scharf ab, »dachte ich, es wäre eine gute Gelegenheit, dass Sie beide sich kennen lernen. Beverley ist wirklich die Einzige, die ich hier ab und an mal sehe. Sie hat eine schlimme Zeit durchgemacht und fühlt sich bestimmt manchmal einsam.«

Es schien sinnlos zu sein nachzufragen, ob Gina tatsächlich etwas von ihrer kostbaren Zeit opfern wollte, um Nachbarinnen miteinander bekannt zu machen, obwohl sie für eine Dinnerparty kochen musste und ihr Mann vier Gänge erwartete – Cass stellten sich die Nackenhaare auf, wenn sie nur daran dachte. Allerdings hatte sie in der Tat ein gewisses Interesse daran, jemanden kennen zu lernen, der im Stande war, hinter heruntergelassenen Jalousien reglos auszuharren, während eine Fremde im strömenden Regen vor der Haustür stand und Hilfe brauchte.

Die Frau, die die Tür öffnete, deren Holz in einem eigenartig rötlichen Mahagoniton gebeizt war, weckte in Cass den Wunsch, einen Riesenbagger anrollen zu lassen, der den Bungalow mitsamt Garten hochheben und dorthin bringen sollte, wohin all das gehörte: in eine spießige, ordentliche englische Vorstadt, in der nur Leute lebten, die sich bemühten, so zu tun, als wären sie Mitglieder der feinen Gesellschaft.

Beverley Scott war klein, adrett und von Kopf bis Fuß sorgfältig gepflegt. Ihr Körper, der offenbar von Natur aus zur Rundlichkeit neigte, war sichtlich geschnürt und mit nimmermüder Aufmerksamkeit gesalbt und verwöhnt. Der beigefarbene leinenartige Rock, die cremefarbene Seidenbluse und der Goldschmuck verrieten ihre Furcht vor Geschmacksverirrungen – diese Bedrohung hatte sie offenbar schon ihr Leben lang in Angst und Unsicherheit versetzt. Das blonde Haar (die grauen Strähnen, die peinlich genau kaschiert und im Naturton eingefärbt werden mussten, verursachten Beverley wahre Albträume) war zu einem ordentlichen Pagenkopf geschnitten und wurde von einem schwarzen Haarband aus dem Gesicht mit der schmalen Nase und den scharfen Augen gehalten.

»O Gina, Sie sind es«, sagte sie abweisend. Ihre kleinen farblosen Augen fixierten Cass mit dem angeborenen Argwohn, der nicht mit schwarzen Samthaarbändern in Einklang zu bringen war. »Man weiß ja nie, wer heutzutage an die Tür klopft – hier treiben sich unentwegt Leute herum.«

Sie deutete mit dem Kinn auf die Straße, wo sich einige weißhaarige Busreisende die Füße vertraten und wahrscheinlich daran dachten, wann sie die nächste Tasse Tee bekamen und auf die Toilette gehen konnten. Beverley sog scharf die Luft ein, als die Touristen die große, bunt bemalte und mit Stiefmütterchen und Lobelien bepflanzte Schubkarre gleich neben ihrem Tor entdeckten und sich gegenseitig darauf aufmerksam machten.

»Ich habe die Sachen mitgebracht, die Sie in der Apotheke bestellt haben«, erklärte Gina charmant. »Und ich dachte, Sie würden Cass gern kennen lernen. Sie ist ins Corrie eingezogen. Cass – guter Gott, ich habe Ihren Nachnamen vergessen, ich dumme Person.«

»Montgomery.«

Cass war kurz davor, ihre Hand auszustrecken, als Beverley Gina das Päckchen wegriss, als brächte es sie in Verlegenheit. »Sie hätten sich wirklich nicht die Mühe machen müssen«, erwiderte sie undankbar. »Ich fahre am Montag ohnehin zur Massage nach Muirend. Ich bin derzeit ziemlich angespannt – kein Wunder bei all dem, was ich um die Ohren habe –, und Yvonne möchte eine neue Ölmischung ausprobieren, die sie speziell für mich zusammengestellt hat. Sie kennt meine besonderen Bedürfnisse. Diese Mischung basiert selbstverständlich auf meinen Lieblingsdüften Jojoba und Kokosnuss.« Sie spähte in die Tüte und schloss sie rasch wieder.

Cass war von dieser Begrüßung fasziniert. Sie studierte Beverleys Augenlider und fand, dass sie kein bisschen jünger oder geschmeidiger aussahen als die jeder anderen Frau um die vierzig, es sei denn natürlich, es gab wirklich eine wirksame Wunderkur und Beverley war schon neunzig. Cass erkannte mit Freude, dass Beverley eine Quelle der Absurditäten darstellte.

»Guten Tag, wie geht es Ihnen?«, erkundigte sie sich höflich.

»Ach, ja, hallo.« Beverley hätte es nie über sich gebracht, Cass ihrerseits nach ihrem Befinden zu fragen; es machte keinen Sinn. Es gelang ihr auch nicht, ein Lächeln auf ihr Gesicht zu zaubern, aber sie bot ihr eine manikürte und beringte Hand mit lackierten Fingernägeln an, die die meiste Zeit des Tages in Gummihandschuhen steckte.

»Wollen Sie uns nicht hineinbitten?«, erkundigte sich Gina auf ihre direkte Art.

»Ich weiß ja nicht, ob Sie sehr in Eile sind«, entgegnete Beverley hastig, ohne ihre Verärgerung zu verbergen.

Sie fügte nicht hinzu »Dann kommen Sie eben rein, wenn es nicht anders geht«, aber die Worte lagen in der Luft, als sie mit flotten Schritten voranging.

Sycamore Lodge, das sich hinter der rasch wachsenden Hecke und dem Maschendrahtzaun verbarrikadierte, passte schon nicht in die Landschaft, aber Beverleys grotesk hohe Absätze hätten, so überlegte Cass, überall Aufsehen erregt. O Gina, du bist eine Perle, frohlockte sie im Stillen, als sie der grollenden Beverley in ein monströs und in schreienden Farben eingerichtetes Wohnzimmer folgten.

»Ich vermute, es ist die falsche Tageszeit, um Ihnen etwas anzubieten«, meinte Beverley und winkte sie zu flüchtig zu einem mit eisvogelblauem, falschem Samt (waschbar) bezogenen Sofa. »So kurz nach dem Mittagessen ist es noch viel zu früh für einen Tee.«

Beverley hatte durch den Klatsch und Tratsch, dem sie so emsig frönte, erfahren, dass das Corrie Cottage als Ferienhaus verkauft worden war, und sie teilte die Abneigung der Bevölkerung gegen solche Käufer von ganzem Herzen. Außerdem empörte sie der Übergriff in ihre Privatsphäre, für die sie einen horrenden Preis bezahlt hatte. Ihr Ehrgeiz war es, sich mit den Familien auf guten Fuß zu stellen, deren große Häuser über den Glen verstreut waren, den Mackenzies of Riach, den Munros in Allt Farr, den Forsyths in Alltmore. Die Bekanntschaft mit Gina hatte sich nur wegen der Nähe und aus Nachlässigkeit entwickelt. Manchmal bedauerte Beverley, dass sie sich überhaupt auf sie eingelassen hatte, und sie fragte sich, ob Gina ihr im Weg stand, wenn sie Akzeptanz in den höheren Kreisen suchte. Die Frasers lebten erst seit zwei Jahren in der Gegend und waren mit Lauries Job als Verwalter des Freizeitzentrums schon an der Grenze des Tolerierbaren, aber Ferienhausbesitzer ... das ging doch eine Spur zu weit.

»Ein Kaffee wäre wunderbar«, erklärte Gina unbekümmert. »Es war heute eine solche Hetze in Muirend, dass ich keine Zeit für ein Mittagessen hatte. Wie ist es mit Ihnen, Cass?«

»Ja, ein Kaffee wäre herrlich. Danke«, wandte sich Cass voller Wärme an Beverley, als hätte sie diesen Vorschlag gemacht.

»Na ja, dann muss es aber ein Instant-Kaffee sein«, versetzte Beverley pampig. »Ich habe im Moment nicht die Zeit, die Kaffemaschine herauszuholen.« Sie verschwand durch einen Torbogen. Ihre Absätze klapperten zornig, wenn sie auf ein Stückchen Boden ohne Teppich trafen. Gina machte Cass ein Zeichen, um sie zu warnen, dass man sie hören konnte, brach aber selbst in haltloses Gelächter aus, als Cass übertrieben die Augenbrauen hochzog. In ihrer Verzweiflung schnappte sich Gina ein Kissen und drückte es an ihr Gesicht. Als sie die schmerzhafte Erfahrung machte, dass es mit dicken Perlen bestickt war, brach sie vollends zusammen.

»Habe ich jetzt lauter Pusteln im Gesicht?«, keuchte sie, als sie sich ein wenig erholt hatte, aber das Wort »Pusteln« brachte sie erneut aus der Fassung. Sie ächzte laut, sprang auf und ging zum Fenster.

Womit beschäftigt sich Beverley in einem Haus wie diesem?, fragte sich Cass und hoffte, sich wieder zu fangen, wenn sie sich auf ihre Umgebung konzentrierte. Was konnte man hier tun? Die bunten Glasfiguren, die Pfannen und Kannen aus Messing, die offensichtlich niemals ihrem eigentlichen Zweck dienten, die Schürhaken, die Vase mit getrockneten Teichbinsen und Mondviolen, die im unbenutzten Kamin standen, der geschnitzte Zeitungsständer und die kleinen Tische – alles war blitzblank, nirgendwo war ein Staubkörnchen zu sehen. Der Perser-Teppich sah aus, als hätte man ihn erst gestern ausgelegt. Von menschlichen Aktivitäten war nichts zu entdecken – hier konnte man nur vor dem großen Fernseher sitzen und nichts anrühren.

Bestimmt fällt ihr auf, dass wir beide knallrote Gesichter und feuchte Augen haben, dachte Cass beschämt, als Beverley ein Tablett, auf das eine farbenfrohe Landkarte mit den Gebieten der verschiedenen Highland-Clans gedruckt war, auf den Tisch mit der Glasplatte stellte.

Beverley meinte nur: »Sie müssen diese Kekse probieren, Gina. Sie benutzen einen Mehlersatz und zu neunzig Prozent cholesterinfreies Fett – sie sind entwickelt worden, damit keine unliebsamen Fettpölsterchen auf den Hüften entstehen. Ich kann Ihnen welche besorgen, wenn Sie wollen. Man bekommt sie nicht in normalen Geschäften. Ich beziehe sie über Madame Elise, meine Kosmetikerin«, setzte sie hinzu und sah Cass dabei mit einem affektierten Lächeln an. Sie nahm eine Porzellantasse mit Blümchenmuster, schüttete, ohne zu fragen, Milch in den Kaffee und reichte Cass die Tasse. Das wässrige Aussehen und die eigenartige Farbe ließen darauf schließen, dass die Milch ebenfalls aus einer cholesterinfreien (und einer euterlosen) Quelle kam.

»Nein, danke«, brachte Gina unter Mühen heraus. Cass merkte, dass ihre Tasse auf der Untertasse klapperte, und rief eilends ihre Gesichtsmuskeln zur Ordnung.

»Soviel ich gehört habe, halten Sie sich nicht sehr oft hier auf.« Beverley stellte einen Teller mit einem Messer, das eine dreieckige Serviette beschwerte, vor Cass auf den Tisch und bot ihr die bleichen Kekse an – in der Hoffnung, dass wenigstens sie genügend Intelligenz bewies, um dieses geniale Backwerk zu schätzen. Eine Alternative dazu gab es nicht.

Beverley trieb nur höfliche Konversation – oder das, was sie darunter verstand –, aber Cass schreckte im ersten Moment zurück. Wo hatte Beverley das gehört?

»Bisher haben wir uns eigentlich ganz gut gehalten«, entgegnete sie gleichmütig und dachte an die langen Fahrten.

»Sie sind vor einem Monat eingezogen, ist das richtig?« Beverley war nicht ganz bei der Sache. Sie hatte sich für diesen Nachmittag vorgenommen, sich *On Moonlight Bay* anzuschauen und es auf Video aufzunehmen, und als Gina so beharrlich an der Tür geklingelt hatte, hatte sie die Schachtel mit den Pralinen, die sie sich beim Fernsehen zu Gemüte hatte führen wollen, unter das Sofa geschoben. Jetzt sah sie, dass eine Ecke davon unter den Volants hervorspitzte, und befürchtete, Cass' Blick könnte darauf fallen. Gina war derlei Dingen gegenüber zu gleichgültig, aber diese unangenehme lange Person mit den wachsamen blauen Augen, die ständig über etwas zu lachen schien, würde sich über sie lustig machen.

»Ja. Übrigens war ich am Umzugstag hier und habe etliche Male bei Ihnen geklingelt«, erwiderte Cass, weil sie sehen wollte, wie Beverley darauf reagierte. »Haben Sie mich nicht gehört?«

»Oh, ich war nicht zu Hause«, gab Beverley zu prompt zurück. »Wenn ich hier gewesen wäre, hätte ich Ihnen sofort geöffnet.«

»Davon bin ich überzeugt, besonders weil es an diesem Tag in Strömen geregnet hat.« Cass beobachtete mit Interesse, wie Beverleys Gesicht eine leichte Röte überzog, die sich mit dem pfirsichfarbenen Lidschatten biss. Ihr Verdacht wurde endgültig bestätigt, als Beverley eilends das Thema wechselte.

»Sie sollten wirklich mit zur Aroma-Therapie kommen, Gina. Ich habe Ihnen eine Karte geschickt. Es tut wirklich gut, besonders, wenn man ruhiger werden will. Sie sind ja ständig in Hetze.«

Cass fand, dass Gina, die in weniger als fünf Stunden eine Dinnerparty für acht Personen gab und deren Haus sich in einem chaotischen Zustand befand, erstaunlich entspannt war.

»Es gibt da ein paar wunderbare neue Duftmischungen. Ich habe die Gelegenheit genutzt, mich gründlich beraten zu lassen.« Cass fragte sich, wie lange die Schlange der Leute gewesen war, die hinter Beverley darauf gewartet hatten, bedient zu werden. »Zitronenminze und Neroli sind die wichtigsten Ingredienzen. Nicht für mich – ich bin sehr ausgeglichen, wie Sie wissen, aber ich habe die Pflicht, alle Möglichkeiten auszuloten.« Sie seufzte ergeben. Cass hatte keine Ahnung, worüber sie überhaupt redete.

Gina hatte vorher nur kurz eine Andeutung gemacht. Jetzt fragte sie mit ernster Besorgnis: »Wie geht es Richard?«

»Na ja, das ist natürlich nicht leicht für mich«, antwortete Beverley und rutschte leicht hin und her, als wollte sie sich bequemer hinsetzen. So grässlich diese Cass auch war mit ihrer unnatürlichen Größe, den langen Händen und Füßen und der viel zu saloppen Kleidung, so war sie doch eine neue Zuhörerin. Also, diese Person hätte zu dieser Tageszeit wenigstens Gelegenheit gefunden haben müssen, ein wenig Make-up aufzulegen – Cass war mindestens genauso schlimm und achtlos wie Gina. Plötzlich fiel Beverley der Film wieder ein, und sie warf einen raschen Blick auf die reich verzierte Kaminuhr. Sie würde Cass ein anderes Mal von ihren Problemen erzählen. Während sie Gina die Tasse abnahm und sie entschieden auf das Tablett stellte, schnatterte sie weiter: »Wenn ich an all das denke, womit ich mich im Leben abfinden muss, habe ich das Gefühl, dass es keine Gerechtigkeit auf dieser Welt gibt, aber ich tue mein Bestes, um mit allem fertig zu werden. Mehr können wir alle nicht tun, nicht wahr? Aber jetzt müssen Sie mich wirklich entschuldigen. Ich weiß, manche Leute haben nun Wochenende, aber ich habe noch so viel zu tun...«

»Steht es um ihren Mann wirklich so schlimm?«, fragte Cass, als Gina und sie zum Wagen gingen. Beverley hatte die Tür bereits hinter ihnen geschlossen und war auf dem Weg zum Fernseher.

»Ich glaube schon. Man sieht ihn nur selten. Er hat unten am Fluss eine Werkstatt und restauriert Möbel und polstert sie auf – wahrscheinlich ist das eine Art Therapie für ihn. Wenn er sein Handwerk versteht, ist das keine schlechte Sache. Oh, war ich nicht schrecklich, weil ich so über die arme alte Beverley lachen musste? Sie ist im Grunde gar nicht so furchtbar.«

»Hm«, machte Cass.

Gina lachte. »Ich kann mir nicht helfen, aber irgendwie mag ich sie.«

»Ich glaube, ich hebe mir ein Urteil für später auf. Aber jetzt möchte ich von Ihnen wissen, wie Sie all die Vorbereitungen für die Dinnerparty schaffen wollen, wenn Ihnen Nessa nicht zur Hand geht.« Und wenn der halbe Nachmittag schon vorbei ist, fügte sie im Stillen hinzu.

»Wenn Nessa nicht bei Laune ist, kann sie eher ein Hindernis als eine Hilfe sein«, gestand Gina.

»Wie wär es dann, wenn ich für sie einspringe? Ich bin keine gute Köchin, aber ich kann Kartoffeln schälen und Zwiebeln schneiden. Und Sie wissen sicher, dass man bei einer Carbonnade diese umständliche Prozedur mit dem französischen Brot und dem Senf veranstalten muss. Meinen Sie, das ist das geeignete Gericht?«

»Es ist Lauries Lieblingsspeise. Würden Sie mir ehrlich helfen?«, hakte Gina sehnsüchtig nach. Kurz vor dem Corrie Cottage fuhr sie langsamer, als wollte sie ihr Gewissen beruhigen, indem sie Cass die Möglichkeit zur Flucht bot. »Ist das nicht quälend langweilig für Sie, besonders da Sie nicht viel Zeit haben, ihren Aufenthalt hier zu genießen?«

»Denken Sie einfach, dass ich einer der Menschen bin, die nun Wochenende haben.«

Obwohl das Durcheinander in Ginas Küche nervig war, Tirees ständige Bettelei sie an den Rand des Wahnsinns trieb und sie erst den Tisch im Esszimmer decken konnte, nachdem sie Einzelteile eines Mountainbikes sowie einen ölverschmierten Lumpen weggeräumt hatte, fand Cass diesen arbeitsreichen Nachmittag, das Plaudern und Lachen mit Gina wunderbar. Sie war mit sich und der Welt zufrieden, als sie das Himbeerschälchen vor ihrer Haustür aufhob und hörte, wie ein Wagen, der vermutlich Laurie gehörte, den Weg hinauffuhr.

Sie hatte alles erledigt, was sie tun konnte; für alles Weitere musste Gina selbst Sorge tragen.

Kapitel acht

Auf der Fahrt zum Flughafen Heathrow, war sich Cass bewusst, dass sie sich nicht nur danach sehnte, Guy wiederzusehen, sondern dass sie ihn auch brauchte. Heute war Donnerstag, und sie hatten sich nur zehn Tage nicht gesehen, was für sie nichts Ungewöhnliches war. Aber sie hatte das seltsame Gefühl, dass sie lange Zeit mental und emotional voneinander getrennt gewesen waren. Beunruhigt untersuchte sie diese Empfindung genauer und erkannte, dass sie sich im Corrie kaum mit Guy beschäftigt hatte – mehr noch: Wenn sie doch an ihn gedacht hatte, war es fast, als zöge sie etwas in eine andere Richtung, als wäre der Gedanke an ihn nicht mit der Stimmung im Cottage zu vereinbaren. Jetzt, da sie sich darüber im Klaren war, machte sie sich Sorgen. Aber dieses seltsame Gefühl schien nur auf einer Geringfügigkeit zu basieren: auf einer Meinungsverschiedenheit. Das war alles.

Nein, das war nicht alles. Sie hatte sich frei und ungezwungen gefühlt, als sie allein im Corrie gewesen war, und das gefiel ihr nicht. Eine kurze Trennung aus beruflichen Gründen hatte nie zuvor diese heimtückischen Schuldgefühle hervorgerufen. So etwas war schlicht Teil ihres Lebens; die Vorfreude und das Vergnügen, wenn sie wieder zusammen waren, entschädigte sie für die Trennungsphasen. Aber während dieser knappen Woche im Cottage war ihr Guy erschreckenderweise so gut wie gar nicht in den Sinn gekommen.

Vielleicht, weil sie so viel zu tun gehabt hatte und ihr die zusätzlichen Tage wie ein längerer Urlaub erschienen waren, obwohl sie sich der Arbeit gewidmet hatte. Mühelos rief sie die Erinnerungen an den Samstag wach.

Am Abend hatte sie gehört, wie die Autos zu Gina und Laurie fuhren, und sich amüsiert, weil sie genau informiert war, was die Gäste wann zu sich nehmen würden – vorausgesetzt, Gina war in der Zwischenzeit tätig gewesen. Cass musste schmunzeln, weil sie wusste, dass eines der Kissen, die auf den Stühlen im sauberen Esszimmer lagen, hatte umgedreht werden müssen, damit man die hässlichen Schmierölflecken nicht sah, und dass ein anderes aus Tirees Korb stammte. Und sie amüsierte sich, weil sie insgeheim damit rechnete, dass der sogenannte »Sommer-Pudding« sich als Obstsalat mit Schlagsahne erweisen würde. Cass empfand es als den reinsten Luxus, nicht die Hausherrin zu sein, die sich schön anziehen und schminken, sich mit ihrem Haar herumplagen und langweiligen Fremden langweilige Fragen stellen musste, deren Antworten sie gar nicht hören wollte.

Der folgende Vormittag verging wie im Flug. Cass schlief länger, als sie es vorgehabt hatte, und tiefe Stille umgab sie beim Aufwachen. Erst als sie genauer hinhörte, merkte sie, dass die Ruhe mit Vogelgezwitscher, dem Blöken der Schafe und dem Rattern eines Traktors durchzogen war. Der Farmer macht Überstunden, ging es ihr durch den Kopf. Es war schön, nur im T-Shirt nach unten und hinaus in den hellen Morgen zu gehen, ohne befürchten zu müssen, dass sie hier, an diesem abgeschiedenen Plätzchen, von jemandem gesehen wurde.

Sie hatte sich vorgenommen, ein wenig Ordnung im Garten zu schaffen, aber als sie am Zaun entlangwanderte, entschied sie, der Natur, die Fingerhut, Bärenklau, Feuernelken und Wicken, Schafgarbe und Weidenröschen in zufälligen Gruppen hier wachsen ließ, lieber nicht ins Handwerk zu pfuschen. Es wäre schade, denn im Grunde müsste sie die wilden Blumen als Unkraut betrachten und mühevoll ausreißen, wenn sie einen ordentlichen Garten haben wollte, nur um sie dann durch andere Pflanzen zu ersetzen, die viel Pflege benötigen würden. Sie zupfte nur ein bisschen Gras rund um das Fingerkraut aus, das auch ohne diese Hilfe wunderbar blühte, und sah sich das üppige Geißblatt genauer an. Der Duft war beinahe betäubend, aber Cass entdeckte überall Blattläuse und beschloss, den Busch im Herbst zurückzuschneiden und die Ranken an der Mauer entlangzuziehen. Sie ging zu dem kühlen, moosigen Bachbett, in dem Gauklerblumen wucherten, und weiter bis zum mit Labkraut, Klee und Margeriten übersäten Wegrand. Wie könnte sie das verschönern? Man müsste nur die grauen Samen von den Lupinen nehmen, um eine zweite Blüte in diesem Jahr möglich zu machen.

Ein junger Austernfischer mit aufgeplustertem grauen Gefieder, hellen Beinen und hellem Schnabel fesselte ihre Aufmerksamkeit. Er huschte über den Weg – war er aus dem Nest gefallen und kannte sich nicht mehr aus, oder war ein solches Verhalten normal? Er machte zwar einen verängstigten Eindruck, aber vermutlich wusste er besser als Cass, wohin er gehörte. Ein schrilles Keckern ertönte, und sie sah ein kleines braunes Gesicht aus einem Spalt in der Nähe des Erdwalls spähen, in der Nähe lag ein halb aufgefressener Vogel. Das Tier drückte Unmut aus, bevor es außer Sicht verschwand und plötzlich einen Meter weiter oben wieder zum Vorschein kam – diesmal musterte es Cass angriffslustig. Sie erhaschte einen Blick auf eine weiße Brust und einen weißen Bauch, dann sah sie einen zweiten Kopf. Cass blieb reglos stehen, und die beiden Wiesel beobachteten sie jetzt keifend aus zwei verschiedenen Ritzen.

Schließlich rückte Cass dem Rasen mit Rechen und Harke zu Leibe, um das alte Gras, das die frischen, grünen Triebe erstickte, zu beseitigen – mit dem Luftkissenmäher hätte sie in diesem Stadium wohl kaum etwas ausgerichtet. Sie hörte fast den spöttischen Kommentar, den Guy dazu abgegeben hätte: »Ziemlich primitiv, findest du nicht?« Aber es war wirklich nicht mehr nötig, als diese kleine Rasenfläche regelmäßig zu schneiden, den Rest würde sie mit leichter Hand in Ordnung bringen und die schlafende Schönheit bewahren.

Es war eine langwierige Arbeit, und Cass beeilte sich nicht. Sie ließ sich von allen möglichen Dingen ablenken, grub ein paar Löwenzahnpflanzen aus, schraubte den Riegel an der Scheunentür fest und ebnete einige Maulwurfshügel ein, dann wärmte sie sich ein Fertiggericht und döste über einem Roman von Margaret Atwood ein, der ihr in London gefallen hätte, im Corrie aber fehl am Platz zu sein schien.

Dieser Nachmittag war das Schönste des gesamten Wochenendes. Gina kam mit Tiree herunter und erzählte von allen Höhen und Tiefen des vergangenen Abends. Sie trug einen großen Strohhut, dessen Krempe an einer Stelle ausgefranst war, und einen lose gestrickten limonengrünen Baumwollpullover – die Maschen waren weit auseinander gezogen, und Cass war überzeugt, dass der Pulli ursprünglich nicht dafür ausgerichtet gewesen war, so sehr gedehnt zu werden. Gina hatte lauter Reste vom Abend dabei.

»Ich musste ein paar von den Törtchen mit dem geräucherten Rogen verstecken, die Sie gemacht haben – die Leute haben sich richtig darauf gestürzt. Ich dachte, Sie könnten sie zu Mittag essen. Außerdem hab ich was von dem Pudding mitgebracht. Sie hatten Recht, er hätte viel länger im Kühlschrank stehen müssen, aber heute ist er richtig.«

»Das ist wirklich nett, Gina. Wahrscheinlich wäre es unhöflich, wenn ich Sie darauf aufmerksam machen würde, dass es schon nach drei Uhr ist, oder?«

»Ehrlich? Schon so spät?« Gina versuchte, eine überraschte Miene zur Schau zu stellen, aber die Grübchen in ihren Wangen verrieten sie. »Dann muss ich heute wohl das Mittagessen ganz und gar ausfallen lassen.«

»Dummchen. Ich hole Wein. Roten oder weißen?«

»Es kommt mir komisch vor, dass Sie das nicht wissen«, bemerkte Gina. »Ich habe das Gefühl, als würden wir uns schon Ewigkeiten kennen.«

»Klingt abgedroschen, doch ich weiß, was Sie meinen. Aber ich möchte trotzdem eine Antwort haben.«

Gina lachte und ließ sich in das geharkte Gras fallen. »Weißen, bitte, allerdings bin ich mir nicht sicher, ob Wein nach dem gestrigen Abend überhaupt eine gute Idee ist.«

»So schlimm?«

»Ich glaube nicht, dass…« Gina verstummte, als Tiree mit Gejaul losstürmte und durch die Lupinen an der Bachböschung rannte. »Was ist los – hat ihn etwas gestochen?«

»In dem Erdwall halten sich ein paar Wiesel auf.«

»Oh, gut – dann ist er eine Weile beschäftigt und bettelt

nicht bei uns um einen Leckerbissen.« Gina schloss genüsslich die Augen.

Cass holte den Wein aus dem Kühlschrank. »Sind Sie mit dem Rest der Vorbereitungen für die Dinnerparty zurechtgekommen?«, erkundigte sie sich, als sie eines der Törtchen probierte. Sie erwähnte nicht, dass Gina sie noch mit hartgekochtem Ei hätte dekorieren sollen.

Ginas Gesicht unter der breiten Hutkrempe strahlte. »Oh, diese grauenvollen Leute sind auf die Minute pünktlich gekommen und alle gleichzeitig. Können Sie pünktliche Menschen auch nicht ausstehen?«

»Doch, eigentlich schon.«

»Zum Glück war ich mit der Carbonnade fertig, aber ich hatte mir die Finger verbrannt. Im Rezept steht: ›Tunken Sie das Brot tief in die Sauce...‹«

»Sie hätten Besteck dazu benutzen können.«

»Selbstverständlich habe ich das getan, aber ich hab mich trotzdem verbrannt. Also flitzte ich hinauf...«

Kann Gina überhaupt flitzen?, überlegte Cass und kostete den Wein aus dem Laden in Kirkton. Er war wunderbar für den Garten.

»... und sprang unter die Dusche, aber im selben Moment hörte ich ein Auto vorfahren. Ich hatte keine Knabbereien – was für ein schreckliches Wort, ›Knabbereien‹ – oder so was bereitgestellt, deshalb bin ich sofort wieder aus dem Bad gestürmt und habe eines von diesen Kleidern aus den Sechzigern angezogen, die unter dem Busen gerafft und dann ganz weit sind.«

»Und sonst nichts?«

»Ich hatte keine Zeit für mehr, außer mir mit der Bürste durch die Haare zu fahren.«

Cass drehte ihr Gesicht der Sonne zu und schloss die Augen. Was für eine tolle Vorstellung: Die noch feuchte Gina begrüßt feierlich ohne Unterwäsche ihre Gäste, und ihr korrekter, ja pedantischer Mann ... Was hatte er eigentlich gemacht, während sie herumgeflitzt war? Cass hatte sich ein wenig schmeichelhaftes Bild von Laurie gemacht und hielt ihn für einen der Männer, die es als selbstverständlich ansahen, dass ihre Frauen zu Hause wie Sklavinnen schufteten. Dieses Urteil basierte hauptsächlich auf der Tatsache, dass sie Gina in Tränen aufgelöst beim Bügeln überrascht hatte – und auf der verräterischen Phrase »ein Vier-Gänge-Dinner«.

Nach dem Essen machten sie einen geruhsamen Spaziergang über die Wiesen (Gina wirkte nicht wie eine eifrige Spaziergängerin), und sie landeten bei den Mains, wo Gina Cass durch das unordentliche Haus führte, das mit wunderschönen antiken Cottage-Möbeln und in den warmen Farben eingerichtet war, für die Gina offensichtlich eine Vorliebe hatte.

»Und das hier ist die Quelle der meisten meiner Probleme«, erklärte sie traurig und strich schnell, beinahe verstohlen über den Flügel, der im Wohnzimmer zu viel Platz einnahm. Auf dem Flügel stand nichts herum, was in diesem Haushalt eine rühmliche Ausnahme darstellte. »Ich gestatte mir selbst nur eine halbe Stunde, und plötzlich ist der Vormittag vorbei, oder ich bin zu spät dran, um Nessa zu holen, oder es ist nichts zu essen im Haus und die Läden haben schon geschlossen. Dabei kann ich gar nicht mehr spielen, und das ist das Schlimmste.«

Ihr freundliches, lebhaftes Gesicht wurde mit einem Mal traurig, und Cass wurde sich zum ersten Mal des Altersunterschiedes zwischen ihnen bewusst. Gina war eine reife Frau und talentiert, wie Cass annahm, ganz bestimmt kreativ und originell, und sie war in einem Leben als Ehefrau und Mutter gefangen, in dem sie ständig gegen den Strom schwamm. Warum musste das sein? Aber dies war nicht der richtige Moment, das Schicksal der Frauen ernsthaft zu erforschen.

»Haben Sie professionell gespielt?«, wollte Cass stattdessen wissen.

»Eine Zeit lang.« Doch ausnahmsweise war Gina nicht in der Stimmung zu reden; ihre Hand lag auf dem geschlossenen Deckel des Flügels, als wäre dieser Zustand endgültig.

Nach einem Schweigen, das von zahllosen ungestellten Fragen belastet war, wandte sich Cass anderen Dingen zu.

»Wo ist Nessa heute? Und was machen alle anderen an einem Sonntagnachmittag?«

»Dem Himmel sei Dank, dass Sie mich daran erinnern«, rief Gina und schaute auf ihre Uhr. »Nessa hat beschlossen, noch eine Nacht bei Kim zu bleiben und morgen von dort aus in die Schule zu gehen, aber sie muss heute noch ihre Schulaufgaben machen, und ich muss ihr die Bücher und Hefte bringen – ach ja, und ihre Schuluniform, die darf ich nicht vergessen! Und was die anderen angeht – an den Sonntagen hat Laurie natürlich immer am meisten zu tun, und Steve ist heute Morgen tatsächlich früh genug aufgestanden, um mit ihm zu fahren – die Knete, die er gestern verdient hat, war zweifellos sehr inspirierend.«

»Und sie konnten Nessas Sachen nicht mitnehmen?«, fragte Cass, nicht weil das zu diesem Zeitpunkt ein nützlicher Vorschlag war, sondern weil sie sich bereits ein bisschen wie Ginas Beschützerin fühlte.

Allerdings war sich Gina im Klaren, dass sie sich die meisten Probleme selbst schuf. Sie grinste Cass über das Teetablett hinweg an, das zwischen ihnen auf einem alten Gartenstuhl stand (die schmiedeeisernen Armlehnen waren sehr kunstvoll und hatten die Form von ineinander verschlungenen Schlangen – Gina hatte Laurie noch immer nicht gebeichtet, was der Stuhl gekostet hatte). »Oh, hören Sie auf, ich bin nicht der Mensch, der um acht Uhr am Morgen nach einer Party an solche Dinge denkt. Und falls es mir doch einfallen würde, dann gehöre ich nicht zu der Sorte von Müttern, die die Hemden und Blusen der Kinder gebügelt im Schrank hängen hat. Leider muss ich mich wieder einmal auf den Weg nach Muirend machen, und ich darf nicht zu spät hinfahren, weil ich wieder hier sein sollte, wenn Laurie zurückkommt. Er hat immer schlechte Laune, wenn er am Wochenende im Club war, also gebe ich mir besondere Mühe.«

Cass mochte Laurie immer weniger. »Was ist das für ein Club?«, erkundigte sie sich ohne großes Interesse.

»Er ist ein Teil des Freizeitzentrums in der Nähe von Muirend, und er befindet sich auf einem Anwesen, das Leuten namens Hay gehört. Es ist schon seit Jahren in ihrem Besitz, aber als die alte Lady Hay das Zeitliche segnete, wollte es niemand aus der Familie übernehmen, oder die Erbschaftssteuer war zu hoch oder so. Jedenfalls befinden sich jetzt verschiedene Sportstätten auf dem Gelände, und es gibt Pläne für mehr. Laurie verwaltet das Ganze ... Was ist? Warum sehen Sie mich so komisch an?«

»Sie sprechen doch nicht von Sillerton, oder?«

»Doch. Waren Sie schon dort?«

»Guy ist Teilhaber. Das ist einer der Gründe, warum wir hier ein Cottage gekauft haben.« Einen kurzen Moment war sie versucht, Gina zu erzählen, wie sehr es sie getroffen hatte, dass Guy ihr das so lange verschwiegen hatte, aber sie war noch nicht bereit, das Gefühl, hintergangen worden zu sein, genauer zu untersuchen.

»Doch nicht der einzige Teilhaber, der nicht zu meiner Party kommen konnte? Der mysteriöse Mann aus London? Das ist nicht Ihr Ernst! Ihr Mann ist Teilhaber, und Sie haben das Corrie gekauft?«

Mit ähnlichen, aber unterschiedlich ausgeprägten Bedenken sahen sie sich an, und beiden schwante nichts Gutes.

Laurie kann die Eigentümer nicht leiden, dachte Gina beklommen. Er findet sie alle hochgestochen und arrogant – seiner Ansicht nach bilden sie sich ein, ihre Investitionen würden ihnen das Recht geben, sich überall einzumischen, während er vor Ort kämpft, um den Betrieb am Laufen zu halten.

Guy wird meinen, seine Privatsphäre sei bedroht, ging es Cass durch den Kopf. Bei seinem fanatischen Bedürfnis, nichts von sich und seinen Geschäften preiszugeben, wird er bitterböse werden, wenn er erfährt, dass der Verwalter sein nächster Nachbar ist.

»Könnte das Ärger bringen?«, fragte Cass vorsichtig.

»Es ist zumindest ganz schön verrückt. Denken Sie das, was ich denke – dass das Ihrem Mann kein bisschen gefallen wird?«

»Ja, es wird beiden nicht recht sein. Besser, sie finden es selbst heraus.«

Gott sei Dank können wir so miteinander reden, dachte Cass und versuchte, ihre Bestürzung abzuschütteln. Guy war im Stande, das Corrie bedenkenlos zu verkaufen, wenn ihm die Nachbarschaft nicht passte. Doch Cass war wild entschlossen, es um jeden Preis zu behalten.

Die Arbeit mit Lindsay war fruchtbar gewesen – Cass, die nach Süden abbog und in Richtung Flughafen fuhr, war sich im Klaren, dass sie ihre Gedanken auf etwas Positives lenkte, bevor sie Guy wiedersah. Oder wollte sie alles, was mit dem schottischen Zweig ihres Unternehmens in Zusammenhang stand, in einem günstigen Licht sehen? Nein, die beiden Tage waren wirklich sehr gut verlaufen.

Sie hatten viel erledigt – Lindsay war verlässlich und umsichtig, ausgesprochen tüchtig, aber manchmal fehlten ihr die Ideen, und deshalb blieb für Cass viel Arbeit übrig. Cass hörte sich um, telefonierte viel, und sie freute sich schon sehr darauf, in Schottland herumzufahren und ihrer Heimat nahe zu sein.

Gina meinte, die möglichen Zwistigkeiten zwischen den Männern seien zu langweilig, um auch nur einen Gedanken daran zu verschwenden. Sie war begeistert von Cass' neuem Unternehmen, freute sich aufrichtig, sie jetzt öfter im Corrie zu sehen, und erklärte, dass es für Cass' Dienste praktisch vor der Haustür genügend Kundschaft gebe.

»All die großen Häuser hier in der Gegend stellen im Sommer zusätzlich Leute ein. In Riach herrscht ein größeres Kommen und Gehen als früher. James Mackenzie hat seine erste Frau vor etwa fünf Jahren verloren und eine Zeit lang wie ein Einsiedler gelebt, obwohl er zwei kleine Töchter – Zwillinge – hat. Aber vor zwei Jahren hat er eine der Munros aus Allt Farr geheiratet, die selbst eine halbwüchsige Tochter hat. Jetzt erwartet Joanna ein Baby, das erzählte Ed, der Schäfer, neulich, als er zu uns kam, um uns zu bitten, Tiree im Haus zu halten, weil er seine Schafe auf eine andere Weide getrieben hatte. In Allt Farr vermieten sie Ferien-Cottages und haben im Sommer immer Studenten als Aushilfen, allerdings vermute ich, dass sie für diese Saison schon eingedeckt sind.«

»Vielleicht, aber Quickworks Geschäftsphilosophie ist, sofort Ersatz zu bieten, falls irgendetwas schief geht – wenn jemand vom Personal krank wird, keine Lust mehr hat, meint, er müsste selbst ein bisschen Ferien machen, bevor das Semester wieder beginnt, oder wenn ihm plötzlich einfällt, dass er noch keinen Strich fürs Studium getan hat.«

»Ich weiß, was Sie meinen.« Gina seufzte. »Sie können nicht meine Brut beschäftigen, oder? Am besten geben Sie ihnen Jobs ganz weit von hier entfernt, dass ich wenigstens ihre Wäsche nicht waschen muss.«

Es hatte keinen Zweck vorzuschlagen, dass Gina sie hier zu Hause ein wenig mehr an die Kandare nehmen sollte. »Fallen Ihnen noch mehr mögliche Klienten in der Gegend ein?«

»Sie könnten es bei Penny Forsyth in Alltmore versuchen. Oder drüben im Glen Ellig – Drumveyn –, das ist eine ziemlich große Familie. Noch besser wäre das Hotel *Grianan*, ein kleiner Familienbetrieb – sehr freundlich und angenehm. Wenn ich genauer darüber nachdenke, gibt es hier eine Menge Häuser mit Bedarf. Gehen wir hinein und erstellen eine Liste.« Gina erhob sich eilfertig – Nessa war ganz vergessen.

»Wir könnten eine Rundfahrt zusammen machen«, bot Cass an.

»Oh, das wäre wunderbar. Ein Tag, an dem ich nicht ans Kochen, Bügeln oder den vermaledeiten Garten denken muss! Ich liebe den Garten, aber die Arbeit wächst mir doch manchmal über den Kopf. Wir könnten zu Mittag essen...«

»Halt, halt!«, rief Cass, aber die Aussicht auf einen Ausflug war für sie so verlockend wie für Gina, und sie wollte sich das als Belohnung aufheben, wenn die schlimmste Plackerei mit Lindsay erledigt war.

Vielleicht lag darin die Saat des schlechten Gewissens: Sie hatte Pläne, die Guy nicht mit einschlossen, und sie hatte entschieden, Guy selbst dahinter kommen zu lassen, dass Ginas Mann sein Angestellter war. Und noch etwas nagte an ihr, jetzt da sie ins »wirkliche Leben« zurückkehrte. Am Montag war das Telefon im Corrie angeschlossen worden, und sie hatte nicht einen Versuch unternommen, sich bei Guy zu melden; der Gedanke, mit ihm zu sprechen, hatte Widerstreben in ihr geweckt, als ließe sie durch ein Telefonat zu, dass etwas von außerhalb in ihre kleine Welt drang.

Etwas von außerhalb. Guy. Das war entsetzlich. Als sie sich dem Terminal näherte, wurde sie von einer beinahe panikartigen Sehnsucht nach ihm erfasst, nach einer gemeinsamen Zeit, wie sie immer gewesen war, nach ihrem besonderen, leichten, aber zufrieden stellenden Umgang. Sie war froh, dass verschiedene Verpflichtungen sie beide im nächsten Monat in London festhalten würden, in ihrer vertrauten Zweisamkeit, in der sie voneinander abhängig, aber doch eigenständig waren und wie gewohnt die feine Balance zwischen ihren unterschiedlichen Aufgaben und ihren Bedürfnissen bewahren konnten.

Kapitel neun

Durch diese wenigen Wochen hektischer, aber glücklicher Normalität zog sich ein Gefühl der Erleichterung, das Cass zu ignorieren versuchte. Sie mochte das Leben, das sie mit Guy führte. Es würde nicht jedem gefallen, das wusste sie. *Sie* würde nicht jedem gefallen. Was das Äußerliche betraf, so war sie nach wie vor überrascht, ja beinahe alarmiert, dass Guy sich für sie entschieden hatte. Für einen ungeheuer ehrgeizigen Mann, der in allem nur das Beste haben wollte, schien das eine seltsame Wahl zu sein. Seine früheren Freundinnen waren klein und zart, gepflegt und schick gewesen. Die Erinnerungen an sie machten Cass noch heute unsicher, und ihr Selbstbewusstsein war, was das Aussehen anging, nur hauchdünn.

Guy seinerseits hatte immer wieder erlebt, wie seine Freunde aufregende, attraktive Frauen heirateten, Frauen, die blendende Unterhalterinnen und kompetent in ihren Jobs waren, aber dann als Ehefrauen und Mütter unleidlich wurden, viel zu viel Zeit und Aufmerksamkeit von ihren Männern forderten, ständig fragten, wann sie nach Hause kamen, und die genauen Gründe erfahren wollten, wenn sie wegblieben. Das hätte Guy auf gar keinen Fall geduldet.

Als Cass und er sich einrichteten, hatten häusliche Dinge kaum eine Rolle gespielt. Sie waren beide organisiert und ordentlich, und die ultrafunktionelle Wohnung wurde zweimal in der Woche von einem leidlich effizienten und kostspieligen guten Geist sauber gemacht. Anfangs, kurz nachdem sie nach Chepstow Terrace gezogen waren, hatte Cass eifrig ein paar Hemden für Guy gebügelt. Danach brachte er sie, ohne zu zögern, wieder in die Wäscherei. Und in der Küche hatte sie auch nicht viel zu tun – sie aßen meistens außerhalb oder nahmen etwas auf dem Heimweg mit. Das

Frühstück war schnell zubereitet, und sie aßen so gut wie nie daheim zu Mittag. Die einzigen Schwierigkeiten entstanden, wenn sie Gäste bewirteten, was sie gern taten, was aber wegen ihrer ausgefüllten Terminkalender nur selten möglich war. Dann merkten sie, dass ihnen grundlegende Dinge fehlten oder wichtige Zutaten ausgegangen waren.

Cass verspürte gelegentlich Verlangen nach dem Vergnügen, die Gerüche und die Farben der natürlichen Nahrungsmittel zu genießen, die in den exotischen Geschäften in der Nähe ihrer alten Wohnung angeboten wurden, aber Guy meinte dazu nur: »Zum Glück wohnen wir jetzt gleich bei Harrods um die Ecke.«

In diesen Wochen versagte es sich Cass, an das Corrie zu denken, obwohl sie ständig mit Lindsay in Kontakt stand und sich sehr über die Resonanz freute, die ihre erste Marketing-Kampagne erfuhr. Dennoch ertappte sie sich trotz ihrer guten Absichten manchmal dabei, wie sich eine leise Sehnsucht nach dem Frieden, der süß duftenden Luft und dem in weiten Teilen noch unbekannten Glen in ihr regte, aber sie verdrängte diese Bilder jedes Mal, als wären sie eine verbotene Versuchung.

Sie verbrachte viele Stunden im Büro, da Diane für zwei Wochen zu ihrem Bruder nach Neuseeland geflogen war und die üblichen »exotischen« Zwischenstationen auf der Reise machte. Ich bezahle sie zu gut, dachte Cass düster – sie fand den alltäglichen Kleinkram und die Schufterei im Büro weit weniger stimulierend als damals vor vier Jahren, als sie die Agentur gegründet hatte.

In gesellschaftlicher Hinsicht waren Guy und sie mehr beschäftigt als seit Monaten, doch beide genossen die Zeit, die sie zusammen verbrachten, und das wirkte sich auch auf ihr Sexualleben aus, das einen leidenschaftlichen Grad erreichte, den es ironischerweise seit ihrer Hochzeit nie gehabt hatte.

Mitte Juli fuhren sie wie jedes Jahr für ein langes Wochenende zu Cass' Mutter, um deren Geburtstag zu feiern. Cass' Bruder Thomas und seine Frau leiteten in der Nähe von Stroud eine Klinik für Naturmedizin – sie hieß Havenhill –, und im letzten Jahr hatte ihre Mutter zum Erstaunen aller eingewilligt, in eine kleine Wohnung im Hauptgebäude der Klinik zu ziehen. Cass hätte niemals geglaubt, dass eines ihrer Elternteile jemals London verlassen würde, aber als sich ihr Vater und ihre Mutter innerhalb weniger Wochen nach mehr als zwanzig Jahren als praktische Ärzte in der Finchley-Praxis in den Ruhestand zurückgezogen hatten, war die Ehe ziemlich rasch aus den Fugen geraten. Cass' Vater hatte wieder geheiratet und lebte jetzt in Schweden, und ihre Mutter schien in den Cotswolds glücklich zu sein; sie beschäftigte sich mit Gartenarbeit und den Angelegenheiten des Dorfes und las alles, was ihr in die Hände kam.

Als der mit Champagner und Geschenken beladene Aston Martin nach Westen brauste, kam Cass ein beunruhigender Gedanke. Die Ehe ihrer Eltern, die ihr immer so unerschütterlich und stark erschienen war, hatte nur funktioniert, solange beide ihrer gleichberechtigten Arbeit nachgegangen waren. Sie könnte daraus Schlussfolgerungen für ihr eigenes Leben ziehen, die sie nicht genauer untersuchen wollte, die ihr aber während des gesamten Wochenendes vage im Bewusstsein blieben. Das bereitete ihr Unbehagen, und immer wieder hielt sie inne, um dahinter zu kommen, was genau sie so in Unruhe versetzte.

Roey war auch da und bei bester Laune, da kein missmutiger Typ an ihrem Rockzipfel hing und ihr die Energien raubte. Etliche Freunde und Verwandte erschienen zu der Party in dem wunderschönen Salon des altehrwürdigen Hauses. Guy hatte sich in Havenhill noch nie richtig wohl gefühlt – für seinen Geschmack hatte die Familie zu wenig Schwung, und es störte ihn, dass Thomas so sehr seiner eigenen kleinen Welt verhaftet war. Was letzten Punkt anging, konnte Cass ihm zustimmen – sie und ihr Bruder, der sechs Jahre älter war, hatten sich nie sehr nahe gestanden, aber sie hatte naiverweise gehofft, dass sich Guy als frisch gebackener Schwiegersohn und Schwager im Kreise ihrer Lieben mehr entspannen könnte. Das Gegenteil war der Fall, und Cass kam es so vor, als würde ihm erst jetzt richtig bewusst, dass er formal mit der

Familie verbunden und ihnen in gewisser Weise verpflichtet war. Er wollte nicht, wie geplant, bis Montag bleiben und bat Cass, schon am Sonntagabend aufzubrechen. Cass erhob keine Einwände.

Am folgenden Wochenende fand eine große Gartenparty in Godalming statt – Freunde von Guy feierten ihre goldene Hochzeit; Guy war der Trauzeuge ihres Sohnes gewesen.

Am Samstag darauf waren sie zu einer weit weniger aufwändigen Hochzeit auf ein Hausboot in Marston Lock eingeladen, und beim Mittagessen auf der Terrasse eines Pubs in Abingdon am Sonntag gaben zwei ihrer Freunde ihre Verlobung bekannt. Cass und Guy liebten solche Partys, und es war schön, dass Guy zu Hause war, um an den Feiern teilzunehmen, aber Cass fiel auf, dass Hochzeiten und Ehen plötzlich überall eine große Rolle zu spielen schienen. Es war wie ein Schock, als sie sich bewusst machte, dass sie selbst auch seit einiger Zeit eine verheiratete Frau war. Irgendwie hatte sie noch immer das Gefühl, dass Guy und sie trotz der gegenwärtig lockeren Stimmung auf der Stelle traten und auf einen Neuanfang warteten. War sie neidisch auf das Glück der anderen? Sie war entsetzt, dass ihr dieses Wort überhaupt in den Sinn kam. Natürlich hatten sie aus nicht gerade romantischen Gründen geheiratet – aus Vernunftgründen. Vernunft? Sie musste zugeben, dass es kaltblütige Erwägungen waren, und sie hatte das obskure Gefühl, um etwas betrogen worden zu sein, wenn sie beobachtete, wie sich die frisch Verlobten ansahen. Sie warf für den Schwan Brotwürfel ins Wasser – nein, stellte sie beschämt fest, sie *bewarf* den Schwan mit dem Brot.

Dann kam Diane wieder ins Büro und ließ sich zu oft und zu lautstark darüber aus, dass es ein Wunder war, wenn überhaupt jemand aus dem Urlaub nach England zurückkehrte. Cass meinte, dass sie wieder einen Aufenthalt im Corrie ins Auge fassen konnte, besonders nachdem der schlimmste Geschäftsmonat fast vorüber war. Und plötzlich konnte sie es kaum mehr erwarten, wieder dort zu sein.

Doch dann kam es an allen Ecken und Enden zu Problemen. Diane hatte sich auf der Reise irgendeinen Virus eingefangen und fiel im Büro aus; die Kontaktperson in Norwich rief an und kündigte fristlos, weil man ihr in einem anderen Unternehmen einen Vollzeitjob angeboten hatte; ein Aupairmädchen in der Nähe von Kidlington brach sich das Bein. Da das Mädchen eine professionelle Skifahrerin aus Norwegen war, erwies sich die Situation als relativ kompliziert. Cass war gezwungen, mehrere Besuche im Krankenhaus zu machen, sich mit einem überbesorgten Vater auseinander zu setzen und komplizierte Verhandlungen mit der Versicherung zu führen. Sie sah ihr lang ersehntes Wochenende im Corrie ins Wasser fallen.

Zu ihrer Überraschung verkündete Guy, dass er allein hinfahren würde. »Ich sollte mich wirklich mal wieder in Sillerton sehen lassen.«

Wann hatte er sich früher dort sehen lassen? Unmut regte sich in Cass.

»Wir haben einige neue Pläne mit dem Gelände, und die Arbeit muss beginnen, sobald der Betrieb im Herbst ein wenig nachlässt«, erklärte Guy weiter. »Und es gibt auch noch einige Dinge, die im Cottage gemacht werden müssen – zum Beispiel brauchen wir mehr Steckdosen.«

Cass verdrängte ihre selbstsüchtigen Besitzansprüche, indem sie sich bemühte, Freude über sein Interesse zu empfinden, und sie nahm sich vor, sich so bald wie möglich ein paar Tage für das Corrie freizumachen. Trotzdem war es eigenartig, dass sich Guy allein auf den Weg machte – sie musste sich eingestehen, dass sie das Corrie als ihr persönliches Eigentum ansah. War das so, weil sie, wie Guy sie immer wieder neckte, ihre Wurzeln in Schottland hatte? Tief in ihrem Inneren wusste sie, dass das zutraf. Die Atmosphäre und die Umgebung rührten sie an.

Auch wenn ihre Sehnsucht nach dem Glen groß gewesen war, wurde sie von einer unvorhergesehenen Aufregung erfasst, als sie Muirend endlich hinter sich ließ. Vor zwei Monaten war sie zum letzten Mal hier gewesen. Das protzige Schild von Sillerton weckte unliebsame Erinnerungen, die jedoch von Spekulationen überlagert wurden, ob Guy und Laurie Fraser mittlerweile wussten, dass sie Nachbarn waren. Diese Überlegungen führten zu der weitaus angenehmeren Vorstellung, dass sie Gina bald wiedersehen würde.

Cass war seit drei Wochen nicht mehr mit Guy zusammengetroffen. Er war länger als beabsichtigt im Corrie geblieben, und als er nach Hause gekommen war, hatte sie sich in Kidlington von dem Vater der norwegischen Skifahrerin verabschiedet, der sich inzwischen etwas beruhigt hatte, aber ungeheuer viel redete, weil er die Gelegenheit nutzte, sein Englisch ein wenig aufzubessern. Als Cass nach London zurückkam, befand sich Guy schon auf halbem Wege nach Oman und würde wahrscheinlich, nach den dringlichen Faxen zu schließen, die für ihn von dort eintrafen, für einige Zeit dableiben.

Cass bog auf die Zufahrt ein und bemerkte, als sie die Kurve unterhalb des Corrie nahm, dass der Weg holpriger als sonst war, als wären dort in letzter Zeit mehr schwere Autos als üblich gefahren. Nach der Kurve bot sich ihr ein Bild totaler Verwüstung. Eine große Fläche war von der Böschung abgegraben worden, die die steile Einfahrt zum Cottage gebildet hatte. Die Weißdornhecke auf der einen Seite war herausgerissen, auf der anderen war ein Drittel der Rasenfläche verschwunden. Die Fläche war betoniert, und eine geschwungene Betontreppe führte nach oben. Für einen kurzen Moment der Verwirrung dachte Cass, dass sie sich verfahren hatte. Zitternd und sprachlos vor Entsetzen, ließ sie das Auto mitten auf dem Weg stehen und stieg aus. Ein Zaun umgrenzte den verbliebenen Rest der Rasenfläche. Wie betäubt vor Zorn und Trauer stieg Cass die neue Treppe hinauf und hielt nach anderen Verschandelungen Ausschau. Das Gras, das sie vor Wochen so liebevoll geharkt hatte, war samt und sonders ausgestochen und durch einen makellosen Rollrasen ersetzt worden.

»Verflucht«, rief sie halb erstickt vor Wut. »Er hat mein wunderschönes Corrie in ein verdammtes Vorstadthaus mit Vorgarten verwandelt.«

Jetzt konnte man sich nicht mehr im Gras räkeln und durch die Lupinen auf die Wiesen und den Fluss hinunterschauen. Die Aussicht auf die schmale Schlucht des Glen und die Hügel, die zu den Mooren über Muirend hin abfielen, war nach wie vor da, und Cass klammerte sich daran. Sie verspürte ein geradezu hysterisches Bedürfnis, sich von der Zerstörung abzulenken, die Guy diesem verträumten Fleckchen Erde und dem kleinen Haus angetan hatte, das so wunderbar in die Landschaft gepasst hatte wie der Bach und die Wiesen.

Er hatte aus dem Bach und dem Wasserfall doch keine künstliche Grotte gemacht, oder? Cass wagte kaum, einen Blick auf den Bach zu werfen, aber dann bemerkte sie doch, dass die Ebereschen niedergewalzt waren, damit der Zaun Platz hatte; ihre Blüten würden im nächsten Jahr keinen Baldachin mehr für den Ehrenpreis und die Butterblumen bilden.

»Nimm dich zusammen, werde nicht zu poetisch«, ermahnte sich Cass aufgebracht. Sie zwang sich mit bitterer Entschlossenheit, ihren Ärger hinunterzuschlucken.

Dennoch zitterte ihre Hand so sehr, dass sie Schwierigkeiten hatte, den Schlüssel ins Türschloss zu stecken. Auf der rechten Seite im großen Zimmer stand ein imposanter, eingebauter Schreibtisch aus Teakholz mit Faxgerät, Anrufbeantworter, Computer und Drucker – vom Kamin war so gut wie gar nichts mehr zu sehen.

Er braucht diese Dinge, damit hättest du rechnen müssen, sagte sich Cass. Wir haben überall diese Geräte stehen. Sie werden mir auch von Nutzen sein, denn ich werde hier oben einiges zu tun haben. Diese Dinge gehören zu unserem Leben; es wäre absurd, Anstoß daran zu nehmen.

Aber ich hätte die Geräte nicht in diesem Raum aufgebaut, sondern das kleine Schlafzimmer zum Arbeitszimmer umfunktioniert, sodass man die Tür schließen und die Arbeit hinter sich lassen kann.

Du hättest das mit ihm besprechen müssen, und man kann die Sachen ja immer noch umräumen, also reg dich nicht darüber auf, ermahnte sie sich.

In der Küche fielen ihr auf Anhieb keine Veränderungen auf. Die Betonplatten vor der Hintertür waren verschwunden, dafür befanden sich jetzt Steinfliesen dort. Und Cass musste zugeben, dass das eine Verbesserung war.

Doch die ganze Zeit dachte sie mit wachsendem Protest an die Verheerung unterhalb des Cottages – Cass konnte es einfach nicht fassen.

Sie hatte jetzt einen eingebauten Grill auf der Veranda. Vielleicht war ein bisschen zu viel Zement benutzt worden, aber es war eine ausgezeichnete Ergänzung, daran gab es keinen Zweifel. Das schiefe verwitterte Tor zum Hügel war einem neuen gewichen. Im Laufe der Zeit würde es auch verwittern. Doch dann entdeckte Cass etwas, was ihre Entschlossenheit, sachlich zu bleiben, aus unerklärlichen Gründen zunichte machte. Zwischen zwei raue, schief eingeschlagene Pfosten war eine durchhängende Wäscheleine gespannt gewesen. Cass hatte es gefallen, die Wäsche dort im Wind flattern zu sehen; sie fand es wunderbar, wie weich und duftend die Handtücher und Bettwäsche nach einem Tag in der Sonne waren – das weckte Erinnerungen an ihre Kindheit in Dalry, wo sie ihrer Mutter immer geholfen hatte, die Laken zusammenzufalten.

Die Pfosten und die Leine waren nicht mehr da.

Als sie mit versteinerter Miene in die Küche zurückging, fiel ihr auf, dass die Waschmaschine, die sie gekauft hatte, von einer anderen mit integriertem Trockner ersetzt worden war.

Was hatte Guy mit der anderen gemacht? Vermutlich weggeworfen. Oder dem Klempner mitgegeben. Cass ging hinauf und sah sich einen Raum nach dem anderen an. Im Schlafzimmer entdeckte sie einen Fernseher mit Video-Rekorder, und ein Telefon stand neben dem Bett. Schön, das konnte nicht schaden. Im Bad war eine Dusche installiert. Na ja, ihr war eine Dusche auch lieber als die Badewanne. Vom Badfenster aus konnte man auf die umgegrabene Wiese und die Löcher sehen, die noch an die Pfosten für die Wäscheleine erinnerten.

Tränen traten ihr in die Augen und quollen über. Sie lehnte die Stirn an die Fensterscheibe und weinte und weinte.

Du heulst wegen einer Wäscheleine, schalt sie sich hilflos, aber sie wusste, dass es nicht das allein war. Etwas, was sie geliebt hatte, war rücksichtslos vernichtet worden, und zwar von dem Mann, den sie geheiratet hatte, von dem Mann, der überzeugt war, dass sie all die »Verbesserungen« genauso zu schätzen wusste wie er, der glaubte, all das wäre eine wundervolle Überraschung für sie. Oder war ihm dieser Gedanke gar nicht durch den Kopf gegangen? Hatte Guy nicht nur alles nach seinen eigenen Bedürfnissen gestaltet, wie er es immer tat? Hatte er überhaupt an sie, Cass, gedacht?

Innerlich leer vor Enttäuschung, drehte sie den Wasserhahn auf, um sich kaltes Wasser ins Gesicht zu spritzen. Es kam kein Wasser aus dem Hahn.

Kapitel zehn

Aus keinem der Hähne im ganzen Haus kam kaltes Wasser. Wenn sie die Heiß-Wasser-Hähne aufdrehte, würde sich der Tank vermutlich rasch leeren, und Cass traute sich nicht, den Durchlauferhitzer einzuschalten. Oder gab es irgendeine Sicherheitseinrichtung, die verhinderte, dass der Erhitzer lief, wenn kein Wasser vorhanden war? Sie hatte keine Ahnung. Verdammt. Was, um alles in der Welt, funktionierte nicht? Es musste ein Klempner her. Cass versuchte vergebens, sich an den Namen des Mannes zu erinnern, der bei ihrem Umzug hier gewesen war, um das Wasser anzustellen.

Sie schaute in den *Gelben Seiten* nach. War es wirklich die einzige Möglichkeit, Hilfe aus Muirend zu holen, die weiß Gott wann erscheinen würde? Es war immerhin Freitagnachmittag. Oder sollte sie erst nachsehen, ob sie das Problem selbst bewältigen konnte? Sie setzte ihren Verstand ein, um sich grundlegende Fragen zu stellen. War der Zufluss gestört? Aber der Bach plätscherte noch munter dahin. Floss Wasser vom Bach aus in den Tank, oder nahm es aus irgendeinem Grund einen anderen Weg?

Sie legte das Telefonbuch weg, lief hinauf, um sich eine Jeans und ein Sweatshirt anzuziehen. Wenigstens wusste sie, wo sich der Tank befand. Sie ging durch das neue Tor und lief zum Bach. Hoffentlich hat Guy nicht auch noch den Wasserlauf verändert, meldete sich eine leicht hysterische Stimme in ihr. Aber sie fegte die für sie so untypischen, überängstlichen Überlegungen, was sie tun sollte, wenn kein Wasser in den Tank lief, rigoros beiseite und begriff erst jetzt in vollem Umfang, wie sehr sie das, was Guy diesem kleinen Grundstück angetan hatte, erschütterte. Und besonders betroffen war sie, weil sie gedacht hatte, dass sie sich durch das Cottage näher gekommen seien. Als sie den Rand des kleinen Talkessels erreichte, sprang und schlitterte sie den erdigen, mit Steinen durchsetzten Abhang hinunter.

So weit Cass als Laie sehen konnte, war hier alles in Ordnung. Der Bach führte zwar nicht viel Wasser, aber etwas davon floss in das Zulaufrohr, das, wie sich Cass versicherte, nicht verstopft war. Sie legte das Ohr an die von der Sonne erwärmte Abdeckplatte des Tanks, die von den getrockneten Flechten rau und zu schwer war, um sie hochzuheben oder zu verschieben, und hörte ein Plätschern. Aus dem Überlauf auf der anderen Seite kam auch Wasser. Wie verlief die Leitung von hier aus? Natürlich nicht über die Böschung. Sie folgte dem Bachlauf, und es fiel Cass nicht schwer, den Weg herauszufinden, den das Wasser bis zum Haus nehmen musste. Nirgendwo waren ominöse feuchte Stellen zu sehen, die verraten hätten, dass die Leitung ein Leck hatte.

Und was jetzt? Der Durchlaufboiler wurde von dem Wassertank im Dachboden gespeist; war der voll? Sie wurde sich bewusst, dass sie sich mit eigensinnigem Zorn nur auf dieses eine dringliche Problem konzentrierte und mit voller Absicht die tiefere Bedeutung der Verwüstung, die Guy geschaffen hatte, ausklammerte.

Der Kalt-Wasser-Tank auf dem Speicher, der keinen festen Boden hatte und sich hinter vielen Spinnweben und niedrigen Deckenbalken verbarg, war voll. Cass war schmutzig, erhitzt und ärgerlich auf sich selbst, weil sie keine Taschenlampe mitgenommen hatte. Als sie die ausfahrbare Leiter wieder hinunterstieg, kam ihr endlich der nächstliegende Gedanke. Das Wasser war abgestellt worden, während die Dusche eingebaut worden war, und kein Mensch hatte daran gedacht, den Haupthahn wieder aufzudrehen. Darauf hätte ich eigentlich gleich kommen können, dachte sie beschämt. Aber trotzdem – sie war letzten Endes ganz allein auf die Lösung des Problems gestoßen, allerdings hatte sie keinen blassen Schimmer, wo sich der Haupthahn befand und wie sie das verdammte Ding aufdrehen sollte.

Zum Glück hatte sie mit einem Mal zwei ganz klare Bilder vor Augen: Sie sah einen kleinen, quadratischen, gusseisernen

Deckel – Roey und ihr hatte man seinerzeit strikt verboten, ihn noch einmal anzurühren, nachdem sie einige ihrer Schätze in dem mysteriösen dunklen Loch darunter versteckt hatten, und sie sah ein Gerät bei den Werkzeugen in der Gartenscheune in Dalry, das sie mindestens hundertmal betrachtet hatte – eine dünne Eisenstange mit einem Schraubenschlüssel an einem und einem Kreuz am anderen Ende. Komisch, dass sie sich daran erinnerte, aber der große Garten und die Außengebäude waren ihre Kinderwelt gewesen, und sie hatte jeden Winkel wie ihre Westentasche gekannt. Der Verlust dieser kleinen Welt, in der man tausend Abenteuer erleben konnte, hatte sie am meisten geschmerzt.

Jetzt nützte ihr diese Erinnerung. In weit besserer Stimmung schlenderte Cass um das Cottage herum und verfluchte ihre Dummheit, weil ihr klar wurde, dass sie zwischen Bach und Haus suchen musste. Sie war froh, dass niemand beobachtete, wie dämlich sie sich anstellte.

Sie fand den Deckel sofort, weil die Brennnesseln drum herum niedergetrampelt waren, aber von dem Schlüssel, mit dem man den Hahn aufdrehte, war keine Spur zu sehen. Cass ließ sich nicht beirren und suchte weiter: in der Scheune, im hohen Gras hinter der Scheune und an den Mauern, für den Fall, dass ihn jemand achtlos irgendwohin geworfen hatte. Aber man müsste ihn sehen, weil er erst vor wenigen Wochen verwendet wurde – es sei denn natürlich, dass es im Corrie keinen solchen Schlüssel gab und der Klempner seinen eigenen mitgebracht hatte. Oh, verdammter Guy!

Bei den Frasers ging niemand ans Telefon. Cass ließ es läuten und läuten – Gina musste zu Hause sein. Sie würde Nessa bald abholen müssen – aber hatte Nessa nicht noch Ferien? Und die Jungs auch? Wo waren sie alle? Waren sie zu faul, den Hörer abzunehmen? War die ganze Familie in Urlaub gefahren? Nein, Laurie konnte sich bestimmt nicht mitten in der Saison freinehmen. Spekulationen waren reine Zeitverschwendung. Cass konnte hinaufgehen und sehen, ob sie den Schlüssel irgendwo fand. Gina hatte sicher nichts dagegen, wenn sie ihn sich kurz auslieh.

Es gab etliche mögliche Verstecke rund um das alte Haus. Cass, die das Objekt deutlich vor Augen hatte, stöberte voller Enthusiasmus überall herum, aber sie suchte nur auf dem Boden und sah deshalb nicht die verschiedenen Schraubenschlüssel, die ordentlich, wie es Lauries Art war, an Haken neben den Leitern an der Scheunenwand hingen. Der sonnige von einem Mäuerchen umgrenzte Hof schien sie mit seiner verschlafenen Nachmittagsstille zu verhöhnen – Cass hätte sogar Tirees stürmisches Bellen begrüßt.

Ihr blieb nichts anderes übrig, als zu Beverley zu gehen, obwohl es fraglich war, dass in der vornehmen Sycamore Lodge ein derart primitives Werkzeug zu finden war.

Cass nahm den direkten Weg über den Abhang; ihr fiel zu spät ein, dass ihr Auto immer noch mitten auf dem Weg stand. Aber jetzt gibt es ja genügend Platz, um drum herumzufahren, dachte sie bitter.

Eines der Garagentore neben dem Bungalow stand offen, das Auto war nicht da. Die Gartenscheune war mit einem Vorhängeschloss gesichert, das Haus vor neugierigen Blicken geschützt. Cass verlor den Mut, als sie daran dachte, dass sie wieder in dem beinahe ausgestorbenen Bridge of Riach herumirren und um Hilfe betteln musste. Die Alternative war, das Auto zu holen und nach Riach zu fahren oder zu der Farm, die am Weg nach Allt Farr stand.

Plötzlich hatte sie eine andere Idee. Sie wollte nichts weiter als diesen Schlüssel, und wenn sie den erst einmal hatte, würde sie sicher den Rest allein schaffen. War Beverleys Mann mit ihr unterwegs, oder arbeitete er in der Werkstatt am Fluss, von der Gina gesprochen hatte? Aber er war krank – konnte man ihn einfach stören? Wie krank war er? Würde er begreifen, was sie von ihm wollte, oder kostete es sie nur noch mehr Zeit, wenn sie ihn um Hilfe bat? Aber hatte Gina nicht erwähnt, dass er Möbel restaurierte? Also konnte er nicht ganz hilflos oder verwirrt sein. Und möglicherweise musste er nur den Schlüssel aus der Gartenscheune holen.

Cass machte sich entschlossen auf den Weg zu der Unterführung, die das Vieh davor bewahrte, die neue Straße überqueren zu müssen. Sie ging durch den nach Schaf stinkenden, dunklen Tunnel zu der Uferwiese an der Flussbiegung. Die alte, von hohen Fichten und Ebereschen mit bereits leuchtend roten Beeren geschützte Scheune sah so friedlich und verlassen aus, dass Cass schon aufgeben und gleich nach Riach fahren wollte. War es überhaupt so wichtig, dass sie Wasser hatte? Sie könnte warten, bis Laurie Fraser oder einer seiner Söhne nach Hause kam. Vielleicht wusste sogar Gina, wo der Schraubenschlüssel zu finden war.

Trotzdem ging sie weiter über die Wiese mit den vielen Wildblumen. Die Birken und Haselnusssträucher am Straßenrand dämpften den Verkehrslärm. Das Tosen und Rauschen des Flusses, der durch die Schlucht unterhalb der alten Brücke strömte, übertönte alle anderen Geräusche, je näher sie dem Ufer kam. Cass folgte den mit Gras überwucherten Gleisen, die zur Scheune führten, und sah, dass die Türen auf der dem Fluss zugewandten Seite weit geöffnet waren, um die Sommerluft einzulassen. An der Rückwand stand eine Werkbank, seitlich waren einige alte Möbel wie verwundete Soldaten auf einem Schlachtfeld nebeneinander aufgereiht – Tische ohne Beine, Sessel mit fadenscheinigen Bezügen, Sofas, aus denen die Innereien quollen.

Ein breiter Sonnenstrahl, in dem die Staubkörnchen tanzten, fiel auf einen Mann, der sich gerade bückte, um mit der Hand über die Sitzfläche eines Windsor-Stuhles mit geschwungener Lehne zu streichen – sein Gesicht drückte Konzentration aus, als lauschte er aufmerksam. Er richtete sich auf und nickte. Der Mann war sehr groß, Anfang vierzig, hatte eine breite Brust und breite Schultern und wirkte eher kräftig als gewichtig. Er trug eine dicke Arbeiterjeans und ein kariertes Hemd, seine Kleider und sein lockiges, kurz geschnittenes Haar waren mit Sägemehl bestäubt. Aber was Cass am meisten beeindruckte, war diese Ruhe; seine bedächtigen Bewegungen in diesem kurzen Augenblick vermittelten ihr, dass er mit sich und der Welt im Reinen und vollkommen zufrieden war. Er war sonnengebräunt und sah gesund aus wie ein Mann, der sich oft im Freien aufhielt – er war offensichtlich nicht die Person, die sie suchte. Dieser Mann war kein Rekonvaleszent und passte nicht in Beverleys gekünstelte, pseudovornehme Welt. Ein Helfer, den ihr Mann – wie war noch sein Name? Richard? – angestellt hatte? Vielleicht gehörte ihm auch die Scheune, und er gestattete Richard Scott, in seiner Werkstatt mitzuarbeiten als eine Art Therapie? Es schien gewiss genügend Arbeit zu geben. Aber wer immer dieser Mann auch sein mochte, er sah kompetent aus und würde eine Lösung für ihr Problem finden, davon war Cass überzeugt.

Sie trat vor. Der Mann stand mit dem Rücken zu ihr vor seiner Werkbank. Ich würde vor Schreck umfallen, wenn mich jemand hier an einem stillen Nachmittag plötzlich ansprechen würde, dachte Cass. Beverley wäre fuchsteufelswild, wenn sie wüsste, dass ich hergekommen bin.

»Entschuldigen Sie. Hallo.«

Der Mann drehte sich seelenruhig um. Wenn man so groß und stark war, konnte einen wahrscheinlich gar nichts erschrecken. Er hatte ein kantiges Gesicht und musterte Cass aus leicht zusammengekniffenen Augen.

»Guten Tag«, erwiderte er. »Nicht viele Kunden finden den Weg hierher. Was kann ich für Sie tun?«

Er war höflich, aber wollte er damit andeuten, dass es ihn störte, wenn die Kunden ihn unangemeldet aufsuchten? Die Aussprache und sein Benehmen ließen darauf schließen, dass er nicht aus dieser Gegend stammte. Er machte Cass neugierig, und er sah sehr gut aus. Sie erklärte hastig: »Ich war eigentlich auf der Suche nach Richard Scott. Ich bin eine Nachbarin – vom Corrie, dem Cottage am Hügel. Ich hatte gehofft, ich könnte mir hier einen Schraubenschlüssel ausborgen, mit dem ich das Wasser im Haus aufdrehen kann.«

Der große Mann betrachtete sie einen Moment schweigend, als wollte er den Wahrheitsgehalt dieser Bitte ergründen. Dann legte er das Tuch, das er in den Händen hielt, auf die Werkbank, und antwortete: »Ich denke, da kann ich Ihnen weiterhelfen.«

»Haben Sie Zugang zu…« Cass, die näher gekommen war, bemerkte die Schönheit des Stuhls, an dem er gearbeitet hatte.

»Haben Sie gerade das Polster abgenommen? Werden Sie das Holz frisch beizen?«

»Ich habe diesen Stuhl getischlert.« Seine Stimme war tief, und er sprach ebenso bedächtig, wie er sich bewegte.

»Getischlert? Er sieht aus, als wäre er mindestens zweihundert Jahre alt.«

»Gut. Die Datierung entspricht ziemlich genau dem Stil.« Augenscheinlich amüsierte ihn das.

»Ich kenne mich gar nicht aus und habe nur geschätzt«, beteuerte Cass. »Ich habe keine Ahnung von Antiquitäten.« Gina wäre begeistert, wenn man sie in diese Scheune lassen würde. »Er ist sehr hübsch, aber diese Streben sind ein wenig ungewöhnlich, oder nicht?«, fügte sie hinzu und trat einen Schritt zurück, damit sie sich den Stuhl besser ansehen konnte.

Der Mann kippte ihn zur Seite. »Das sind Leisten«, erklärte er. »Man nennt so was Kuhhorn.«

»Eine treffende Beschreibung.«

»Die meisten der alten Begriffe sind erfreulich einfach.« Cass sah, dass er den Stuhl liebevoll tätschelte, bevor er ihn wieder richtig hinstellte. »Leiterlehne, Kammlehne, Löffellehne – man hat alltägliche Gegenstände benutzt, um die Dinge zu veranschaulichen.«

Vielleicht hatte sie seine Gelassenheit angesteckt, denn Cass hatte mit einem Mal das Gefühl, Stunden an diesem friedlichen, sonnigen Ort verbringen zu können, an dem man nichts als das Rauschen des Flusses hörte.

»Was ist mit Ihrem dringenden Anliegen?«, erkundigte er sich leicht belustigt.

»O ja. Wissen Sie zufällig, wo die Scotts ihren Schraubenschlüssel für den Wasserhahn aufbewahren? O Gott, sind die überhaupt alle gleich? Passen sie zu jedem Hahn? Daran habe ich überhaupt noch nicht gedacht.«

Er erwiderte nichts und durchquerte gemessenen Schrittes die Scheune, dann begleitete er sie durch die Unterführung und durch ein Tor, das Cass bisher nicht aufgefallen war, in den Garten des Bungalows. Ohne zu zögern, ging er auf die Scheune zu und holte einen Schlüsselbund aus seiner Tasche.

Er musste Richard Scott sein. Aber dieser Mann war nicht krank. Oder deuteten seine Schweigsamkeit und seine Weigerung, sich vorzustellen, darauf hin, dass er nicht ganz normal war? Cass beobachtete, wie er das Vorhängeschloss öffnete, und war der Ansicht, dass sie von ihm nichts zu befürchten hatte. Er fand den Schraubenschlüssel auf Anhieb.

»Oh, Gott sei Dank«, rief Cass aus.

Er übersah ihre ausgestreckte Hand und machte sich ohne ein Wort auf den Weg zur Straße.

»Ich bin sicher, dass ich allein zurechtkomme«, versicherte Cass. Es fiel ihr trotz ihrer langen Beine schwer, mit ihm Schritt zu halten. »Bitte machen Sie sich keine Umstände. Ich möchte Sie nicht von Ihrer Arbeit abhalten.« Sie dachte daran, dass er die Scheune und auch seine Werkstatt nicht abgeschlossen hatte, aber er schien sich nicht darum zu kümmern.

Entschlossen marschierte er drauflos und schien offenbar keine Notwendigkeit für Diskussionen zu sehen. Er schien sich nicht aufhalten zu lassen, wenn er sich etwas vorgenommen hatte, und offensichtlich hatte es keinen Sinn, sich ihm zu widersetzen. Wenn irgendjemand handwerkliche Dinge vollbringen konnte, dann war es sicherlich dieser Riese.

»Normalerweise stellt man um diese Jahreszeit das Wasser nicht ab«, bemerkte er, als sie die Kurve unter dem Corrie erreichten.

Die Vision des Grauens, das sie nach der Wegbiegung erwartete, machte Cass zu schaffen. »Mein Mann ... wir ... haben einige Arbeiten vornehmen lassen.« Cass hörte selbst, dass ihre Stimme heiser war, weil sie Mühe hatte, ihren Groll und die Wut zu unterdrücken, die neu in ihr entbrannten. An die Folgen, die Guys Eigenmächtigkeiten haben könnten, wagte sie gar nicht erst zu denken. Falls der Mann an ihrer Seite bemerkte, was in ihr vorging, ließ er es sich nicht anmerken.

Er zeigte keinerlei Reaktion, als er die abgegrabene Böschung, die traurigen Überreste der Weißdornhecke und den frischen Beton sah. Er stellte lediglich ohne Emphase fest: »So haben Sie mehr Platz zum Wenden.«

»Ich hasse es!«, brach es aus Cass heraus. »Es ist grauenvoll, einfach scheußlich! Dabei war es nicht einmal nötig.«

Er blieb stehen und sah sie mit leicht gerunzelter Stirn an – er nahm sich Zeit, ihr Gesicht zu studieren. »Sie waren nicht damit einverstanden?«

»Ich wusste nicht einmal etwas davon. Ich bin heute Nachmittag angekommen und habe diese Verwüstung vorgefunden und noch eine Menge anderer Dinge, um genau zu sein. Oh, ich weiß, dass all das in bester Absicht gemacht wurde. Das *weiß* ich«, wiederholte sie. Es war ihr peinlich, dass sie Guy bei einem Fremden anschwärzte. »Und das meiste ist eine Verbesserung und sehr vernünftig...«

Er nickte, offenbar hielt er es für klüger, im Moment keine weiteren Fragen zu stellen. Schweigend ging er über die Betonstufen zur Rückseite des Hauses.

»Vielleicht sollte ich mir selbst ansehen, wie das geht«, schlug Cass vor, als er den Deckel hochhob.

Er reichte ihr den Schraubenschlüssel und trat zurück. Es war schwierig, den Schlüssel einzupassen, doch schließlich gelang es ihr. Aber dann konnte sie den Hahn nicht bewegen, und nach etlichen Versuchen war sie nicht einmal mehr sicher, nach welcher Seite sie ihn drehen musste. Ihre Wangen waren gerötet, und sie keuchte vor Anstrengung. Cass verabscheute verwöhnte, hilflose Frauen, die keinen Finger rührten. Außerdem war es ihr wichtig zu beweisen, dass sie allein zurechtkam, wenn sie nur die richtigen Werkzeuge zur Hand hatte.

Ihr freundlicher Retter beobachtete sie geduldig und ohne das geringste Anzeichen von männlicher Bereitschaft, ihre Versuche zu unterbinden und das Heft in die Hand zu nehmen.

»Es hat keinen Zweck«, gab sie schließlich zu. »Ich kann das Ding keinen Millimeter bewegen.«

Sie ließ den Schraubenschlüssel los – ihre Handgelenke schmerzten, die Handflächen waren rot und mit Rostflecken übersät. Zwei riesige Hände packten das Eisenkreuz und drehten den Schlüssel ohne jede Anstrengung.

»Ich hasse Sie«, behauptete Cass, und ihre Augen wurden schmal, als sie grinste. Sie sah in seine braunen Augen und fand es ausgesprochen angenehm, einmal zu jemandem aufschauen zu müssen.

»Ich hatte auch ein bisschen Mühe«, erwiderte er höflich, und Cass lachte. Noch vor einer Stunde wäre es ihr unmöglich erschienen, dass sie heute noch einmal lachen konnte.

»Ach ja?«, fragte sie. »Ich kann Ihnen gar nicht sagen, wie dankbar ich für Ihre Hilfe bin. Wie wär es mit einer Tasse Tee – schließlich haben wir jetzt wieder heißes Wasser. Ich habe mich bei meiner Ankunft nach einem Tee gesehnt, und mittlerweile habe ich das Gefühl, als wären seither Stunden vergangen. Es tut mir Leid, dass ich mich Ihnen nicht vorgestellt habe. Ich bin Cass Montgomery.«

Sie hielt ihm ihre Hand hin und wurde sich bewusst, dass sie sich freuen würde, wenn er nicht gleich wieder ging.

Er lehnte den Schraubenschlüssel an die Mauer der Veranda und nahm ihre Hand in seine. »Rick Scott«, erwiderte er.

Kapitel elf

Cass hatte zwar vermutet, dass es sich bei ihrem »Retter« um Richard Scott handelte, aber für einen Augenblick war sie doch verwirrt. Es fiel ihr schwer, diesen entspannten, gemächlichen Mann mit dem Bild in Einklang zu bringen, das sie sich von Beverleys mysteriösem Gatten gemacht hatte, der eine Beschäftigungstherapie brauchte und umsorgt, beschützt und – noch schlimmer – vor den Blicken anderer verborgen werden musste. Vor ihr stand einer der normalsten, ausgeglichensten Menschen, die sie jemals kennen gelernt hatte. Er strahlte nicht nur eine ungeheure Ruhe, sondern auch Kompetenz aus. Schon als sie den Weg heraufgekommen waren, hatte Cass gespürt, dass er all das erledigen würde, was getan werden musste. Allein seine Größe und Kraft zerstörten bereits das Bild, das sie sich nach den Andeutungen von Beverley und Gina gemacht hatte. Außerdem protestierte sie innerlich. Dieser Mann und die kleine, flatterhafte, hohlköpfige Beverley mit ihrem Schmollmund und den stechenden Augen passten nicht zusammen. Es war schon unmöglich, sie sich rein physisch zusammen vorzustellen – der bärenhafte Rick und die affektierte Gestalt mit den osterglockengelben Haaren, dem albernen Schmuck und dem sorgfältig eingezogenen Bauch.

Das gefällt mir gar nicht, entschied Cass – diese Entdeckung beunruhigte sie, und sie nahm sich zusammen. Aber sie reagierte nicht schnell genug. Er beobachtete gelassen, wie ihr Gesicht ausdruckslos wurde. »Keine Angst, ich bin ganz harmlos«, versicherte er mit einer Ironie, in der keine Bitterkeit mitschwang. »Aber wenn es Ihnen lieber wäre, dass ich nicht mit ins Haus komme...«

Cass' Wangen glühten. »Tut mir Leid. Ich war nur überrascht. Mir war nicht klar, dass Sie Beverleys Mann sind. Man hat mir erzählt, dass Sie krank seien. Ich meine, Sie erscheinen mir nicht...«

»Verrückt?« Er fixierte sie unverwandt, und sein spöttischer Unterton gab ihr einen kleinen Einblick in seine Gefühlswelt, die sie nicht einmal erahnen konnte. Ihre eigene Verlegenheit war unbedeutend. Cass hielt seinem Blick stand und holte insgeheim tief Luft.

»Bitte«, sagte sie leise, »möchten Sie nicht hereinkommen?«

Seine Miene entspannte sich, und ein feines Lächeln huschte über sein Gesicht. »Sie haben Recht«, antwortete er. »Fangen wir noch mal von vorn an. Ich bin ein wenig aus der Übung, wenn es um gesellschaftliche Nettigkeiten geht. Meine Schuld. Die Einsamkeit ist zu verlockend geworden, und wenn man diesen Weg einmal eingeschlagen hat, fällt es schwer umzukehren.«

Rick hatte seine Gründe, warum er ihr Haus noch nicht betreten wollte. Er war entsetzt über das, was dem Corrie angetan worden war – er verabscheute das Chaos, das unsensible Menschen in einer Umgebung anrichten konnten, deren Schönheit beängstigend schnell schwand. Andererseits spürte er Cass' Kummer, und die Anspielung auf andere Veränderungen weckte in ihm den Wunsch, sie davor zu bewahren, mit all dem ganz allein fertig zu werden.

»Vielleicht sollten wir uns wenigstens vergewissern, ob das Wasser im Haus jetzt auch wirklich läuft«, schlug er leichthin vor und folgte ihr in die Küche.

»Ein voller Erfolg!« Cass strahlte ihn über die Schulter hinweg an, als sie den Hahn aufdrehte. »Im Bad oben wurde eine neue Dusche eingebaut, und ich nehme an, der Klempner hat den Haupthahn abgedreht, um seine Arbeit machen zu können.«

»Bob Henderson.« Rick sah sich um. In dieser Küche war einiges verändert worden. Beverley hatte ihn einmal hier heraufgezerrt, als das Haus zum Verkauf gestanden hatte. Reine Neugier natürlich; sie würde nicht im Traum daran denken, in einem so schlichten Haus zu leben.

»Woher wissen Sie, wer die Installationen gemacht hat?«, fragte Cass.

Er lächelte. »Ich habe seinen Lieferwagen gesehen. Sie denken doch nicht, dass hier im Glen verborgen bleibt, welchen Klempner Sie beauftragt haben?«

»Dann wissen die Leute mehr als ich«, erklärte Cass ohne Aufgeregtheit – das gefiel Rick, aber ihm entging nicht, dass sie einen bemüht gleichmütigen Ton anschlug, als sie hinzufügte: »Guy hat das alles organisiert.«

»Henderson ist nicht der Mann, den ich empfohlen hätte, das muss ich zugeben. Ich hoffe, er hat sich vergewissert, dass genügend Druck für die Dusche da ist. Ich kenne ihn und vermute, dass er seinen eigenen Schraubenschlüssel irgendwann verloren und sich deshalb Ihren unter den Nagel gerissen hat.«

»Bestimmt hat er ihn aus Versehen mitgenommen, oder?« Willst du dir unbedingt einreden, dass die Einheimischen hier alle nette Burschen sind?, machte sich Cass über sich selbst lustig.

»Aus Versehen oder absichtlich, er hat vergessen, den Haupthahn wieder aufzudrehen, bevor er den Schlüssel an sich genommen hat. Ich denke, wir sorgen erst mal dafür, dass Sie den Schlüssel zurückbekommen. Ich rufe ihn an.«

Cass blieb neben dem Teekessel stehen und versuchte, das angenehme, unkomplizierte Gefühl auszuloten, das sich in ihr regte. Aber hatte Guy nicht auch geglaubt, für sie da zu sein und ihr eine Freude zu machen? Es war wichtig und nur fair, das nicht außer Acht zu lassen. Sie musste vor ihrem nächsten Wiedersehen daran arbeiten, eine positive Einstellung zu dem zu finden, was er getan hatte.

»Henderson schickt den Schraubenschlüssel morgen mit dem Postauto herauf«, berichtete Rick. »Er meinte, das hätte er ohnehin vorgehabt. Hm. Jedenfalls hatte er nicht viel zu seiner Verteidigung zu sagen, als ich ihn fragte, wie Sie seiner Meinung nach heute Abend hätten zurechtkommen sollen.«

»Richard, ich danke Ihnen – Sie haben mir sehr geholfen. Das war sehr nett von Ihnen.«

»Rick. So, was wurde noch alles in diesem Haus verändert? Wollen Sie es mir zeigen?«

»Ich nehme an, es ist nicht viel, worüber man sich aufregen muss – verglichen mit dem, was draußen passiert ist.« Mittlerweile war Cass im Stande, sich so zu äußern. Als sie Rick folgte, der das Tablett mit dem Tee ins Wohnzimmer brachte, konnte sie sich kaum noch erinnern, was sie so aus der Fassung gebracht hatte. Ganz bestimmt würde sie diesem ausgeglichenen Mann nicht anvertrauen, dass sie wegen der fehlenden Wäscheleine in Tränen ausgebrochen war.

»Es war wahrscheinlich ein ziemlicher Schock, die Bürogeräte hier zu sehen«, meinte sie. »Das alles wirkt in dieser Umgebung so fehl am Platz, besonders mit dem Kabelgewirr auf dem Boden. Aber ich kann diese Sachen genauso gut gebrauchen wie Guy. Ich war wirklich dumm.«

»Sie arbeiten von zu Hause aus? Was machen Sie?«

Es schien eine Menge zu geben, was sie ihm zu erzählen hatte, und Rick brachte die Sprache behutsam wieder auf den aufgerissenen Garten, weil er ahnte, dass ihr das am meisten zu schaffen machte. Er hörte wortlos zu, wie sie sich zumindest einen Teil ihres Kummers von der Seele redete.

Cass hingegen erfuhr kaum etwas über ihn. Rick wollte nicht über seine Krankheit oder seinen Umzug in den Glen Maraich sprechen.

»Es hat damals unseren Bedürfnissen entsprochen«, erklärte er kurz, und Cass stellte keine weiteren Fragen, obwohl es ihr immer noch unmöglich war, sich ihn zusammen mit Beverley vorzustellen. Nicht nur die Partnerschaft an sich erschien ihr grotesk, es war auch absurd, dass ein solcher Mann in einer Umgebung wie der Sycamore Lodge lebte. Aber der Bungalow war sein Zuhause, und offensichtlich hatten sich Beverley und er für ein solches Ambiente entschieden, und es gefiel ihnen.

Rick wehrte Cass' Interesse an seinem Lebensstil mit ausweichenden Aussagen ab. »Die Scheune ist eine ideale Werkstatt ... Ja, es gibt immer eine Menge zu tun ...«

Als ein forderndes Hupen auf dem Weg sie unterbrach, war

Cass dennoch äußerst zufrieden mit dem Verlauf des Gesprächs.

»Da möchte jemand – vermutlich Gina – vorbeifahren, denke ich«, bemerkte sie. »Gehen Sie nicht. Ich fahre nur schnell meinen Wagen aus dem Weg. Gina hätte gut ausweichen können, aber vielleicht wäre das bei ihrer Fahrweise doch keine so gute Idee.«

»Ich habe ohnehin schon zu viel von Ihrer Zeit in Anspruch genommen.« Rick erhob sich.

Wie gut es sich anfühlte, um etliche Zentimeter überragt zu werden. »Sie haben eine wunderbare Therapie bei mir angewandt«, erklärte Cass voller Dankbarkeit. »Ich hätte mich nicht zu einem solchen Zorn hinreißen lassen dürfen, als ich den Garten sah – im Laufe der Zeit wird alles wieder nachwachsen. Aber ich habe dieses Fleckchen so, wie es war, sehr geliebt.«

Er nickte, doch seine gelöste Haltung war dahin. »Ich gehe durch die Hintertür«, stellte er klar, und wieder eröffnete sich Cass das Rätsel um seinen Geisteszustand und seine Zurückgezogenheit. Aber er gehörte nicht zu den Menschen, denen man seinen Willen aufzwingen konnte. Cass stand in der Küchentür und sah ihm nach – es tat ihr Leid, dass er ging. Gleich darauf kam Gina am Fenster des großen Zimmers vorbei.

»Wie schön, dass Sie wieder da sind!«, rief Gina aus und polterte lächelnd herein. Ihre Frisur war vollkommen zerzaust. Sie wischte sich ein paar Strähnen aus dem Gesicht und schleuderte sie nach hinten, als wären sie nicht angewachsen. Aber die dichte, unbezähmbare Mähne hatte ein Eigenleben. »Wahrscheinlich hätte ich mich an Ihrem Wagen vorbeizwängen können, aber ich war froh über den Vorwand, hereinzuschauen und Hallo zu sagen. Wie lange bleiben Sie?«

»Nur bis Montag – leider –, doch wir hoffen, Ende des Monats eine ganze Woche hier verbringen zu können.« Obwohl Cass bedauerte, dass Ginas Ankunft Richard – Rick – vertrieben hatte, freute sie sich, die Nachbarin zu sehen, und begrüßte sie mit einem strahlenden Lächeln.

»Oh, gut«, meinte Gina, »das wird ...«

»Und denken Sie nicht einmal daran, sich hier an irgendetwas vorbeizuzwängen«, fuhr Cass entschieden fort. »Ich fahre meinen Wagen weg. Haben Sie Zeit für eine Tasse Tee?«

»Nein, eigentlich nicht, aber ich trinke trotzdem eine.«

»Kein Familienmitglied, das im Auto schmort?«

»Familie, was ist das? Nein, nur Tiree.«

»Nun, den bitten wir nicht herein.«

»Ich fürchte, das müssen wir, oder wir haben am Wochenende nichts zu essen.«

Es war ein Spaß, wieder mit Gina zusammen zu sein – einfach, spontan und natürlich. Es war sogar ein Vergnügen, überschwänglich von Tiree begrüßt zu werden, obwohl Cass nicht viel Vertrauen in sein Erinnerungsvermögen hatte und vermutete, dass er sich nur freute, aus dem Auto herauszukommen.

»Sie haben sich also entschieden, einen Garten anzulegen?«, erkundigte sich Gina.

Eine umsichtige Formulierung – ohne die Spur von Kritik. Cass spürte eine tiefe Zuneigung. »Ich nicht«, bekannte sie traurig. »Das Ganze ist ein Albtraum.« Aber jetzt konnte sie über Guys Eigenmächtigkeiten lachen, sich ausjammern, zornig sein und unverblümt ihre Meinung sagen.

Wie Rick (Cass respektierte seine Privatsphäre, wie er es sich bestimmt wünschen würde, und erwähnte seinen Besuch mit keinem Wort) fragte Gina mit einem Stirnrunzeln: »Eine Dusche? Oben? Hat das Wasser denn genügend Druck?«

Cass stellte die Teekanne ab, die sie gerade frisch aufgefüllt hatte. »Vielleicht sollten wir nachsehen.«

Aus der Dusche kamen ein paar Tropfen, die nach einer Minute zu einem dünnen Rinnsal wurden.

Cass und Gina starrten die Dusche an, dann sahen sie sich in die Augen und brachen in Gelächter aus.

»Wer, um alles in der Welt, hat das verbrochen?«, wollte Gina wissen, als sie sich mühsam gefasst hatte.

»Ein Typ namens Henderson.« Cass verkniff sich gerade noch den Zusatz: Und der Trottel ist mit unserem Schraubenschlüssel für den Haupthahn auf und davon. Die Begegnung mit Rick Scott war privat und etwas ganz Besonderes, das sie nicht einmal Gina offenbaren wollte.

»Bob Henderson?«, rief Gina. »Oh, der Mann ist hoffnungslos. Wahrscheinlich war er betrunken. Er muss auf eigene Rechnung arbeiten, weil ihn kein Betrieb in der Gegend mehr einstellt. Er hatte einen Job im *Cluny Arms* in Kirkton – er musste nur das heiße Wasser dort anschließen oder so was, und prompt haben sich die Gäste verbrüht. Nein, für so was ist Wally Petrie der richtige Mann. Ich gebe Ihnen seine Nummer. Er kennt jeden Zentimeter Rohr im gesamten Glen. Wally muss eine Pumpe einbauen. Das arme Badezimmer wird am Ende chaotisch aussehen.«

Guy, was hast du mir angetan?

Obwohl sie sich nach Kräften bemühte, sachlich zu bleiben, raubten ihr die Verschandelungen in dem kleinen Haus, das sie bereits sehr liebte, den Schlaf. Um halb sechs Uhr morgens begrub Cass ihre Hoffnungen, doch noch ein bisschen Ruhe zu finden. Sie stand auf, kochte sich einen Tee und ging wieder ins Bett, aber die Frustration und das Gefühl, hintergangen worden zu sein, blieben. Sie konnte nicht lesen, konnte sich nicht entspannen. Nun, sie wollte die Gegend auskundschaften, oder nicht? Gab es eine bessere Zeit, um damit anzufangen?

Es erstaunte sie, weißen Reif auf der frischen Erde im Garten zu sehen, dabei hatte der September erst begonnen. Doch als Cass über die Wiese in Richtung Straße ging und aus einem unbestimmten, aber starken Impuls heraus einen weiten Bogen um die Sycamore Lodge machte, roch sie, dass der Herbst bereits in der Luft lag.

Als sie den Fluss erreichte und zu einem Feld kam, auf dem noch Gerste stand, nahm sie eine Bewegung wahr. Zwei Rehe hoben die Köpfe über die Getreideähren und sahen in ihre Richtung. Eines gab einen harschen Laut von sich, und in dem Moment, in dem die beiden mit weiten Sprüngen flohen, entdeckte Cass ein noch nicht ausgewachsenes drittes Reh, das mit den erwachsenen Tieren Schritt zu halten versuchte. Sie sah ihnen nach, wie sie durch das goldgelbe Feld in Richtung Hügel liefen – ihr Fell war nach den Wochen, in denen sie sich von frischem Sommerfutter hatten ernähren können, glänzend rotbraun. Sie verschwanden hinter einer Gruppe verkümmerter Birken, deren Blätter sich schon allmählich gelb verfärbten. Vor Freude darüber, dass sie allein auf weiter Flur war und einen so großartigen Anblick genießen konnte, wurde Cass die Kehle eng. Sie sehnte sich danach, diese Freude mit jemandem zu teilen, und war keineswegs überrascht, dass ihr als Erstes Rick Scott in den Sinn kam. Sie wusste, dass sie zu ihm ebenso leicht und unkompliziert Zugang gefunden hatte wie zu Gina. Lächelnd setzte sie ihren Spaziergang fort.

Nach etwa einer Meile entfernte sie sich vom Fluss und wanderte auf die von der hellen Morgensonne beschienenen Hügel. Als sie nach einer Stunde die Wasserscheide erreichte, war ihr ziemlich heiß. So hoch war sie bis jetzt noch nie gekommen, und die Aussicht war spektakulär. Zu ihrer Linken waren die großen Berge, zu ihrer Rechten konnte sie in den engen Glen Ellig hinuntersehen. Sie hatte den absurden Wunsch, in dieser Landschaft zu versinken, zu ihr zu gehören, von ihr aufgenommen zu werden

Cass glaubte zu schweben, als sie den Kamm entlangging. Die Septembersonne war warm, und der Himmel war von dünnen fedrigen Wolken durchzogen, die sich im Laufe der Zeit in Nichts auflösten. Die Farben der Natur deuteten noch nicht auf den nahenden Herbst hin, die Blätter der Farne kräuselten sich leicht, das Heidekraut war noch purpurfarben. Cass hätte am liebsten jeden Tag und jede Stunde die Veränderungen der Natur beobachtet. Das war natürlich unmöglich, aber vielleicht gelang es ihr im Laufe der Jahre, alle Stimmungen des Glen kennen zu lernen.

Mit Interesse registrierte sie, wie oft ihre Gedanken zu Rick schweiften. Es konnte kein Zweifel daran bestehen, dass er sie neugierig gemacht hatte, und zwar nicht nur, weil er so ganz anders war, als sie ihn sich vorgestellt hatte. Trotz seiner

Zurückhaltung und Schweigsamkeit hatte Cass in seiner Gegenwart Frieden empfunden und das Gefühl gehabt, dass die Zeit langsamer verstrich. Unwichtige Dinge waren in die richtige Perspektive gerückt worden. Sie hatte Trost von einem Fremden bekommen, und das war ihr keineswegs eigenartig erschienen – genauso wenig wunderte sie sich darüber, dass ihr derselbe Fremde in diesen sonnigen Höhen immer wieder in den Sinn kam und sie sich an den Gedanken an ihn erfreute.

Es war schon Vormittag, als sie über den Mains of Riach ankam und das Corrie und die Verwüstung weiter unten sah. Ob Gina viel zu tun hatte? Aber erst gestern hatte sie Cass beschworen, bei ihr vorbeizuschauen, wann immer sie Lust dazu verspürte.

Es ist einfach perfekt, dachte sie, als sie den gepflasterten Hof überquerte und einen Blick durch das Tor in den ummauerten Garten mit den vielen blühenden Herbstastern und den Dahlien warf – es war perfekt, aus dem Cottage zu spazieren, wenn einem danach zu Mute war, und sich ungehindert in dieser atemberaubenden Umgebung bewegen zu können, meilenweit keiner Menschenseele zu begegnen und dann an die Tür dieses freundlichen Hauses zu klopfen und sicher zu sein, dass man willkommen geheißen wurde. Und sie hoffte auch, etwas zu essen und zu trinken zu bekommen.

Cass betätigte den Türklopfer und hörte jemanden Klavier spielen. Musik bedeutete Cass im Grunde nichts, aber diese Flut von Klängen erschien ihr großartig und erstaunlich – und sie glaubte, noch etwas anderes wahrzunehmen: Erregung vielleicht oder die Suche nach etwas. Fast wünschte sie, sie hätte nicht geklopft.

Aber für Tiree, der Musik noch weniger abgewinnen konnte als Cass und der offenbar im Flur gelegen und sich die Ohren zugehalten hatte, war ihr Kommen die heiß ersehnte Erlösung. Er bellte erleichtert, und das Klavierspiel endete abrupt.

Kapitel zwölf

Cass hatte Gina noch nie erlebt, nachdem sie einige Zeit am Klavier gesessen hatte. Ihr Blick und ihre Bewegungen wirkten, als stünde sie unter Drogen, und auch wenn sie sehr bemüht war, sich gastfreundlich zu geben – tatsächlich war sie sogar froh, Cass zu sehen –, wirkten ihre Antworten schleppend und zusammenhanglos.

»Sind Sie sicher, dass ich Sie nicht störe?«, fragte Cass schuldbewusst, weil sie einfach so hereingeschneit war. Ihre Hoffnungen auf ein spätes Frühstück schwanden, als sich Gina zum dritten Mal erkundigte, ob sie Tee oder Kaffee trinken wolle, und sich dann mit dem Kaffeepulverglas in der Hand zu ihr umdrehte, weil sie die Antwort schon wieder vergessen hatte. »Ich kann später noch mal reinschauen, oder Sie kommen hinunter ins Corrie, wenn Sie ...«

»Nein. *Nein!*«, fiel ihr Gina vehement ins Wort und setzte rasch mit einer ruckhaften Handbewegung hinzu, als wollte sie diesen Ausruf fortwischen: »Tut mir Leid, Cass. Ich wollte Sie nicht anfauchen. Ich freue mich über Ihren Besuch, ehrlich. Geben Sie mir nur ein oder zwei Minuten. Ich bin immer ein wenig weggetreten, wenn ich am Klavier gesessen habe. Ich muss mich nur kurz hinsetzen – o nein, es kann unmöglich schon so spät sein!«

Sie machte einen so verstörten Eindruck, dass Cass besorgt fragte: »Hatten Sie einen Termin? Ich möchte Sie keinesfalls aufhalten ...«

»Ich muss nirgendwohin«, schnitt ihr Gina wieder das Wort ab. »Und ich habe auch nichts zu tun. Ich muss nicht einmal kochen. Kaum zu glauben, was?« Das sollte eine scherzhafte Bemerkung sein, aber ihre Stimme klang beunruhigend hohl.

»Gina, was ist los?« Cass nahm ihr das Kaffeeglas aus der Hand, löffelte Pulver in zwei Becher, dann legte sie die Hand an den Kessel, den Gina benutzen wollte – lauwarm. Cass füllte den elektrischen Wasserkocher und schaltete ihn an, während Gina ergeben neben ihr stand und kaum etwas wahrnahm.

»Haben Sie etwas dagegen, wenn ich ein Biskuit stibitze? Ich habe eine Wanderung gemacht – es ist ein so herrlicher Tag.« Cass drehte sich zu dem Schrank um, in dem sie die Keksdose vermutete.

Das rüttelte Gina auf. »Cass, entschuldigen Sie, es tut mir Leid. Ich bin schrecklich, wenn ich Klavier gespielt habe. Es gelingt mir nie, sofort wieder in die Realität zurückzukehren. Warten Sie, ich habe Kuchen, oder wäre Ihnen ein Toast lieber? Oder wie wär es mit einem Speckbrötchen, wenn Sie richtig Hunger haben?«

»Jetzt, da Sie davon sprechen...« Cass fand, dass Gina ein bisschen Aktivität nicht schaden konnte. »Wie steht es mit Ihnen? Haben Sie schon gegessen?«

»Ich glaube nicht«, erwiderte Gina unbestimmt und schüttelte den Kopf dabei, als müsste sie ihre Gedanken klären. Ein Schildpattkämmchen flog gegen den Kühlschrank. »Verflixt, wohin ist es gefallen?«, fragte sie in etwas normalerem Tonfall.

»Ihre Haare führen ein Eigenleben.« Cass rettete das Kämmchen, bevor Tiree es erwischte.

»Mein Haar bleibt nur an Ort und Stelle, wenn ich es mit einem dicken Band zusammenfasse, doch dann zerrt es an meiner Kopfhaut und ist so ordentlich, dass ich mich gar nicht mehr fühle wie ich selbst«, jammerte Gina, aber sie wirkte schon weitaus entspannter.

»Es wäre ein Verbrechen, Ihr Haar abzuschneiden – das wäre die einzige Alternative«, erwiderte Cass und stellte die Becher auf den Tisch. »Mann, der Speck riecht gut!«

»Nessa kommt nicht nach Hause«, erklärte Gina, während sie sich die Haare mit dem Unterarm aus dem Gesicht wischte und das Kämmchen energisch hineinschob.

Cass, die gerade in das Speckbrötchen hatte beißen wollen, sah sie verständnislos an. »Wo ist sie?« Ginas Aussage hatte so endgültig und dramatisch geklungen.

»Bei ihrem Vater in Lancaster. Sie sollte schon vor zwei Wochen zurückkommen, um sich auf die Schule vorzubereiten.« Cass erinnerte sich, dass die großen Ferien in Schottland früher zu Ende waren als in England. »Ich habe heute Morgen angerufen, um mir die Ankunftszeit des Zuges bestätigen zu lassen, aber Clifford schickt sie nicht zurück. Er meint, ein paar Tage schulfrei könnten ihr nicht schaden. Aber es ist schlecht für Nessa – sie verpasst nicht nur den Unterricht, sondern bekommt mit, dass wir deswegen streiten und dass ihr Vater meine Wünsche vollkommen übergeht.«

»Aber das kann er doch nicht so ohne weiteres machen, oder?« Cass war sich nicht ganz sicher. Sie hatten nie über Nessas Verhältnis zu ihrem Vater und Ginas Vereinbarungen mit ihrem Exmann gesprochen. Sie wollte helfen, hatte aber Angst, sich einzumischen.

»Na ja, ich nehme an, rein theoretisch kann er. Ich habe nie darauf bestanden, das Sorgerecht juristisch zu regeln.«

Das konnte sich Cass gut vorstellen. »Aber Eltern dürfen ihre Kinder nicht so ohne weiteres von der Schule fern halten.«

»Aber verstehen Sie denn nicht?«, murmelte Gina und sah sie aus tränenfeuchten Augen an. »Er hält sie nicht davon ab, wieder zu mir zu kommen – sie *will* nicht nach Hause.«

»O Gina.« Cass tat dieser gequälte Blick in der Seele weh. »Woher wollen Sie das wissen? Nessa würde bestimmt nicht...«

»Sie hasst alles hier«, brach es aus Gina heraus. »Sie hasst diesen Ort und findet es grässlich, dass sie von allem meilenweit entfernt ist, und sie behauptet stets, ich würde so viel für die Jungs tun und für sie gar nichts. Sie streitet ständig mit Laurie und verabscheut mich – das weiß ich. Nessa kann es nicht ertragen, dass ich dauernd zu spät komme und so unorganisiert bin, es ist schrecklich für sie, dass es im Haus so aussieht. Sie selbst ist sehr ordentlich, genau wie ihr Vater. Ich habe schlichtweg keine Ahnung, wie ich an all dem etwas ändern könnte. Ich hab es ehrlich versucht, aber alles, was ich mache, verschlimmert die Situation nur noch...« Gina legte den Kopf auf den Tisch, das Kämmchen löste sich wieder, und die Haarflut ergoss sich wie Wasser über die Tischplatte.

»O, Sie Ärmste.« Cass rückte ihren Stuhl näher zu Gina und legte einen Arm um die bebenden Schultern. »Erzählen Sie mir, wie es dazu kam. Was ist passiert?«

»Ich sollte das nicht alles bei Ihnen abladen«, protestierte Gina und richtete sich auf. Sie sah müde und niedergeschlagen aus.

»Ich habe den ganzen Tag Zeit – genau genommen bis ungefähr halb neun am Montagmorgen. Aber vielleicht haben Sie etwas anderes zu tun?«

Gina brachte ein halbes Lächeln zu Stande. »Es ist ja niemand hier.« Wieder quollen die Tränen über. »Ich hatte Nessa erwartet, und die Jungs hatten beide vor, an diesem Wochenende heimzukommen. Steve wollte sogar zwei Freunde mitbringen, deshalb habe ich eine Menge Zeug eingekauft – eine riesige Schweinshaxe, weil sie das so gern mögen. Aber jetzt kommt keiner von ihnen. Und Laurie hat eine Preisverleihung und ein Dinner im Clubhaus. Ich bin nicht mitgefahren, da ich Nessa an ihrem ersten Abend zu Hause nicht allein lassen wollte. Laurie war wütend, weil das Ereignis wichtig für ihn und den Club ist. Aber als ich ihn anrief, um ihm mitzuteilen, dass ich jetzt doch kommen könne, meinte er, die Tischordnung sei schon festgelegt. Ich bin im Grunde heilfroh – dieses Essen wäre nämlich das Letzte, worauf ich heute Lust hätte. Ich habe ein schrecklich schlechtes Gewissen deswegen. Und dann dieser volle Kühlschrank ... O Gott, was rede ich da überhaupt? Die Nahrungsmittel spielen doch gar keine Rolle. Meinetwegen kann Tiree alles haben. Aber ich hatte mich schrecklich auf Nessa gefreut. Sie hat mir so sehr gefehlt ...«

»O Gina.« Cass traten auch die Tränen in die Augen, als sie Gina an sich drückte, die sich ihre Enttäuschung und ihren Kummer von der Seele redete.

»Lieber Himmel, ich bin wirklich selbstsüchtig!«, rief Gina irgendwann. »Sie verhungern bestimmt schon – ich habe

Ihnen ja nicht einmal die Gelegenheit gegeben, Ihr Brötchen zu essen. Mittlerweile muss der Speck ganz kalt sein – soll ich Ihnen ein anderes machen?«

»Nein, nein, es ist prima. Aber ich habe eine Idee. Warum machen wir uns nicht einen schönen Tag – nur wir beide? Wir könnten in einem Pub zu Mittag essen, was halten Sie davon?« Cass erinnerte sich, wie begeistert Gina gewesen war, als sie diesen Vorschlag schon einmal gemacht hatte. Für Gina war eine solche Unternehmung offensichtlich ungewohnt und etwas ganz Besonderes.

»Sie sitzen gerade beim Frühstück«, gab Gina zurück, aber dieser Einwand klang halbherzig, als ließe sie sich gern überreden.

»Mir macht das gar nichts aus«, versicherte Cass und verspeiste ihr Brötchen mit so großen Bissen, dass Tiree hätte neidisch werden können. »Überlegen Sie, ob Sie ein Lokal kennen, in dem man erstens draußen sitzen kann und zweitens etwas Anständiges zu essen bekommt.«

»Und wir können Tiree mitnehmen«, setzte Gina hinzu; ihre Stimmung hellte sich mit erstaunlicher Geschwindigkeit auf.

»O Gott, muss das sein?«

Gina kicherte. »Wir lassen alles stehen und liegen. Es wäre wunderbar, mal wieder auszugehen. Ich habe sonst nie die Möglichkeit, einfach so aus einer Laune heraus auswärts zu essen.«

Cass fragte sich, was Gina tagein, tagaus im Haus festhielt, aber dies war kein günstiger Moment, sich danach zu erkundigen.

»Sind Sie sicher, dass Sie die Zeit nicht lieber in Ihrem Cottage verbringen möchten?«, hakte Gina nach, als sie Teller und Becher stapelte und nur ein, zwei Meter weiter weg auf die Arbeitsplatte stellte.

»Dazu bleibt mir noch genügend Zeit.« Cass versetzte es einen Stich, als sie erkannte, wie froh sie war, wenn sie sich nicht sofort mit den scheußlichen Veränderungen im Corrie auseinander setzen musste. Sie achtete darauf, dass das Gespräch nicht von Ginas Sorgen abwich, denn sie vermutete, dass sie noch mehr Lasten loswerden musste.

»Es wird überall viel Betrieb sein«, meinte Gina, als sie zum Wagen gingen. »Heute ist Samstag.«

»Dann sorgen wir eben dafür, dass noch ein bisschen mehr Betrieb herrscht«, erwiderte Cass, die von den Einheimischen noch nicht die Abneigung oder gar den Unmut gegen hektische Pubs, die mit viel zu vergnügten Fremden voll gestopft waren, übernommen hatte.

Als sie in dem urwüchsigen Garten des *Cluny Arms* auf dem Hügel über Kirkton saßen, wo mehr Unkraut als Blumen in den Beeten wucherte und Ponys ihre Hälse über den Zaun reckten, um sich mit Fisch, Chips und Schokoriegeln füttern zu lassen, forderte Cass Gina behutsam auf, ihr zu verraten, was genau die Tränenflut ausgelöst hatte.

»Sie müssen mich für eine jämmerliche Heulsuse halten«, entgegnete Gina und trank einen tröstenden Schluck von ihrem Wein. Cass fand sich damit ab, dass sie den Subaru nach Hause fahren würde. »Jedes Mal, wenn Sie zu uns kommen, bin ich in Tränen aufgelöst.«

»Das ist mir auch schon aufgefallen.«

»Dabei bin ich eigentlich niemand, der nah am Wasser gebaut hat«, versicherte Gina ziemlich heftig. »Ganz bestimmt nicht. Zumindest bisher nicht.«

»Es geht um Nessa, nicht wahr? Sie ist die Wurzel allen Kummers.«

»Manchmal denke ich, sie wird mir niemals verzeihen, dass ich die Familie auseinander gerissen habe. Sie sieht das nämlich so.«

»Aber stimmt das auch? Haben *Sie* das getan?«

»Wahrscheinlich könnte man das sagen, wenn man in Betracht zieht, dass ich Clifford nicht glücklich gemacht habe und er sich anderweitig umgesehen hat.«

»Er hat sich anderweitig umgesehen? Warum macht Nessa dann nicht ihm die Vorwürfe?«

»Oh, sie hat gemerkt, wie unzulänglich ich war – unzulänglich und unbefriedigend in den Augen ihres Vaters, meine ich.

Er mag es, wenn alles penibel und ordentlich ist, genau wie Nessa, und beide hassen Durcheinander, Hetzerei und Katastrophen.«

Über welchen ihrer Ehemänner reden wir hier eigentlich?, überlegte Cass – es überraschte sie, dass Gina offenbar zweimal denselben Fehler begangen hatte, denn diese Beschreibung hatte sie auch von Laurie abgegeben. Aber Cass verlor kein Wort darüber. Die Tische um sie herum leerten sich allmählich, lautstark protestierende Kinder wurden von der schiefen Schaukel weggezerrt, der Wind fegte ein paar mit Ketchup verschmierte Servietten in die Sträucher, Gläser und Kaffeetassen blieben stehen, und Gina schüttete Cass in unzusammenhängender Weise ihr Herz aus.

Sie war weit davon entfernt, irgendjemanden zu kritisieren oder sich zu beschweren. Gina schien täglich darum zu kämpfen, Laurie alles recht zu machen und sich nach Kräften um Steve und Andy zu kümmern, und wenn sie dann Nessa um die Hilfe bat, die man von einer halbwüchsigen Tochter erwarten konnte, musste Gina Wutanfälle über sich ergehen lassen und sich anhören, wie unfair sie doch war. Zudem war sich Gina bewusst, dass sie den Jungen gegenüber nicht gerade selbstbewusst auftrat, und die beiden waren nicht mehr in einem Alter, in dem eine Stiefmutter viel Bedeutung hatte. Sie machten sich nicht die Mühe, Gina auf halbem Weg entgegenzukommen. Gina gab offen zu, dass sie nicht im Stande war, einen stetigen Kurs durch dieses aufgewühlte Gewässer zu steuern, aber als Cass registrierte, wie bereitwillig sie alle Schuld auf sich nahm, kam sie unweigerlich zu dem Schluss, dass die drei Männer Ginas Gutmütigkeit schamlos ausnutzten. Warum schlug Laurie nicht einmal mit der Faust auf den Tisch? Augenscheinlich war er noch schlimmer als seine Söhne. Und der erste Ehemann hatte Gina offensichtlich genauso behandelt. Wieso hatten sich diese beiden pedantischen Typen ausgerechnet eine legere, künstlerisch veranlagte, unordentliche Frau ausgesucht, die keinerlei Zeitgefühl hatte und die ihre Interessen in keiner Hinsicht teilte? Dann fiel Cass' Blick auf die sanften Kurven von Ginas üppiger Figur, auf ihren makellosen, hellen Teint, das prachtvolle Haar und das entzückende Lächeln, und ihr wurde klar, wie lächerlich diese Frage war.

An diesem Nachmittag kamen sie sich noch näher, tranken Brüderschaft und erzählten sich gegenseitig viel von ihrem jeweiligen Leben. Gina trank eine Menge Weißwein, die Septembersonne schien mild und golden vom Himmel. Die Ponys machten sich auf und davon, nachdem die Lunchgäste gegangen waren, und trabten erst wieder an, als die Teezeit anbrach und Gebäck und Kekse zu erwarten waren. Tiree buddelte ein Loch unter einem Pflaumenbaum und verschwand für einige Zeit. Als er zurückkam, hechelte er heftig und machte einen schuldbewussten Eindruck. Cass und Gina hofften, dass sie niemals herausfinden würden, wo er sich herumgetrieben hatte.

Cass erfuhr viel von Ginas Kindheit in Haddington, ihrer Zeit in Exeter, wo ihr Vater Vorlesungen in Kunstgeschichte gehalten hatte, und den Jahren in Lancaster, nachdem sie Clifford geheiratet hatte. Gina erzählte von ihrem Leben nach der Scheidung, als sie zu ihrer Mutter in Auchterarder gezogen war, und wie sie Laurie kennen gelernt hatte, der bei Gleneagles arbeitete – im Gegenzug berichtete Cass jedoch nur von Dalry. Wenn sie von London gesprochen hätte, wäre Guy zu sehr in ihr Bewusstsein gerückt. Bisher hatte sie ihre Reaktion auf seine Machenschaften im und rund um das Corrie noch nicht ergründet – vor allem nicht das, was diese Reaktion offenbarte.

Am folgenden Morgen tat sie ihr Bestes, diesem Problem auf den Grund zu gehen. Gina und sie hatten etliche Stunden im *Cluny Arms* verbracht, bis die Sonne untergegangen war und sie zu frösteln begonnen hatten. Da sie beide keine Jacken oder Pullover dabei hatten, setzten sie sich eilends in den Wagen und brausten nach Hause. Weil Cass am Steuer gesessen hatte, erschien es ihr nur natürlich, mit ins Haus zu gehen, als sie Gina heimbrachte. Ohne ihre Unterhaltung zu unterbrechen, zündeten sie ein Feuer im Kamin an und redeten bei einer Flasche Wein weiter. Irgendwann holte Gina einige von ihren Einkäufen aus dem Kühlschrank – mit der riesigen Schweinshaxe wussten sie nichts anzufangen –, und sie brutzelten sich ein köstliches Mahl.

Nach dem Aufwachen am Morgen zwang sich Cass, den veränderten Charakter des Corrie-Gartens haargenau zu ergründen. Sie betrachtete mit verkniffener Miene die steinige, frisch umgegrabene Erde am Zaun, den Guy offenkundig als Abgrenzung gegen andere errichtet hatte. Wir hätten erst darüber reden sollen, protestierte Cass im Stillen. Das schmerzte am meisten. Sie hatten nicht über sein Vorhaben gesprochen und keine gemeinsamen Entschlüsse gefasst. Und gerade das war der Kern des Problems, das konnte sie nicht länger leugnen. War Guy überhaupt in der Lage, irgendetwas wirklich mit ihr zu teilen und offen mit ihr zu besprechen? Hatten sie eigentlich irgendetwas gemeinsam? Dieser Überlegung folgte ein finsterer Moment, in dem Cass plötzlich ihr gesamtes so arbeitsreiches, glatt verlaufendes Leben infrage stellte, obwohl es ihr noch vor kurzem so zufrieden stellend erschienen war.

Als das Telefon klingelte, befürchtete sie, dass Guy sie anrief, und erschrak – sie fühlte sich außer Stande, mit ihm zu reden. Cass hatte sich innerlich mehr denn je von ihm entfernt. Zum Glück war es Gina, die über einen dicken Kopf klagte, aber ansonsten wieder guter Laune war.

»Ich habe Kartoffeln geerntet – sie sind echte Schönheiten. Kannst du welche gebrauchen? Ich bringe Nancy und Beverley einen Beutel, vielleicht möchtest du mitkommen?«

Cass hätte niemals zugegeben, dass sie diesen Anruf als Rettung empfand. Introspektion war ein wenig profitables Spiel, fand sie und ging sofort hinaus, um auf Gina zu warten. Cass mochte es, wenn alles friedlich und unkompliziert war, wenn die Leute umgänglich, entgegenkommend und freundlich zueinander waren. Sie genoss einfache Freuden wie zusammen mit Gina in den Ort hinunterzugehen, einen Beutel mit frisch ausgegrabenen Kartoffeln an Beverleys Zaun zu deponieren, an der Riach Gate Lodge stehen zu bleiben, um mit Ed Cullane zu plaudern, der unter einem Schrottauto gelegen hatte, das aussah, als wäre es in den letzten zehn Jahren nicht durch den TÜV gekommen. Dann gingen sie über die Brücke zu Nancy Clough, die ihnen ihren Garten zeigte und einen scheußlichen Kaffee mit noch warmem Ingwerbrot auf ihrer nach Kompost riechenden, von Kletterpflanzen umrankten Veranda anbot.

Als Gina die irritierende Glocke an der Sycamore Lodge aktivierte, fragte sich Cass, ob sie Rick sehen würde, und gestand sich ein, dass sie sehr darauf hoffte. Ob er in seiner Werkstatt war? Oder bestand Beverley auf den üblichen Sonntagvormittag-Riten wie Autowaschen und Rasenmähen?

Gina spähte ängstlich in den Beutel mit den Kartoffeln. »Hoffentlich habe ich Nancy die richtigen gegeben.«

»Und wenn nicht, was sollte das ausmachen?«

»Beverley möchte ihre gewaschen haben. Wenn ich ihr erdige bringe, sagt sie, die aus dem Supermarkt seien schöner.«

»Wieso machst du dir diese Mühe?«, lautete Cass' vernünftiger Einwand.

»Oh, das ist dieser dumme Wunsch, nichts verkommen zu lassen, was ich selbst gezogen habe.«

Und du möchtest anderen gute Sachen zukommen lassen, fügte Cass im Geiste hinzu und lächelte die Freundin voller Zuneigung an, als die Tür geöffnet wurde.

»Ich habe das Wohnzimmer gerade geputzt, kommen Sie lieber mit in die Küche«, begrüßte Beverley sie. Ihr Blick wanderte über Cass' riesengroßen Pullover und die abgetragenen Jeans und blieb an ihren Stiefeln haften, auf denen noch die Spuren ihrer Garteninspektion zu sehen waren. Beverley ignorierte Gina voll und ganz und griff mit einer fast ungehaltenen Geste nach den Kartoffeln.

Betrachtet sie das Geschenk als beleidigendes Almosen?, ging es Cass durch den Kopf, aber sie vergaß sofort alles, als sie die Küche sah. Dieser Anblick verdrängte sogar beinahe die Hoffnung, Rick zu Gesicht zu bekommen. Von den schmiedeeisernen Gemüsegestellen bis zur typisch britischen, jagdgrünen Trittleiter, vom elektrischen Kupfer-Wasserkessel bis zu den Abdeckungen, die diskret die prosaische Funktion von Herdplatten verbargen, war diese Küche ein Paradies des Absurden und der Geschmacklosigkeiten.

»Ich wollte gerade eine kleine Erholungspause einlegen«, gestand Beverley widerwillig und räumte Ginas Gabe irgendwohin, wo man sie nicht sehen konnte, damit sie nicht die elegante Perfektion ihrer Zitadelle störte. »Das liegt im Bereich meiner anempfohlenen TEB«, setzte sie defensiv hinzu.

»Ihrer TEB?«, wiederholte Gina mit bereits bebender Stimme.

»Also wirklich, Gina – meiner täglich erlaubten Belohnungen. Sie sollten die Pflanzen beiseite räumen, wenn Sie sich dorthin setzen wollen. Ich habe mein neues Blattglanztuch ausprobiert, und ich finde, meine Aphlandra sieht sehr viel schöner aus, meinen Sie nicht auch? Oh, und obwohl ich weiß, dass Sie sich nicht annähernd so sehr um solche Dinge kümmern, wie Sie sollten, habe ich Ihnen ein kleines Geschenk besorgt.«

In der festen Überzeugung, etwas Großartiges zu vollbringen, trabte sie mit flotten Schritten los und verschwand kurz, um mit einem lackierten Holzgegenstand wieder zu erscheinen. Er hatte die Form eines gekrümmten Arms, der von einem runden Sockel in die Höhe ragte. Beverley stellte das Ding stolz vor Gina auf den Tisch.

»Danke.« Gina drehte das Gebilde vorsichtig hin und her, um zu sehen, ob ihr irgendein neuer Blickwinkel Aufschlüsse geben könnte. »Was ist das?«, fragte sie lautlos an Cass gewandt, während Beverley betulich ein Deckchen auf dem Tablett glatt strich, auf das sie Tassen stellte, um sie die anderthalb Meter vom Schrank zum Tisch zu transportieren.

»Keinen blassen Schimmer«, hauchte Cass zurück. Ihre blauen Augen blitzten so sehr, dass sich Gina hastig abwenden musste.

»Das ist sehr lieb von Ihnen, Beverley«, sagte sie ernst, während Beverley rosafarbenen Kräutertee aus einer versilberten Kanne ausschenkte. »Aber mir ist nicht *ganz* genau klar, was das ist.«

»Also wirklich, Gina, Sie sind überhaupt nicht auf dem Laufenden«, rief Beverley mit unverhohlenem Triumph und bot Cass so widerwillig Reisplätzchen an, dass diese sich von der Verpflichtung entbunden fühlte, eines zu nehmen. »Das ist natürlich ein Bananenbaum. Wenn Sie Bananen in die Obstschale legen, bringt das Äthylengas, das sie ausströmen, die anderen Früchte zu schnell zum Reifen. Ich dachte, das wüsste jeder.«

»Hast du die Mikrowellen-Tellerwärmer im Schottenkaro gesehen?«
»Und diese raffinierten superschicken Pfannenwender?«
»Als ich das letzte Mal in dieser Küche war, hat Beverley einen bestickten Brötchenhalter mit Taschen zusammengenäht.«
Gina und Cass schwankten den Weg hinauf und konnten sich kaum halten.
»Wir sollten nicht über sie lachen.«
»Nein, du hast Recht, das sollten wir nicht.«
Schweigen.
»Wahrscheinlich hat sie einen automatischen Keksspender.«
»Und einen automatisch auf- und abhüpfenden Kartoffelstampfer.«
»Wir sind schrecklich.«
»Stimmt, aber lieber Gott, ist sie nicht wunderbar?«
»Warum sehen ihre Gummihandschuhe stets niegelnagelneu aus?«
»Warum sagt sie immer ›Law-rie‹?«
»›Lorry‹ klingt zu gewöhnlich.«
Sie lachten schallend, und währenddessen dachte Cass mit echter Verwunderung, wie sich Rick (der weder aufgetaucht noch erwähnt worden war) mit seinem gesunden Menschenverstand und seiner Integrität eine Frau wie Beverley hatte aussuchen und tolerieren können, die nicht nur unsäglich dumm war, sondern auch noch niederträchtig.

Kapitel dreizehn

Als Cass wieder in Denham Court war, fiel es ihr schwer, Guy mit dem zu konfrontieren, was er dem Corrie angetan hatte, zum Teil weil ihr das Ganze in dieser städtischen, eleganten Umgebung zu trivial für eine Auseinandersetzung erschien, aber auch weil sie mittlerweile von vielen anderen Dingen beansprucht worden und die erste Wut verraucht war.

Sie hatte zwei lohnende Tage mit Lindsay verbracht und eine Rundreise über Stirling, durch Callander und die Trossachs, dann nach Westen bis Oban und Inveraray gemacht. Sie hatten die vermittelten und meist zufriedenen Aupairs besucht (nur ein Mädchen hatte angekündigt, dass es nach Hause fliegen wollte, und hatte nicht zum Bleiben überredet werden können). Cass hatte mit etlichen Hoteliers gesprochen, die sehr an sofort verfügbarem Personal interessiert waren. Sie hatte im Grunde damit gerechnet, dass sie Kontakte für nächstes Jahr knüpfen würde, aber der Frühherbst war genau die Zeit, in der in Hotels und Pensionen verzweifelt nach Hilfskräften gesucht wurde – die Saison dauerte bis Mitte November, doch die Studenten verabschiedeten sich meistens Anfang September.

Guy hielt sich in Funchal auf, als sie nach London zurückkam, und die Anforderungen des normalen Lebens verschlangen sie und rückten das Corrie erst einmal in weite Ferne. Dann erschien es Cass unvernünftig, Guy gleich bei seiner Ankunft zu attackieren, und sie verschob die Aussprache ein oder zwei Tage. Sie hasste Streit, und diese Form der Diskussion war in ihrer Beziehung nie vorgekommen. Jetzt, da sie wieder mit Guy zusammen war, konnte sie sich ganz genau ausmalen, wie er die Arbeiten beurteilte, die er hatte ausführen lassen. Er wäre erstaunt, dass sie sich nicht darüber freute, und auch verletzt, aber das würde er verbergen, indem er über ihre Vorwürfe mit gewohnter Nonchalance hinwegging.

Aber das Corrie bedeutete Cass sehr viel. Es wäre zwecklos, sich über die Arbeiten aufzuregen, die bereits durchgeführt worden waren, doch es war sicher der Mühe wert, eine Vereinbarung zu treffen, was als Nächstes zu tun war.

»Sollen wir wirklich einen Garten anlegen?«, fragte sie in dem Versuch, so positiv zu sein, wie es ihr möglich war.

»Selbstverständlich«, gab Guy tonlos zurück. Für ihn war das eine beschlossene Sache und in diesem Moment und an diesem Ort ohne jedes Interesse. »Häuser, die lange leer standen, sehen immer irgendwie düster und trostlos aus. Ich hasse das. Als ich allein dort war, hat mich das Haus regelrecht deprimiert, um ehrlich zu sein.«

»Mir hat es so, wie es war, ziemlich gut gefallen«, tastete sich Cass weiter. Sie musste realistisch bleiben. Guy hatte nicht zugestimmt, das Corrie zu kaufen, weil er so begeistert wie sie davon war, und es wäre sinnlos, daran Anstoß zu nehmen. Trotzdem hatte sie das Gefühl, sie müsste das Cottage gegen ihn verteidigen, ja sogar vor ihm beschützen, doch sie nahm sich vor, diese Empfindung auf eine rationale Ebene zu bringen.

»Es muss zivilisiert werden, genau das hat es nötig«, stellte Guy klar, bevor Cass fortfahren konnte. »Eine gewisse Ordnung und ein bisschen Farbe vertreiben diesen trübseligen Anschein von Vernachlässigung.« So weit seine Worte.

Cass hingegen sprach von Schlichtheit und verträumtem Frieden.

Guy widmete sich bereits wieder dem Bericht, den er gelesen hatte, und Cass erkannte voller Schreck, wie gegensätzlich sie doch waren – nicht nur was die Gestaltung des Cottage betraf, sondern auch in ihrer Einstellung dazu. Sie hatte wirklich versucht, fair und maßvoll zu bleiben und ihm nicht zu zeigen, wie groß ihr Ärger und ihre Trauer waren. Sie musste ihm ihre Empfindungen ganz klar machen, bevor das Ganze weiterging und zu bedeutsam wurde.

Aber es war schwierig, zu Guy durchzudringen, ohne ihm

eine Szene zu machen. Cass wusste nicht, wie sie anfangen sollte. Der Stützpfeiler ihrer erfolgreichen Beziehung war die aufrichtige Akzeptanz der Bedürfnisse und Wesensart des anderen. Cass hatte die Kämpfe und Frustrationen bei anderen Paaren aus ihrem Bekanntenkreis mit Erstaunen beobachtet. Warum blieben sie zusammen? Was für eine Basis war das für ein gemeinsames Leben? Sie dachte oft an Gina und ihre Nöte – es machte ihr Mühe zu verstehen, wieso sich zwei unglückliche Menschen aneinander klammerten, obwohl die Welt voll von anderen Möglichkeiten war. Guy und sie hatten bisher nur einen einzigen Konfliktpunkt gehabt, und der war ihre Familie; Guy ärgerte sich jedes Mal über die sanftmütige, weltfremde Atmosphäre in Havenhill, aber selbst bei dieser Meinungsverschiedenheit hatten sie einen Kompromiss gefunden. Und auch wenn Cass der Ansicht war, dass Guys Entfremdung von seiner eigenen Familie vielleicht jetzt, da er erwachsen war, beigelegt werden könnte, sprach sie nie darüber. In den alltäglichen Angelegenheiten passten sie blendend zusammen, doch jetzt erkannte Cass, dass es ein Element gab, das vollkommen verschiedene Empfindungen in ihnen wachrief. Und sie erkannte auch, dass es zum großen Teil ihr Fehler war. Das Corrie, Bridge of Riach und der Glen hatten eine derartige Begeisterung in ihr geweckt, und sie hatte sich in einer Weise von ihrem schottischen Erbe leiten lassen, die Guy seltsam anmuten musste.

Sie betrachtete seinen Kopf, seinen versunkenen Gesichtsausdruck. Wieso sahen seine Hemden nach einem langen Flug nie verknittert aus wie bei jedem anderen? Er lockerte niemals seine Krawatte, wenn er heimkam, schien nie das Bedürfnis zu haben, sich die Schuhe auszuziehen. Wie immer spürte sie – auch wenn sie versuchte, noch so objektiv zu sein – seine Anziehungskraft, und unausweichlich ging damit die Verwunderung darüber einher, dass er überhaupt auf sie aufmerksam geworden war. Was brauchte es, um diese tief sitzenden Selbstzweifel auszulöschen? Würden sie sich überhaupt jemals zerstreuen? Dabei hatte sie sich eingebildet, dass die Ehe sie für immer vertreiben würde.

Cass wandte sich unglücklich wie selten ab – ein Unbehagen hatte von ihr Besitz ergriffen, das sie nicht als Einsamkeit deuten wollte. Ihre Heirat war genau das gewesen, was Guy beabsichtigt hatte – ein vernünftiger Schritt, der ihnen Vorteile brachte. Falls sie jemals Vertrauen in seine Gefühle für sie haben konnte, dann bestimmt nicht, weil sie gemeinsam einen Vertrag unterschrieben hatten.

In der Küche im Corrie stapelten sich überall Sachen. Es gab keinen Platz mehr, wo man etwas abstellen oder arbeiten konnte. Cass seufzte niedergeschlagen und kniete sich hin, um die Bleche in den Ofen zu schieben – sie fragte sich, ob sich der eigenartige Geruch auf das Essen übertragen würde. Das ist nur, weil alles neu ist, sagte sie sich. Sie hatte den Backofen bisher noch nicht benutzt, aber dieses ganze Zeug konnte sie wahrscheinlich nicht in der Mikrowelle zubereiten.

Im großen Zimmer wurde Gelächter laut – die Stimmen waren schon schwer von dem Gin Tonic, der vor dem Essen reichlich genossen wurde. Eines der Bleche steckte schief im Rohr, und es klemmte noch mehr, weil Cass daran zu zerren versuchte. Wo, zum Teufel, blieb Guy?

Reiß dich zusammen, ermahnte sie sich, Guy ist genau dort, wo er sein sollte – er kümmert sich um die Gäste. Einer von uns muss sie ja unterhalten. Guy machte sich schon hin und wieder in der Küche nützlich, aber – das fiel ihr zum ersten Mal auf, nie beim Kochen. Als Lester und Dorothea (vermutlich war es eher Dorothea gewesen, denn sie war immer die Verursacherin von allem Möglichen) entschieden hatten, dass es zu kalt sei, um draußen zu sitzen, obwohl das Barbecue bereits in vollem Gange und der neue Tisch auf der Veranda komplett gedeckt gewesen war und Vorspeisen sowie Getränke bereitgestellt worden waren, hatte es keinen Moment zur Debatte gestanden, wer dafür sorgte, dass alles ins Haus geräumt wurde, und wer das Essen zubereitete. Und besonders aufgeregt hatte Cass, dass dieser Idiot Gerard fröhlich meinte: »Dann brauchen wir das hier wohl nicht mehr!« Mit diesen Worten leerte er das Eis aus dem Getränkekühler über den glühenden Kohlen aus. Abgesehen von dem beinahe erstickenden Qualm, der sie alle eingehüllt hatte und der Cass noch immer zwang, die Küchentür und das Fenster geschlossen zu halten, wäre es sehr viel einfacher gewesen, die Steaks, Koteletts und scharfen Puten-Hamburger auf dem Grill zu braten, statt sich hier mit dem Backrohr abzuplagen.

Cass ärgerte sich jedoch nicht nur darüber, dass sie allein in der ungewohnt beengten Küche fertig werden musste. Es war nicht mehr als ein Abendessen für fünf Personen, um Gottes willen; das dürfte sie gerade noch schaffen. Nein, dies war lediglich der Höhepunkt eines Tages, an dem sie sich wie ein Tier gefühlt hatte, das ständig gegen den Strich gebürstet wurde. Es war nichts Unerfreuliches vorgefallen, aber sie war rastlos gewesen, hatte sich wie in einer Falle gefangen gefühlt.

Und sie war wie vom Donner gerührt gewesen, als Guy ihr so beiläufig, als stünden die Pläne schon länger fest, eröffnet hatte, dass die Pykes schon am Freitag und nicht erst am Samstag kämen, und ganz nebenbei hinzugefügt hatte: »Oh, und Gerard fliegt mit ihnen her. Er interessiert sich seit einiger Zeit für das Sillerton-Projekt, das könnte die Gelegenheit sein, ihn zu einer Kapitaleinlage zu verlocken.« Die Pykes waren amerikanische Geschäftsfreunde von Guy – sie waren zwar in London ansässig, aber Cass kannte sie kaum. Und mit Gerard Norman, einem reizbaren Junggesellen, der seit ihren Tagen in Cambridge aus unerfindlichen Gründen wie eine Klette an Guy hing, hatte sie noch nie etwas anfangen können.

Cass hatte sich vorgestellt – ohne irgendeinen Anhaltspunkt dafür zu haben, wie sie jetzt nach dieser letzten Erfahrung zugeben musste –, dass sie diese kostbare Urlaubswoche im Corrie allein mit Guy verbringen würde, und sich darauf gefreut, endlich die Zeit zu haben, um gemeinsam das Haus, die Umgebung besser kennen zu lernen und vielleicht Guys Einstellung dazu ein wenig zu beeinflussen, indem sie ihm die Schönheiten vor Augen führte. Sie hatte sich vorgenommen, ihn mit Gina bekannt zu machen und ihn auf taktvolle Art darauf hinzuweisen, dass Ginas Mann Verwalter von Sillerton war. Es erstaunte sie keineswegs, dass Guy bisher noch nicht selbst dahinter gekommen war – er kümmerte sich nie um das Privatleben seiner Angestellten. Vermutlich würde es ihn tödlich langweilen, wenn er sich darüber etwas anhören müsste.

Wieso hatte sie sich diese Woche so harmonisch ausgemalt? Wann hatten sie und Guy, abgesehen von ihrer kurzen Hochzeitsreise, jemals allein Urlaub gemacht? Der Ablauf war immer der gleiche: Mit einer Gruppe mieteten sie eine Villa oder Ferienwohnungen, Freunde kamen und gingen. Geschäftspartner tauchten für ein paar Tage auf und verschwanden wieder. Das alles gehörte zu ihrem Leben, und Cass hatte das eigentlich akzeptiert. In der entspannten Ferienstimmung in den Luxus-Unterkünften mit gutem Service riefen kalte Drinks und die heiße Sonne gute Stimmung bei den Geschäftsbesprechungen auf der Terrasse oder am Pool hervor, und sie hatten reichlich Auswahl an guten Restaurants, in denen sie ihre Gäste bewirten konnten – in einer solchen Umgebung war das alles kaum ein Problem. Heute hatte es jedoch den Anschein gehabt, als wollte Guy dieses ganz andere Ambiente in das altbewährte Muster zwängen, und Cass merkte, wie ihr Widerstand immer größer wurde. Außerdem musste sie die ganze Arbeit machen.

Der Tag hatte mit einem ausgiebigen Frühstück begonnen, bei dem Cass die meiste Zeit auf den Beinen gewesen war, um der Flut von Anfragen und Forderungen zu begegnen, die die Gäste an sie stellten und für die das Corrie nicht gut genug ausgestattet war. Frisch gepresster Orangensaft, koffeinfreier Kaffee, fettarme Milch, Porridge und geräucherte Heringe waren nicht zur Hand, und der Ersatz, den Cass anzubieten hatte, fand keinen Anklang. Es dauerte Ewigkeiten, bis alle aus dem Haus waren; das einzige Bad und die Zisterne, die sich nur langsam wieder auffüllte, gaben Anlass zu Scherzen, die immer mehr an Fröhlichkeit verloren.

Guy hatte geplant, den Gästen zu zeigen, was sich in Sillerton alles getan hatte, dann wollte er eine Runde Golf mit ihnen spielen und sie anschließend im Clubhaus zum Lunch einladen. Für Cass war von Anfang an klar, dass sie den Vormittag damit verbringen würde, nicht nur die Vorräte aufzustocken, sondern Haushaltsgegenstände wie Tischtücher, Handtücher, allergiegetestete Kopfkissen, größere Töpfe und Pfannen und etliche Kleinigkeiten zu besorgen.

Seit Wochen hatte sie sich vorgenommen, in Sillerton Golf zu spielen, aber bisher hatte sie nie die Zeit dazu gefunden. Als sie mit dem Range Rover, den Guy gemietet hatte, in den Glen hinunterfuhren, erschien Cass die Aussicht, den Samstag im Supermarkt und Kaufhaus zu vertrödeln, nicht gerade einladend. Dass sich Dorothea unaufhörlich darüber beschwerte, eine Partie zwei gegen zwei machen zu müssen, hatte Cass' Laune auch nicht gebessert. Sie konnte einen kurzen Blick auf den wunderschön zwischen Fluss und Wald gelegenen Golfplatz werfen, und obwohl er sie sehr reizte, atmete sie doch erleichtert auf, als sie sich davonstehlen konnte. Guy hatte sich nicht die Mühe gemacht, sich und seine Gäste telefonisch in Sillerton anzukündigen, sondern nutzte stattdessen seine Position aus, um einen verängstigten Starter zu zwingen, ihnen einen Abschlag zu ermöglichen, obwohl der Platz ausgebucht war.

Es war eine unselige Gelegenheit, Laurie Fraser kennen zu lernen, der herbeigerufen wurde, um die Wogen zu glätten, und obwohl Cass ohne große Rechtfertigung und nur wegen Ginas Elend von vornherein gegen ihn eingenommen war, war sie nicht auf einen Mann mit hagerem, rotem Gesicht, sandfarbenem Haar, dünnen, verkniffenen Lippen, wutblitzendem Blick und schriller Stimme gefasst.

Als Cass nach dem Einkaufen wieder in Sillerton eintraf, waren die vier noch nicht so weit gekommen, wie man hätte erwarten können. Der Starter, der jetzt, nachdem er sich einen ganzen Vormittag mit verärgerten Golfspielern herumgeschlagen hatte, noch feindseliger war, zeigte ihr, dass sie erst am elften Loch angelangt waren, und Cass war entsetzt, als sie sah, dass sich die Leute hinter ihnen drängten und die Bahnen vor ihnen leer waren. Die viel zu grelle Bar, die zu helle neue Holzvertäfelung und die Teppiche im Schottenmuster, die so gar nicht in dieses solide alte Haus passten, trieben Cass hinaus ins Freie. Sie interessierte sich auch nicht für den Golfladen, der im alten Stall untergebracht war – die restlichen Außengebäude hatte man vollkommen verschandelt, weil man Platz für Bowlingbahnen, Squash-Hallen und andere »Indoor-Sportarten« geschaffen hatte –, deshalb schlenderte sie durch den Garten, in dem jetzt nichts anderes mehr wuchs als Rasen und immergrüne Sträucher, die akkurat in Form geschnitten waren.

Der Unmut des Personals dauerte auch noch über die Mittagszeit hinaus an. Cass war nicht die Einzige, die nicht genügend Vorkehrungen für Guys Gäste getroffen hatte. Die hungrigen Golfer, die nach den achtzehn Löchern sehr schweigsam geworden waren, konnten kaum glauben, dass die Küche geschlossen war und im Clubhaus nichts mehr serviert wurde. Diesmal konnte auch Guys Verärgerung nichts bewirken. Keiner der Dienst habenden Angestellten war im Stande, etwas Essbares herbeizuschaffen, und niemand beabsichtigte, diesbezüglich einen ernsthaften Versuch zu unternehmen. Laurie Fraser war »irgendwo im Gelände unterwegs« und hatte merkwürdigerweise sein Funkgerät nicht eingeschaltet.

Guy fand einen extravaganten Ausweg. Er wandte sich an Leute, die die Sprache des Geldes verstanden, rief in dem Country-Hotel an, in das er Cass schon einmal geführt hatte, und arrangierte um halb vier Uhr nachmittags ein Mittagessen für fünf Personen. Diese Leistung versetzte ihn in so blendende Laune, als gäbe es ihm einen besonderen Kick, wenn er das System überlistete. Als ihnen ein wenig entgegenkommender Kellner einen Tisch zuwies, benahm Guy sich, als gehörte ihm das Hotel. Vielleicht ist es ja so, dachte Cass finster.

»Wie geht es voran?«, erkundigte sich Guy, als er in die Küche hastete und sich die Hände rieb – nicht, weil er vorhatte, mit anzupacken und zu helfen, sondern weil er sein Abendessen haben wollte.

Eine durchaus normale Frage, sagte sich Cass.

»Langsam«, antwortete sie. Gut – es klang nicht streitbar und leichthin. »Der Platz hier ist ziemlich knapp.«

»Himmel, hat es das Ding immer noch nicht geschafft, Eis herzustellen? Dorothea wird nicht gerade erfreut sein. Ich stelle lieber noch ein paar Eisbehälter ins Tiefkühlfach.«

»Stell die da hinein, wenn es schneller gehen soll. Wir haben keine anderen.«

»Willst du damit sagen, dass nur diese zwei da sind? Im ganzen Haus?«

Ich verstecke bestimmt keine Eisbehälter im Schlafzimmer, dachte Cass, laut erwiderte sie: »Ich fürchte.« Sie stach ohne große Hoffnung eine Kartoffel an. Obwohl sie sie ein wenig vorgekocht hatte, damit sie sie auf den Grill legen konnte, wurden sie kaum gleichzeitig mit dem Fleisch gar, das schon jetzt aus dem Ofen genommen werden musste. Und diese Kochhandschuhe waren zwar hübsch, aber jämmerlich, wenn nicht gar gefährlich dünn.

»Wir müssen uns eine Eismaschine kaufen«, stellte Guy fest. »Kannst du das auf die Liste schreiben?«

Er meint das ernst, staunte Cass, ohne sich etwas anmerken zu lassen. Ihr Gesicht war erhitzt, als sie sich aufrichtete, dabei darauf achtete, nicht gegen Guy zu stoßen, und das Bratblech auf den Herd knallte. »Können wir darüber ein andermal nachdenken?«, fragte sie.

»Allerdings weiß ich nicht, wo noch Platz dafür ist«, fuhr Guy ungerührt fort. »Hier neben der Spüle, was meinst du? Sag mal, sind diese Koteletts nicht ein wenig zu sehr gebraten? Wir verpflegen Amerikaner, schon vergessen? Die wollen Blut sehen. Wo ist dein Glas? Ich schenk dir noch was nach.«

Cass streifte die nutzlosen Handschuhe ab und schüttelte ihre von der Hitze schmerzenden Hände, dann blieb sie ganz still stehen, um sich zu beruhigen. Eine erhitzte Frau in der Küche, die sich abstrampelt, weil sie eine Mahlzeit retten muss, die eigentlich ganz anders zubereitet werden sollte, die vom Lachen und der Unterhaltung ausgeschlossen ist – gib ihr einen Schluck Gin, dann kommt sie schon wieder klar. Fahr zur Hölle, Guy! Cass wünschte, Gina wäre hier, dann könnten sie gemeinsam lachen. Aber sie konnte auch allein lachen. Was ist an all dem überhaupt so wichtig?, hörte sie Gina fragen.

Sie lächelte zum Dank, als Guy ihr das aufgefüllte Glas reichte, und leerte es in einem Zug. Das müsste meine Kochkünste verbessern, dachte sie und schüttelte den Kopf, um die momentane Benommenheit zu vertreiben. Es half nicht viel, aber sie machte sich weit weniger Gedanken um das Dinner.

Diesem Umstand schrieb sie später das Nachlassen ihrer Geduld zu. Dem und dem Rotwein, den Guy viel zu rasch nach seinem Transport ins Corrie öffnete. Dann waren da noch Gerards Bitte nach einem Mineralwasser, Lester, der dröhnend eine über zwei Gänge andauernde Geschichte erzählte – es ging dabei um einen Freund, der sich zur falschen Zeit mit einem Boot entfernt hatte und spurlos untergegangen war –, und Dorotheas vernehmliches Wimmern, als sie das Kotelett sah. Doch als die Sprache auf die Komplikationen des Morgens kam und Gerard gehässig bemerkte: »Ich war nicht gerade beeindruckt von dem reizbaren kleinen Kerl, der den Club leitet, Guy. Ich rate dir, ihn im Auge zu behalten«, warf Cass, die wie ein kleiner Vogel Strauß auf einem Küchenstuhl über der maulenden Gruppe thronte, all ihre Vorsätze über Bord.

»Wusstest du, dass Laurie Fraser nur ein Stück weiter oben am Weg wohnt, Guy?«, brach es aus ihr heraus. »Er ist der Mann von Gina – der Frau, von der ich dir erzählt habe. Wir müssen sie mal zu einem Drink oder zum Abendessen einladen. Oder...«, dabei wandte sie sich an Dorothea, »wir könnten ihnen morgen Vormittag alle zusammen einen Besuch abstatten.«

»Das ist doch nicht dein Ernst, oder?«, wollte Guy nach einem Moment des unheilvollen Schweigens wissen. Seine Miene hatte sich beträchtlich verdüstert.

»Ich weiß nicht mehr genau, was wir uns für morgen vorgenommen haben«, wich Dorothea hastig aus – sie spürte die unterschwellige Missstimmung, wusste sie aber nicht zu deuten. »Ich habe unsere Reisepläne genau notiert, aber der Zettel liegt oben in unserem Zimmer. Lester, Schätzchen, weißt du noch, was wir am Sonntag vorhaben?«

Was sind das für ungehobelte Leute?, dachte Cass gleichgültig. Ich bin hier die Gastgeberin, oder nicht?

»Ich habe nicht die Absicht, mit Fraser gesellschaftlich zu verkehren«, zischte Guy scharf und warf Cass einen warnenden Blick zu.

»Mit Gina kann man viel Spaß haben«, erklärte Cass im Konversationston und noch immer an Dorothea gewandt. Es war ein schrecklicher Tag gewesen. »Du wirst sie mögen.«

»Ich glaube nicht, dass wir ihren Mann mögen«, warf Gerard ein, und die Spannung löste sich im allgemeinen Gelächter.

Aber Guys Ärger verrauchte nicht, und Cass bereute, dass sie ihn aus einem Impuls heraus provoziert hatte. Dieser Vorfall würde ihn nur noch mehr gegen das Corrie einnehmen, und sie ahnte, dass er sich von allen Ortsansässigen absondern würde, egal, wie oft sie sich im Cottage erholten.

Kapitel vierzehn

Während des gesamten Aufenthalts bekam sie Gina nicht ein einziges Mal zu Gesicht. Und Beverley auch nicht. Das machte ihr zwar nicht das Geringste aus, aber ihre Gedanken wanderten erstaunlich oft zu Beverleys freundlichem, wenn auch geheimnisvollem Mann. Cass fühlte sich von ihrer Umwelt abgeschnitten, als benutzte sie das Corrie genau wie ihre Gäste nur als eine wenig komfortable Absteige, die viel zu weit weg von allem war, das man schnell erreichen wollte.

»Ich würde es als beträchtlichen Nachteil ansehen, so abgelegen zu wohnen und jedes Mal dieselbe Straße fahren zu müssen, wenn ich irgendwohin will«, gab Lester zu bedenken.

Und genau das war das Problem. Sie wollten alle nicht auf einer Anhöhe sitzen und meilenweit über Hügel, auf Berge und in den Glen schauen und die Farbschattierungen des Herbstes bewundern. Eine solche Umgebung reizte sie nicht, und nachdem sie die obligatorischen Fotos gemacht hatten, um zu dokumentieren, dass sie hier gewesen waren, sahen sie sich nie wieder um und gingen keinen Schritt zu Fuß. Und während die Tage mit viel zu großen Vorhaben verstrichen, wurde der Groll gegen die Mängel ihrer Unterkunft immer größer.

»Also, Guy, ich würde keine Zeit verschwenden und für ein bisschen mehr Komfort in diesem Haus sorgen – besser gesagt, ein paar Dinge musst du dringend installieren lassen«, witzelte Lester, als er wieder einmal zu schnell nach jemand anderem ein Bad genommen hatte und das Wasser nur lauwarm gewesen war. Cass war überzeugt, er machte das aus dem unbewussten Wunsch heraus, seinen Willen durchzusetzen – er war es nicht gewohnt, dass man ihm etwas abschlug.

An dem Morgen, an dem es überhaupt kein Wasser mehr gab, machte er keine Witze mehr. Man überließ es Cass, zum Bach hinaufzugehen und nachzusehen, was passiert war. Sie malte sich voller Wehmut aus, dass ein unerschütterlicher, kräftiger Mann wie Rick Scott erscheinen würde, um ihr zu helfen.

»Das Wasser fließt noch in die Zisterne«, berichtete sie, als sie ins Cottage zurückkam, »aber nur sehr, sehr langsam. Wir haben den Vorrat mit all den Bädern und dem Abspülen aufgebraucht. Hoffen wir, dass sich der Tank füllt, solange wir fort sind.«

»Habt ihr nie daran gedacht, einen Anschluss an die Hauptleitung zu machen?«, fragte Lester, als wären sie ahnungslose Kinder.

»An welche Hauptleitung?«, wollte Cass wissen. Was sah dieser Lester, wenn er aus dem Fenster schaute? »Der Bach führt zurzeit nicht viel Wasser, das ist alles.«

»Na, dann zapft noch einen anderen an«, versetzte Lester halb scherzhaft, halb ärgerlich.

»Der Sommer ist zu Ende«, erklärte Cass mühsam beherrscht, »und es hat in letzter Zeit nicht viel geregnet. Außerdem verbrauchen wir sehr viel Wasser.« Exzessiv und unnatürlich viel, das waren die Worte, die sie gern ausgesprochen hätte. Sie fragte sich, ob sie mit diesem Raubbau den anderen, die weiter unten wohnten, die Wasserzufuhr abschnitten – diese Überlegung kam offenbar niemandem sonst in den Sinn. Vielleicht war Beverley schon auf dem Kriegspfad – diese Vorstellung erheiterte Cass.

Der schlechte Fernsehempfang rief ebenfalls bissige Bemerkungen und Beschwerden hervor. Lester und Gerard behaupteten, sie müssten sich über die wirtschaftliche Lage und die Börsenkurse auf dem Laufenden halten, und erbosten sich mehr als notwendig, als sie das Gerät neu einstellen wollten und das Bild dadurch nur noch schlechter wurde.

»Ich denke, das ist dasselbe Problem wie bei den Handys.« Cass bemühte sich um einen sarkastischen Ton, fragte sich

jedoch, warum ausgerechnet sie die Gemüter besänftigte. »Es liegt an den Bergen.«
»Dann solltet ihr euch einen Verstärker anschaffen.«
»Wir haben einen Verstärker.«
»Kauft eine Satellitenschüssel.«
»Ist alles in die Wege geleitet«, versicherte Guy, und Cass hätte an diesem Punkt gern nachgehakt, aber sie fürchtete eine weitere Auseinandersetzung. Was geschah mit ihnen?
Ein privates Gespräch war in diesen mit Ausflügen, Sightseeing-Touren und Einkaufstrips ausgefüllten Tagen ganz und gar unmöglich, und Cass war nach dem streitbaren Beginn ohnehin frustriert. Nach drei Tagen setzten sie Gerard in Edinburgh in ein Flugzeug – alle atmeten erleichtert auf, danach bummelten sie endlos lange über die Princes Street und sahen sich das Schloss und Holyrood an – Cass hätte ohne all das sehr gut leben können. Guy drückte sich vor diesen Unternehmungen und verschwand zu einer Geschäftsbesprechung, die er nicht erwähnt hatte, bis sie die Forth Bridge überquerten.
Sie machten Ausflüge zum Blair Castle, nach Glamis, Ballater und Braemar. Sie fuhren überallhin. Die Pykes kauften Wolle, Whisky, Tweed, Curlingsteine, keltischen Schmuck, Heidehonig, Tabletts, Haggis, Schottenstoffe, schottische zweischneidige Langschwerter und Schilde. Außerdem mussten sie unbedingt in jedem Ort in die Apotheke und machten Jagd auf Lebensmittel, die in Kirkton und Muirend nicht zu bekommen waren. Das Cottage verlor seinen Charme unter den aufgehäuften Einkaufstüten mit teurem Inhalt, es war einfach zu voll, und die Spannung wuchs.
Cass war einem Zusammenbruch nah, als sie den Pykes nachwinkten – diesmal am Flughafen von Glasgow. Der Morgen war chaotisch verlaufen, weil Lester und Dorothea den Transport all ihrer Neuerwerbungen arrangieren mussten, und zu guter Letzt verkündete Guy auf dem Rückweg, dass neue Gäste, die Cass nicht einmal vage bekannt waren, auf dem Weg zu ihnen seien.
»Wie wär es, wenn wir eine Runde Golf spielen würden, bevor sie eintreffen?«, schlug er vor, als sie durch Muirend

kamen – offensichtlich ahnte er nicht einmal, dass diese Einladung hochexplosiven Sprengstoff enthielt »Wir hatten in den letzten Tagen kaum etwas voneinander, und wenn Roderick hier ist, müssen wir uns ausgiebig mit dem Funchal-Projekt befassen, was bedeutet, dass du dich um Phyllis kümmern musst. Die Zeit dürfte für neun Löcher reichen. Fraser kann sich nützlich machen und uns ein paar Schläger organisieren.« Sie hatten kein Wort mehr über eine Einladung von Laurie und Gina verloren.

Cass kochte vor Wut. »Guy, bleib stehen, ja? Hier oder wo auch immer. Bleib einfach stehen.«

»Was ist los?« Guy fuhr erschrocken in eine Einfahrt. »Ist dir schlecht?«

Die Frage war berechtigt. Cass saß stocksteif auf dem Beifahrersitz und atmete tief durch.

»Was, um alles in der Welt, ist mit dir? Cass, erzähl es mir. Geht es dir gut?«

Unter größten Anstrengungen zügelte Cass ihren Zorn. »Du hast nie etwas davon gesagt, dass noch jemand zu Besuch kommt.«

»Oh, bestimmt... Na ja, möglich, dass ich es nicht erwähnt habe. Aber ist doch nicht schlimm, oder? Wir sind doch meistens unter Leuten. Außerdem haben wir das Gästezimmer, also ist das doch gar kein Problem.«

»Tut mir Leid, wenn ich dich damit langweile, aber das Zimmer ist nicht hergerichtet. Es sieht nach Dorotheas Gebrauch genau wie das Badezimmer wie eine Müllkippe aus. Wir haben keine frische Bettwäsche, weil ich noch nicht die Zeit dazu hatte, die von Lester und Dorothea zu waschen, und es ist nichts Essbares mehr im Haus.«

»Es sieht dir so gar nicht ähnlich, dich über solche Trivialitäten aufzuregen«, begann Guy ehrlich überrascht, doch dann warf er einen Blick in ihr Gesicht. »Also schön, ich sehe ein, dass das alles erledigt werden muss. Wie lange wirst du brauchen...?«

»Wir – wie lange werden *wir* brauchen«, entgegnete Cass tonlos.

Sie starrten einander mit bisher unbekannter Feindseligkeit an. Was steckt hinter all dem?, fragte sich Cass voller Angst.

Es kam nicht zu einer offenen Auseinandersetzung. Cass war vernünftig genug, den Neuankömmlingen nicht die angespannte Atmosphäre eines Streits zuzumuten. Sie spielten an diesem Nachmittag natürlich nicht Golf; sie gingen einkaufen, transportierten die Sachen, die sie den Pykes nachschicken sollten, in das kleine Schlafzimmer, in dem Gerard gehaust hatte, stellten fünf pralle Abfallsäcke an den Weg und hofften, dass die Müllabfuhr sie abholen würde. Dann machten sie die Betten und putzten. Guy verhielt sich viel zu ruhig und deutete damit an, dass er Cass' Reaktion für überzogen und sich selbst für sehr großmütig hielt. Die Stimmung war keineswegs freundlich.

Sie unternahmen keinen Versuch, ihre Differenzen während des restlichen Aufenthaltes beizulegen. Cass fügte sich widerwillig in das Unvermeidliche und machte all die Ausflüge noch einmal, die sie mit den Pykes schon hinter sich gebracht hatte – diesmal hatte sie allerdings eine übergewichtige, apathische Frau am Hals, die über nichts anderes redete als über ihre Tochter, den verständlicherweise abwesenden Mann ihrer Tochter und ein paar entsetzlich langweilige Enkelkinder.

Als Cass wieder in London war, war sie versucht, die Erinnerung an den grauenvollen Moment, in dem sie kurz vor einem handfesten Streit gestanden hatten, für immer zu begraben. Im Nachhinein musste sie zugeben, dass Guy nichts getan hatte, was für ihn nicht vollkommen normal gewesen wäre. Nur ihre Einstellung dazu hatte sich geändert. Und er hat als selbstverständlich vorausgesetzt, dass ich all die Arbeiten im Cottage mache, das gänzlich ungeeignet für den Gebrauch ist, den Guy ihm zugedacht hat, dachte sie grimmig, aber gleich darauf kam sie sich kleinlich vor, weil sie Anstoß daran nahm.

Ihr Widerstreben, ihn wegen etwas zur Rede zu stellen, was vorbei und erledigt war, wurde von Guys unerwartetem Vorschlag, ein Wochenende im Corrie zu verbringen, noch verstärkt. Diesmal, so versprach er, würden sie, abgesehen von einer Besprechung in Sillerton, Zeit füreinander haben und ganz allein sein.

Es war schön, schon nach so kurzer Zeit wieder im Corrie zu sein, und Cass war in glänzender Stimmung, als sie am Donnerstagabend den Volvo in die Garage stellte, das Tor abschloss und in die Wohnung ging. Am Tag zuvor war sie in York und heute in Norwich gewesen, dann hatte sie auf dem Heimweg noch einen unvorhergesehenen Besuch in Saffron Walden machen müssen. Guy war den ganzen Tag zu Hause gewesen, also musste sie nicht wie üblich auf ihn warten.

Er wollte so bald wie möglich aufbrechen, und da sie ihm nicht die Laune verderben wollte, suchte sie nur rasch die wenigen Dinge zusammen, die sie übers Wochenende brauchen würde, und zog sich nicht einmal um. Zum Glück war der Verkehr nicht so dicht, wie er am Freitag gewesen wäre, und bald flitzten sie in Richtung Norden und erzählten einander, was sie in den vergangenen Tagen erlebt hatten. Dann fielen sie in angenehmes Schweigen und erholten sich von den Strapazen der Arbeitswoche.

Wir haben bis jetzt nur ein solches Wochenende erlebt, dachte Cass, als Guy kurz vor vier Uhr in den Weg zum Corrie einbog. Vor sechs Monaten haben wir das Cottage gekauft, und wir sind erst das zweite Mal allein hier. Das ist furchtbar. Und wir beide hatten hier eine Menge Arbeit – so sollte es nicht sein. Wir müssen uns an diesem Wochenende erholen und den Zauber der Gegend auf uns wirken lassen.

Zum ersten Mal roch das Haus feucht, als sie die Tür öffneten. Sie hatten neulich keine Zeit gehabt, vor der hastigen Abreise mit Roderick und Phyllis Ordnung zu schaffen. Die Zimmer wirkten ungastlich, im Bad waren Spinnen und in der Spüle in der Küche Ohrwürmer. Cass rümpfte die Nase, weil die ungewaschenen Küchentücher stanken. Sie hatte vergessen, sie mitzunehmen. Ihr Blick fiel auf die Batterie von leeren

Flaschen, die neben dem Kühlschrank standen – hatten sie wirklich so viel getrunken?

»Verdammt kalt«, murmelte Guy; er rieb die Handflächen aneinander und zog die Schultern in dem Kaschmirpullover hoch. »Wir hätten die Heizkörper ein bisschen aufdrehen sollen.«

»Wir müssen ohnehin darauf achten, dass die Wasserleitungen nicht einfrieren«, stimmte Cass ihm zu.

»Oh, sicherlich ist es noch zu früh, daran zu denken – es ist noch nicht mal Oktober.«

»Hier oben kann es im Oktober ziemlich kalt werden.«

»Hier oben. Du kennst die Witterung ›hier oben‹ besser als ich«, spöttelte er. »Ich bitte dich, gib an diesem Wochenende nicht mit dem hellseherischen zweiten Gesicht der Highland-Bewohner an.«

Wann habe ich das jemals getan?, überlegte Cass verwundert. Oder wann ist es ihm so vorgekommen, als täte ich es? Falls das ein Scherz gewesen sein sollte, dann war er für Guys Verhältnisse ein klein wenig billig.

»Also«, fuhr er energisch fort, nachdem er das losgeworden war, »ich verhungere fast. Was hast du zu essen mitgebracht?«

Dies war ein entscheidender Moment für Cass – sie war sich im Klaren, dass Guys Äußerungen sie zu Überreaktionen anstachelten, und sie wusste auch, dass ihre Verärgerung weit tiefer wurzelte. Dennoch beherrschte sie sich und fragte sehr höflich zurück: »Was hast *du* zu essen mitgebracht?«

Guy verstand die Anspielung nicht. Gerechterweise musste Cass einräumen, dass sie im Grunde eine ausgesprochen friedliebende, ausgeglichene Person war und nie irgendwelchen Wirbel um Kleinigkeiten machte.

»Nichts natürlich«, antwortete er und drehte den Wasserhahn auf, um die Ohrwürmer in den Ausguss zu spülen. »Fällt das nicht in deinen Zuständigkeitsbereich?«

»In meinen Zuständigkeitsbereich?« Cass blieb beinahe die Sprache weg. »Seit wann bin ich für so was zuständig?«

»Na ja, ich weiß nicht. Du organisierst doch sonst immer

alles, wenn wir hier sind.« Guy sah sich mit einem Schulterzucken um.

»Guy, du hast den ganzen Tag daheim verbracht. Ich war alles in allem vielleicht eine Stunde in unserer Wohnung.«

»Du hast immer eingekauft, bevor wir hergefahren sind.« Guy wusste, dass er einen schlimmen Fehler begangen hatte. Selbstverständlich hatte Cass von ihm erwartet, dass er etwas besorgen oder ihr zumindest Bescheid sagen würde, wenn er nicht dazu gekommen war. Das war so üblich zwischen ihnen. Aber er hatte nichts dergleichen getan, weil er dieses Cottage tatsächlich als ihre Wirkungsstätte ansah – so deutlich, dass er diesem Instinkt lieber nicht genauer auf den Grund gehen wollte. Deshalb nahm er Zuflucht zu Aggressionen. »Mach bloß kein solches Theater darum. Es muss noch etwas im Tiefkühlfach sein.«

Cass wäre am liebsten explodiert, aber sie hielt sich aus Gewohnheit zurück. Zudem hatte sie eine böse Vorahnung, dass sie jeder Streit, auch wenn es nur um Nichtigkeiten ging, in Bereiche führen würde, die keiner von ihnen betreten wollte – noch nicht. Und dies war kein guter Zeitpunkt (nach einer langen Fahrt um vier Uhr morgens in der eisigen, schmuddeligen Küche), eine Grundsatzdiskussion über ihre Beziehung anzufangen. Wenn sie darüber redeten, dann sollten sie es ohne Vorwürfe und Anklagen tun. Und bestimmt ohne gegenseitige Beschuldigungen wegen der vergessenen Lebensmittel, verbesserte sich Cass, deren Sinn für Verhältnismäßigkeiten wie üblich die Oberhand gewann.

»Also schön, sehen wir nach, was da ist«, entschied sie, obwohl sie vollkommen zufrieden gewesen wäre, wenn sie den Tag hätte beenden und ins Bett hätte fallen können. Es hätte ihr genügt, wenn sie morgen zum Einkaufen nach Kirkton gefahren wäre. Sie bereitete eine wenig schmackhafte Mahlzeit aus Tiefkühl-Erbsen, Fertig-Kartoffelbrei und Thunfisch zu, und so hungrig Guy auch war, er wünschte, er müsste nicht diese stockende Konversation in der ungeheizten Küche führen.

Das Geräusch eines Autos, das donnernd im Rückwärtsgang auf ihren neuen Parkplatz fuhr, weckte sie einige Zeit später.

»Kann das Gina sein?«, murmelte Cass benommen. Sie hatte Mühe, den bleiernen Schlaf von sich zu schütteln, und wünschte, sie hätte sich nach ihrer Ankunft nicht mit Rotwein getröstet.

»Eine Überraschung für dich«, antwortete Guy munter – er war immer gleich nach dem Aufwachen ganz auf dem Posten. »Komm und sieh es dir an.«

Warum erschien ihr sein fröhlicher Ton so unheilvoll?

»Guy, es sind doch keine Gäste, oder? Du hast es versprochen«, wimmerte Cass, als sie sich aus dem Bett hievte und schwankend zu ihm ans Fenster ging. Unten stand ein weißer Lieferwagen mit grüner Aufschrift: *Gärtnerei Muirend*.

Das ist nicht richtig, ich will das nicht. Die unglückliche Stimme in ihr verstummte nicht, als sich Cass lächelnd und kooperativ an der Diskussion beteiligte, wohin die Verbenen, die Garraya, die in Form geschnittene Stechpalme und die Photinia hingepflanzt werden sollten. Was, in Gottes Namen, ist eine Photinia?, überlegte Cass verzweifelt und stimmte zu, dass diese Pflanzen am besten in der Ecke vor dem neuen Holzzaun aussehen würden. Sie überließ es Guy, über die Höhe und Größe der Pflanzen zu verhandeln, was er so kaltblütig tat, als richtete er ein Büro ein. Cass bat nur darum, dass nichts Hohes am unteren Rand des Rasens die Aussicht verstellen sollte.

Der Gärtner fuhr irgendwann wieder ab; um die mit ordentlichen Etiketten versehenen, frisch eingepflanzten Büschel hatte er Erde angehäuft.

»Das wird diesen Ort sehr verändern«, erklärte Guy zufrieden.

»Ganz bestimmt.« Cass war überzeugt, dass es zu nichts führen würde, wenn sie ihm widersprach. Ihre Standpunkte würden sich nicht annähern, und nichts konnte den Garten in seinen so reizvollen, ursprünglichen Zustand zurückversetzen, den sie so sehr geliebt hatte.

Allerdings war sie nicht bereit, auch in anderen Punkten, in denen sie unterschiedlicher Ansicht waren, so tolerant zu sein.

»Ich nehme an, ein ausgiebiges Frühstück können wir uns abschminken«, meinte Guy, »aber ich brauche dringend was zu essen. Ich fahre schnell hinunter ins Dorf.«

»Es würde schneller gehen, wenn wir uns oben bei den Frasers ein paar Eier oder irgendwas ausborgen«, schlug Cass vor.

»Nein!«, versetzte Guy scharf. Als Cass ihn überrascht ansah, fügte er in moderaterem Tonfall hinzu: »Es geht genauso schnell, wenn ich in den Laden gehe, und außerdem brauchen wir bestimmt auch noch andere Sachen.«

Cass wollte ihn nicht so ohne weiteres davonkommen lassen. »Aber warum rastest du deswegen so aus?«

Er drehte sich weg. »Oh, komm schon.«

»Guy.« Sie stellte sich ihm in den Weg und sah ihm ins Gesicht – dabei hatte sie wie manchmal das Gefühl, das sie größer war als er –, das gefiel ihr gar nicht.

»Also gut«, erwiderte Guy ärgerlich, weil er zu diesem Schritt gezwungen wurde. »Ich mag es nicht, wenn du die ganze Zeit zu den Nachbarn läufst, um dir was auszuleihen. Ich möchte diese Art von Verbrüderung nicht.«

Die ganze Zeit? »Aber *ich* möchte den Kontakt zu den Nachbarn.«

»Ja, möglicherweise sagt dir das zu, und ich kann dich nicht davon abhalten, das zu tun, was du willst, aber deshalb sind wir nicht hier. Und jetzt würde ich gern etwas essen, wenn du nichts dagegen hast. Ich habe heute Nachmittag eine Besprechung, falls du das vergessen hast.«

Deshalb sind wir nicht hier. Cass hatte das ungute Gefühl, dass die Frage, was er damit meinte, in eine Diskussion münden könnte, die sie das ganze Wochenende und noch länger beschäftigen würde. War sie bereit, das Problem in Angriff zu nehmen? Nein.

Kapitel fünfzehn

Cass kletterte zwischen den starren, knorrigen Ästen die Leiter hinauf, um die höchsten und besten Äpfel zu erreichen. Der leicht feuchte, kräftige Herbstwind, den die Steinmauer weiter unten abhielt, zerrte an ihr. In den Beeten am Rand des geschützten Gartens blühten üppig Kapuzinerkresse, Malven, Storchenschnabel, Rosen und Herbstzeitlose. Cass fühlte sich nach einem belebenden Rundgang über die Hügel schon viel besser. Außerdem hatte ihr das Gespräch mit Gina gut getan, die dabei gewesen war, aus grünen Tomaten Chutney zuzubereiten – drei Kochbücher hatten aufgeschlagen vor ihr gelegen, und eine ganze Reihe von Zutaten hatten bereitgestanden. Gleich daneben auf demselben Tisch, sozusagen in unmittelbarer Gefahrenzone, waren verschiedene Stoffe ausgebreitet; mit einem wollte Gina, wie Cass annahm, die durchgescheuerte Sitzfläche eines bereitstehenden Stuhls frisch beziehen.

»Oh, gut, ich kann endlich einmal aufhören und nichts tun«, rief Gina, als sie Cass sah, schob mit beiden Händen ein Kochbuch weit zurück, und weil es nicht aufgeschlagen bleiben wollte, legte sie es mit dem Gesicht nach unten auf den Tisch.

»Nein, hör nicht auf« und »O nein, das kannst du nicht«, riefen Cass und die missmutige Nessa, die ausnahmsweise einmal früh zu Hause war und sich eben mit einer Gesichtsmaske verwöhnen wollte, als Gina sie bat, Äpfel zu ernten. Nessa war bestrebt, diese langweilige Aufgabe so schnell wie möglich hinter sich zu bringen. Allerdings konnte sie ihre Laune offenbar leicht beeinflussen, denn sie lächelte Cass freundlich zu, bevor sie davonstürzte, um geeignete Körbe zu suchen.

Cass erwiderte das Lächeln und wünschte, sie hätte Gelegenheit, Nessa besser kennen zu lernen. Bisher war sie auch

Ginas Stiefsöhnen noch gar nicht begegnet. Nach dem kleinen Zusammenstoß mit Guy am Morgen war sie sich erst richtig bewusst geworden, dass sie nach wie vor – sogar noch nach all den Monaten – nur die Bewohnerin eines Ferien-Cottages war.

»Ich fasse es einfach nicht, dass meine Tochter auch so charmant sein kann«, bemerkte Gina, nachdem Cass und Nessa die vollen Körbe in die Küche geschleppt und Nessa sich schnell wieder verdrückt hatte, als wollte sie sagen: Äpfel pflücken ist okay, wenn ihr alten Schachteln nicht selbst auf die Bäume klettern könnt. Aber herumhocken und die Dinger auch noch schälen und mir dabei euer Gequatsche und Gekichere anhören – nein, danke ...«

»Sie ist sehr hübsch, auch wenn ihr Haar nicht so dramatisch wirkt wie deines.«

»Meinst du die Farbe oder die Widerspenstigkeit? Ihres neigt viel eher dazu, so zu bleiben, wie man es frisiert – die Glückliche!« Gina hatte sich in der Art slawischer Bäuerinnen ein Tuch um den Kopf gebunden, und Cass bewunderte im Stillen ihre Kopfform und ihre hohen Wangenknochen. Jetzt rutschte das Tuch herunter, und wieder lösten sich die roten Strähnen.

»Ja, Nessa ist ganz hübsch, wenn sie lächelt, denke ich«, räumte Gina mit der zurückhaltenden Wertschätzung einer Mutter ein. »Aber ich bekomme ihr Lächeln so gut wie nie zu sehen.«

»Warte ein oder zwei Jahre.«

»Ich hoffe, dass sich die Dinge zum Besseren wenden, wenn die Jungs ganz aus dem Haus sind und sie all die Aufmerksamkeit bekommt, aber irgendwie scheint sie immer *wütend* auf mich zu sein.«

»Weil du ihren Vater verlassen hast? Möchte sie immer noch bei ihm sein?«

Ginas Miene hellte sich plötzlich auf. »Oh, das war ehrlich komisch. Nach ihrem letzten Besuch bei ihm kam sie einen Tag früher zurück, weil seine neue Frau Ruth Kondome bei ihr gefunden und einen entsetzlichen Aufruhr deswegen veranstaltet hat.«

»Und dir macht es nichts aus, dass sie so was hat?«

»Ich bin froh, dass sie so vernünftig ist. Ich weiß nicht, ob ich das in ihrem Alter war. Die Kondome sind sowieso eher Statussymbole, meinst du nicht? Genau wie unsere Mütter unbedingt BHs haben wollten, ob sie sie brauchten oder nicht, und wie wir die Unterwäsche am liebsten ganz und gar weggeworfen hätten.«

»Guter Gott, Gina, in welchen Kreisen hast du dich denn bewegt?«, versetzte Cass geziert. Es machte Spaß, mit Gina herumzualbern und zu lachen – das war nach den Ereignissen des Morgens noch mehr dazu geeignet, ihr Gemüt zu beruhigen und ihre Ängste zu beschwichtigen, als der Spaziergang.

Guys Besprechung war für drei Uhr nachmittags angesetzt, aber er war früher losgefahren, weil er ein klärendes Vorgespräch mit dem Architekten führen wollte. Er hatte die Verabredung telefonisch bestätigt und erfahren, dass nach der großen Besprechung noch ein kleines »Beisammensein« stattfinden würde.

»Offenbar gibt es nur Drinks. Von einem Dinner hat niemand etwas gesagt«, hatte er Cass erzählt. »Du kommst doch dazu, oder? Du könntest ein paar der Ehefrauen kennen lernen.«

Cass hoffte, dass ihr das innerliche Schaudern beim letzten Satz nicht ins Gesicht geschrieben stand. »Also das ist etwas, womit ich wirklich nichts zu tun haben möchte«, erwiderte sie so arglos, wie es ihr möglich war.

»Daraus kann ich dir keinen Vorwurf machen. Solche Zusammenkünfte ufern oft aus, und das ist ärgerlich, wenn man unter Zeitdruck steht, weil jemand auf einen wartet.«

Das hatte sie eigentlich nicht gemeint. »Ich möchte ehrlich nicht...«

»Und du hast kein Auto. Ich habe ganz vergessen, wie eingeschränkt man an diesem verdammten Ort ist. Ich werde keine Zeit haben, zurückzufahren und dich zu holen Du könntest dir ein Taxi bestellen, nehme ich an.«

»Nein, ich komme nicht, danke.« Der Ton, in dem er ihr diesen Vorschlag gemacht hatte, verriet Cass, dass ihm das

Ganze sowieso zu kompliziert war und er deshalb das Interesse daran verloren hatte. »Ich gehe hinauf zu Gina.«

»Prima«, meinte Guy und war in Gedanken schon längst wieder bei seinen eigenen Sorgen.

In Ginas Küche lächelte Cass vor sich hin. Tiree lag in seinem Korb und war umringt von Apfelstückchen, die er gekostet und verschmäht hatte, und Gina las mit gerunzelter Stirn die Kochrezepte. Cass hing ihren Gedanken nach. Der Drang, Guy zu erzählen, dass sie vorhatte, hier einen Besuch zu machen, und seine Gleichgültigkeit, nachdem er vorher so heftig reagiert hatte, sagten sehr viel über sie beide aus.

»Essig, den habe ich, wenn auch keinen Apfelessig, aber das dürfte nichts ausmachen. Zwiebeln, davon sind Millionen da. Cayenne-Pfeffer, das weiß ich nicht genau, aber bestimmt kann man auch Chili verwenden, wenn man vorsichtig ist – ist das nicht ohnehin dasselbe? Hier steht etwas von Sultaninen, aber in den anderen Rezepten ist nicht davon die Rede – wir geben trotzdem welche dazu. Gemahlene Gewürznelken? Ich mahle keine Nelken, aber ich könnte Muskat nehmen. Drei große Äpfel...«

»Drei große Äpfel? Gina!«

»Was?«

Cass deutete auf die vollen Körbe. »Für drei Äpfel hätten wir weder Nessa noch eine Leiter oder einen Korb gebraucht.«

»Oh, na ja, vorhin hatte ich die Rezepte noch nicht durchgelesen. Wir brauchen nur eineinhalb Pfund Tomaten, ist das zu glauben? Wir haben zehnmal so viele. Dann müssen wir die Zutaten eben multiplizieren.«

»Jetzt sag bloß nicht, dass das vernünftig ist. Wie viel Chutney wolltest du ursprünglich machen?«

»Keine Ahnung. Aber Laurie mag es wirklich.«

»O Gina.« Cass war mit einem Mal wieder richtig fröhlich. Was war zwischen Guy und ihr eigentlich vorgefallen? Gar nichts. Es hatte nicht einmal einen echten Streit gegeben.

»Ich kann Beverley was bringen – im Grunde könnte ich ihr auch ein paar Äpfel aufhalsen. Du kannst dir so viele nehmen, wie du willst, aber es hätte wohl wenig Sinn, Nancy welche anzubieten. Es ist so schlimm wie Rhabarber loszuwerden – in allen Gärten wächst er im Überfluss und muss zur selben Zeit geerntet werden. Die übrigen Gläser kann man immer mal wieder jemandem mitbringen oder auf Wohltätigkeitsbasaren verkaufen. Wir nehmen die doppelte Menge von allem, das müsste reichen, und es ist leicht auszurechnen.«

»Gib mir das Buch.«

»Nein, warte, das hier scheint das beste Rezept zu sein. Man muss die Tomaten nur in Salzwasser legen und sie über Nacht stehen lassen. Ich liebe Rezepte, bei denen man etwas über Nacht stehen lassen muss – das gibt einem das Gefühl, die meiste Arbeit schon getan zu haben. Wir nehmen dieses Rezept, dann brauchen wir uns bis morgen um nichts weiter zu kümmern und haben Zeit, uns anständig zu unterhalten.«

Typisch Gina, dachte Cass voller Zuneigung und überflog die Rezepte. »Da steht, dass man die Tomaten erst häuten muss. Hast du das überlesen?«

»Ach, das ist keine Affäre – man taucht sie nur ein paar Sekunden in kochendes Wasser.«

Bei grünen Tomaten genügten keine Sekunden, man musste sie minutenlang im heißen Wasser liegen lassen, und selbst dann ließ sich die Haut nicht leicht lösen. Cass bewahrte Gina davor, sich mit den zehn Pfund geernteten Tomaten herumzuplagen, und schlug vor, den Rest in eine Schublade zu legen und reifen zu lassen.

»Au ja, das ist eine gute Idee«, stimmte Gina bereitwillig zu. »Ich habe schon von diesen cleveren Tricks gehört, aber denke nie daran, oder sie fallen mir zur falschen Jahreszeit ein. Aber ... eine leere Schublade ...«

Cass sah ein, dass das ein Problem darstellen könnte.

»Und dann, wenn wir uns mit dem Chutney keine Mühe machen müssen ...« Das »wir« war in dem Moment, in dem Cass das Haus betreten hatte, zur Normalität geworden. »Wir könnten die Äpfel zu Beverley bringen und Tiree gleichzeitig Gelegenheit geben, sich auf dem Weg ein bisschen auszutoben. Vielleicht bietet Beverly uns einen Tee an.«

»Wollen wir das? Sie lässt uns bestimmt nicht ins Haus, wenn wir Tiree dabei haben. Warum trinken wir den Tee nicht im Corrie und bitten Beverley, zu uns heraufzukommen? Dann kann sie die Äpfel selbst nach Hause tragen.«

»Sie wird wie der Blitz angerannt kommen. Beverley stirbt vor Neugier und möchte schon, seit ihr eingezogen seid, im Corrie herumschnüffeln. Und ihre Kommentare sind bestimmt hörenswert.«

Als sie aufbrachen, schlug Nessa mit undeutlicher Stimme die Einladung aus, sie zu begleiten. Cass überlegte erst jetzt, ob sie etwas im Haus hatte, was sie Gina und Beverley zum Tee servieren konnte. Aber Guy hatte einen Großeinkauf im Laden von Kirkton getätigt. Hatte er dabei an ihre nächtlichen Äußerungen gedacht? Jetzt schämte sie sich deswegen. Sie hatte aus einer Mücke einen Elefanten gemacht.

»Lass nur nicht zu, dass ich zu lange bleibe, ja?«, bat Gina, als sie die Stufen hinaufgingen. »Mann, ihr habt ja im Garten gearbeitet!« Das klang viel zu anerkennend, und es war klar, dass Gina entsetzt war, doch Cass war noch nicht in der Lage, offen über diese Sache zu sprechen. »Aber eigentlich brauche ich mir keine Gedanken wegen der Zeit zu machen – Gott allein weiß, wann unsere Männer von dieser verflixten Besprechung zurückkommen«, plapperte Gina weiter, und der heikle Moment war verstrichen.

»Dann fährst du also nicht zu dem anschließenden Umtrunk hinunter?«, wollte Cass wissen und fügte in Gedanken hinzu: Vielleicht hätte ich doch eine Mitfahrgelegenheit, Guy – ich erscheine zusammen mit der Frau des Verwalters. Das wäre doch die natürlichste Sache der Welt, nicht?

»O nein, ich komme nie in die Nähe des Golfclubs, wenn es sich vermeiden lässt«, erklärte Gina mit einem Schaudern.

Beverley unternahm die Expedition zum Corrie in einem Jägermantel, einem kunstvoll drapierten Schal mit Fasanenmuster, makellos sauberen, grünen Gummistiefeln und Handschuhen – sie sah sich mit unverhohlener Schadenfreude den Garten und die Umgebung des Corrie an und strahlte.

»Die Rehe werden die Pflanzen im Garten fressen«, rief sie

mitfühlend, »ganz zu schweigen von den Kaninchen. Sie brauchen einen viel, viel höheren Zaun und einen dichten Maschendraht. Tut mir Leid, Ihnen das sagen zu müssen, aber die Mauer da drüben über dem Bach wird im Winter schrecklich feucht. Das ist das Schlimme daran, wenn man im Frühjahr in ein Haus einzieht – man weiß einfach nicht, welche scheußlichen Überraschungen man in der schlechten Jahreszeit erlebt. Und an diesem Platz sind Sie überhaupt nicht vor dem Nordwind geschützt. Das Haus ist sehr exponiert, aber im Winter werden Sie diesen Weg sowieso nicht hinaufkommen, deshalb werden Sie vermutlich nichts davon bemerken ...«

»Wir können uns nicht beide in die Küche flüchten«, zischte Cass, als Gina mit knallrot angelaufenem Gesicht hereinstürmte, um beim Teekochen behilflich zu sein.

»Ist sie nicht wunderbar? Eine Dosis von Beverley ist all die Aufputschmittel wert, die sie sich in die Kehle schüttet. Sie weiß gar nicht, welches Amüsement sie uns bereitet.«

»Psst, nicht so laut. Und bring das hier ins große Zimmer – sie fragt sich bestimmt schon, was wir hier treiben.«

»Die nicht – sie durchstöbert euren Schreibtisch und nimmt wahrscheinlich alles auf Mikrofilm auf.«

Seit der Begegnung mit Rick sah Cass Beverley in einem anderen Licht – sie konnte nicht glauben, dass zwei so grundverschiedene Menschen irgendeine Beziehung zueinander hatten. Vielleicht war ihr Eindruck, dass sie so unbefangenen Umgang mit Rick gehabt hatte, dass ihr seine ruhige und überlegte Art so gut getan hatte, in der Erinnerung übersteigert. Cass war fast überzeugt davon, als Gina sich wie immer freundlich nach Ricks Befinden erkundigte und Beverley mit gesenkter Stimme und betont dramatisch erwiderte: »Ich fürchte, ich mache eine schwere Zeit durch.«

Sie machte eine schwere Zeit durch? Nicht Rick? Aber sie klang eher selbstzufrieden als besorgt, registrierte Cass verärgert. Als verliehe ihr der schlechte Gesundheitszustand ihres Mannes mehr Würde und sie wäre mehr wert, weil sie sich um ihn kümmerte!

»Er hat sich vollkommen zurückgezogen«, fuhr Beverley fort. »Er ist noch lange nicht über den Berg.«

Ich würde mich auch zurückziehen, wenn ich mit Beverley leben müsste. Und was fehlt ihm überhaupt? Kein Mensch hat mir das bisher gesagt. Leidet er unter Depressionen? Cass fiel es schwer, Depressionen mit jemandem in Einklang zu bringen, der derart entspannt und beherrscht war wie Rick. Oder hatte sie ihn in einer positiven Phase getroffen? Und war er jetzt auf dem Tiefpunkt?

Sie hatten Beverley gerade eingeredet, dass sie unbedingt ein paar Pfund Äpfel zum Einwecken brauchte und sie sehr gut ohne Hilfe nach Hause tragen konnte, als Guy anrief. Jetzt gab es doch ein Dinner nach den Drinks. Es war alles arrangiert, und Cass war auch eingeladen. Ihr lief es allein bei dem Gedanken kalt über den Rücken. Guy schien nicht überrascht zu sein, als sie absagte. Und es war nicht zu erkennen, ob er auch ein wenig enttäuscht war wie sie, weil sie den Abend nicht zusammen verbrachten. Doch warum sollte er? Der Kernpunkt ihres gemeinsamen Lebens war, dass sie vollkommen unabhängig ihre jeweiligen Interessen verfolgten. Aber dies hatte ein Wochenende zur Entspannung für sie beide werden sollen.

»Das heißt, Laurie wird auch dort unten festsitzen«, meinte Gina und nutzte die Gelegenheit, als Beverley sich wieder für den Heimweg verhüllte, um die obersten Äpfel umzudrehen, damit die wenigen schwarzen Flecken nicht sofort zu sehen waren.

Cass überlegte, ob Laurie wohl auch zu dem Dinner gebeten werden würde; schließlich wusste sie, was Guy von ihm hielt, aber sie antwortete lediglich: »Wenn das so ist, könntest du doch zum Essen hier bleiben.«

»Ich muss Nessa ein Abendessen vorsetzen«, rief Gina ihr ins Gedächtnis. »Warum kommst du nicht zu uns?«

»Ich wünschte, ich könnte Ihnen Gesellschaft leisten«, seufzte Beverley und suchte nach einem Spiegel, fand aber zu ihrem Leidwesen keinen, »doch Sie wissen ja, mir sind die Hände gebunden. Mit Verpflichtungen wie den meinen kann man nicht aus einer selbstsüchtigen Laune heraus handeln – so wie Sie beide.«

»Nein, Beverley«, murmelten sie ergeben.

Nessa, die noch immer hinter ihrer Gesichtsmaske versteckt war und sich nicht unten blicken ließ, berichtete, dass Laurie angerufen hatte, um Bescheid zu geben, dass er zum Essen nicht nach Hause kommen würde. Außerdem erklärte sie, dass man eigentlich nicht sprechen sollte, sonst hatte die Gesichtsmaske überhaupt keinen Sinn – sie hätte gedacht, das wüsste jeder. Offenbar hatte Laurie nichts darüber verlauten lassen, ob Gina auch eingeladen war, aber Gina schien dieser Unterlassung keine Beachtung zu schenken.

Sie briet ein Hähnchen, weil sie ein paar Lauchstangen hatte, die unbedingt gegessen werden mussten. Cass vermutete, dass Gina ihre Mahlzeiten üblicherweise nach derartigen Gesichtspunkten plante – es ging ihr nicht so sehr um das Hähnchen, sondern um den Lauch. Als Nessa schließlich erschien, kam sie mit zorniger Miene in die Küche, und für einen kurzen Moment sah es so aus, als würde alles Weitere ziemlich unerfreulich werden. Cass fand, dass ihre Haut großartig aussah (wohl eher, weil sie den reinen Teint von ihrer Mutter geerbt hatte, und nicht wegen der Maske), und sagte das auch, und obwohl sich Nessas Laune während des Essens nicht wesentlich besserte, verhielt sie sich sehr freundlich Cass gegenüber und erzählte von der Schule und ihren Wahlfächern. Doch als ihre Mutter sie fragte, ob sie ein Eis wolle, da kein anderer Nachtisch da sei, versteinerte sich ihre Miene. Sie sprang auf, fegte dabei Messer und Gabel vom Tisch und stürmte hinaus. Gina, die einen unglücklichen und schuldbewussten Eindruck machte, entschied sich dagegen, sie zurückzurufen.

»Es ist bestimmt nicht einfach mit ihr«, meinte Cass voller Mitgefühl. »Aber sie ist in Ordnung. Sie kann sich gut ausdrücken, ist intelligent und an vielem interessiert. Wenn dich die Bemerkung nicht auf die Palme bringt, möchte ich sagen, dass es viel schlimmer sein könnte.«

»Du hast Recht, das weiß ich«, gab Gina zu. »Und ich bin

genauso schlimm wie sie – ich schleiche wie die Katze um den heißen Brei und zeige ihr, wie viel es mir ausmacht, wenn sie so ungehalten ist. Wir sind so verschieden. Sie ist effizient, erledigt alles rechtzeitig und vergisst nie etwas. Ich treibe sie in den Wahnsinn, aber ich kann mich nicht ändern. Komm, wir öffnen noch eine Flasche Wein. Es ist aber ein anderer ... Ich weiß nicht, wo die Flaschen von dieser Sorte geblieben sind ...«

Es war schon spät, als Cass nach Hause ging. Die winzige Taschenlampe, die Gina ihr geliehen hatte, nutzte ihr nicht viel. Trotz der Gefahren des löchrigen Weges genoss sie sehr, dass sie einfach hinaus in die Dunkelheit gehen konnte, voll des süßen Weines und guten Essens und nach einer anregenden Unterhaltung, ohne sich ins Auto setzen zu müssen. Sie sah zwar, dass der Aston Martin noch nicht vor dem Corrie stand, aber es machte ihr nichts aus – im Gegenteil, sie atmete erleichtert auf, weil ihre gute Stimmung nicht auf die Probe gestellt werden würde. (Sie vermied sogar in Gedanken das Wort »verdorben«.) Sie musste nur hinaufgehen und sich ins Bett fallen lassen – bei offenem Fenster, damit sie die Schreie der Eulen und das Rauschen des Flusses im Tal hören konnte, der nach den Regenfällen Hochwasser führte.

Am Samstag schliefen sie aus und frühstückten wortlos, was an sich nichts Ungewöhnliches war, aber diesmal hatte das Schweigen eine Qualität, die beiden nicht angenehm war. Guy haderte mit der Tatsache, dass er keine Zeitung hatte. Noch ehe er sich eine zweite Tasse Kaffee gönnte, fuhr er ins Dorf und kam mit einem *Dundee Courier* zurück, den er verächtlich betrachtete.

»Ich muss wahrscheinlich dankbar sein, dass er von heute ist«, maulte er. Aber er erholte sich rasch wieder und nahm sich, wie er es versprochen hatte, nichts für diesen Tag vor. Sie besprachen, was noch im Cottage getan werden musste. Cass gab Beverleys Warnung nicht weiter, dass die Wand, an der der Schreibtisch installiert war, im Winter feucht werden würde. Sie holte Holzscheite von draußen, erklärte sich mit Guys Plänen für die Badezimmereinrichtung einverstanden und diskutierte sogar mit ihm über die Möglichkeit, die hintere Wand der Küche durchzubrechen und die von außen zu erreichende Vorratskammer zu integrieren. Allerdings war ihr nicht ganz klar, was eine vergrößerte Küche für sie zu bedeuten hatte.

Der Kühlschrank war aufgefüllt. Guy warf einen sehnsüchtigen Blick auf die Notizen, die er sich bei der gestrigen Besprechung gemacht hatte, aber als Cass meinte, sie könne auch allein losziehen, schlug er vor, dass sie kurz in Sillerton vorbeischauen und sich auf dem Heimweg ein Restaurant zum Mittagessen suchen könnten. Also fuhren sie wieder einmal durch das verregnete, überfüllte Muirend.

Am Sonntag war der Regen noch stärker, und das Wochenende schleppte sich dem Ende entgegen.

Ich verstehe das nicht, dachte Cass unglücklich und wandte sich vom Fenster ab. Es deprimierte sie zuzusehen, wie der Regen die frisch aufgeworfene Erde aufweichte. In unserer Wohnung in Denham Court macht es mir nicht das Geringste aus, wenn Guy an seinem Computer sitzt und ich mir selbst überlassen bin. Was tat sie an solchen Tagen in London? Ihr fiel auf Anhieb nichts Besonderes ein. Na ja, zu Hause gab es immer etwas zu tun. Aber hier ... sie merkte, dass sie auf etwas wartete – eine Frau, die kein eigenes Betätigungsfeld hatte und darauf wartete, dass der Mann seine Arbeit beendete und ihr Aufmerksamkeit schenkte. Das war erschreckend – genau das Gegenteil von dem, was ihre und Guys Beziehung ausmachte. Doch angenommen, er würde den PC ausschalten und fragen: »Was möchtest du unternehmen?« Was sollte sie dann antworten?

Sie hatten sich vorgenommen, eine Runde Golf zu spielen, aber Guy hatte nur einen Blick aus dem Fenster geworfen und sich geweigert, bei diesem Wetter vor die Tür zu gehen.

»Wir sollten in Sillerton anrufen und unsere Buchung stornieren«, schlug Cass vor.

»Warum? An einem Tag wie diesem ist sowieso niemand draußen.«

»Schottische Golfer kümmern sich nicht um das Wetter.«

Das war lediglich eine Feststellung, und Cass bezog sie nicht auf sich selbst, aber Guy reagierte aufgebracht.

»Du bist keine schottische Golfspielerin, um Himmels willen!«

Wieso erschienen ihr die Wochenenden in London immer so ereignisreich? Zum ersten Mal wurde sie sich bewusst, dass sie sich hauptsächlich um den Bar-Lunch drehten, den sie gewöhnlich bis in den Nachmittag ausdehnten. Es gab dutzende von Unternehmungen, die sie und Guy gern gemeinsam machten, zum Beispiel gingen sie hin und wieder zusammen einkaufen. Aber der Supermarkt in Muirend hatte natürlich nicht so viel zu bieten wie die Spezialgeschäfte in London.

Cass gab sich besondere Mühe mit dem Mittagessen, das sie vor dem knisternden Kaminfeuer einnahmen, und danach hätte sie sich gern ins Bett zurückgezogen. Aber Guy hatte nicht viel übrig für Sex am helllichten Tag. Zu guter Letzt überließ sie ihn ganz seiner Arbeit und unternahm einen Spaziergang. Auf dem Rückweg blieb sie lange auf der alten Brücke stehen. Der Nieselregen benetzte ihr Gesicht, und sie griff das Spiel ihrer Kindheit auf: Sie konzentrierte ihren Blick auf eine Stelle in dem tosenden braunen, mit weißem Schaum gekrönten Wasser und hatte sofort das Gefühl, von allem losgelöst und frei zu sein. Ihr war, als würde sie schneller und schneller treiben, und ihr wurde so schwindlig, dass sie eine leichte Übelkeit verspürte.

Eine eigentümliche Art, sich zu vergnügen, machte sie sich über sich selbst lustig, als sie sich abwandte. Cass wusste, dass sie nicht glücklich war. Sie hatte bei ihrer Wanderung mit keinem Menschen gesprochen, nicht einmal jemanden gesehen und fühlte sich so fremd wie am ersten Tag, als sie auf der Suche nach einem Telefon gewesen war.

Es war eine Überraschung, als Guy, der sich lange genug vom Computer losreißen konnte, um mit ihr Tee zu trinken, fragte: »Wie wichtig ist es für dich, morgen in London zu sein?«

»Warum?« Cass schöpfte Hoffnung.

»Ich bin nicht ganz zufrieden mit den Plänen für ›Phase zwei‹ in Sillerton, die im Frühjahr beginnen soll.«

Aha.

»Ich denke, wir haben noch nicht alle Optionen in Erwägung gezogen, deshalb habe ich für morgen noch einen Termin mit dem Architekten vereinbart.«

»Du hast bereits alles arrangiert?«

»Ich kann dich morgen früh zum Flughafen bringen oder schon heute Abend, wenn du zurückkehren musst.«

Wenn sie noch heute eine Maschine erwischen wollte, müssten sie sofort aufbrechen. Das Wochenende, auf das sie sich so sehr gefreut und von dem sie sich so viel versprochen hatte, war ihr regelrecht zwischen den Fingern zerronnen.

Cass zog ihren Terminkalender zurate. »Nein, ich habe für morgen keine Verabredungen. Ich kann Diane anrufen. Es dürfte kein Problem sein, wenn wir am Dienstag heimfahren.« Warum bin ich dann so verstimmt?, überlegte sie.

»Du könntest mitkommen und dir ansehen, worum es geht, wenn du willst. Es ist auch dein Club.«

Cass hatte schon eindringlichere Einladungen bekommen.

»Ich kann in der Zeit etwas für die Agentur tun, danke«, erwiderte sie, dann kam ihr eine sehr verlockende Idee. »Vielleicht mache ich ein oder zwei Besuche.«

»Du hast kein Auto«, erinnerte Guy sie. »Möchtest du, dass ich dich nach Perth bringe und später wieder abhole?«

Oder soll ich dich in Sillerton absetzen und *dich* wieder abholen? Aber Cass verfolgte dieses Thema nicht weiter.

»Ich organisiere etwas«, behauptete sie. Die Besuche, die sie im Sinn hatte, konnte sie zu Fuß machen.

Guy fragte nicht weiter nach.

Kapitel sechzehn

Der Montag verlief ganz anders als das Wochenende.
Nach dem Regen und dem trüben Wetter erschien es Cass, als wachte sie an einem anderen Ort auf. Der Wind hatte schon am Abend nachgelassen, und es war deutlich kälter geworden. Als sie das Cottage beim ersten grauen Tageslicht verließ, war sie von der Schönheit der Landschaft so überwältigt, dass sie ihre Gefühle kaum im Zaum halten konnte. Der Glen war im Schein der Morgensonne in ein herbstliches Rotbraun getaucht, auf den Weiden und Wiesen glitzerte silberner Reif, und dünne Nebelfetzen stiegen vom Fluss auf. Weit unten in Alltmore leuchtete ein goldener Fleck, der darauf hinwies, dass die Pappeln trotz der stürmischen Winde ihr Laub noch nicht abgeworfen hatten. Der große Kastanienbaum neben der Riach Gate Lodge war zum Teil noch grün, an manchen Stellen gelb, Beverleys Platanen hatten sich schon vollkommen verfärbt. Die Hecke, die das Grundstück umschloss, war wie ein Fremdkörper, unnatürlich und barbarisch. Wie lange würde es dauern, bis sie so hoch war, dass man den Bungalow gar nicht mehr sehen konnte?

Cass wusste, was sie auf diesen Gedanken brachte. Ihr Blick wanderte weiter zu dem anderen Gebäude, das von dem ersten durch die neue Straße getrennt war und sich vollkommen in seine Umgebung einfügte. Es kam ihr oft in den Sinn – genau wie der ruhige Mann, der in diesem Gebäude arbeitete. Das Haus und der Mann waren fast zu einem Symbol dessen geworden, was dieser Ort ihr bedeutete.

Weil sie das Gefühl hatte, einen solchen Fokus zu brauchen? Sie runzelte die Stirn – diese Frage musste sie klären, weil sie schon seit Wochen an ihr nagte. Cass erhob sich von dem feuchten Felsen, und als sie sich dem Weg zuwandte, der über den Kamm führte, sah sie Rick selbst. Er war keine zwanzig Meter von ihr entfernt.

Es war ein kleiner Schock, jemanden in dieser Gegend, die kurz nach Sonnenaufgang menschenleer erschien, so nahe vor sich zu sehen – jemanden, an den sie gerade gedacht hatte. Plötzlich wurde sie unsicher, weil Beverley von »einer schweren Zeit« gesprochen hatte – Cass hatte keine Ahnung, was Beverley damit gemeint hatte, welche Formen seine Krankheit angenommen hatte oder wie ernst sein Zustand war. Aber all die Bedenken verblassten angesichts der Freude, ihn zu sehen, als er mit den für ihn typischen gemessenen Schritten auf sie zukam.

»Sie scheint gar nichts zu erschrecken«, bemerkte er und lächelte auf seine freundliche Art – er sah zu ihr *herunter*. Was für ein stattlicher Mann!

Hatte er ihre Verwunderung, ihre Unsicherheit bemerkt? Aber selbst wenn eine kleine Verlegenheit da war, sie würde ihm nichts ausmachen, davon war Cass überzeugt. Jetzt, da er neben ihr stand, hatte sie keinerlei Zweifel mehr, dass er ein ausgeglichener, geistig gesunder Mensch war.

»Wie schön, Sie hier zu treffen!«, rief sie spontan. »Ist das nicht ein herrlicher Morgen?«

Er lachte, ohne den Blick von ihr zu wenden, als hätte er schon jede Einzelheit seiner Umgebung gründlich studiert und in sich aufgenommen, sodass er nicht mehr aufschauen musste. »Wohin gehen Sie?«

»Da hinauf«, erwiderte Cass und deutete mit einer weit ausholenden Geste zum Bergkamm.

»Dann lassen Sie uns zusammen ›da hinauf‹ gehen.« Er amüsierte sich über ihre Überschwänglichkeit.

»Können Sie das denn? Ich meine, wird Ihnen das nicht zu viel?« Ihre eigenen Beobachtungen wichen so sehr von Beverleys finsteren Andeutungen ab, dass sie kaum wusste, was sie sagen sollte.

»Ich verbringe die Hälfte meiner Zeit in den Bergen«, beteuerte Rick.

Als sie den Anstieg in Angriff nahmen, stellte er sehr zu seinem Vergnügen fest, dass Cass keine Schwierigkeiten hatte, mit ihm Schritt zu halten. Sie hatte die längsten Beine, die er je bei einer Frau gesehen hatte. Und das warmherzigste Lächeln. Er konnte sein Glück kaum fassen, als er erkannt hatte, wer da auf dem Felsen saß und unter dem breitkrempigen Hut hervor den Glen betrachtete. Mit dem langen braunen Mantel, der das Gras streifte, machte Cass einen leicht exzentrischen Eindruck, aber sie sah sehr gut aus in der herbstlichen Landschaft.

»Tatsächlich?« Cass klang immer noch skeptisch, und er drehte sich lächelnd zu ihr um.

»Ich kann nicht von morgens bis abends nur Stuhlbeine drechseln.«

Er hatte eine bewundernswerte Art, alle Dinge zu vereinfachen. Cass lachte, und mit einem Mal war sie richtig glücklich. Es war wunderbar, diesen Morgen mit jemandem gemeinsam zu erleben, die Wärme zu genießen, die die Sonne mit sich brachte, zuzusehen, wie sich der Nebel am Fluss auflöste und der Reif von den Sonnenstrahlen aufgeleckt wurde. Der schwache Schrei eines Bussards ertönte weit über ihnen, und als sie eine Felsengruppe umrundeten, ergriff Rick Cass' Arm. Sie blieben beide reglos stehen, um zu beobachten, wie ein geschmeidiges Tier mit hoch erhobenem Schwanz in eine Felsenritze huschte.

»Eine Wildkatze?«, fragte Cass aufgeregt. »Ich habe noch nie eine gesehen.«

»Wahrscheinlich, oder es ist eine verwilderte Hauskatze, ihr Fell ist sehr dunkel – aber hier oben gibt es Wildkatzen.«

Danach wurde das Gelände so steil, dass Cass nicht genügend Luft zum Reden hatte. Und es bestand auch keine Notwendigkeit, etwas zu sagen. Cass spürte, dass es keiner Fragen oder Erklärungen bedurfte. Sie waren hier; der Tag war strahlend und die Landschaft atemberaubend. Sie kletterten immer höher. Auf dem Bergkamm war der Reif bis auf eine dünne weiße Linie an den Westhängen verschwunden. Cass jubelte vor Begeisterung über die Aussicht: Meilen um Meilen von gelbbraunen Hügeln, in Dunst gehüllten Talsenken und darüber der wolkenlose türkisfarbene Himmel.

»Ich wusste gar nicht, dass man von hier oben aus so weit

sehen kann«, erklärte sie – sie schämte sich kein bisschen, dass sie nach der Anstrengung keuchen musste.

»Der Kamm liegt ziemlich hoch.« Rick musterte sie; es war ihr unmöglich, seine Miene zu deuten. Vielleicht ist es Anerkennung, weil ich hier heraufsteigen wollte, dachte sie, oder Belustigung, weil ich außer Atem bin und ein knallrotes Gesicht habe, und irgendwie scheint er sehr zufrieden zu sein. Rick zählte die Namen der Berge auf und deutete auf den zackigen Gipfel des Ben Vrackie über dem Glen Ellig, auf den symmetrischen Schiehallion und den zerklüfteten Ben Lawers, dann auf den Ben More und die Giganten im Westen.

»Es ist umwerfend«, sagte Cass ehrfürchtig, »und das alles ist so leicht zu erreichen. Es wäre schade, wenn man den Glen nur von unten genießen und das alles niemals zu Gesicht bekommen würde.«

»Für faule Menschen gibt es den Bealach Dubh.« Rick zeigte auf den Kamm unter ihnen. »Der ist bei den Touristen sehr beliebt, seit die Straße durch den Glen verbreitert wurde.«

»Aber es ist etwas ganz anderes, wenn man zu Fuß heraufkommt, nicht?«, fragte Cass verträumt.

Rick bestätigte lächelnd: »Ja, das ist etwas ganz anderes.« Cass hatte ihren Hut abgenommen, um sich damit Luft zuzufächeln, und Rick bewunderte ihr ausdrucksvolles Gesicht, den ebenmäßigen Teint und das dichte, lockige Haar. Ihm gefielen ihre blauen Augen, die fast die gleiche Farbe wie der Morgenhimmel hatten. »Sie scheinen in dieser Landschaft richtig zu Hause zu sein«, stellte er fest, als sie sich satt gesehen hatte und sich zu ihm auf den breiten, flachen Felsen gesellte.

Er hätte ihr keine größere Freude machen können, besonders nach der gespannten Atmosphäre der letzten zwei Tage. Und es war eine Einladung, ihm mehr von sich zu erzählen, wenn sie wollte. Cass erkannte diesen Moment, in dem zwei Menschen begannen, sich näher kennen zu lernen, und sie freute sich darüber.

»Ich gehöre zu den Schotten, die nie das Gefühl haben, ganz von hier weggegangen zu sein. Ich habe drei Viertel meines Lebens in England verbracht, und es erscheint mir nach wie vor als vorübergehende Phase.« Hier, bei Rick, fiel es ihr ganz leicht, das einzugestehen. Dann wurde sich Cass bewusst, dass Guys Verhalten diese Worte angemessen erscheinen ließ.

»Ich weiß, was Sie meinen«, stimmte Rick ihr zu. »Ich bin ein noch schlimmerer Fall. Ich habe als Kind nur die Ferien bei meinen Großeltern in Schottland verbracht, und trotzdem ist dies mein Land.«

»Wo lebten Ihre Großeltern?«

»Ein gutes Stück nördlich von hier. Er deutete über die Schulter in Richtung Allt Farr.

»Wie weit nördlich?« In Kingussie? Inverness? Dornoch?

»Haben Sie schon mal was von Dava Moor gehört? Vom Fluss Findhorn? Mein Großvater hat dort sein ganzes Leben lang auf einem großen Gut gearbeitet, Bewässerungsgräben gegraben und Zäune gezogen.« Rick hielt inne, und sein Gesicht nahm einen trübsinnigen Ausdruck an – so hatte Cass ihn noch nie erlebt, und plötzlich fiel ihr ein, dass dieser Mann angeblich »gestört« war. »Jedenfalls«, fuhr er fort und verdrängte offensichtlich den Gedanken, der die Melancholie hervorgerufen hatte, »war es dort wunderschön. Man konnte über das Moor bis nach Lochindob sehen – meilenweit nichts, ein Paradies für einen Jungen. Ich war dort, wann immer ich konnte.«

»Und wo waren Sie zu Hause?«

Er schnaubte. »In Liverpool.«

»Liverpool?« Sie konnte sich ihn nicht in einer Stadt vorstellen.

»Na ja, es war gar nicht so schlimm«, protestierte er und lachte über ihren Tonfall, aber gleichzeitig gab er zu, dass es doch schlimm gewesen war.

»Nein, natürlich nicht, ich ... Es kommt mir nur so vor, als wäre das nicht die richtige Umgebung für Sie.«

»Sie haben Recht, das war sie nicht.« Nach dieser grimmigen Bestätigung schwieg er und schaute über den Glen zum großen Haus von Riach.

Welche Last hatte die Krankheit hervorgerufen? Welche Erinnerungen hatte sie aufgewühlt? »Sie sind also zu Ihren

Wurzeln zurückgekehrt?«, fragte Cass. »Und haben nur etwas südlicher Fuß gefasst.«

»Und Sie sind zu Ihren zurückgekehrt«, gab er zurück. »Wo waren sie genau?«

Das Thema »Liverpool« war ad acta gelegt. Aber es war herrlich leicht, ihm von Dalry zu erzählen, und nur natürlich, dass sie dabei die Gefühle preisgab, die Glen Maraich und das Corrie in ihr wachriefen. All die Dinge kannst du mit Guy nicht besprechen, erinnerte sie eine düstere Stimme, aber sie wollte nicht darauf hören – nicht hier, nicht jetzt.

Irgendwann brachen sie auf und wanderten über eine andere Route wieder bergab, ohne ihre Unterhaltung zu unterbrechen – sie redeten über das Corrie, das neue Büro in Perth, Lindsay und die anderen Kontaktleute, Quickwork und Cass' Pläne für Schottland. Rick hatte viel über sie erfahren, als sie unten ankamen.

»Und heute versuche ich, hier in der Gegend, also näher an zu Hause, Kontakte zu knüpfen«, erklärte Cass. Sie blieb stehen und beugte sich über die Brüstung der alten Brücke – dies schien ein geradezu zwanghaftes Ritual zu sein, das Rick mit Interesse beobachtete. »Ich werde in Riach und Allt Farr anrufen und nachfragen, ob ich vorbeikommen kann.«

»Ja, das sollten Sie unbedingt machen«, stimmte Rick zu und nickte anerkennend. »Das sind großartige Menschen, es wird Ihnen gefallen, sie kennen zu lernen. Und sie sind ein Teil von all dem.« Er hob die großen Hände und verschlang die Finger ineinander. »Das Netz des alltäglichen Lebens. Des Lebens hier im Glen.«

Ricks Geste traf genau den Kern, und Cass wollte eine Masche in diesem Netz werden.

»Sehen Sie die Mackenzies und Munros oft?« Noch während Cass diese Frage stellte, fiel ihr Ginas Bemerkung wieder ein, dass Beverley ständig bestrebt war, sich Zugang zu den »großen Häusern« zu verschaffen – ohne Erfolg.

»Wenn ich draußen bin und mich auf ihren Ländereien herumtreibe, dann schon«, antwortete Rick. »Es gibt wahrscheinlich nicht viele schottische Gutsherren, die so zugänglich sind wie Max Munro. Er kennt jeden Winkel von Allt Farr und kommt dort viel rum; wir halten immer ein Schwätzchen, wenn wir einander begegnen. Sein Schwager, James Mackenzie von Riach, ist nicht ganz so umtriebig, das muss ich zugeben, aber das macht seine Familie wieder wett.« Dieser Gedanke schien ihn zu amüsieren, und Cass war noch neugieriger auf beide Familien.

Sie gingen in Richtung Sycamore Lodge, und Cass fragte sich flüchtig, ob es Ärger verursachen würde, wenn man sie zusammen sah. Offenbar dachte Rick nicht an so etwas. Er ging am Tor vorbei, ohne seine Schritte zu verlangsamen, und plauderte unbefangen weiter.

»Gehen Sie nicht ins Haus?«, wollte sie wissen. Wieder kamen ihr in dieser Umgebung – in Beverleys Umgebung – Zweifel. Hatte Rick vergessen, wo er war oder was er tat? Mach dich nicht lächerlich, schalt sie sich. Konnte irgendjemand auf der Welt gelöster und »normaler« sein als er?

»In dieses Haus?« Rick starrte auf den Bungalow, als sähe er ihn zum ersten Mal. »Nein, danke.«

Was konnte man darauf erwidern?

»Danke, dass Sie mich begleitet haben, Rick«, meinte Cass. »Ein Morgen wie dieser ist noch schöner, wenn man sich mitteilen kann.«

»Ich weiß.« Rick nickte und musterte sie mit einem Blick, der ein wenig beunruhigend war. Und als er sich abwandte, um durch den Tunnel zu gehen, der zur Scheune führte, sagte er etwas ausgesprochen Unerwartetes, was Cass während des ganzen erfreulichen und ereignisreichen Tages nicht mehr aus dem Kopf gehen sollte.

Es kam ihr komisch vor, dass sie jetzt auf das Gebäude zuging, das sie am Morgen vom Bergkamm aus gesehen hatte und das ihr aus dieser Entfernung wie ein Puppenhaus erschienen war. Der Tag hatte seine Versprechungen erfüllt – es war windstill und lau. Jemand saß auf den Stufen vor der Haustür, eine Frau mit langem, bernsteinfarbenem Haar im grünen Pullover, der, wie Cass beim Näherkommen sah, nicht nur verfilzt war, sondern auch durchgescheuerte Ellbogen hatte. Sie bürstete einen rotbraunen Setter. Ein paar Meter von ihr entfernt lag ein zweiter Setter. Er hatte den Kopf auf die Vorderpfoten gelegt und beobachtete die Vorgänge wachsam aus seinen hellbraunen Augen, um sich aus dem Staub zu machen, sobald jemand meinte, jetzt sei er mit der Schönheitspflege an der Reihe. Cass bemerkte, dass der Hund, der gebürstet wurde, nicht wegen seiner guten Erziehung so stillhielt, sondern weil er an einem schweren eisernen Schuhkratzer festgebunden war. Rotbraune Haarbüschel flogen wie Distelwolle durch die Luft und verfingen sich im Kaninchendraht, der die offensichtlich erst kürzlich an der weißen Mauer eingesetzten Kletterpflanzen schützte.

Der liegende Hund konnte seine Gedanken lange genug von dem Entsetzlichen, das ihm bevorstand, losreißen, um die Ankunft der Fremden zur Kenntnis zu nehmen; er ließ eine Bell-Salve vom Stapel, bei der Tiree vor Neid erblasst wäre. Sein gefesselter Freund tat es ihm gleich, zappelte und wand sich an der Leine.

Die Frau hob die Hand mit der Bürste, die voll mit Hundehaaren war, um die Augen gegen die Sonne abzuschirmen. »Hallo, Cass, richtig? Wie schön, dass Sie vorbeikommen. Ach, seid still, ihr Dummköpfe! Na schön, für heute lass ich euch frei ... Wenn du für eine Sekunde aufhören würdest, an der Leine zu zerren, könnte ich dich losbinden.«

Sobald er konnte, ergriff der Setter die Flucht, um seinen Freund in wirbelnden Kreisen über den Rasen zu jagen, der durch ein Eisengeländer von den Schafweiden abgegrenzt war.

»Sollen wir uns hier draußen unterhalten? Um diese Jahreszeit möchte ich immer jeden Sonnenstrahl ausnutzen, und das Wochenende war ja so grässlich. Ich hole Ihnen ein Kissen.«

Als Cass auf den sonnenbeschienenen Stufen stand, den tobenden und spielerisch knurrenden Hunden zusah und den Glen aus einem ganz anderen Blickwinkel kennen lernte, spürte sie, wie tiefe Zufriedenheit sie durchdrang. Joanna Mackenzie hatte sie ebenso herzlich willkommen geheißen wie seinerzeit Gina. Lange Vorreden waren unnötig, die Unterhaltung konnte sofort beginnen.

»In meinem derzeitigen Zustand wäre es wahrscheinlich besser, einen Stuhl herauszubringen«, meinte Joanna, als sie sich schwerfällig auf den Stufen niederließ.

»Wann soll das Baby kommen?«

»Anfang Dezember. Und das ist keinen Augenblick zu früh, glauben Sie mir. Oh, gut, da ist Laura. Herbstferien. Die kleinen Mädchen – James' Zwillinge – waren sehr aufgebracht, weil sie heute in die Schule mussten. Sie haben offenbar ganz vergessen, dass sie selbst schon vierzehn Tage Ferien hinter sich haben.«

»Die so genannten Kartoffelferien.«

»Ganz genau.« Joanna strahlte, als hätte Cass unerwartet das Codewort genannt. »Daran hält man immer noch fest. Dafür werden die Kinder schon im August in die Schule gejagt, obwohl da noch Sommerbetrieb herrscht. Ich glaube, daran wird sich wohl nie etwas ändern. Laura, komm her und sag Hallo.«

Cass sah zu, wie das schlanke Mädchen, das einen von der Sonne ausgebleichten graugrünen Hut trug, sein Pony genau an dem Punkt zum Stehen brachte, den es selbst bestimmt hatte.

»Schätzchen, das ist Mrs Montgomery. Meine Tochter Laura.«

»Oh, Cass, bitte.«

Laura beugte sich herunter und streckte die Hand aus. »Sie wohnen im Corrie, oder?«

»Wann immer ich es einrichten kann.«

»Ihr neuer Garten wird sehr hübsch.«

Das ist wohl der beste Beweis für gute Manieren, den ich jemals erlebt habe, dachte Cass belustigt, aber sie war dennoch dankbar. »Hast du ihn heute gesehen?«, fragte sie.

»Nein, warum?«

»Wir hatten heute Nacht Besuch.«

»Rehe?«, wollte Joanna wissen. »O nein, sie sind wirklich eine Landplage! Haben sie viel erwischt?«

»So gut wie alles.«

Als Cass von ihrer Morgenwanderung zurückgekommen war, war Guy gerade wutschäumend von einem blattlosen Stumpf zum nächsten marschiert. »Das musst du doch gesehen haben, als du aus dem Haus gegangen bist«, hatte er Cass ärgerlich angeherrscht.

»Es war noch nicht mal richtig hell.« Cass war der Ansicht, dass sie auch nicht mehr viel hätte tun können, *wenn* sie es gesehen hätte, doch da sie merkte, wie sehr Guy jemanden brauchte, den er beschuldigen konnte, hielt sie den Mund.

»Welch ein Jammer«, sagte Joanna jetzt mit aufrichtigem Mitgefühl. »Aber ich fürchte, man muss sich entscheiden: Wenn Sie einen gepflegten Garten haben wollen, brauchen Sie einen Zaun, und alles unter einem Meter achtzig ist sinnlos.«

Cass dachte an den Garten der Sycamore Lodge, der aussah wie ein Gefängnishof, und rebellierte innerlich gegen diese Vorstellung.

»Wie Sie sehen«, fuhr Joanna fort, »haben wir die Alternative gewählt.« Sie deutete mit dem Kinn auf die unbepflanzte Wiese und tauschte ein Lächeln mit Laura. »Bevor ich James heiratete, habe ich mehr oder weniger gegärtnert, um mir den Lebensunterhalt zu verdienen. Jetzt bin ich davon befreit.«

»Ich war eigentlich sehr glücklich mit allem, wie es war«, gestand Cass, aber sofort kam sie sich Guy gegenüber illoyal vor.

»Es wäre wahrscheinlich auch das Beste gewesen, besonders weil Sie nicht viel Zeit hier verbringen können. Ein paar Dinge überleben sogar die Kaninchen, und je größer die Pflanzen sind, desto weniger verletzlich sind sie. Aber wenn man Erde umgräbt, ist das für sie wie eine Einladung.«

Ich fühle mich hier wie zu Hause, ging es Cass durch den Kopf, und sie war keineswegs erstaunt. Hier herrschte eine Atmosphäre, in der Zeit und Regeln nicht wichtig waren; die Steinstufen, auf die die Sonne geschienen hatte, strahlten Wärme ab, alles um sie herum war still.

»Sie haben also vor, uns freundliche Kindermädchen zu schicken?«, erkundigte sich Joanna. »Meine Schwägerin Kate ist auch schwanger, aber erst seit kurzem, und wir finden es beide sehr praktisch, eine Kindermädchen-Vermittlerin sozusagen direkt vor der Haustür zu haben. Ich dachte, ich könnte Sie nach Allt Farr zu Kate bringen, dann brauchen Sie nicht alles zweimal zu erklären. Es sei denn, Sie wollen unbedingt zu Fuß hingehen ... Ich möchte Ihre Pläne nicht durchkreuzen, dieser Tag bietet sich ja geradezu an für einen langen Spaziergang.«

»Es wäre sehr nett, wenn Sie mit mir hinfahren würden. Ich muss zugeben, dieser Weg durch die Wiesen ist sehr verlockend, aber das kann warten. Darf man eigentlich diesen Weg benutzen?«

»Natürlich, jederzeit.«

»Was ist mit der Pirschjagd?« Sie hatte in der Nacht kurz vor dem Einschlafen das Röhren der Hirsche gehört.

»Na ja, es wäre vielleicht ganz gut, wenn man das vorher abklären würde. James und Max sind heute draußen. Schauen Sie einfach bei uns herein, wann immer Sie wollen, es ist stets jemand da. Ich habe zwei treue Seelen mit kräftigen Händen und großen Herzen, die sich kaum von der Teekanne und dem Fernseher weg bewegen. Laura, kommst du mit?«

»Ja, ich muss etwas mit Doddie besprechen. Fahrt nicht ohne mich los!« Laura galoppierte mit ihrem Pony aus dem Stand los. Die Hunde hetzten kläffend hinter ihr her.

»Das war nicht unbedingt nötig«, bemerkte Joanna und betrachtete emotionslos die Löcher im Kies. »Doddie ist der Wildhüter meines Bruders. Ich will lieber erst gar nicht darüber nachdenken, was Laura mit ihm zu schaffen hat.«

Das klang in Cass' Ohren nicht gerade sehr besorgt.

In Allt Farr – einem hellen Haus, das man an Teile des Schlosses angebaut hatte, das vor zwei Jahren abgebrannt war und dessen altehrwürdige Mauern einen eindrucksvollen Hintergrund bildeten – wurde sie von Kate Munro willkommen geheißen. Kate war eine freundliche, sanftmütige und überraschend junge Frau. Offensichtlich hatte sie fest damit gerechnet, dass Cass zum Mittagessen blieb. Guy hatte nicht gesagt, wie lange seine Besprechung dauern würde, aber dieser Gedanke war ohnehin fast überflüssig. Wann immer er auch zurückkam, sie würden doch nichts gemeinsam unternehmen.

Das Essen wurde zu einem sonnigen, mit Steinen gepflasterten Winkel am Rand der Wiese gebracht, und sogar Joannas Mutter, die kürzlich eine künstliche Hüfte bekommen hatte, hinkte herbei. Sie war eine alte Lady mit scharfer Zunge und viel Humor. Sie alle waren begeistert von Cass' Agentur und nannten ihr Namen von Freunden, die vielleicht ebenfalls ihre Dienste in Anspruch nehmen würden.

»Alle haben im Sommer eine Menge Gäste«, erklärte Joanna, »und die Gutsarbeiter haben zu viel anderes zu tun, um im Haus zu helfen.«

»Hier in Allt Farr brauchen wir die ganze Saison über Hilfe, weil wir unsere Cottages vermieten. Können Sie dafür auch Leute vermitteln?«, fragte Kate und fügte schüchtern hinzu: »Im nächsten Sommer kann ich selbst vermutlich nicht viel tun.«

»Max wird dafür sorgen, dass du dich zurückhältst«, versetzte ihre Schwiegermutter scharf, aber Cass sah das Lächeln, das diese Worte begleitete.

»Fahren Sie auch in den Glen Ellig zu Pauly Napier in Drumveyn?«, erkundigte sich Joanna. »Sie erstickt in Arbeit. Ich kann sie anrufen, wenn Sie möchten. Und die Danahers in Grianan haben ein Hotel, in dem von Jahr zu Jahr mehr Betrieb herrscht.«

Cass war regelrecht gerührt von der Akzeptanz und Fürsorge, die sie heute erfahren hatte, und als sie den Bach entlang zum Corrie ging, spürte sie erneut die Erhabenheit dieses Tages. Sie musste wieder an Ricks geheimnisvolle Abschiedsworte denken, die ihr trotz der neuen Bekanntschaften und Szenerien ständig im Kopf herumgespukt hatten.

Sie sah seinen eindringlichen Blick vor sich, der ihre ganze Aufmerksamkeit gefordert hatte, als er erklärt hatte: »Ich bin nicht krank, wissen Sie?«

Er hatte ihre Zweifel erahnt – gehörte es nicht zum Krankheitsbild, den Zustand zu verleugnen? – und war einen Schritt näher gekommen. »Seit Monaten ist alles in Ordnung. Es ist sehr wichtig für mich, dass Sie das wissen.«

Teil zwei

Kapitel siebzehn

Straße gesperrt. Die lakonische Nachricht auf dem Verkehrsschild warf eine Flut von ängstlichen Fragen für Cass auf. Ab wann war die Straße gesperrt? War es klug weiterzufahren, oder sollte sie umkehren und irgendwo in Muirend abwarten? Es hatte kurz zuvor heftig geschneit, dennoch konnte sie davon ausgehen, dass der Schneepflug mittlerweile bis nach Bridge of Riach vorgedrungen war. Wahrscheinlich war die Straße erst bei Bealach Dubh gesperrt.

Sie lächelte, als sie die letzten Kurven durch den kahlen Wald fuhr und an der Zufahrt von Sillerton vorbeikam, ohne auch nur einen Blick oder Gedanken daran zu verschwenden. Cass wusste alles über den Kleinkrieg, den Max Munro mit der Gemeindeverwaltung wegen der Räumung der drei Meilen langen, steilen und engen Straße nach Allt Farr führte. Die neue Umgehungsschleife von Bridge of Riach war ein zu verlockender Wendeplatz, und wann immer die Schneepflugfahrer Grund hatten zu behaupten, dass die Wetterbedingungen zu schlecht waren, um weiter in den Glen hineinzufahren, drehten sie dort um und hinterließen dabei eine hohe Schneewehe auf der Straße unterhalb von Nancys Haus, dann machten sie eine Teepause – jetzt hatten sie ja Zeit genug – und fuhren anschließend nach Hause. Max hatte ausgerechnet, dass sie um zwanzig Prozent seltener bis zu seinen Toren kamen als vor dem Bau der neuen Straße, und der Kampf mit den Verantwortlichen war noch in vollem Gange.

Cass hatte Max getroffen, als er das letzte Mal mit seinem eigenen Pflug von Allt Farr heruntergekommen war, und alles über die Auseinandersetzung erfahren; es freute sie, dass sie so sehr in das Leben der Glen-Bewohner einbezogen wurde. Sie kam nach wie vor nur an den Wochenenden her, war immer noch die Besitzerin eines Ferien-Cottages, aber auch trotz widriger Witterungsbedingungen oder des Arbeitsstresses verbrachte sie jede Sekunde, die sie sich freimachen konnte, im Glen, und diese Aufenthalte bedeuteten ihr sehr viel. Unmerklich war das Corrie während der Wintermonate ihr Lebensmittelpunkt geworden, demzufolge diente ihr die Londoner Wohnung nur noch als Operationsbasis, aber Cass war noch nicht bereit, das bewusst zur Kenntnis zu nehmen, weil ihr das vor Augen geführt hätte, dass die Kluft zwischen ihr und Guy immer tiefer wurde.

Die Berge schimmerten unwirklich weiß und blau im letzten Licht des düsteren Nachmittags, die geräumte und gestreute Straße war schwarz, und rechts und links davon türmten sich hohe Schneewehen auf, als Cass nach Kirkton hinauffuhr und sich gedanklich mit den positiven Aspekten, hier zu sein, beschäftigte. Einer von ihnen war der Wagen, den sie steuerte, auch ein Volvo, aber ein Kombi mit Vierradantrieb, der sich mühelos fahren ließ. Um Zeit zu sparen, flog sie oft nach Edinburgh, und die Autos, die sie am Flughafen mietete – gewöhnlich kleine Jeeps –, spiegelten nicht nur die Jahreszeitenwechsel, sondern auch ihre eigene, sich ändernde Einstellung wider. Diesmal blieb sie eine ganze Woche, und Teil des Vergnügens war der neue Wagen.

Guy hielt sie für verrückt. »Was, um alles in der Welt, willst du bei diesem Wetter eine ganze Woche lang dort oben machen?«, hatte er gefragt. »Du bist meilenweit von einem anständigen Skigebiet entfernt. Und du hast selbst gesagt, dass nur ganz wenige Hotels um diese Jahreszeit geöffnet haben, also kannst du nicht behaupten, dass du aus geschäftlichen Gründen dort sein musst.«

»Gerade jetzt haben sie die Zeit, sich das Personal für den Sommer zu beschaffen«, hatte sie erwidert. »Und Kindermädchen werden nicht nur zur Hochsaison gebraucht.«

»Nun, wenn die Hälfte der Straßen gesperrt sind, kommst du sowieso nirgendwohin.«

Cass war nicht weiter darauf eingegangen. Natürlich hatte er Recht, und obwohl sie und Lindsay ein oder zwei Termine in dieser Woche hatten, war sie nicht deshalb hier.

Es gab ein Dutzend Fäden in diesem Netz – Ricks Ausdruck –, die sie in den Glen lockten, aber mit einem Geschick, das sie durch Übung perfektioniert hatte, verdrängte sie sie an den Rand ihres Bewusstseins. Mit einer Wonne, die Guy als absolut lächerlich abgetan hätte, nannte sie laut die Namen der Farmen und Cottages, an denen sie vorbeikam, und betrachtete die wenigen Lichter, die in den violetten Frühabendhimmel leuchteten. Sie hielt in Kirkton, um, wie sie es sich zur Gewohnheit gemacht hatte, Lebensmittel einzukaufen. Es war angenehm, von anderen Kunden begrüßt zu werden, die in dem kleinen Laden ein Schwätzchen hielten. Seit dem »Hallowe'en ceilidh« in der Dorfhalle waren ihr die meisten Gesichter der Glen-Bewohner und auch viele Namen bekannt. Es war ein lustiger Abend gewesen. Der Mackenzie- und der Munro-Clan waren vollzählig erschienen, genau wie die Forsythes aus Alltmore, und die Napiers aus Drumveyn im Nachbar-Glen waren mit einer großen Gesellschaft vertreten gewesen. Cass war mit den Frasers gekommen – Guy hatte sich zu dieser Zeit in Nassau aufgehalten.

Ed Cullane kam in den Laden, um Zigaretten zu kaufen, als Cass ihren Korb füllte. Er rief: »Sie kommen ohne Probleme zum Corrie, Cass. Ich war heute mit dem Pflug am Traktor oben. Gina ist auch gerade erst losgefahren, aber ob sie es schafft oder nicht, hängt nicht vom Zustand des Weges ab.«

Einer der Kunden lachte. »Nicht einmal, wenn sie einen Panzer fährt, kann man bei ihr sicher sein, ob sie heil nach Hause kommt.«

Diesmal lachten alle ohne jede Boshaftigkeit – in einer kleinen Gemeinde entging niemand der Ironie, und jedes Missgeschick wurde registriert. Als Cass zu ihrem Wagen hinausging, fühlte sie, wie warm es ihr ums Herz geworden war. Die drei Straßenlaternen brannten, aber das Abendlicht hielt an, und man erahnte bereits den nahenden Frühling; die Luft roch belebend.

Allerdings konnte Cass nicht leugnen, dass der Winter diese kleine Welt noch fest im Griff hatte; je höher sie kam, desto größer waren die Schneemassen auf beiden Seiten der

Straße. Ihr fiel das ominöse Warnschild wieder ein, und sie fragte sich, ob sie die letzte scharfe Kurve schaffen würde. Aber sie hatte schon vor langem mit den Scotts vereinbart, dass sie ihr Auto notfalls vor der Sycamore Lodge stehen lassen und das, was sie brauchte, hinauftragen konnte. Doch es wäre schön, nach der anstrengenden Arbeitswoche und der langen Reise bis vor die Haustür zu fahren. Aber Ed hatte den Weg geräumt, dieses Auto war so gut wie jeder Geländewagen, und sie kannte die Strecke inzwischen so gut wie ihre Westentasche. Selbst wenn sie Probleme bekommen sollte, waren genügend Leute da, die ihr Auto ausgraben und anschieben würden – freiwillig und ohne dass sie erst darum bitten musste. Das beruhigte sie so sehr, dass sie sich der überwältigenden Vorfreude hingeben konnte, die Guy so übertrieben und ärgerlich fand.

Sie lachte wieder über den Scherz, den die Leute im Laden auf Ginas Kosten gemacht hatten. Gina war immer von Chaos und dramatischen Zuständen umgeben. Cass wusste, dass sie in diesem Winter schon mindestens dreimal mit dem Auto im Schnee stecken geblieben war und hatte herausgezogen werden müssen, allerdings hatte sie beim letzten Mal nur kein Benzin mehr im Tank gehabt und sich gedacht, dass es besser wäre, den Wagen von der Fahrbahn zu bringen. Eine vernünftige, umsichtige Überlegung, aber sie war dabei in einen ein Meter tiefen Graben gerutscht und hatte so zum allgemeinen Amüsement in der Gegend beigetragen.

Über diese kleinen Krisen konnte man lachen, aber der emotionale Aufruhr, den Nessa verursachte, und die weniger offenen, dafür aber weitaus ernsteren Probleme mit Laurie waren eine ganz andere Sache. Andererseits hatte Cass, da sie Gina jetzt besser kannte, mittlerweile gelernt, auch diese Dinge objektiver zu beurteilen. Lange Zeit hatte sie blind Partei für Gina ergriffen, weil sie beobachtet hatte, wie Gina es allen recht machen wollte, was kein Mensch anerkannte, und nur wenig Unterstützung von ihrem Mann bekam, der wollte, dass sie sich nach altem Rollenmuster um ihn kümmerte, und nur wenig Verständnis für ihre kreativen Bedürfnisse hatte. Über Laurie Fraser hatte Cass im Großen und Ganzen nicht viel Gutes gehört, nur Ginas tränenreiche Klagen und Guys Kritik an seinen Arbeitsmethoden, und sie hatte ihn viel zu lange danach beurteilt. Bis zu einem Tag im November, als sie früh zu einem Morgenspaziergang aufgebrochen war, dann begriffen hatte, wohin sie wollte und was sie sich erhoffte, und wütend auf sich selbst umgekehrt war, um der Versuchung zu widerstehen. Sie hatte ihre Mitgliedschaft in Sillerton so gut wie gar nicht ausgenutzt, und die Vorstellung von dem schön gelegenen Golfkurs und den noch herbstlich gefärbten Wäldern, die ihn umgaben, stärkte den Impuls, eine einsame Runde zu spielen.

Sie hatte sich gerade ihre Karte geholt und suchte in der Golftasche nach den Handschuhen, als Laurie aus dem Büro kam.

»Guten Morgen, Cass«, begrüßte er sie mit seiner hohen, gepressten Stimme, die einem immer den Eindruck vermittelte, dass er unter großem Zeitdruck stand. »Ich habe gehört, dass Sie ganz allein eine Runde machen möchten. Ich wollte selbst gerade neun Löcher in Angriff nehmen, bevor ich den Tag am Schreibtisch beginne. Wäre es Ihnen recht, wenn wir ein Spiel machen, oder hatten Sie sich auf ein friedliches Solo gefreut?«

Cass zögerte – sie wusste nicht, ob sie anderthalb Stunden mit Ginas reizbarem Ehemann verbringen wollte, der Gina so oft zum Weinen brachte. Und der menschenleere Platz, der dunkle, tosende Fluss, die von Birken mit gelbem Laub gesäumten Fairways und die faserigen Nebelschwaden in den Senken stellten eine echte Verlockung dar. Und welches Handicap hatte Laurie? Cass hatte seit Ewigkeiten nicht mehr gespielt – konnte sie überhaupt mit ihm mithalten? Aber die Vorstellung, ganz ernst eine Bahn nach der anderen zu spielen, war zu albern. Sie kannte den Kurs kaum; wer war besser geeignet als Laurie, ihn ihr zu zeigen? Und er war auf frische Luft und Entspannung aus, nicht auf ein verbissenes Spiel. Immerhin waren sie Nachbarn, und sie hatte sich bis jetzt keine sonderliche Mühe gegeben, ihn näher kennen zu lernen. Diese Gedanken gingen ihr alle fast gleichzeitig durch den Kopf, die meisten von ihnen konnte Laurie erraten. Dann lächelte Cass, und ihre blauen Augen blitzten und wurden schmal – sie selbst wusste gar nicht, wie gewinnend ihr Lächeln auf andere wirkte. »Gute Idee«, antwortete sie fröhlich, »aber ich muss Sie warnen – ich bin ziemlich eingerostet.«

»Machen Sie sich deswegen keine Sorgen«, beschwichtigte Laurie sie und nickte zufrieden. »Ich freue mich, wenn ich Gesellschaft habe.«

Als sie beobachtete, wie umständlich er sich vorbereitete, bedauerte Cass ihre Entscheidung. Was sollte sie mit ihm reden? Oder gehörte er zu den Golfern, die beim Spiel gar nicht redeten? Sie folgte ihm niedergeschlagen über den Weg zum ersten Tee.

Laurie überraschte sie. Obwohl sich ihre Unterhaltung zuerst nur auf Golf beschränkte, nahm sie sehr schnell einen lockeren Ton an, und bald plauderten sie zwanglos auch über andere Dinge, während sie die Fairways entlanggingen oder Laurie – was viel zu oft der Fall war – Cass half, ihren Ball im Rough zu suchen. Ihn ließ die Wechselhaftigkeit ihres Spieles kalt.

»Das Basiskönnen ist vorhanden«, stellte er auf seine knappe, spröde Art fest. »Sie brauchen nur ein bisschen Übung.«

Er sah ihr bei einigen Schlägen genau zu, dann schlug er ihr einen anderen Griff vor. Cass empfand erst Widerstreben, aber dann versuchte sie es doch und schlug den Ball gerade über den Fairway – das sprach für sich selbst.

»Jeder Kommentar überflüssig«, meinte Laurie, und sie lachten. Sie gingen wie Freunde miteinander um, und Cass mochte seine Freundlichkeit, seinen trockenen Humor, seine Begeisterung für die Landschaft, die er immer noch bewundern konnte, obwohl er hier täglich arbeitete.

Nach dieser Begegnung revidierte Cass ihr Urteil über die häusliche Situation der Frasers. Sie musste einräumen, dass sich Gina vieles, worüber sie sich beklagte, selbst zuzuschreiben hatte. Früher hatte sie Gina nach einem Ausbruch von Laurie gebrochen vor Verzweiflung vorgefunden und sich gefragt, warum Gina an einer solchen Ehe festhielt. Cass hatte die beiden nur selten zusammen erlebt, aber bei den wenigen

Gelegenheiten, zu denen Laurie zu Hause gewesen war, als sie zu Besuch kam, hielt er sich immer sehr zurück und spielte den pedantischen Gastgeber, als wollte er – bewusst oder unbewusst – Ginas Schlampigkeit kompensieren. Er zog immer unmutig die Augenbrauen zusammen und benahm sich sehr steif. Aber nach dem gemeinsamen Golfspiel erkannte Cass, dass seine Verärgerung in manchen Fällen berechtigt war. Auch wenn ihr Gina im Laufe der Monate immer mehr ans Herz wuchs, konnte sie nicht abstreiten, dass das Chaos, das sie ständig um sich herum schuf, für jemanden, der ordnungsliebend wie Laurie war, eine echte Heimsuchung darstellen musste. Und Gina teilte keines seiner Interessen, unterstützte ihn nicht bei seiner Arbeit und sorgte nur mit knapper Not für Nahrung und saubere Kleidung.

Die Frasers waren nicht die einzigen Eheleute, die ganz und gar nicht zusammenpassten ... Cass schob diesen Gedanken weg und konzentrierte sich ganz auf die Beziehung der Frasers. Ihnen stand nicht nur im Wege, dass sie so grundverschiedene Persönlichkeiten waren. Gina hatte mittlerweile auch eine ausgesprochen schlechte Position bei allen drei Kindern. Sie behandelte Steve und Andy mit ängstlicher Nachsicht, die sie zwar nicht gerade forderten, aber weidlich ausnutzten. Warum auch nicht, wenn sie sich so benahm? Als Gina in die Familie gekommen war, waren die Jungs in einem Alter gewesen, in dem sie keine Mutter mehr brauchten und kein Interesse an einer neuen Partnerin des Vaters hatten. Der Vater war in ihren Augen schon so alt, dass diese zweite Heirat ohnehin peinlich war. Gina war ihnen nicht unsympathisch, aber sie langweilte sie, und sie machten sie dafür verantwortlich, dass die Familie in diesem gottverlassenen Nest gelandet war. Anders als ihre Brüder machte Nessa ihrem Ärger darüber lautstark Luft, und sie ließ keine Gelegenheit aus, über die Abgelegenheit der Mains zu jammern, sich zu beklagen, dass sie nie etwas mit ihren Freunden unternehmen konnte, und alles schlecht zu machen, was ihre Mutter tat oder ihr anbot, soweit Cass es beurteilen konnte. Gina reagierte auf diese Tiraden mit einer unberechenbaren Kombination aus

Tränen, die um Versöhnung flehten, und kurzlebigen Versuchen, sich zu disziplinieren, aber diese Bestrebungen reichten nie auch nur annähernd bis zur Wurzel des Problems.

Cass vergaß Laurie, Gina und deren ganze Familie samt ihren Schwierigkeiten, als sie der Abzweigung in die alte Straße näher kam. Sie warf einen kurzen Blick auf die Scheune, eine dunkle Masse in dem verschneiten Halbkreis, der vom Fluss und von Bäumen umgrenzt war, aber es war nicht zu erkennen, ob sich jemand in der Scheune aufhielt. In der Sycamore Lodge waren die Vorhänge bereits zugezogen. Beverley machte alles dicht, sobald die Dämmerung hereinbrach – allein der Gedanke, dass jemand durch die Fenster schauen könnte, war ihr zuwider.

Obwohl Cass die Kurve vorsichtig und langsam nahm, merkte sie, wie das Heck des Volvo schlingerte. Sie lockerte den Griff am Steuerrad und war erleichtert, als der Wagen wieder in die Spur kam und den Anstieg mühelos schaffte. Einmal rutschte er vom Weg in den weichen Schnee, aber er blieb nicht stecken, und Cass atmete auf, als sie auf dem Parkplatz hielt, den Ed freundlicherweise ebenfalls geräumt hatte.

Es war gut, wieder hier zu sein – so gut! Mit ihrem Gepäck auf den Armen tastete sie sich über die verschneiten Betonstufen. Sie waren bestimmt sicherer, als es die alten ausgetretenen gewesen wären. Cass lachte über sich selbst – wie gewissenhaft und gerecht sie doch war! Und sie wusste sehr genau, warum.

Im ersten Moment vermittelte ihr das Haus ein eigenartiges Gefühl – es war nicht sofort ihr Zuhause. Roey war mit einigen Freunden hier gewesen, und obwohl sie alles ordentlich und sauber hinterlassen hatten, lag noch ein fremder Geruch in der Luft. Doch sobald Cass ihren Rundgang begann, erwachte die vertraute Atmosphäre zum Leben und hieß sie willkommen. Wie bei jedem Besuch erfüllte sie eine überwältigende Freude. Die Wärme trug ihren Teil dazu bei.

Guy war dagegen gewesen – er erhob auch jetzt noch Einwände –, dass die Heizung die ganze Zeit eingeschaltet blieb:

Er hatte das Haus für den Winter ganz schließen wollen. »Wir drehen das Wasser ab und fahren erst im Frühjahr wieder hin. Die Heizkosten wären viel zu hoch.«

Um ein Haar wäre es zum Streit gekommen.

»Ich beabsichtige, dort zu sein, wann immer ich kann«, hatte Cass klargestellt.

»Dann musst du allein fahren.«

»Dann fahre ich eben allein«, beharrte sie.

Guy starrte sie kühl an, aber nach einem brisanten Augenblick wandte er sich ab, um einen Ordner aufzuschlagen, der auf seinem Schreibtisch lag, und zu lesen.

Cass fiel es schwer, ihren Zorn im Zaum zu halten, dennoch war sie sich im Klaren, dass sie genauso wenig wie er auf eine Auseinandersetzung vorbereitet war. Ihr gemeinsames Leben basierte einzig und allein auf einsamen Entscheidungen und einseitigen Aktionen, und sie beunruhigte nicht so sehr, dass sie verschiedener Ansicht waren, was die Benutzung des Cottages betraf, sondern dass Guy zu hohe Kosten als Argument anführte.

Obwohl Guy angenehm wohlhabend war, widerstrebte es ihm, gezwungen zu sein, sein Geld mit jemandem zu teilen – die Steuerabgaben taten ihm fast körperlich weh, und er konnte regelrecht geizig sein, wenn er den Verdacht hegte, dass Bekannte oder Freunde schnorrten oder jemand überzogene Forderungen stellte –, andererseits erwies er sich immer als großzügig, wenn es um Cass' oder seine Belange ging. Und er gab reichlich viel für Reisen und gemeinsame Urlaube aus, das konnte Cass nicht abstreiten. Sie war verantwortlich dafür, das zu ändern. Auch wenn sie gemeinsam beschlossen hatten, das Corrie zu kaufen, waren ihre Wünsche, was die Zeit betraf, die sie dort verbrachten, nicht deckungsgleich, und Cass hatte sich nie wirklich überlegt, was ihre Aufenthalte im Corrie für Guy bedeuteten, der vielleicht andere Dinge mit ihr unternehmen wollte.

Sie drehte die Heizung höher, nahm Zeitungspapier und Späne aus der Holzkiste, die Roey erstaunlicherweise nachgefüllt hatte – oder hatte sie ausnahmsweise mal einen Liebhaber mit Verstand? –, und zündete ein Feuer im Kamin an. Dann holte sie die restlichen Sachen aus dem Wagen, räumte die Lebensmittel weg und ging anschließend hinauf, um das Bettzeug aus ihren Plastikumhüllungen zu nehmen, die es vor Feuchtigkeit schützten. Danach überprüfte sie die Wasserhähne – das Wasser lief – und schaltete den Boiler ein. Sie holte drei Leichen aus den Mausefallen und stellte sie neu auf. In dem noch kühlen Schlafzimmer zog sie sich um und entschied sich für eine vom vielen Tragen schon weiche, braune Wildlederhose, ein Polohemd aus Shetlandwolle, ein wattiertes, großes Hemd, das sie in Kirkton auf einem Flohmarkt erstanden hatte, und dicke Wollsocken. Das Wochenende konnte beginnen.

Vom Küchenfenster aus hatte sie gesehen, dass das Tor auf der Bergseite fast ganz unter einer Schneewehe begraben war, und sie konnte sich gut vorstellen, wie viel Schnee der Wind in den Graben des Bachs gefegt hatte, deshalb ging sie durch die Hintertür und machte sich auf den Weg. Der Geruch nach Schnee, nach Harz und nassen Bäumen lag in der Luft, die Dunkelheit war wegen des Schnees zu einem fahlen Grau verblasst. Es war ein Luxus zu wissen, dass die Fahrt hinter ihr lag, dass ihr kleines Häuschen sich langsam erwärmte und mit allem bestückt war, was sie brauchte – es war ihres, ihres allein, und das für ganze neun Tage.

Und sie konnte sich auf Ginas Umarmung, Tirees irrsinnige Begrüßung und ein Glas Wein in der warmen Küche der Frasers freuen – allerdings hatte Laurie in seiner Verzweiflung den Keller unter seine Kontrolle gebracht, also war Letzteres fraglich. Endlich konnte Cass ihr Tempo zügeln und sich dem ihrer Umgebung anpassen. Die Lichter des Mains beleuchteten den verschneiten Hof und die Spuren, die die Autos, Menschen und Tiere hinterlassen hatten, die fernen eisigen Berggipfel erhoben sich dahinter. Jemand hörte Musik – Nessa? Popmusik klang für Cass immer gleich, und diese hier war sehr laut.

Cass war angekommen, und der morgige Tag lockte mit Verheißungen, auf die sie sich jeden Tag, den sie von hier fort gewesen war, gefreut hatte.

Kapitel achtzehn

Cass erwachte vor Tagesanbruch. Sie ging in die Küche, brühte Tee auf und nahm ihn mit ins Bett. Sie merkte schnell, dass sie sich nicht auf ihr Buch konzentrieren konnte, und knipste das Licht aus, lehnte sich gegen die Kissen und wartete darauf, dass der erste Schein des Wintertages durch die Vorhangritzen sickerte.

Sie saß ganz still da, empfand Glückseligkeit und fühlte sich warm in ihrem großen Hemd und unter der weichen Daunendecke. Schon bald, wenn der Morgen anbrach, konnte sie sich anziehen und hinausgehen, den verschneiten Weg hinunterlaufen und durch den Tunnel zum eisgesäumten, schäumenden Fluss gehen ...

Cass hatte mit niemandem über Rick gesprochen, nicht einmal mit Gina, obwohl sie jetzt die Wahrheit kannte.

Beverley war derart auf ihre eigenen hochtrabenden Bedürfnisse und Ambitionen konzentriert, dass sie sich eine Fantasiewelt geschaffen hatte und sonst kaum mehr etwas wahrnahm, und sie hielt an der Behauptung fest, dass sich Rick nicht vollständig erholt hatte. Obwohl ihre Andeutungen auf seinen Zustand nur vage und rätselhaft waren und sie sich immer nur hastig äußerte, als hielte ihre Darstellung einer näheren Erörterung nicht stand, blieb sie bei dem, was sie immer sagte: Sie spielte die Märtyrerin, die die Last zu tragen hatte, ihn zu pflegen und zu umsorgen – das benutzte sie sowohl als Waffe als auch zur Verteidigung –, und legte bei der Darstellung ihrer Version eine Beharrlichkeit an den Tag, die schon fast an blinde Besessenheit grenzte.

Nach dem Oktobermorgen, an dem Cass mit Rick zu dem Kamm über Bealach Dubh geklettert war, wollte Cass ihn unbedingt wiedersehen und in Erfahrung bringen, was seine Abschiedsworte zu bedeuten hatten. Doch als sie am folgenden Tag wieder so früh aufbrach und sicherstellte, dass sie gesehen werden konnte, ließ Rick sich nicht blicken – sie schämte sich, weil sie darauf aus war, jemanden zu treffen, der nie die Absicht geäußert hatte, sie wieder auf einem Spaziergang zu begleiten. Wütend auf sich selbst machte sie sich die bloßen Fakten klar: Er war ein verheirateter Mann, der in ihrer unmittelbaren Nachbarschaft wohnte. Und seine Frau war Beverley – nichts konnte klarer zeigen, dass er nur wenig mit Cass gemeinsam hatte. Ihr Gehirn akzeptierte das; ihre Füße wählten einen Weg, von dem aus die Scheune und der Bungalow stets zu sehen waren. Was immer ihr der gesunde Menschenverstand auch sagte, sie hatte in Ricks Gesellschaft etwas gespürt; seine unerschütterliche Ruhe und Heiterkeit zogen sie mächtig an.

Aber an diesem Tag begegnete sie niemandem – nur ein Stachelschwein huschte vor ihr über den Weg und blieb kurz stehen, um zu schnuppern. Das Vogelgezwitscher hörte sie kaum, weil es bedeutungslos für sie war.

Mit einem Mal befürchtete sie, dass sie beobachtet und ihre Intention richtig gedeutet werden könnte. Sie hatte es plötzlich eilig, nach Hause zu kommen, Guy das Frühstück zu machen und das Gepäck im Wagen zu verstauen. Am liebsten wäre sie geblieben.

Bei ihrem nächsten Besuch im Corrie gestand sie sich selbst offen ein, dass sie hoffte, Rick zu begegnen, aber es war keine Spur von ihm zu sehen. An diesem Wochenende fand das »Hallowe'en ceilidh« in Kirkton statt. Da er ihr versichert hatte, nicht krank zu sein, redete sie sich ein, dass er das Fest mitfeiern würde. Bis auf Rick waren alle Bewohner dieses und des benachbarten Glen da – Beverley eingeschlossen, die vergeblich versuchte, sich an die Munros, Mackenzies und ihre Freunde zu hängen.

Zwei Wochen später, als Cass wieder einmal allein im Cottage war, ging sie an einem feuchten Novembertag los und schlug, um den Rest ihrer Selbstachtung zu wahren, die entgegengesetzte Richtung von der Sycamore Lodge und der Scheune ein. Sie wollte den grasbewachsenen Weg oberhalb von Riach erforschen. Dort, drei Meilen vom Corrie entfernt, traf sie Rick.

Er saß auf einem Felsen neben dem Weg und betrachtete Allt Farr, die Ruine des Turms und die großen Berge dahinter. Cass hielt inne, als sie ihn entdeckte, doch dann zwang sie sich, ganz normal weiterzugehen. Sie hatte diese Begegnung nicht absichtlich herbeigeführt, also brauchte sie kein schlechtes Gewissen zu haben.

Rick drehte den Kopf und lächelte, als sie näher kam. Irgendwie war sie überzeugt, dass er geahnt hatte, dass sie kommen würde – vielleicht hatte er sie schon längst auf dem Weg entdeckt. Und auf sie gewartet? Dieser Gedanke erfüllte sie mit solcher Freude, dass sie erschrak.

»Sie kennen sich hier schon sehr gut aus«, bemerkte Rick, und sein Lächeln wurde noch herzlicher, als er ein wenig zur Seite rutschte, um ihr auf dem Felsen Platz zu machen. Wie immer unterhielten sie sich zwanglos über die Dinge, die sie umgaben.

Als Rick ihr erzählte, dass Viehdiebe früher bei ihren Streifzügen diesen Weg benutzt hatten, kam eine Gruppe von Wanderern vorbei. Sie trotteten verbissen vorwärts und hatten den Blick starr auf den Boden gerichtet. Bunte Rucksäcke hüpften auf ihren Rücken auf und ab, und alle trugen Wollmützen. Die Frauen hielten sich hinter den Männern und schleppten sich missmutig weiter, als wären sie sauer, weil sie nicht das Tempo bestimmen durften. Keiner der Wanderer gönnte ihnen einen Blick, und nur ein Mann brachte ein Murmeln heraus, als Rick grüßte.

Rick schüttelte belustigt den Kopf. »Sieht nicht so aus, als hätten die Spaß am Wandern. Wirklich traurig. Kein Mensch versucht, sie davon abzuhalten, diesen Weg zu nehmen, man bittet sie lediglich, nicht bei der Pirsch oder der Jagd zu stören, aber sie werden ganz nervös und feindselig, wenn sie jemandem begegnen, der auch nur annähernd so aussieht, als gehörte er hierher.«

»Aber wir sind nicht so gekleidet wie schottische Gutsherren, oder?«, meinte Cass und musterte Ricks abgetragene Jeans und die große Wachsjacke – ihr gefiel, wie er aussah.

Er lachte. »Dann haben Sie die Mackenzies kennen gelernt? O ja, ich erinnere mich – Sie wollten Joanna besuchen. Haben sich Ihre beruflichen Erwartungen erfüllt? Waren Sie auch in Allt Farr bei Kate Munro?«

Cass war angenehm berührt, weil er sich so viele Einzelheiten gemerkt hatte, und musste plötzlich wieder daran denken, wie er sich von ihr verabschiedet hatte. Die Diskrepanz zwischen dem, was Rick gesagt hatte, und Beverleys Version hatte ihr seither zu schaffen gemacht, und ohne darüber nachzudenken, wie seltsam dieser Gedankensprung anmuten mochte, fragte sie: »Was haben Sie gemeint, als Sie neulich meinten, Sie seien nicht krank? Geht es Ihnen besser?« Ricks Schweigen machte ihr bewusst, dass die Frage ungehörig gewesen war. Ihr stieg die Hitze ins Gesicht, als sie sich entschuldigte: »Rick, es tut mir Leid, das geht mich nichts an. Ich habe nicht das Recht, so etwas zu fragen. Verzeihen Sie.«

»Ist schon gut«, versetzte er scharf, und trotz ihrer Verlegenheit dachte Cass, dass sie diesen Ton niemals von ihm erwartet hätte. »Ich habe damals das Thema selbst angeschnitten, wenn Sie sich erinnern.«

Er schwieg wieder, und Cass wartete unruhig. Sie wünschte, sie hätte den Mund gehalten, aber gleichzeitig wollte sie dieses Geheimnis unbedingt lüften. In diesem Moment war sie aus unerfindlichen Gründen sicher, dass Rick ihr alles erklären würde, dass er nur Zeit brauche, um die richtigen Worte zu finden. Diese eigenartige Gewissheit, die ihren Ärger über ihre Taktlosigkeit besänftigte, gab ihr neue Einblicke in ihr Wahrnehmungsvermögen, was die Gefühle eines anderen betraf. Sie ahnte, dass Rick sich sammelte und bereit war zu reden. Nach einer Weile wandte er sich ihr zu. Sie saßen dicht nebeneinander, und Cass spürte mehr denn je seine Nähe und Kraft.

»Es war an der Zeit, dass ich mit jemandem darüber rede. Ich musste mich dazu bringen, die Tür einen Spalt zu öffnen, und mich irgendwie zu weiteren Erläuterungen zwingen«, sagte Rick schroff, als fiele es ihm schwer, sich auf dieses Thema einzulassen. »Vielleicht wusste ich, dass Sie jemand sind, der nichts weiterträgt und ich nicht innerhalb von vierzehn Tagen zu hören bekomme: ›Worüber hast du mit Fremden gesprochen, zum Teufel?‹ Oder etwas Ähnliches.«

»Ich habe kein…«, protestierte Cass, aber eine große Hand, die sich auf ihren Arm legte, brachte sie zum Schweigen.

»Nein, ich weiß. Geben Sie mir ein wenig Zeit, ja? Ich möchte versuchen, mir das Ganze von der Seele zu reden.«

Sie nickte und spürte, wie er ihren Arm zum Dank kurz drückte, dann ließ er ihn los.

»Ich bin keineswegs stolz auf all das«, warnte er sie. Er richtete den Blick auf den Abhang, der steil zum Fluss hin abfiel. Seine Stimme wurde leiser, ausdrucksloser, als wollte er Mitleid von vornherein abwehren.

»Ich war lange Zeit krank, sehr krank. Fast ein Jahr lang. Die Diagnose lautete ›Chronischer Erschöpfungszustand‹ – oder wie immer Sie es nennen wollen. Ich war vollkommen am Boden, unfähig, mich am Morgen aus dem Bett zu hieven und mich anzuziehen. Ich konnte mich auf nichts konzentrieren, mich manchmal nicht einmal bewegen. Ich habe mein Geschäft vernachlässigt, mich zurückgezogen und jegliches Interesse verloren. Beverley war wunderbar.« Als er diese drei Worte ausgesprochen hatte, hatte sich sein Tonfall kaum merklich verändert und so jedem Einwand vorgebeugt. »Sie hat sich um alles gekümmert, für mich gesorgt, sich sogar eine Zeit lang allein im Geschäft durchgeschlagen – Sicherheitssysteme und Alarmanlagen«, setzte er knapp hinzu, um Cass keine Information vorzuenthalten, aber er wusste, dass er nicht abschweifen durfte, sonst würde er nicht mehr im Stande sein, die ganze Geschichte zu erzählen. »Erst als es offensichtlich wurde, dass ich mich nicht mehr aufraffen konnte, verkaufte sie, baute diesen Bungalow und zog mit mir hierher, damit ich ohne Stress in einer angenehmen Umgebung leben konnte. Nichts sollte mich an etwas erinnern, was mich aufregen könnte – und ich hätte nie wieder einen Finger rühren und etwas Sinnvolles tun sollen.«

Das klang bitter – besser gesagt, Cass spürte die Bitterkeit, die er unter allen Umständen verbergen wollte.

»Aber sagten Sie nicht, Ihnen ginge es besser?«, fragte sie verwirrt. So, wie sie ihn kennen gelernt hatte, konnte kein Zweifel daran bestehen.

Rick sah sie an und musterte ihr besorgtes Gesicht. Dann lächelte er. »Die Ärztin hier glaubte nicht, dass ich dieses Müdigkeitssyndrom habe, und sie hatte Recht. Sie fand heraus, dass ich unter einer Zuckerallergie litt. Einfach, was?«

Cass starrte ihn an – sie war nicht sicher, ob sie das richtig verstanden hatte. »Sie haben Ihr Geschäft verloren, Ihr Heim, Ihren ganzen Lebensinhalt, nur weil eine fehlerhafte Diagnose gestellt wurde? Aber warum...?«

Die vielen Fragen, die sich ihr aufdrängten, ließen sie verstummen. Die Unvereinbarkeiten, die sie schon die ganze Zeit beschäftigten, fielen ihr alle auf einmal ein: der krasse Unterschied zwischen dem geschmacklosen Bungalow und den schönen Objekten, die Rick in seiner Werkstatt herstellte. Die Entscheidung, den Glen Maraich als Wohnort zu wählen, der so gar keine passende Umgebung für Beverley war. Beverley selbst und ihr Bestreben, allen zu vermitteln, dass Rick unfähig war, gesellschaftliche Kontakte zu pflegen, und Ricks Zurückgezogenheit. Das alles fügte sich zu einem seltsamen Bild zusammen, und das, was Rick erzählte, ließ das Ganze nur noch unverständlicher erscheinen.

»Ja, warum?«, wiederholte er leise, dann verfiel er erneut in Schweigen. Cass ahnte, dass er bisher noch nicht das, was ihm wichtig war, angesprochen hatte; es würde ihm sehr schwer fallen, zum Kern der Geschichte zu kommen. Sie wartete. Ihre Neugier war gezähmt, stattdessen empfand sie Mitgefühl wie nie zuvor.

»Sobald sich mein Zuckerspiegel eingependelt hatte, erholte ich mich mit erstaunlicher Geschwindigkeit«, erklärte Rick leichthin, als wären die klinischen Fakten ein Thema, das er ohne Probleme erörtern konnte. »Mir war, als träte ich aus einem Nebel und fände die kleinen Dinge des Lebens so vor, wie ich sie kannte. Es klingt absurd, aber für mich war es wie Zauberei, dass ich plötzlich die alltäglichen Dinge wieder tun konnte, Dinge wie Zähne putzen oder Schnürsenkel zubinden, was mich vorher entsetzlich angestrengt hatte. Ich konnte sie wieder tun, ohne auch nur einen Gedanken daran zu verschwenden. Alles war wieder normal; andererseits gab es mein gewohntes Umfeld nicht mehr; das, was ich je getan hatte, wer ich war ... es war alles wie ausradiert. Ich wohnte in einem anderen Ort, hatte kein Ziel und war als kranker Mann gebrandmarkt.«

»Aber Beverley ... Ich meine, Sie müssen nach wie vor zur Behandlung, oder?« Cass sprach das Nächstliegende an, weil sie Mühe hatte, die richtigen Schlüsse aus all dem zu ziehen.

»Behandlung? Ich muss meinen Blutzuckerspiegel regelmäßig kontrollieren lassen.«

»Aber ... Rick, das ist wirklich schrecklich.« Sie sah seine grimmige Miene und suchte nach einem positiven Aspekt. »Aber Sie mochten den Ort, in dem Sie sich wiedergefunden haben, nicht?« Sie deutete auf die Landschaft um sie herum.

»Den Glen? Ich konnte mein Glück kaum fassen«, versicherte Rick. »Doch der Bungalow? Ich wünschte mir so sehr, dass jemand zu mir käme und sagte, dass das alles nicht echt sei.«

Cass lachte – sie ergründete lieber nicht, warum sie das so sehr erheiterte. »Wieso bleiben Sie in diesem Haus? Und weshalb lassen Sie zu, dass die Leute weiterhin denken...?« Sie schien sich auf ein gefährliches Terrain zu begeben und ließ den Satz unvollendet.

»Ah. Eine kritische Frage.« Rick fixierte den Fluss unterhalb von Allt Farr, in dem sich der blaue Himmel spiegelte. »Durch einen eigenartigen Zufall – einen fast unglaublichen Zufall – bin ich in einer Gegend gelandet, in der ich immer schon leben wollte. Ich selbst hatte nie zu hoffen gewagt, dass ich diese Art von Freiheit jemals erlangen würde, jetzt hatte man sie mir gegeben. Die persönliche Freiheit.« Er sprach leise, als redete er mit sich selbst. »Zu Beginn meiner Erholungsphase brauchte ich Zeit, um mich an alles zu gewöhnen. Dann ... na ja, ich ließ die Dinge schleifen, und das tue ich immer noch.«

Cass begriff, dass dies für ihn das größte Problem war, aber mit ihrem neu erwachten Feingefühl erkannte sie, dass er darüber nicht diskutieren wollte, deshalb brachte sie die Rede auf einen anderen, noch rätselhafteren Aspekt.

»Ich verstehe die Gründe nicht ... Bitte sagen Sie mir, wenn Sie darüber nicht sprechen möchten. Dieser Ort erscheint mir so ungeeignet für Beverley; alles, was sie mag und schätzt, ist weit weg und kaum zu erreichen. Wie wird sie zum Beispiel die Wintermonate überstehen?«

»Sie wird es überleben, solange die Straße befahrbar ist«, versetzte Rick kurz, und Cass machte sich Vorwürfe – sie hätte einem Mann, den sie so gut wie gar nicht kannte, keine solche Frage über seine Frau stellen dürfen. Doch dann fügte er unvermittelt hinzu: »Ich weiß nicht, ob ich Ihnen das verständlich machen kann, aber für Beverley hat sich mit dem Umzug hierher ein Traum erfüllt. Sie dachte immer, dass sie sich in einer kleinen, ländlichen Gemeinde einen gewissen gesellschaftlichen Status verschaffen kann, indem sie ein piekfeines Haus baut, mit einem großen Auto durch die Gegend gondelt und die Vergangenheit hinter sich lässt. Das war immer ihr Ziel gewesen, aber sie hatte befürchtet, sie könnte es erst erreichen, wenn ich in Rente gehe. Mir war dieser Plan sehr recht, aber aus ganz anderen Gründen. Ich sehnte den Tag herbei, an dem ich der Stadt den Rücken kehren konnte! Dabei hätte ich nie im Leben damit gerechnet, dass Beverley Schottland in Erwägung ziehen könnte, doch als ich krank war und sie die Entscheidungen allein treffen musste, suchte sie dies hier für mich aus. Sie wusste, wie sehr ich mich immer danach gesehnt habe, eines Tages nach Schottland zurückzugehen.«

Cass hegte den Verdacht, dass Beverley ihre eigenen Gründe für diese Wahl gehabt hatte, aber sie konnte sich nicht vorstellen, welche das gewesen sein mochten.

»Keine Verbindung zu früher.« Rick führte wieder eher ein Selbstgespräch. Dennoch brachte Cass den Mut auf nachzuhaken, denn es war ihr wichtig, so viel wie möglich über ihn zu erfahren. »Warum war das so wichtig?«

»Ah, Beverley hat sich die meiste Zeit ihres Lebens bemüht, die Vergangenheit zu vergessen. Sie hatte eine schlimme Kindheit, das arme Mädchen. Sie vergötterte ihren Vater, und er kam in Korea ums Leben. Ihre Mutter vernachlässigte sie, und Beverley wurde auf Anordnung der Behörden von ihr weggebracht und von verschiedenen Pflegeeltern großgezogen, die sie auf die eine oder andere Weise schlecht behandelten. Sie hat ehrlich viel durchgemacht. Dann musste sie mit ansehen, wie ihr Mann vor ihren Augen zusammenbrach ... Welcher Ort wäre besser geeignet gewesen, ihn zu verstecken, als der hinterste Winkel von Glen Maraich?«

Diesmal trat die Bitterkeit ganz deutlich zu Tage, und Cass hätte sie gern vertrieben, aber sie nahm Rick zuliebe davon Abstand.

»Verstecken, wovor?«, wollte sie wissen.

»Oh, vor Bekannten. Den Nachbarn, wenn Sie so wollen.« Was auch immer die düstere Stimmung hervorgerufen hatte – Rick ließ sich nicht davon hinreißen. »Beverley wollte einen Neuanfang machen, und wer kann ihr das übel nehmen? Sie musste mit vielem allein fertig werden, und sie hat die Probleme wunderbar gemeistert.«

Wieder dieses Wort. Cass kam es vor, als sagte er sich ständig eine Formel vor, um sich selbst zu überzeugen.

Als sie in stillschweigender Übereinstimmung den Rückweg nach Riach antraten, ließ sich Cass die Geschichte noch einmal durch den Kopf gehen – das Ganze war äußerst unbefriedigend. Zu viele Fragen waren offen geblieben. Wieso behauptete Beverley beharrlich, dass Rick noch immer nicht gesund war? Welchen Zweck verfolgte sie damit? Und wenn Rick nicht mehr krank war, warum führte er weiterhin ein so zurückgezogenes Leben? Weshalb nahm er sein Leben nicht selbst in die Hand? Er war sich im Klaren, dass er das tun müsste – das war der eigentliche Grund für seine Verbitterung. Ihr fielen seine einleitenden Worte wieder ein: »Ich bin keineswegs stolz auf all das ...«

Vollkommen schleierhaft war, wieso ein so starker Mann, der den Eindruck machte, als ließe er sich nicht so leicht von einem einmal eingeschlagenen Kurs abbringen, zuließ, dass die selbstsüchtige, dumme Beverley alle Entscheidungen für ihn traf. Möglicherweise lag die Erklärung dafür in der fürsorglichen, mitfühlenden Art, in der er über ihre Kindheit gesprochen hatte. Die Erinnerung daran versetzte Cass einen Stich. Hinter dieser Geschichte steckte mehr, davon war sie überzeugt, und sie hoffte, dass sie eines Tages alles erfahren würde.

Kapitel neunzehn

Cass erwachte aus ihrer Versunkenheit, in der Gedanken und Erinnerungen an die Oberfläche gekommen waren, und öffnete die Augen. Das erste Licht des Tages dämmerte gräulich herauf. Endlich konnte sie aufstehen, sich anziehen und hinausgehen.

Monate waren seit diesem Gespräch mit Rick vergangen, und sie hatten es bei jeder sich bietenden Gelegenheit weitergeführt. Mittlerweile war Rick zu einem wichtigen Bestandteil ihres Lebens geworden – oder ihres Lebens im Glen Maraich, bei dem so viele Regungen und Empfindungen aufgerührt wurden, die in ihrer Londoner Welt nicht schlummerten, sondern, wie sie mit Entsetzen feststellte, gar nicht vorhanden waren.

Sie hätte gern die Weihnachtstage im Corrie verbracht, aber im Laufe der Jahre hatte sich Guy damit abgefunden, dass sie über die Feiertage nach Havenhill fuhren, und es wäre schwierig geworden, dieses Arrangement über den Haufen zu werfen. Außerdem hätte sie ihre Familie sehr enttäuscht. Cass tröstete sich mit dem kurzlebigen Gedanken, dass sie das Corrie über Silvester und Neujahr genießen konnte, aber letzten Endes hatte sie Guy nicht einmal einen entsprechenden Vorschlag gemacht. Nach den Feiertagen in Havenhill brauchten sie beide ein wenig Abstand und Ruhe, und Cass war nicht in der Lage, sich selbst davon zu überzeugen, dass sie das beim Jahreswechsel im Glen Maraich finden würden.

Sie war kurz danach nach Schottland gefahren, um einige Hotels zu besuchen, in denen eigentlich Hochbetrieb wegen der Skisaison herrschen sollte, aber sie waren alle wegen Schneemangels leer. Es war kein günstiger Zeitpunkt, um über Personalaufstockung zu verhandeln, also erreichte Cass bei diesem Aufenthalt in geschäftlicher Hinsicht nicht viel. Ende des Monats, als Guy in Dubai war, hatte sie dann ein langes Wochenende im Corrie verbracht.

Jedes Mal hatte sie Rick getroffen, aber ganz offiziell. Beim ersten Mal hatte Gina im Corrie angerufen, um Cass zu erzählen, dass sie auf dem Weg zu Ricks Werkstatt sei und ihm einen Stuhl zur Reparatur bringen wolle. Cass war überrascht, dass Gina einen solchen Umgang mit Rick pflegte, und es brachte sie fast zum Lachen, weil ihr diese Vorstellung so gar nicht gefiel. Wie sich herausstellte, bestand der Stuhl nur noch aus Fragmenten, die Gina Cass aufgeregt präsentierte.

Cass meinte, dass sie den Stuhl nicht mehr reparieren lassen, sondern das Holz zum Einheizen benutzen würde.

»Das ist ja das Schlimme«, rief Gina voller Entrüstung. »Auf diese Weise gehen so viele Schätze verloren. Dieser Stuhl ist wunderschön und war vermutlich seit Mitte des achtzehnten Jahrhunderts in ständiger Benutzung.«

»In letzter Zeit bestimmt nicht, so, wie er aussieht.«

»Du bist ein gefühlloser Banause. Genau genommen bin ich nicht ganz sicher, aus welcher Zeit der Stuhl stammt, aber Rick wird es wissen.«

Cass war nicht im Stande, die Fragen zu stellen, die auf der Hand lagen: Wieso war sich Gina dessen so sicher? Wann und wie hatte sie sich von Ricks Fachwissen überzeugt? Doch als sie der sachkundigen Unterhaltung der beiden über Holzschrauben und diagonale Verstrebungen lauschte, die eine beinahe gesicherte Datierung auf das Jahr siebzehnhundertsiebzig zuließen, und sah, wie liebevoll er die Einzelteile des Stuhles drehte und wendete, war ihr klar, dass Gina nicht zum ersten Mal in dieser Scheune war. Cass fühlte sich ausgeschlossen; Eifersucht regte sich in ihr.

Zumindest, so tröstete sie sich, hatte sie sich jetzt formell mit Rick bekannt gemacht und konnte ihn bei Unterhaltungen erwähnen; bisher hatte die Verschwiegenheit sie davon abgehalten, über ihre früheren Begegnungen zu sprechen. Cass war keineswegs sicher, ob die Gründe dieser Zurückhaltung einer näheren Überprüfung standhalten würden, aber es war ihr ein ernsthaftes Bedürfnis, diese Bekanntschaft für sich zu behalten.

Das zweite Mal hatte sie Rick in der Sycamore Lodge angetroffen. Cass, die sich gerade die Stiefel anzog und hinaus in den frischen, stillen Morgen ging, musste lachen, als sie daran zurückdachte.

Sie hatte ein paar Dinge gebraucht, die sie im Laden in Kirkton nicht bekam, und hatte deshalb nach Muirend fahren wollen. Aber der Mietwagen sprang nicht an. Gina kam ihr zu Hilfe und gestand ihr, dass sie selbst auch noch nicht für das Wochenende eingekauft habe, weil sie vergessen hatte, welcher Tag heute war. Und sie beauftragte Ed Cullane telefonisch, sich Cass' Wagen anzusehen.

Ed, der in der Nacht zuvor mit Doddie Menzies, dem Wildhüter von Allt Farr, versumpft war – nicht zum ersten Mal, wie es schien – und sein ganzes Wochengehalt in der Bar von *Cluny Arms* auf den Kopf gehauen hatte, war heilfroh, sich ein bisschen Geld verdienen zu können. Gina und Cass ließen ihn mit dem kaputten Auto allein, obwohl er die größte Mühe hatte, die Augen offen zu halten. Als Cass sah, in welchem Zustand Ed war, hätte sie ihm am liebsten verboten, den Wagen, der nicht einmal ihr gehörte, auch nur anzurühren. Die Vorstellung, wie Guy dieses Problem in Angriff genommen hätte, verstärkte ihre Zweifel. Guy hätte die Verleihfirma angerufen und sie aufgefordert, sich um das defekte Fahrzeug zu kümmern und einen Ersatz bereitzustellen. An jedem anderen Ort hätte sie dasselbe getan. Aber hier wurden die Dinge anders geregelt.

Die stets freundliche Gina fuhr in der Sycamore Lodge vorbei, um nachzufragen, ob Beverley etwas aus Muirend brauchte – eine Gewohnheit, die, wie Cass fand, andersrum weitaus sinnvoller gewesen wäre. Und das versuchte sie, Beverley klar zu machen.

»Oh, ich kann Sie natürlich nach Muirend mitnehmen, wenn Sie das möchten, Cass«, erwiderte Beverley, die offenbar nicht richtig zugehört hatte, missbilligend, als wäre sie der Ansicht, dass Cass schon allein mit ihren Schwierigkeiten fertig werden musste. »Sie brauchen mich nur zu fragen. Immerhin sind wir Nachbarn.« Es war Beverley nicht entgangen, dass sich Cass, im Gegensatz zu Gina, die sich eher in ihre eigene kleine Welt zurückzog, scheinbar mühelos Zugang zu den Häusern von Riach und Allt Farr verschafft hatte und auf beneidenswert gutem Fuß mit den Familien stand. Also musste Cass, so lästig und unangenehm sie Beverley auch war, irgendetwas an sich haben. Das zuckersüße Lächeln, das die letzten Worte begleitete, jagte Cass einen Schauer über den Rücken.

»Nein, Beverley. Cass braucht keine Mitfahrgelegenheit. Ich habe Ihnen doch gerade erklärt, warum sie mit mir fährt«, beharrte Gina, aber sie hätte sich den Atem sparen können.

»Ich hatte ohnehin vor zu fahren, also ist es kein Umstand für mich, das versichere ich Ihnen«, erwiderte Beverley mit einer Begriffsstutzigkeit, die Cass ausgesprochen amüsant fand. »Ich muss meine Videos zurückbringen und andere holen. Meine *Schönheit durch Bewegung*-Videos«, fügte sie eilends hinzu, für den Fall, dass es zu dummen Missverständnissen kommen könnte. »Ich glaube fest daran, dass wir den Grad unserer Fitness und demzufolge auch unsere emotionale Vitalität selbst bestimmen können. ›Stärke deine Muskeln, und deine gesamte Aura wird verbessert‹, wie Yvonne sagt. Ich fürchte, ich kann Ihnen keinen Platz in meinem Wagen anbieten, Gina, wenn Sie diesen grässlichen Hund dabeihaben. Ich weigere mich, ihn in mein Auto zu lassen.«

»Dann könnten Sie ja mit uns fahren«, schlug Cass unschuldig vor. »Oder wir können Ihre Videos umtauschen, wenn Sie uns sagen, was Sie wollen.«

»Ich bin fest entschlossen, den Mercedes zu nehmen«, versetzte Beverley scharf und wurde rot.

»Ist ja gut, Tiree ist nicht...«, begann Gina, aber Cass schnitt ihr das Wort ab: »Dann fahren wir mit Ihnen, vielen Dank, Beverley.«

»Wir könnten mit zwei Autos fahren. Vielleicht wirst du diese Entscheidung noch bereuen«, warnte Gina, als sie durch Beverleys Haus liefen, überall die Lichter löschten, Türen verschlossen und anschließend den Subaru in den hintersten Winkel des Kieshofs fuhren, damit er »aus dem Weg« war. Sie ließen demütig Beverleys Tadel über sich ergehen, weil sie bei ihrer Ankunft das Tor offen gelassen hatten.

»Ich konnte nicht widerstehen, sie ist ein solcher Dummkopf«, flüsterte Cass.

»Ja, ein gefährlicher Dummkopf.«

Man konnte nicht sagen, dass Beverley nicht mit dem großen Wagen zurechtkam – genau genommen ging sie erstaunlich geschickt damit um –, aber sie betrachtete alle anderen Verkehrsteilnehmer als unter aller Kritik und verdächtigte sie, sich gegen sie verschworen zu haben, weil sie gleichzeitig mit ihr auf der Straße waren. Als Autos, Vans und Pick-ups halb von der Fahrbahn auf die Randböschungen oder in die Gräben ausweichen mussten, weil sie keinen Millimeter nachgab, drehte sich Cass um, um zu sehen, wie sie nach dem Mercedes wieder in die Spur kamen, aber Beverley beschwor wirklich Gefahren herauf.

Gina, die auf dem Beifahrersitz saß, war offenbar der Ansicht, dass es das Beste war, stur geradeaus zu schauen und nichts wahrzunehmen – sie wirkte wie eine tapfere Märtyrerin, was Cass noch mehr zum Lachen reizte.

Doch letzten Endes konnte sich Cass eine Bemerkung nicht mehr verkneifen, weil Beverley einen Van, der hinter ihr herfahren musste, schrecklich ärgerte, indem sie langsam durch die Kurven schlich und auf den geraden Strecken majestätisch beschleunigte, sodass er nicht überholen konnte.

»Haben Sie bemerkt, dass hinter Ihnen ein Wagen ist?«, erkundigte sich Cass nach einer Weile.

»Selbstverständlich«, gab Beverley aufgebracht zurück. »Ich bin sehr gewissenhaft, wenn ich am Steuer sitze, und benutze meinen Rückspiegel. Das ist das Markenzeichen eines guten Fahrers.«

»Dann ist Ihnen sicher auch aufgefallen, dass der arme Mann seit fünf Meilen versucht, an Ihnen vorbeizukommen.«

»Ich kann mir kaum vorstellen, dass er zu hoffen wagt, einen Mercedes zu überholen«, erwiderte Beverley mitleidig.

»Aber Sie halten ihn auf. Er kennt die Straße besser als Sie.«
»Ich weiß nicht, was Sie auf diese Idee bringt«, fauchte Beverley. »Auf den Geraden kann er mein Tempo nicht fahren. Man sollte meinen, dass Ihnen das aufgefallen wäre, wo Sie doch sonst alles zu sehen scheinen.«

»Sie könnten ihn vorbeilassen«, schlug Cass vor. Das Beben von Ginas Schultern verriet ihr, dass sie ihre Stimme nicht ganz so unter Kontrolle hatte, wie sie es wollte.

»Also wirklich, Cass, was hätte das für einen Sinn?«, protestierte Beverley schrill. »Ich würde meinen Platz verlieren. Man kommt nie zu etwas, wenn man dergleichen zulässt.«

Sie gab erneut Gas, und der Schreiner in dem klapprigen Van blieb fluchend zurück.

»Wir haben es nicht eilig«, wandte Cass ein, diesmal hatte sie große Mühe, die Fassung zu bewahren. »Aber er sieht so aus, als müsste er schnell irgendwohin.«

»Dann hätte er eben früher losfahren sollen«, erwiderte Beverley stur. Cass hätte eher die Bemerkung »Dann hätte er sich einen Mercedes kaufen sollen« erwartet.

Sobald sie in Muirend ankamen, erfuhren Cass und Gina, wann sie sich wo wieder einzufinden hatten – die verabredete Zeit richtete sich eher nach Beverleys als nach ihrer Einkaufsliste.

»In dem Laden an der Ecke des Platzes gibt es ausgezeichnete Sockenspanner mit Gestell. Ich habe sie mir angesehen, und sie sind kein bisschen teurer als die aus dem Katalog *Home of Your Dreams*, und wenn man sie hier kauft, spart man sich die Portogebühren. Vielleicht sollten Sie welche kaufen, Gina – sie wären bestimmt sehr praktisch für Sie. Außerdem muss ich noch zu meiner Blumenhändlerin. Bitte verspäten Sie sich nicht. Sie herfahren zu müssen hat mich beträchtlich viel Zeit gekostet, das wissen Sie sicherlich zu schätzen.« Beverley hatte wenigstens so viel Anstand, die letzte Bemerkung durch ein kleines Kichern abzumildern, als sie davoneilte.

»Fang jetzt bloß nicht gleich an zu lachen«, flehte Cass, als sie Ginas Gesicht sah. »Ich denke, wir haben uns nach dieser Fahrt einen Kaffee verdient. Oder hast du viel zu erledigen?«

»Massenhaft. Wir werden sowieso nicht rechtzeitig fertig und werden uns verspäten, also spielen zehn Minuten mehr auch keine Rolle.«

»Was für eine Philosophie, aber diesmal gebe ich dir Recht.«

»Ich finde, wir hätten Beverley in den Videoladen begleiten sollen. Ist dir aufgefallen, dass sie die Bänder sorgsam versteckt gehalten hat? Was meinst du, was das in Wirklichkeit für Filme sind?«

Bei Cappuccino und Karottenkuchen stellten sie wilde Spekulationen an und verschwendeten damit wertvolle Minuten.

Obwohl sie zu spät kamen und Beverley zumuteten, die vielen Einkaufstüten mit Lebensmitteln in ihrem Mercedes zu verstauen, versetzte sie sich selbst wieder in gute Stimmung – zum einen konnte sie, als sie an Sillerton vorbeifuhren, erzählen, sie habe gehört, dass die Arbeiten dort nur schleppend vorangingen und die neuen Einrichtungen im Frühjahr bestimmt nicht eröffnet werden konnten; zum anderen amüsierte sie sich über die Schlange von ärgerlichen Samstagseinkäufern, die hinter ihrem Mercedes herschleichen mussten, und zu guter Letzt hielt sie noch einen unerwünschten Vortrag über die entspannende oder belebende Wirkung von Duschgels. All das regte sie so sehr an, dass sie Gina und Cass tatsächlich einlud, in die Sycamore Lodge zu kommen.

Und dort trafen sie überraschend Rick an. Cass war einen Moment vollkommen durcheinander, als ihre geheimen Vorstellungen und die Realität aufeinander prallten – sie hatte sich bisher immer geweigert, ihn sich in dieser mit Scheußlichkeiten und Absurditäten angefüllten Umgebung vorzustellen. Mit einem Lächeln und einem herzlichen Willkommensgruß erstickte Rick ihre innere Rebellion im Keim, aber ansonsten hatte er nur wenig zu sagen. Cass vermutete, dass er es schon seit langem für das Klügste hielt, sich still zu verhalten, wenn Beverley wie jetzt sinnlos drauflosplapperte. Doch er wurde nicht einen Augenblick verlegen, und Cass gewann den Eindruck, dass Beverley, so viel sie auch verlangte und anordnete, letztlich nie die Oberhand hatte. Diese Überzeugung war seltsam befriedigend.

Rick verlor seine Ruhe auch nicht, als Beverley die Unterhaltung an sich riss, die er mit Gina über die derzeitige Debatte über Kunstschätze führte, die das Land verließen.

»Gestern Abend haben sie sich in den Nachrichten fast nur damit befasst«, warf Beverley verächtlich ein, als hätten die beiden sich schuldig gemacht, mit ihrem Fachwissen anzugeben. »Eine reine Verschwendung der Zuschauergebühren. Ein großer Anteil der Lotterieerlöse kommt der Kunst zugute. Nehmen Sie nur das Theater, das man um den ›Verschwundenen Tankard‹ gemacht hat – letzten Endes führt das alles zu nichts. Ich finde, sie sollten sich lieber mit den wahren Bedürfnissen der Leute beschäftigen und zum Beispiel die Rezeptgebühren senken oder die Straße nach Muirend verbessern. Es ist eine Schande...«

Cass hätte gern eine passende Bemerkung gemacht, aber die Anspielung auf den »Verschwundenen Tankard« beschäftigte sie. Sie beobachtete, dass Gina genau wie sie grübelte, und Ricks ausdruckslosem Gesicht sah sie an, dass er bereits im Bilde war. Dies war ein guter Augenblick. Wie sie es sich immer ausgemalt hatte, wirkte Rick tatsächlich vollkommen fehl am Platz in diesem schrecklichen Haus, und gleichgültig, worauf ihre Beziehung auch basieren mochte – er lebte in einer anderen mentalen Welt als Beverley.

Die größte Überraschung erwartete sie, als Cass und Gina sich verabschiedeten und sich beide schon auf einen anständigen Tee im Corrie freuten. Rick wandte sich an Cass und sagte in ganz normaler Lautstärke: »Schauen Sie doch in der Scheune vorbei, wenn Sie Lust haben – Sie sind jederzeit willkommen. Es wäre schön, wenn wir uns ausführlicher unterhalten könnten.«

»Das würde ich sehr gern tun«, erwiderte Cass, ohne zu zögern, obwohl sie so erstaunt war, dass sie Beverley unwillkürlich einen kurzen Blick zuwarf. Aber Beverley klärte die geduldige Gina gerade über die Vorzüge ganz spezieller Arbeitsplatten-Schoner auf (»... obwohl es in Ihrem Fall –

falls ich das sagen darf – wahrscheinlich schon zu spät ist, Gina«) und schenkte allem anderen keine Beachtung.

Dass Rick die Einladung mit solcher Natürlichkeit ausgesprochen hatte, wärmte Cass' Herz, und sie war richtig glücklich, als sie ihre Einkäufe aus dem Kofferraum des Subaru nahm. (Beverley hatte nicht angeboten, mit dem Mercedes den Weg hinaufzufahren, damit sie sich das Umladen sparten.) Cass gefiel, dass Rick keine Heimlichkeit daraus gemacht hatte. Nur eine Frau, die sich ausschließlich mit sich selbst beschäftigte und blind gegen alles andere war, konnte diesen kurzen Wortwechsel zwischen ihrem Mann und einer anderen Frau überhören.

Gemütliche Gespräche in der Scheune neben dem Ofen, den Rick installiert hatte; sie saßen auf den alten Stühlen aus Allt Farr, die bei dem Feuer Schaden genommen hatten, und tranken starken Tee, den es in der Sycamore Lodge nie gab ... Spaziergänge in der verschneiten, menschenleeren Landschaft jenseits von Riach, wo die Bäche um diese Jahreszeit wild sprudelten ... Behagliche Momente am Kamin im Corrie, wenn sie sich nach einer Wanderung über den Bergkamm aufwärmten ...

In diesen kostbaren Stunden erfuhr Cass mehr über Ricks eigenartige Situation. Sie spürte, dass er das Bedürfnis hatte, sich jemandem anzuvertrauen, der nicht ganz in dem Ort heimisch war, an den es ihn durch eine Verkettung bizarrer Umstände verschlagen hatte. Sie wusste, dass es für ihn nicht mehr als das war und dass er sich mit einer Freundschaft, die sich immer mehr entwickelte, zufrieden gab. Bis jetzt hatte sie sich dagegen gesträubt zu analysieren, was ihr die Zeit mit Rick bedeutete, aber es ging nicht nur um die Gefühle, die sie diesem freundlichen, gelassenen Mann entgegenbrachte, der durch die Umstände und sein Gewissen gefangen war – das wusste sie.

Beverley und Rick hatten zueinander gefunden, weil sie das Bedürfnis hatte, der Einsamkeit ihrer schrecklichen Kindheit und Jugend zu entkommen, und er Mitgefühl hatte und helfen wollte. Die alte Geschichte – und obwohl Cass, nachdem sie mehr darüber gehört hatte, nicht abstreiten konnte, dass Beverley viel Schlimmes durchgemacht hatte, konnte sie sich des Gefühls nicht erwehren, dass Rick es zugelassen hatte, manipuliert zu werden. Er allerdings glaubte, dass er seinerseits Beverley auch viel zu verdanken hatte.

Er hatte sich mehr als nur in eine Ehe verstrickt. Als er sein Studium beendet hatte – er hatte in Durham Geographie studiert –, war er gezwungen gewesen, in das Familienunternehmen einzusteigen, das wegen der ständig anwachsenden Nachfrage nach Sicherheitssystemen und Alarmanlagen rasch expandierte. Er hatte sich bereit erklärt, fünf Jahre zu bleiben, und schmiedete vage Pläne, danach Liverpool zu verlassen und entweder auf dem Lande ein Zweigunternehmen oder eine eigenständige Firma zu gründen.

»Man muss kein Psychologe sein, um herauszufinden, wonach ich mich in Wirklichkeit sehnte«, vertraute er Cass an. »Ich träumte davon, das zu tun, was mein Großvater getan hatte – einsame Stunden im vom Wind gepeitschten Hochland verbringen, Gräben ziehen oder Zäune aufstellen, um das Wild fern zu halten. Ich verabscheute das Leben in der Stadt.«

»Aber warum sind Sie geblieben?« Trotz allem, was er ihr erzählt hatte, sah Cass in ihm nicht den Mann, der sich durch die Umstände zu etwas zwingen ließ, was er nicht wollte.

»Meine beiden Brüder hatten sich in Neuseeland niedergelassen, mein Vater litt an Asthma, und meine Mutter starb, kurz nachdem Beverley und ich geheiratet hatten.« Damals hatte er geglaubt, dass ihm nur eine einzige Möglichkeit offen stand; und er war noch heute dieser Ansicht. »Beverley war erstaunlich. Sie lernte das Geschäft von der Pike auf und leitete jahrelang das Büro.«

Sie war habgierig und ehrgeizig gewesen, und er hatte unendlich viele Kämpfe ausgefochten, weil sie so schroff mit den Leuten umsprang, besonders mit säumigen Zahlern, aber gleichzeitig brachte er Verständnis dafür auf, dass ihr der finanzielle Erfolg so viel bedeutete.

»Besuchen Sie Ihre Großeltern noch?« Cass stellte diese Frage nicht nur, weil sie ihn vom Thema Beverley ablenken wollte. Ricks Liebe zu Schottland war sein Bindeglied zu *ihr*.

»Leider nicht mehr in dem Cottage über Lochindorb«, antwortete er. »Mein Großvater starb vor ein paar Jahren, und meine Großmutter ist in eine Gemeindewohnung in Nairn gezogen.«

Das klang so traurig, dass Cass nichts darauf erwidern konnte.

Bei einer anderen Gelegenheit, als Graupeln auf die Oberlichter der Scheune prasselten und Beverley auf dem Weg nach Muirend zu ihrer Kosmetikerin war, nachdem sie voller Bestürzung ein Haar an ihrem Kinn gefunden hatte, erzählte Rick Cass mehr. Als sie in die Scheune kam, war er gerade dabei, die Sprungfedern eines Sofas zu reparieren – eine langweilige Arbeit, und er freute sich über die Unterbrechung. Dies war der Tag, an dem er versuchte – für sich selbst ebenso sehr wie für Cass –, in Worte zu fassen, welche Ängste ihn befallen hatten, als er krank geworden war, und dass er sich wie ein Versager gefühlt hatte, als die körperliche Schwäche und Mattigkeit immer mehr zugenommen hatten. Alle waren überzeugt gewesen, dass er einen Nervenzusammenbruch erlitten hatte.

»Ich bin kein geborener Geschäftsmann, und zu dieser Zeit stand ich unter unglaublichem Stress. Wenn auch nur einer unserer Großkunden in Zahlungsverzug geraten wäre, hätten wir in den roten Zahlen gestanden, und die Banken sind wie Panter, die darauf warten, sich auf ihre Beute zu stürzen – aber wieso erzähle ich Ihnen das alles? Das wissen Sie sicher selbst.«

Cass konnte sich gut vorstellen, wie sehr ihm die Finanzgeschäfte, die Guy so anregend fand, und Auseinandersetzungen mit Bankern an die Nieren gegangen waren.

»Und als ich wieder aufwachte«, schloss Rick selbstironisch, »fand ich heraus, dass ich trotz aller Widrigkeiten genau das bekommen hatte, was ich mir so sehr gewünscht hatte. Die Firma war verkauft, das Stadtleben ein Albtraum, der hinter mir lag, ich wohnte im schönsten Glen von Perthshire, und nichts wurde von mir verlangt oder erwartet.«

Doch er war nach wie vor in seiner Ehe gefangen, sogar mehr denn je, da Beverley ihn während seiner Krankheit nicht nur gepflegt und seine Angelegenheiten so kompetent geregelt, sondern auch noch ihre eigenen Wünsche aufgegeben hatte, um ihn nach Schottland zu bringen.

»Aber macht es Ihnen denn nichts aus, wenn Beverley überall herumerzählt, dass Sie sich noch nicht richtig erholt haben?« Noch ehe sie die Worte ganz ausgesprochen hatte, begriff Cass, dass es *ihr* etwas ausmachte – um seinetwillen – und dass sie diese Frage nie hätte stellen dürfen.

Aber er antwortete ihr. »Sie kann das meinetwegen behaupten, wenn es ihr in den Kram passt. Warum nicht? Das erklärt immerhin einiges, oder nicht? Zum Beispiel, dass ich nicht wieder in die Arena steige und mir nicht, wie Beverley es ausdrücken würde, einen ›anständigen‹ Job suche. Und es gibt mir eine Freiheit«, fuhr er fort, ohne Cass anzusehen. Er nahm das Werkzeug in die Hand, mit dem er die Haltegurte genäht hatte, und betrachtete es konzentriert, während er das spitze Ende gegen seinen Daumen drückte. »Es ist ein nützlicher Vorwand, der mir erlaubt, mehr oder weniger das zu tun, was mir gefällt, und es bewahrt mich vor dem gesellschaftlichen Zirkus, auf den Beverley so scharf ist. Ich bin dort gelandet, wo ich sein wollte, und es war ein großes Glück, dass ich mein Hobby zu einem richtigen Beruf machen kann. Worüber sollte ich mich beklagen?«

Sein Tonfall war unbeschwert, aber Cass spürte, dass es noch mehr gab, was er nicht erwähnte, nämlich dass seine gegenwärtige Situation in vielerlei Hinsicht dieselbe war wie früher, dass er nicht die Entscheidungen traf und sein Pflichtgefühl bindender war denn je.

Kapitel zwanzig

Den Spuren im Schnee am Fluss war unmöglich anzusehen, ob Rick heute Morgen schon in die Scheune gegangen war, und in Cass regten sich Zweifel und Hoffnungen zugleich, als sie näher kam. Kein Licht, keine Geräusche.

Ich darf das Ganze nicht so wichtig nehmen, ermahnte sie sich, aber die Vorfreude überwog alles andere. Dies war der bedeutsamste Moment bei jedem Aufenthalt im Corrie – der Moment, in dem sie Rick wiedersah.

Als sie um die Ecke des Gebäudes bog, entdeckte sie, dass Licht durch die Ritzen des großen Tors schimmerte. Sie bemühte sich, ihrer grenzenlosen Erleichterung Herr zu werden, und hielt sich an dem eisernen Türgriff fest, dessen Kälte durch die Handschuhe noch spürbar war. Sie schob das schwere Tor ein Stück auf, schlüpfte durch den Spalt und schloss das Tor wieder.

Der größte Teil der Scheune war kalt und dunkel, aber auf der Hinterseite war Licht in dem Durchgang zu dem kleinen Bereich, den Rick um seine Werkbank herum abgetrennt hatte, damit er auch im Winter hier arbeiten konnte. Er hatte bereits die Asche aus dem Ofen geräumt und ein neues Feuer entfacht und blies gerade das Streichholz aus, mit dem er den Gasring der Kochplatte angezündet hatte. Nun sah er über die Schulter und lächelte. Die überschäumende Freude drohte Cass zu ersticken, und sie versuchte, dieses Hochgefühl, das sie nie richtig unter Kontrolle brachte, zu dämpfen.

Rick beobachtete, wie sie zu ihm ins Licht trat. Er lächelte immer noch, und Cass wäre am liebsten weiter gegangen, direkt zu ihm, in seine Arme. Aber er hatte sie nie berührt; sie hatten einander nie berührt. Es wäre undenkbar bei der Art von Beziehung, die sich zwischen ihnen entwickelt hatte, und doch wäre es nichts Unnatürliches.

»Gutes Timing.« Rick deutete auf zwei Becher, in die er schon Kaffeepulver gelöffelt hatte. Weder er noch Cass nahmen Milch oder Zucker, mit dem Rick früher so großzügig umgegangen war und der sein ganzes Leben umgekrempelt hatte.

»Wunderbar. Das ist genau das, was ich jetzt brauche.«

»Es wird gleich wärmer hier.« Rick schloss die Tür seines Kabuffs, und sofort wirkte der Zauber der Abgeschiedenheit auf Cass. Es roch nach Holzfeuer, Sägemehl und Terpentin, und über allem lag das Aroma von Kaffee, als sie den Becher an die Lippen setzte und vorsichtig daran nippte.

Es war wie selbstverständlich, dass sie diese erste Stunde des Tages zusammen verbrachten. Cass verspürte nicht den Wunsch, die Qualität und das Ausmaß von Ricks Freiheit auf die Probe zu stellen oder sich auf trügerisches Terrain zu begeben und nachzuforschen, was Beverley wusste oder dachte. Genauso wenig hatte sie ergründet, welche Bedeutung diese Freundschaft für ihr Leben hatte, obwohl sie dem nicht länger aus dem Weg gehen konnte.

»Wie macht sich der neue Wagen?«, wollte Rick wissen und drehte das Gas ab.

»Er ist mühelos hinaufgekommen«, entgegnete Cass stolz. Rick erinnerte sich immer, was in ihrem Leben vor sich ging, und interessierte sich dafür. Das war ein ungewohnter Luxus.

»Dies ist das perfekte Auto für diese Gegend.«

»Es hat einen starken Motor, aber ich denke immer noch, Sie sollten etwas Solideres um sich herum haben.«

»Ein Volvo ist solide.«

»Na ja, wir werden sehen, wie Sie zurechtkommen«, meinte Rick. Cass genoss es, dass sich jemand Gedanken um sie machte. Aber ich gehöre nicht zu den Frauen, die umsorgt werden möchten oder Ratschläge brauchen, welches Auto sie fahren sollten, dachte sie und lächelte.

»Wie es aussieht, werden wir das schon sehr bald erfahren«, fügte Rick hinzu. »Haben Sie den Wetterbericht für die nächsten Tage gehört?«

»Nein. Was sagt er voraus?«

»Schneefälle.«

»Dann besteht also die Chance, dass ich eingeschneit werde?«

Rick lachte über ihren sehnsüchtigen Ton. »War Ed mit seinem Pflug oben bei Ihnen?«

»Ja, und er hat sogar eine Fläche geräumt, damit ich wenden kann – das war wirklich nett von ihm.«

»Gina macht es Spaß, rauf- und runterzufahren, soviel ich gehört habe.«

»Ja, im Laden haben sie gestern Abend ihre Scherze darüber gemacht.«

»Mit dem Subaru dürfte sie eigentlich keine Schwierigkeiten haben. Er ist ideal für dieses Gelände. Max überlegt, ob er für Kate einen kaufen soll.«

»Wie geht es Kate?«

»Sehr gut, sagt ihre Schwiegermutter, die Doddie gebeten hat, sie zu mir zu fahren – sie hat ein paar verkohlte Überreste des alten Mobiliars mitgebracht, damit ich sie restauriere. Gott allein weiß, wo sie die Sachen versteckt hatte. Aber ich beschwere mich bestimmt nicht. Sie hat die Gelegenheit genutzt, und in meiner Werkstatt herumgestöbert. Als sie Ginas Stuhl entdeckte, blitzte Habgier in ihren Augen auf, und sie rief ein ›Hah!‹, das mir das Blut in den Adern gefrieren ließ. Doddie murmelte immerzu etwas wie: ›Mann, jetzt stecken Sie bis zum Hals in Arbeit, das kann ich Ihnen versichern.‹ Er trottete ständig hin und her und schleppte eine Menge Brandopfer herein.«

»Können Sie was mit den Sachen anfangen?«

»Vielleicht könnte ich sie zum Einheizen verwenden«, grummelte Rick, aber sein Lächeln strafte seine Worte Lügen, und Cass wusste, wie viel Befriedigung es ihm verschaffte, wenn er die zerstörten Stücke zu ihrer früheren Schönheit restaurierte.

Glen-Klatsch, Neuigkeiten von zu Hause. Trivial und unbedeutend. So angenehm wie der Kaffee und die Wärme, die der Bollerofen verströmte – angenehm und beruhigend nicht nur, weil Cass selbst die Leute im Glen kannte und mit ihnen Umgang hatte, sondern auch weil Rick, der es nach wie vor genoss, allein in der Abgeschiedenheit zu arbeiten und auf seinen langen Spaziergängen die entlegensten Ecken des Glen zu erforschen, ohne Anstrengung Bekanntschaften in dieser Gemeinde geschlossen hatte – Beverley war das nie gelungen.

»Gehen Sie zu diesem Treffen wegen des Fernsehempfangs am Dienstag?«, fragte Cass.

»Man wird mich vertreten«, antwortete Rick trocken.

»Ich weiß gar nicht, warum wir eingeladen sind – wir haben eine Sky-Schüssel. Und Sie natürlich auch.« Beverley war eine der Ersten im Glen gewesen, die eine Satellitenschüssel hatte installieren lassen.

»Ich denke, sie wollen die Anlage beibehalten für diejenigen, die noch nicht wechseln wollen.« Rick erwähnte nicht, dass Beverley ebenfalls an dem Treffen teilnehmen würde, hauptsächlich weil sie fest entschlossen war, sich nicht ausgrenzen zu lassen.

Vor langer Zeit war ein Transmitter errichtet worden, der wenigstens den schlechten Empfang sicherte, über den sich Guy so sehr geärgert hatte, und die Zusammenkünfte, bei denen leidenschaftlich darüber diskutiert wurde, wie die Instandhaltung finanziert werden sollte, gehörten zum Leben im Glen. Diesmal fand das Treffen in Riach statt, und Cass ging an dem sternenklaren Dienstagabend, der eisig genug war, um das Auto stehen zu lassen, zu den Frasers.

Gina trug einen abgewetzten korallenroten Trainingsanzug, der über ihren üppigen Formen spannte, und hatte ein Handtuch um den Kopf gewickelt. Sie sagte, sie würde nicht daran denken, sich die Haare zu föhnen und sich noch einmal umzuziehen.

»Ich benutze diesen verflixten Fernseher kaum. Mir ist schleierhaft, warum sich alle so über diese Sache aufregen.«

»Wenn wir unseren Beitrag nicht leisten, wird es bald überhaupt kein Fernsehen mehr geben, auch nicht für die Leute, die das wirklich brauchen.«

Cass schloss aus Lauries Tonfall, dass er dies nicht zum ersten Mal als Argument anführte.

»Ich finde, wir wären ohne Fernseher sehr viel besser dran«, erwiderte Gina trotzig wie jemand, der wusste, dass er Unsinn redete. »Musik, Bücher, Eigeninitiative – was ist aus all dem geworden?«

»Ich denke, die Jungs würden sich lieber ein Rugby-Spiel ansehen, als sich auf ihre Eigeninitiative zu verlassen«, gab Laurie zurück, während er sich sorgsam einen Wollschal um den Hals wickelte. »Nein, Tiree, dies wird kein Spaziergang, obwohl ich es dir nicht übel nehmen kann, dass du das denkst.«

Tiree protestierte mit einem schrillen Bellen. Er erkannte Stiefel, wenn er welche sah.

»Sie sollten selbst Rugby spielen, nicht nur zusehen.« Gina widersetzte sich aus reiner Streitlust. »Sie vertrödeln sowieso mehr Zeit mit Computerspielen als mit sonst etwas – sie sind regelrecht süchtig nach so was. Und wenn sie Sport sehen wollen, können wir uns eine Sky-Schüssel anschaffen, dann spielt es gar keine Rolle, wie der Empfang des Senders ist. Oder doch?« Zweifel verdrängten ihre Aggressivität.

»Komm trotzdem mit, Gina«, drängte Cass, aber gleich darauf fragte sie sich, warum sie sie überreden wollte. Während ihrer letzten Besuche hatte sie beobachtet, dass die Stimmung zwischen Gina und Laurie immer gereizter geworden war, und obwohl sie Gina mochte und nicht unglücklich sehen wollte, musste sie einräumen, dass Laurie gute Gründe für seinen Unmut hatte. Sie brauchte sich nur umzusehen. Die Küche war heute Abend noch chaotischer als sonst, das Geschirr vom Mittagessen stapelte sich noch in der Spüle, zwei zerschlissene Sitzpolster von Stühlen lagen auf dem Tisch. Rostige Heftzwecken steckten noch in den Rändern, und stinkendes Pferdehaar quoll aus den Rissen. Stoffstücke waren über den Boden verstreut, und man sah, dass darauf getreten worden war und dass Tiree sie als Ruhestätte benutzt hatte. Donnernde Musik von oben dokumentierte Nessas Protestverhalten. Nirgendwo eine Spur davon, dass Gina ein Abendessen vorbereitete.

Der Zeitpunkt des Treffens war so ausgewählt, dass es in

den Plan derer passte, die gleich nach der Arbeit aßen. Das hatte Joanna erklärt, als sie Cass eingeladen hatte.

»Wenn wir ihnen Zeit geben, in den Pub zu verschwinden, lassen sie sich überhaupt nicht mehr blicken. Wir müssen das Dinner vergessen, bis das Ganze vorbei ist, und es kann Stunden dauern, glauben Sie mir.«

Als Joanna sie und Laurie jetzt willkommen hieß, ohne eine Bemerkung über Ginas Abwesenheit zu machen, kam Cass zum wiederholten Mal in den Sinn, dass sich Gina in all den Jahren wirklich wenig Mühe gegeben hatte, Kontakte zu knüpfen. Joanna führte sie durch das eisige Haus.

»Wir sind in der alten Dienerhalle«, verkündete sie. »Ich wollte die Zusammenkunft im Speisezimmer abhalten, dann hätten wir alle am Tisch Platz gehabt, aber James meinte, dass die Leute kein Wort sagen würden, wenn sie in einer Runde sitzen, und natürlich hat er Recht. Ich dachte nur, das Speisezimmer sei eine Spur wärmer.«

Sie kamen in einen schmucklosen Raum mit hoher Decke, ein Tisch stand zwei Reihen verschiedener Stühle gegenüber, von denen die meisten noch unbesetzt waren. Zwei Gasradiatoren summten an den Seiten, und ein elektrisches Heizöfchen war so nahe herangerückt, wie es das Kabel erlaubte. Cass fragte sich, warum man die Stühle nicht näher an die einzelne Steckdose gerückt hatte, aber dann merkte sie, dass es dort entsetzlich zog, wenn die Tür geöffnet wurde.

Nancy Clough, die für diese Gelegenheit Lippenstift aufgelegt hatte und ihre Brille an einer Kette um den Hals trug, hatte bereits an dem Tisch Platz genommen und ordnete Papiere – sie war die Protokollführerin. Beverley hatte sich herausgeputzt, als wollte sie den Tag auf der Pferderennbahn in Perth verbringen und hoffte, für den *Scottish Field* fotografiert zu werden; sie wärmte sich das Hinterteil an einem der Radiatoren und lächelte starr, um zu zeigen, wie entspannt sie sich in diesem Kreis fühlte.

Sie hält es sich offen, wo sie sich hinsetzt, schlussfolgerte Cass und war nicht gerade erfreut, als sich Beverley mangels anderer verheißungsvoller Alternativen zu ihr und Laurie in die erste Reihe gesellte.

»Sind Sie mit dem Auto hier?«, fragte Cass. Selbst zu Fuß war der Weg ziemlich gefährlich.

»Selbstverständlich nicht«, versetzte Beverley und begrüßte Laurie, indem sie leicht den Kopf neigte wie die Queen persönlich. »Ich würde nicht im Traum daran denken, den Wagen an einem Abend wie diesem einem Risiko auszusetzen. Die Zufahrt ist kaum geräumt.«

»Sie sind zu Fuß gegangen?« Cass fühlte sich schuldig – sie hätte nachfragen können, ob Beverley eine Begleitung brauchte.

»Natürlich bin ich *nicht* zu Fuß gegangen«, entgegnete Beverley, erstaunt über eine solche Idee. »Ich bin mit Nancy gekommen.«

Um Nancys Auto wäre es also nicht schade.

Die hintere Reihe füllte sich mit Männern, die ihre Hände frisch geschrubbt hatten und blaue oder graue Daunenjacken trugen, und deren Frauen in helleren Anoraks. Alle begrüßten sich mehr oder weniger zurückhaltend. Einige Frauen hatten Faltenröcke, dicke Wollstrümpfe und Gummistiefel an, und Cass spekulierte, dass sie heute über matschige Höfe zu ihren Pick-ups oder Geländewagen gegangen waren und Tore auf verschneiten Wegen geöffnet hatten. Alle behielten ihre Jacken und Mäntel an. Die meisten schnieften.

Wenn man bedachte, dass sich hier nur die Bewohner von Bridge of Riach versammelt hatten – Kirkton hatte seine eigenen Probleme mit dem Fernsehempfang –, waren ganz schön viele Menschen zusammengekommen. Der Besitzer des Ferien-Cottages neben der Sycamore Lodge und seine Frau hielten es für wichtig genug, bei ihren gelegentlichen Aufenthalten hier problemlos fernsehen zu können, um an einem Winterabend den weiten Weg von Dundee auf sich zu nehmen.

Zufriedenheit erfüllte Cass, weil sie dazugehörte, weil sie mit Laurie über den Hügel durch die weite, weiße, kalte, von Sternen erleuchtete Landschaft hierher gekommen war. Im Geiste teilte sie das Gefühl mit Rick, wie es ihr zur Gewohnheit geworden war.

Mit Getöse und Temperament stürmte das Kontingent von

Allt Farr herein: Max, Kate und die alte Mrs Munro, die mit ihrer üblichen herrischen Art die leisen Gespräche sofort zum Verstummen brachte.

»Lexy, was machen Sie hier? Sie hätten zu Hause bei Robson bleiben und Colleen herkommen lassen sollen. Ich kann mir vorstellen, dass sie sinnvollere Kommentare beigetragen hätte als Sie. Aber vielleicht war entscheidend, dass Sie hinterher in die *Cluny-Bar* gehen können, was? Guten Abend, Nancy. Ich hab gesehen, dass der Seidelbast neben Ihrer Veranda kaum Blüten hat. Er hat seine besten Tage hinter sich, meinen Sie nicht auch? Gütiger Himmel, Joanna, um wie viel Uhr hast du die Heizöfen hier hereingestellt? Ah, Ed, genau der Mann, den ich brauche...«

Gelächter wurde laut, als sich Ed auf seinem Stuhl klein machte und die Augen verdrehte.

»Lieber der als ich«, murmelte jemand – vielleicht Doddie Menzies, und das Lachen wurde heftiger. Mrs Munros schwungvoller Auftritt veränderte die Atmosphäre.

»Das hier ist mein Platz«, erklärte Mrs Munro. Sie verschmähte die freien Stühle in der ersten Reihe und begrüßte die Anwesenden mit einem festen Blick und einem kräftigen Nicken. »Ich muss ganz nah an einer Wärmequelle sitzen. Das heutige Luxusleben in Allt Farr hat mich verweichlicht – ich bin längst nicht mehr so abgehärtet wie früher. Ja, danke, Doddie, das ist viel besser.«

»Am besten, wir brennen Riach auch nieder«, bemerkte Doddie, als er für Kate einen zweiten Stuhl näher an den Gasradiator rückte und ihr zuzwinkerte. Cass verstand nicht, warum das eine solche Heiterkeit auslöste.

James Mackenzie, der eigentliche Gastgeber, trat endlich in Erscheinung, nickte den Leuten schüchtern zu, während er mit seinen schweren Stiefeln zu dem Stuhl neben Joanna stapfte. Seine grimmige Miene drückte deutlich aus, dass diese Veranstaltung eine Störung für ihn darstellte, auf die er gut hätte verzichten können.

»Sind alle da?«, fragte Max Munro und übernahm damit den Vorsitz. Die Autorität in seiner Stimme und der Blick aus seinen dunklen Augen zogen die Aufmerksamkeit der Anwesenden auf sich. »Keine schlechte Beteiligung für einen Februarabend. Ich danke Ihnen allen, dass Sie gekommen sind. Sie wissen ja, worum es geht – um Geld, um das Kind gleich beim Namen zu nennen.«

Cass hörte, wie alle Luft holten. Mrs Munro lachte.

Ehe Max fortfahren oder sich sein Publikum wieder fassen konnte, flog die Tür auf, und zwei lässige Mädchen in schmuddeligen Sweatshirts und engen Jeans kamen herein, die zwei rotbraunen Setter trotteten hinter ihnen her. Die Hunde waren offensichtlich verblüfft, so viele Menschen in diesem Haus vorzufinden.

»Raus!«, brüllte Max.

Die Neuankömmlinge hatten augenscheinlich keinerlei Zweifel, wem dieser Befehl galt. Die Setter ergriffen die Flucht, und die beiden Mädchen wurden herzlich begrüßt.

»Bridie und Dot, wenn ihr bleiben wollt – obwohl ich mir nicht vorstellen kann, was ihr beizusteuern habt, was Joanna nicht an eurer Stelle anführen könnte –, dann setzt euch hin und haltet den Mund. Die Besprechung hat bereits begonnen.«

»Ja, und wenn wir schon hier gesessen und gewartet hätten, dann hätten einige hier gestaunt, dass es nachher kein Dinner gibt«, gab die Lebhaftere der beiden zurück und zerrte einen Stuhl über den Boden zu der Stelle, an der sie sitzen wollte. Sie grinste in die Runde, um allen zu zeigen, wie stolz sie auf die schlagfertige Antwort war.

»Ihr habt euch mit den Zwillingen *Home and Away* angeschaut und gar nichts fürs Abendessen getan«, stellte Joanna gelassen klar. »Mach weiter, Max.«

»Ja, ich hoffe nur, dass die Zwillinge nicht auch auf die Idee kommen, sich zu uns zu gesellen.«

»Becky bringt sie ins Bett.« Joanna lächelte Cass an. Becky war das australische Kindermädchen, das Cass im Dezember für sie gefunden hatte, und sie war eine Perle.

»Gut«, sagte Max. »Kommen wir wieder zum Geschäftlichen. Sie wissen, weshalb wir hier zusammengekommen sind und worüber wir diskutieren müssen. Uns stehen verschiedene Möglichkeiten offen, wir müssen abstimmen, welches System wir erhalten wollen. Nein, Moment, Sie können sich alle gleich zu Wort melden. Wir hatten gehofft, dass wir ohne weitere Arbeiten an dem Transmitter durchkommen – da muss nämlich einiges repariert werden. Sie haben bestimmt alle schon bemerkt, dass die Bildschirme bei starkem Regen blau werden...«, alle stöhnten, »... deshalb müssen wir uns einig werden, wie wir weiter verfahren wollen. Als Entscheidungshilfe wird uns Nancy die momentane finanzielle Situation darlegen.«

Nancy nutzte es aus, dass sie im Rampenlicht stand, und zählte mit Wonne die Schäden auf, die der Transmitter im letzten Jahr erlitten hatte – Stürme hatten ihm zugesetzt, Schafe und Rinder hatten ihr Unwesen getrieben, und Wespen hatten ein Nest am Transformator gebaut und einen Kurzschluss ausgelöst. Als sie ausführlicher auf die Gewohnheiten von Wespen eingehen wollte, schnitt ihr Max das Wort ab.

Während Nancy Rechnungen und Rechnungsbeträge anführte und spitze Bemerkungen über außenstehende Beitragszahlungen machte, waren alle wie erstarrt. Die feuchten Klamotten und Gummistiefel verströmten in der Wärme einen eigenartigen Geruch. Cass glaubte, auch einen Hauch von Gas in der Nase zu haben, aber niemandem sonst schien etwas aufzufallen. Diejenigen, die nach einer Zigarette schmachteten, wagten es nicht, sich eine anzuzünden, weil sie Mrs Munros Zurechtweisung fürchteten.

Das Interesse erwachte wieder, als Max die Optionen angesprochen hatte und die Anwesenden um ihre Vorschläge bat. Alle hatten etwas zu sagen.

»Ich bin nicht scharf darauf, eine von diesen scheußlichen Schüsseln an mein Haus zu montieren, das kann ich euch versichern.«

»Ach, die sind heute nicht mehr halb so groß wie die ersten. Wo lebst du eigentlich, Mann?«

»Aber man bekommt keinen schottischen Sender, auch wenn man über Satellit geht, oder das Digitale hat oder wie das heißt. Dafür brauchen wir den Transmitter, hab ich Recht?«

Max bestätigte das – er wusste, dass das den Ausschlag für die Entscheidung geben würde.

»Also, es würde mir gar nicht passen, nur die englischen Sender sehen zu können.«

»Aber das Bild des schottischen ist grässlich, besonders bei Ostwind. Es wird immer von einem anderen Kanal überlagert.«

»Mein Bruder kriegt es rein.«

»Und er bezahlt nicht mal die Gebühren.«

Gelächter.

»Das ganze Gerede über Sky und Digital und all das Zeug ist schön und gut«, erhob sich eine streitbare Stimme, »aber man muss dafür eine Menge bezahlen, und zwar ständig und zusätzlich zu den Rundfunkgebühren. Und außerdem müssen wir für den Transmitter und die Lizenz dafür blechen.«

»Ja, diese Kerle aus London schauen schon, wo sie bleiben. Sie garantieren einem einen anständigen Empfang und kassieren ganz schön dafür. Sie sollten uns eigentlich einen Nachlass geben.«

»Ja, okay«, warf Max ein. »Darüber haben wir schon so oft gesprochen. Wir wissen alle, dass wir das hinnehmen müssen. Wir müssen heute entscheiden, ob wir das System beibehalten wollen für diejenigen, die die gegenwärtigen Kanäle weiter empfangen und für die, die sich anders arrangieren, aber die schottischen Sender auch sehen wollen.«

»Ich hätte nichts dagegen, wenn alles so bliebe, wie es jetzt ist, aber die große Buche auf der anderen Seite der Straße verschlechtert den Empfang, und sie nimmt mir das Licht vor den Fenstern«, beschwerte sich Ed Cullane.

»Kein Mensch wird einen Baum fällen, der schon etliche Menschengenerationen überlebt hat, um so groß zu werden, nur damit Sie die Fußballspiele besser sehen, Ed«, wies ihn Mrs Munro zurecht.

»Da der Baum auf Riach-Grund steht, sehen wir ihn uns einmal an«, meldete sich James Mackenzie zum ersten Mal zu

Wort, und Ed stieß seinem Nachbarn erwartungsvoll den Ellbogen in die Rippen.

»Ich sehe nicht ein, warum es so wichtig ist, den Lokalsender beizubehalten«, mischte sich Beverley ein – vermutlich war sie der Ansicht, dass die Unterschicht ausreichend zu Wort gekommen war. »Niemand kann dieses Programm kulturell wertvoll nennen.«

Stimmengemurmel erhob sich, aber sie plapperte unbeirrt weiter: »Bevor wir unsere Sky-Schüssel hatten, konnten wir nur Channel 4 sehen, aber die senden fast nur Blödsinn, da stimmen Sie mir doch sicherlich zu.« Sie wandte sich an Mrs Munro, von der sie sich Unterstützung versprach.

»Channel 4 überträgt die Pferderennen«, versetzte Mrs Munro entschieden.

Cass genoss die Veranstaltung wie ein Schauspiel und war beeindruckt, wie Max die Diskussion in die richtigen Bahnen lenkte; er schlichtete einen Streit über das Datum des letzten Sturms und kürzte die Anekdoten über ein Konzert der drei Tenöre, bei dem der Ton ausgefallen war, oder über die Übertragungen aus Wimbledon, bei denen man seit drei Jahren den Ball nicht sah.

Schließlich wurde abgestimmt, und man entschied, den Status quo beizubehalten. Alle nickten pflichtbewusst, als verkündet wurde, dass die Aufforderung zur Beitragszahlung in Kürze verschickt werden würde, aber es war offensichtlich, woher das meiste Geld kommen würde. Als alles besprochen war, bildeten sich kleine Grüppchen. Dot und Bridie liefen los und kamen mit Tee und leicht verbrannten Würstchen auf Brötchen zurück, und James schenkte Whisky für die Männer aus, aber als offenbar wurde, dass die Gläser kein zweites Mal aufgefüllt werden würden, strömten alle allmählich zur Tür.

Da Nancy noch in ein Gespräch mit Max vertieft war, nutzte Beverley die Gelegenheit, um rasch ein paar Empfehlungen loszuwerden, was sich ein intelligenter Fernsehzuschauer ansehen sollte – diesmal war die sanftmütige Kate Munro ihr Opfer, und die war zu höflich, um sie abzufertigen. Cass beobachtete, wie James beschützerisch einschritt.

Joanna eilte herbei, als sich Cass und Laurie zum Aufbruch bereitmachten. »Es war schön, dass Sie gekommen sind. Wie geht es Gina? Wir haben sehr bedauert, dass sie nicht hier war.«

Es war eine Höflichkeitsfloskel, und Laurie antwortete mit einer Höflichkeitsfloskel. Als die Frasers das Mains bezogen hatten, war Joanna sehr gastfreundlich gewesen und hatte sofort Sympathie für Gina empfunden, aber sie musste bald feststellen, dass die Freundschaft nur einseitig war.

Sie wandte sich an Cass und fügte hinzu: »Es ist wunderbar, dass Sie unter der Woche hier sein können. Wie lange bleiben Sie diesmal?«

»Ganze neun Tage«, antwortete Cass zufrieden.

»Sie müssen herkommen und sich Jamie ansehen – wenn Sie nichts dafür übrig haben, Babys zu bewundern, dann besuchen Sie eben den Rest der Familie. Vielleicht möchten Sie sich mit Becky unterhalten. Aber ich muss Sie warnen – sowohl die Zwillinge als auch Laura haben Ferien. Ich hoffe, das wirkt nicht allzu abschreckend auf Sie.«

»Ich würde sehr gern kommen.«

Cass hatte den Verdacht, dass Joanna sie zum Dinner eingeladen hätte, wenn sie nicht in Lauries Begleitung hergekommen wäre. Es hätte ihr Spaß gemacht zu bleiben, besonders wenn die Munros auch hier waren. Die Ungezwungenheit in diesem Haus gefiel ihr, und die Menschen lachten genauso gern wie Gina.

Als Laurie und sie durch den knirschenden Schnee stapften, zwang sich Cass, an das Treffen und an die Mackenzies zu denken. Sie wäre so viel lieber mit Rick als mit dem freundlichen, aber etwas langweiligen Laurie durch die Sternennacht gewandert. Cass hatte sich mittlerweile daran gewöhnt, sich derlei Wünsche zu versagen und sich auf anderes zu konzentrieren, aber unterschwellig beschäftigte sie sich unaufhörlich mit Rick.

Vielleicht hatte sie in dieser Woche die Möglichkeit, ein wenig Zeit mit Gina zu verbringen und in aller Ruhe mit ihr zu reden. Obwohl Gina und Laurie ganz allein einen Ausweg aus der Sackgasse finden mussten, in die sie augenscheinlich geraten waren, könnte es Gina helfen, wenn sie sich einmal richtig aussprach. Ein Jammer, dass Gina keine Freundschaften im Glen schließen wollte. Sicher wäre es gut, wenn sie sich aus der selbst gewählten Isolation befreien könnte.

Ob das Abendessen fertig war, wenn sie ins Mains kamen? Cass grinste – eine dumme Frage.

Kapitel einundzwanzig

Zum ersten Mal wirkte die Wohnung regelrecht abweisend, und Cass spürte eine Fremdheit, wie sie manche Behausungen an sich haben, wenn man aus dem Urlaub zurückkommt. Alles sah eher kahl als ordentlich aus (wahrscheinlich hatte sich Cass zu sehr an die Atmosphäre bei den Frasers und Mackenzies gewöhnt), den subtilen Farben fehlte die Wärme. Ihr war nie zuvor aufgefallen, wie dunkel alles war. Oder lag das nur an dem Kontrast zu dem blendenden Wintersonnenlicht, das in das Corrie geströmt war, oder den Tagen im Schnee? Nach den letzten Niederschlägen waren nur noch die Bäume und der Fluss in dem weißen Glen zu sehen.

Einen Tag lang war die Straße gesperrt, und nichts kam mehr durch, bis auf ein paar Traktoren oben in Allt Farr und Ed Cullane, der darüber maulte, dass er mit seinem Pflug ganze Berge von Schnee verschieben musste, obwohl es nicht das Geringste nützte, weil ohnehin niemand irgendwohin fahren konnte. Es entwickelte sich sofort ein angenehmes Zusammengehörigkeitsgefühl. Diejenigen, die andere Häuser zu Fuß erreichen konnten, schauten vorbei, um nachzusehen, ob alles in Ordnung war, und von Schneewehen zu erzählen, die bis zum Dach reichten, von zugeschneiten Fenstern, verschütteten Brennholzstapeln, riesigen Ästen, die unter der Schneelast abgebrochen waren, Schafen, die ausgegraben werden mussten, und Rehen, die nur noch die Spitzen hoher Sträucher zu fressen bekamen. Der Strom fiel für etliche Stunden aus, und Cass war erstaunt über die Selbstverständlichkeit, mit der man sich behalf. Sie hatte entschieden, Gina unter dem Vorwand, sie müssten ihre Fernseh-Beiträge bezahlen, aus dem Haus zu locken und zu einem Besuch bei Nancy zu bewegen. Und solange es keinen Strom gab, konnten sie ohnehin nicht viel anderes tun.

Der Teekessel stand auf dem Butangaskocher, sie rösteten Nancys selbst gebackenes Brot im Kaminfeuer und aßen es mit Butter von Allt Farr und Nancys Pflaumenmarmelade. Danach führten sie sich den lockersten Kuchen zu Gemüte, den Cass jemals gegessen hatte. Aus dem mit Farbspritzern übersäten, batteriebetriebenen Transistorgerät dröhnte schottische Musik, die von Lokalnachrichten unterbrochen wurde, die nicht von Staus auf den Straßen, entgleisten Zügen oder verschneiten Flughäfen berichteten, sondern von einem verletzten Schäfer, der mit dem Hubschrauber ins Krankenhaus hatte gebracht werden müssen.

Nancy handarbeitete während ihres Besuchs. »Ich wollte schon seit langem mit diesem Pullover fertig sein«, sagte sie, und die Nadeln flogen geradezu. »Aber dann kam eines zum anderen ... Bei diesem Wetter habe ich keine Entschuldigung mehr.«

Noch erhebender als die Sinnesfreuden war das seltene Gefühl, dass sich die persönliche Verantwortung auf mehrere Schultern verteilte. Sie waren eingeschneit, und niemand konnte etwas dagegen tun. Es war wunderbar.

Als sie Nancys warmes Cottage verließen und in die schneidend frische Luft traten, sahen sie weit oben in Riach einige kleine Gestalten, und zwei Schlitten rasten den Abhang zum Fluss hinunter.

»Ich nehme an, Laura ist froh, dass sie Ferien hat und dieses Ereignis nicht versäumt«, bemerkte Gina betrübt. »Meine Sprösslinge jammern nur, weil sie nicht zu ihren Freunden können, und ohne Strom haben sie keine Beschäftigung.«

»Sind sie alle zu Hause?«

»Sogar Steve. Er kann es nicht fassen, dass ihm das passiert und dass er hier festsitzt.« Gina klang müde und deprimiert. Die Verhältnisse in ihrer Familie hatten sich offenbar kein bisschen verbessert.

»Sind wir tapfer genug, um nachzusehen, wie Beverley zurechtkommt?«, fragte Cass.

Natürlich waren sie zu diesem Besuch verpflichtet. Sie brauchten sich eigentlich nicht zu vergewissern, ob Beverley in praktischer Hinsicht mit den Umständen fertig wurde, denn niemand war fähiger, mit Unwägbarkeiten umzugehen als Rick, aber es war unmöglich, das System der Nachbarschaftshilfe zu unterbrechen, auch wenn Beverley niemals eine Freundin werden konnte.

In der Sycamore Lodge waren keine Anzeichen von Behaglichkeit oder Anpassung an die Gegebenheiten wie in Nancys Cottage festzustellen. Ohne ihre elektrischen Helfer war Beverley handlungsunfähig. Bis auch die Telefonleitungen zusammengebrochen waren, hatte sie der Telefonistin des Notrufs mit flammenden Reden in den Ohren gelegen. Jemand musste für das Desaster verantwortlich gemacht werden; sie bezahlte für einen Service und hatte das Recht, ihn stets und ständig in Anspruch zu nehmen. Ohne Kommunikationsmittel, ohne Fernsehen oder Videos (oder den Ehemann, dem sie zusetzen konnte – Cass war keineswegs überrascht, Rick nicht im Haus anzutreffen, und malte sich sehnsüchtig aus, wie er friedlich in seiner Scheune arbeitete) tat sich ein Abgrund unausgefüllter Zeit vor ihr auf.

»Das alles ist einfach entsetzlich!«, begrüßte Beverley Cass und Gina. »Ich kann meine Übungen nicht machen, ich kann nicht waschen oder bügeln, ich kann nicht putzen und kochen, und ich kann nicht einmal jemanden anrufen. Ich kann nicht Musik hören und mir nicht die Zähne putzen oder die Haare waschen. Sie haben ja keine Ahnung, wie das ist!«

»Das Wasser ist vielleicht noch heiß genug für eine Haarwäsche«, meinte Gina hilfsbereit. »Dann könnten Sie sich an den Kamin setzen und es dort trocknen lassen. Ich mache das oft.«

Die Trockenblumen waren aus dem Kamin verschwunden. Jemand, vermutlich Rick, hatte Holz auf den noch immer makellos blitzenden Rost geschichtet.

»Na ja, das mag vielleicht für Sie ausreichen sein, Gina«, die oft gehörte Anklage, »aber meinen Haaren würde das gar nicht gut tun. Außerdem macht ein Feuer im Kamin so ungeheuer viel Schmutz im ganzen Haus, und wer soll den wieder wegmachen, das würde ich gern mal wissen.«

Kein Wunder, dass sich Rick aus dem Staub gemacht hatte.
»Sie könnten Wasser auf dem Feuer kochen«, schlug Cass vor.
»Und meine wertvollen Töpfe mit den Kupferböden mit all dem Rauch und Ruß ruinieren? Kommt ja gar nicht infrage«, kreischte Beverley entrüstet.

Das Corrie war kaum besser auf den Notfall vorbereitet; die große Taschenlampe und der Kamin waren alles, was Cass aufzuweisen hatte, und sie schämte sich ein bisschen, weil sie keine Vorkehrungen getroffen hatte.

»Mach dir deswegen keine Gedanken, du kommst zu uns«, bestimmte Gina, als sie den Weg hinaufgingen. »Kein Mensch hockt bei Stromausfall allein herum.«

»Das ist lieb von dir, Gina, aber vergiss nicht, ich bin viel besser dran als Beverley – ich kann mir noch die Zähne putzen.«

»Nein, bitte bring mich nicht zum Lachen, sonst komm ich aus der Spur.«

»Ich mache lieber im Corrie Halt, um einzuheizen und meine Taschenlampe zu holen.«

»Sei nicht albern, du bleibst über Nacht.«

»Wir werden sehen. Danke für die Einladung, aber bis dahin haben wir vielleicht wieder Strom. Ich mache in jedem Fall ein Feuer. Ich muss verhindern, dass die Leitungen einfrieren.«

Cass sprach zwar nicht mit Gina darüber, aber sie wollte die Nacht unbedingt im Corrie verbringen, allein mit allem fertig werden, auch wenn sie noch so schlecht ausgerüstet war.

Sie war froh, dass Gina vor dem Haus auf sie wartete und die Gelegenheit nutzte, um wieder zu Atem zu kommen, denn sie entdeckte eine Nachricht auf dem Küchentisch:

Wenn Sie etwas brauchen, zögern Sie nicht zu fragen, R.

Er war hier gewesen. Diese Geste, das Gefühl, umsorgt zu werden – das war beinahe so schön, wie ihn zu sehen. Und in ihrem Kamin waren die Scheite ebenso geschickt aufgeschichtet wie im Bungalow.

Im Mains hießen erleuchtete Fenster sie mit flackerndem Licht willkommen. Laurie hatte bereits zwei Gaskocher hergerichtet, einen Heizofen aufgestellt und ganz groß KERZEN an das Memo-Board in der Küche geschrieben.

Sogar Nessa war aus ihrem Schlupfwinkel, den sie sonst so grimmig verteidigte, herausgekommen, und alle halfen mit, um ein Abendessen zuzubereiten. Danach setzten sie sich nach einer kurzen Debatte hin, um Monopoly zu spielen (Gina gab ohne ein Wort den Gedanken an einen Abend am Klavier im Schein des Kaminfeuers auf). Sie benahmen sich wie eine richtige Familie, und einige von ihnen dachten im Stillen: Warum kann es nicht öfter so sein?

Nichts könnte sich mehr von dieser häuslichen, turbulenten Szenerie, dem »improvisierten« Essen, das sich als Festmahl erwiesen hatte, der Gastfreundschaft und der Geborgenheit während des Stromausfalls unterscheiden als dieses Londoner Interieur mit den kalten Farben und klaren Linien. Kahl und öde, dachte Cass schaudernd, als jagte ihr der Kontrast Angst ein.

Sie gab sich redlich Mühe, sich einzugewöhnen. London zeigte sich mit strahlender Frühlingssonne und blühenden Krokussen von seiner besten Seite. Es war kaum zu glauben, dass diese Stadt im selben Land lag wie der Glen Maraich und nur einige Autostunden dazwischen lagen.

In der Agentur hatte es während Cass' Abwesenheit keine größeren Probleme gegeben, und Diane und sie hatten sogar Zeit für ein langes Mittagessen, bei dem sie sich alle Neuigkeiten erzählten. Guy würde in vier Tagen nach Hause kommen, und an diesem Wochenende fand eine Party statt, die drei Paare aus ihrem Freundeskreis anlässlich ihrer Hochzeitstage gemeinsam gaben. Guy und sie hatten überlegt, ob sie sich beteiligen und ihren Hochzeitstag auch mitfeiern sollten – den ersten, bei dem alle sagen würden: »Ist das schon ein Jahr her? Wie die Zeit vergeht!« –, aber sie hatten beschlossen, zum richtigen Datum in sechs Wochen selbst eine Party zu geben.

In dieser Woche drehte sich viel um Hochzeitstage. Cass überlegte, was sie Guy schenken sollte, und entwickelte Ideen für ihr eigenes Fest. Eigentlich hätte das alles Spaß machen sollen, aber in diesen wenigen Tagen, in denen sie allein war und zu viel Zeit zum Nachdenken hatte, musste sich Cass endlich der Wahrheit stellen, die der Jahrestag ihr aufzwang.

Sie war weiter denn je von Guy entfernt. An ihrem gemeinsamen Leben in der Wohnung war nichts auszusetzen, und bestimmt wurden sie von vielen beneidet, aber trotzdem war ihre Ehe ein Fehler. Sie schienen – was? – die Wärme, das Lachen, den Spaß und die Freude aneinander bei ihrem Umzug in Chepstow Terrace zurückgelassen zu haben. Oder wurden sie nur älter? Cass versuchte, das zu glauben. Sie ging im Geiste ihre Freunde durch und erkannte, dass die Leidenschaft und die überschäumenden Gefühle im Laufe der Jahre in den meisten Partnerschaften nachließen. Dann fragte sie sich, was ein unvoreingenommener Beobachter bei ihnen sehen würde, und die Antwort war ernüchternd. Sie versuchte, die äußeren Umstände ins Feld zu führen – Guy hatte im vergangenen Jahr sehr viel gearbeitet, und sie war mit der Gründung von Quickwork und der Filiale in Schottland sehr beschäftigt gewesen –, aber ihre innere Aufrichtigkeit ließ diese Vorwände nicht zu.

Am Abend vor Guys Rückkehr verdrängte sie alle Zweifel, ob sie sich auf ein Wiedersehen freute, und brachte die Wohnung auf Hochglanz, was sie als versöhnliche Geste ansah, verteilte üppige, teure Blumenarrangements in den Zimmern, listete die Nachrichten auf, die für Guy auf dem Anrufbeantworter angekommen waren, sortierte seine Faxe, aber die nackte Realität holte sie ein, als sie das Kleid anprobierte, das sie für die Party am Samstag gekauft hatte.

Sie wollte nicht, dass Guy nach Hause kam. Ihr graute vor dem Wochenende, weil sie ahnte, dass eine Aussprache nicht mehr zu vermeiden war. Vielleicht bringt mich das Kleid auf solche Gedanken, dachte sie in einem letzten Versuch, die Wahrheit zu verschleiern. Es sieht in diesem Licht schrecklich aus und macht mich totenblass. Vielleicht sollte ich mir die

Haare färben und Hilfe bei einer Farbtyp-Beratung suchen, wie Beverley es immer so taktlos vorschlägt. Aber Gina hat das nie gemacht und sieht immer toll aus in den Sachen, die sie trägt.

Hör endlich auf, dir etwas vorzumachen, befahl die große Gestalt streng, die ihr aus dem Spiegel entgegenblickte, und sie musterte sie ganz objektiv. Die Verzweiflung über ihre Größe, ihr mausbraunes Haar, das sie nur kurz geschnitten tragen konnte, wenn sie nicht aussehen wollte wie ein Stechginsterbusch, und ihre langen Glieder, deren elegante Bewegungen und Anmut sie nie beobachten konnte, überkam sie erneut und so heftig wie damals, als sie noch zur Schule gegangen war. Wie konnte ein Mann wie Guy...? Früher hatte sie immer eine Antwort darauf parat gehabt: »Er hat es eben getan. Ich bin hier, oder nicht?« Aber das ging jetzt nicht mehr. Warum hatte er sie geheiratet? Sie wusste mit schmerzlicher Gewissheit, dass er sich dasselbe fragte, dass er während des ganzen Jahres darüber nachgedacht hatte. Seit der Hochzeit drifteten sie in verschiedene Richtungen, und wo endeten ihre Wege? Sie wagte nicht, das zu ergründen. Denn worauf steuerten sie wohl zu?

Cass starrte reglos in den Spiegel und fand dort keinen Trost. Das Schweigen zwischen ihr und Guy konnte nicht andauern. In keiner Beziehung durfte sich ein Partner derart isoliert fühlen.

Dass es schwierig war, den richtigen Zeitpunkt für ein Gespräch zu finden, machte das Problem noch deutlicher. Es war unmöglich, an Guys erstem Abend, nachdem sie sich drei Wochen nicht gesehen hatten, mit der Tür ins Haus zu fallen. Und der Unmut, den beinahe jede Nachricht hervorrief, die er während seiner Abwesenheit erhalten hatte, die endlosen Telefonate und E-Mails kosteten ihn fast den ganzen Abend. Der Samstag, an dem andere ihre Ehen feierten, war wohl kaum geeignet, über das zu sprechen, was in ihrer schief ging. Ob diese anderen Ehen erfolgreich sind oder nicht, sei dahingestellt, ging es Cass durch den Kopf. Aber sie schreckte zurück – allgemeine Zweifel zuzulassen war zu beunruhigend.

Sie schob ihre eigenen Sorgen beiseite und tröstete sich damit, dass sie nicht zu den Frauen gehörte, die ihre Männer in lächerlichen Situationen die Ohren voll jammerten, wenn sie zum Beispiel unter dem Auto lagen und daran herumbastelten. Dieses Bild heiterte sie so auf, dass sie die Sache verdrängen und sich auf der Party amüsieren konnte. Cass war erleichtert, als sie am nächsten Morgen mit einem leichten Kater aufwachte.

Aber dann kam der Sonntagnachmittag, und nach dem späten Mittagessen mit ein paar Party-Überlebenden in einer Weinstube kehrte sie zusammen mit Guy in die Wohnung zurück, die ihr seltsam fremd und tot vorkam. Wie würden sie normalerweise einen solchen Nachmittag verbringen? Cass war erschüttert, weil ihr innerlicher Aufruhr die Atmosphäre der Räume so radikal verändert hatte. Die Zeit bis zum Abend dehnte sich in ihrer Vorstellung unerträglich lange und unausgefüllt aus. Und der Montag lauerte mit seiner Macht, den Sonntagabend mit Vorbereitungen für die kommende Woche zu vereinnahmen.

Doch Cass war sich im Klaren, dass diese Gefühle mit der Angst vor dem einhergingen, was sie aufdecken würde, wenn sie auf Aufrichtigkeit bestand. Sie stand in der Küche, der Kaffee war fertig, das Tablett bereit, und sie ertappte sich dabei, dass sie sich umsah, um die Details, die sie umgaben, die Beschaffenheit der Gegenstände und das Licht, das auf sie fiel, in sich aufzunehmen. Unheilvoll.

Aber all ihre Vorahnungen hatten sie nicht auf die Enthüllungen vorbereitet, die ihr bevorstanden.

Guy tat sein Bestes, um einem Grundsatzgespräch aus dem Weg zu gehen, weil er besser als sie wusste, wohin es führen würde, wenn sie sich ihr Unglück und Versagen eingestanden. Er wehrte sich mit der Behauptung, viel zu tun zu haben und nach seiner langen Reise eine Menge aufarbeiten zu müssen, aber jetzt konnten sie diese Einwände nicht mehr aufhalten.

»Wir können so weitermachen und bis in alle Ewigkeiten schweigen«, drängte sie ihn beharrlich. »Wir haben immer zu tun, sind ständig in Eile und rennen in verschiedene Richtungen.

»Na ja, keiner von uns hat vor, etwas an seinem Job zu ändern.«

»Aber wir haben nie Zeit füreinander, haben nie Spaß zusammen – jedenfalls nicht mehr so viel wie früher.«

Ich benehme mich genau wie die bockige Frau, die versucht, ihren Mann unter dem Auto hervorzuzerren, dachte Cass bedrückt. Sie versuchte es noch einmal: »Ich frage mich, ob du auch bemerkt hast, dass wir auseinander driften.«

»Es ist alles in Ordnung mit uns.« Seine unechte Fröhlichkeit konnte sie nicht überzeugen. »Belassen wir es dabei, ja? Ich habe wirklich vor morgen noch viel zu erledigen.«

»Eine halbe Stunde«, sagte Cass – sie hasste sich selbst dafür, aber sie konnte jetzt nicht nachgeben. »Du kannst deine Arbeit eine halbe Stunde liegen lassen.«

»Es gibt doch gar nichts zu besprechen.« Noch immer wehrte er sich gegen den Ernst der Lage; er nahm seine Kaffeetasse und wandte sich ab.

Cass stellte ihre Tasse mit zitternden Händen ab und erhob sich. Sie verabscheute Szenen, und sie wollte nichts weiter, als sich gemeinsam mit ihm zu besinnen und auf der Basis neu aufzubauen, die sie einmal gehabt hatten.

»Ich bin nicht glücklich«, gestand sie leise. »Bist du es?«

Guy wandte sich ihr langsam und gefasst zu. Sein hageres Gesicht war erschreckend bleich, nur auf den Wangenknochen zeigten sich rote Flecken. »Lass dieses Thema lieber ruhen«, warnte er sie mit gepresster Stimme.

»Bist du glücklich?« Cass konnte das Zittern nicht mehr kontrollieren.

Er sah sie an. »Nein«, antwortete er.

Darauf folgte angespanntes Schweigen; Cass starrte in seine kalten Augen und sah nichts als Unnachgiebigkeit, die Weigerung, mehr von sich preiszugeben. Die Dinge schienen von einer unaufhaltsamen Welle erfasst zu werden, die sich immer höher auftürmte und schließlich über Cass' Kopf brach.

Doch anscheinend betraf das Schreckliche nur sie – Guy blieb ganz sachlich und erschreckend nüchtern.

»Ich wusste schon in dem Moment, in dem wir geheiratet haben, dass es ein Fehler war«, fuhr er fort, als ob er sich schon vor langer Zeit damit abgefunden und diese Erkenntnis keinerlei Auswirkung mehr auf ihn hätte. »Eine feste Bindung! Es ist mir unverständlich, dass wir nicht vorausgesehen haben, wie fatal sich das auf uns auswirkt. Wir haben das fünf Jahre lang ganz klar erkannt, um Himmels willen. Warum haben wir etwas geändert, was so gut funktioniert hat? Oh, ich weiß, es war meine Idee, und es gab eine Menge vernünftiger Gründe für diesen Schritt, daran brauchst du mich nicht zu erinnern, aber keiner von uns hat gründlich durchdacht, welche persönlichen Konsequenzen das für uns hat.«

Persönliche Konsequenzen. Liebe und Zugehörigkeit. Cass brachte kein Wort heraus.

»Ich hätte wissen müssen, dass ich für eine derartige Beziehung nicht tauge«, fuhr Guy mit einer Bitterkeit fort, die Cass' Trauer nicht linderte.

Für eine »derartige« Beziehung – offenbar betrachtete er diese Angelegenheit ganz objektiv und innerlich unbeteiligt.

»Das war immer schon so, und es war absurd zu glauben, dass ich mich nur wegen einiger Worte auf einem Stück Papier grundlegend ändern würde.«

Waren für ihn die Eheversprechen, die ihr so viel bedeuteten, nicht mehr als ein paar Worte? »Aber wir hatten gar nicht die Absicht, etwas zu ändern«, brachte Cass heraus und wusste nicht einmal, welche Position sie mit diesem Argument stärken wollte.

»Das Gefühl, vereinnahmt zu werden. Der Verlust der Freiheit«, sagte Guy mehr zu sich selbst. »Die Erwartungen eines anderen Menschen. Aber ich habe mein Bestes gegeben.«

»Wie? Ich meine...«, Cass reduzierte ihren herausfordernden Tonfall und machte eine simple Frage daraus: »Wie hast du deiner Ansicht nach dein Bestes gegeben?«

»Mit diesem verdammten Cottage«, erwiderte Guy und trank seinen Kaffee mit einem einzigen Schluck aus, als wäre damit auch diese Unterhaltung beendet.

Ich wusste, dass das kommt, dachte Cass. Das Corrie ist der Kernpunkt. »Was willst du damit sagen?«, erkundigte sie sich ruhig.

»Es war verrückt, etwas zu kaufen, was so weit von London entfernt ist.«

»Aber du hast es dir ausgesucht.« Sie hörte, dass ihre Stimme bebte. Dieses Thema war mehr als jedes andere eine Bedrohung für ihre Selbstbeherrschung.

»Wir brauchten etwas. Ich dachte, du würdest dich darüber freuen. Aber meine eigentliche Hoffnung war, dass es dir die Flausen, was Schottland angeht, austreiben würde, wenn wir uns dort was kaufen. Ich habe damit gerechnet, dass du die Idee zwar gut, aber ein Viertel der Fahrzeit besser finden würdest. Dann hattest du diesen Einfall mit der Filiale in Perth – das hatte ich nicht eingeplant.«

»Aber du bist Teilhaber in Sillerton. Das warst du schon, bevor wir das Corrie aufgetan hatten. Du wolltest etwas in der Nähe haben.«

»O ja, das war damals. Ich habe meine Anteile an Sillerton verkauft.«

Cass spürte, wie ihre Beine nachgaben. Sie sank auf das Sofa, ohne den fassungslosen Blick von Guys Gesicht zu wenden. Er sah sie nicht an.

»Du hast die Anteile verkauft?«

»Die Organisation dort ist chaotisch. Man hat dem Verwalter freie Hand gelassen, und so was geht nie gut. Sie haben sich geweigert, einen unabhängigen Berater einzuschalten. Das ganze Unternehmen geht in Kürze den Bach hinunter, und für mich war es höchste Zeit auszusteigen.«

Laurie. Gina.

»Aber du hast mir kein Wort...«

»Himmel, Cass, das ist der springende Punkt, siehst du das nicht?« Guy blitzte sie wütend an. »Ich kann es nicht ertragen, dir – oder irgendjemandem sonst – Rede und Antwort stehen zu müssen. Richtig oder falsch, unnatürlich, ein Komplex, mit dem ich nicht fertig werde – wie auch immer, ich bin nun mal so. Ich ertrage es nicht, alles, was ich tue, erklären oder rechtfertigen zu müssen.«

»Aber ich habe dir nie das Gefühl gegeben...«

»Verstehst du nicht, dass es viel, viel mehr als das ist?« Er schrie jetzt, seine Wut steigerte sich ins Unermessliche. »Wenn ich mir nur vorstelle, dass die Jahre, die vor mir liegen, so sind wie das letzte, dass ich gebunden und gefangen bin, dann bin ich der Verzweiflung nahe. Ich möchte mich auf meine eigenen Angelegenheiten konzentrieren und nicht ständig abgelenkt werden. Es ist ein Charakterfehler, ein Defekt, das brauchst du mir nicht zu erklären, aber ich kann nichts daran ändern. Zu wissen, dass du immer da bist, auf mich wartest, ist ein Albtraum.«

»Aber ich warte nicht«, verteidigte sich Cass mit brüchiger Stimme, obwohl sie wusste, wie absurd ein solcher Einwand war. Guy redete über etwas, das weit tiefer ging, aber sie klammerte sich an diesen läppischen Vorwurf, als könnte sie ihn mit logischen Argumenten entkräften.

Guy merkte, wie verletzt sie war, das beschwichtigte seinen Zorn.

»O Cass«, meinte er reumütig, legte eine Hand auf ihre Schulter, zog sie aber gleich wieder weg, als könnte er eine Berührung im Moment nicht verkraften. »Ich weiß, ich weiß. Das alles ist mein Fehler, nicht deiner. Niemand ist umgänglicher oder großzügiger als du. Aber das Ganze wird mehr und mehr zur Heuchelei. Und in letzter Zeit habe ich das Gefühl, dass du mehr Interesse an diesem verdammten Glen als an dem Leben hier hast. Ich kann wohl kaum behaupten, dass mein Vorhaben, dir die Illusionen mit dem Kauf des schottischen Cottages zu nehmen, gelungen ist, hab ich Recht?«

»Hast du es von Anfang an nicht gemocht?«

»Oh, du kennst mich. Vorübergehende Begeisterung. Eine Zeit lang war es wegen Sillerton sehr günstig für mich. Und trotz all dem, was ich gerade gesagt habe, wollte ich, dass unsere Ehe gut läuft. Ich weiß, dass wir sie aus den falschen

Gründen eingegangen sind, aber eine Zeit lang habe ich ehrlich gehofft...«

Er hat gehofft – Cass hatte große Mühe, Ruhe zu bewahren; sie erkannte, dass er nur eine »normale« zwischenmenschliche Beziehung zu ertragen im Stande war. Mehr hatten sie nie gehabt.

»Und was wird jetzt aus uns?« Wie konnte sich diese unvorstellbare Frage bei einem einzigen Gespräch zwischen sie drängen? Aber für Guy war diese Ehe nichts anderes als ein gescheitertes Projekt; sie konnte in derselben klinischen Art beendet werden, wie sie begonnen wurde.

»Wir können uns mit einer Entscheidung Zeit lassen«, schlug er vor – jetzt, da das Problem auf eine zivilisierte Weise gelöst war, fühlte er sich besser. Für einen Moment wünschte Cass, sie hätte nicht die Fassung bewahrt, es ihm nicht so leicht gemacht. »Ich denke, es muss sich nicht viel ändern«, fuhr Guy fort. »Das zerstörerische Gefühl, angekettet zu sein, ist bereits verflogen, nur weil ich offen darüber sprechen konnte. Aber jetzt muss ich mich wirklich an meinen Schreibtisch setzen...«

Ich werde über all das lachen, beschloss Cass, als er sich an seine Arbeit machte. Weinen würde mich zu sehr aufregen und Guy sicherlich in Verwirrung stürzen.

Kapitel zweiundzwanzig

Es folgten dunkle Zeiten. Die frühen Vorboten des Frühlings waren in den eintönigen Märzwochen vergessen, in denen die Wolken tief am Himmel hingen und ein Regenschauer auf den anderen folgte. Cass studierte mit, wie sie wusste, kindlichem Interesse jeden Morgen und jeden Abend die Wettervorhersage und sah, dass der Niederschlag, der, über England und Wales als Regen niederging, über Schottland Schnee war, und sie empfand wie nie zuvor in ihrem Leben eine glühende Sehnsucht, dort zu sein.

Aber sie hatte das Gefühl, dass eine Flucht nach Schottland feige und unverzeihlich wäre. Ihre Ehe mochte zerbrochen sein, aber sie sollte Anstrengungen unternehmen, sie zu kitten und zu erhalten, wenn es möglich war. Dennoch führte Guy sein geschäftiges Leben weiter, als könnte er sich kaum mehr erinnern, dass die erschütternde Tatsache ans Licht gekommen war.

Nein, das stimmte nicht ganz. Ein- oder zweimal schnitten sie mit schmerzlicher Befangenheit das Thema noch einmal an, eher weil Cass wissen musste, worauf sie zusteuerten, und weil Guy verstandesmäßig erfasste, dass das geregelt werden sollte, nicht um noch mehr belastende Wahrheiten aufzudecken.

Einmal hatte Guy versucht zu beschreiben, wie unzulänglich er sich fühlte, und er führte sein gegenwärtiges Versagen auf seine Kindheit zurück. Er erzählte Cass mehr von der Lieblosigkeit seiner Familie und seiner Isolation als jemals zuvor. Aber die Einzelheiten und Ereignisse, die er aus seiner Erinnerung ausgrub, brachten das Gefühl der Zurückweisung und die Verzweiflung wieder zurück, und er quälte sich so sehr, dass Cass ihn sanft beschwichtigte. Sie verstand, was er ihr damit klar machen wollte, und war ihm dankbar, aber es war niemandem geholfen, wenn er sich selbst auf diese Weise peinigte.

Was sie jedoch am meisten beunruhigte und ein neues, erschreckendes Einsamkeitsgefühl in ihr weckte, war die Erkenntnis, dass Guy offenbar bereit war, weiterzumachen wie bisher, das Zusammenleben und auch ein gemeinsames Bett zu akzeptieren. Augenscheinlich war er der Ansicht, dass sie jetzt, nachdem sie sich ausgesprochen hatten, wieder voneinander unabhängig waren. Offensichtlich hatte er alle anderen Aspekte ihrer Situation aus seinem Bewusstsein verbannt und war bereit, sich wieder seinen zeitraubenden Unternehmungen zu widmen, ohne daran denken zu müssen, Cass von Details in Kenntnis zu setzen.

»Aber wir können nicht so tun, als wäre nichts geschehen«, protestierte sie schließlich, als sie vollkommen erschöpft war von den Konflikten, die sie mit sich selbst ausgefochten hatte, und Guys stillschweigender Annahme, dass das Problem gelöst wäre.

»Nein, ich nehme an, da ist immer noch die Sache mit der Ehe zu regeln«, stimmte er ihr zu – er war ärgerlich, als hätte sie ihn gebeten, sich mit einer Banalität wie einer unbezahlten Rechnung oder einer langweiligen gesellschaftlichen Verpflichtung zu befassen. »Wir könnten uns scheiden lassen und sehen, ob es uns zusagt, weiterhin zusammenzuleben. Es hat vorher gut funktioniert, und diese Wohnung ist so perfekt, dass es ein Jammer wäre, alles auseinander zu reißen, wenn es nicht sein muss.«

Cass verschlug es die Sprache. Doch wie immer kam ihr der Humor zu Hilfe. Konnte irgendetwas logischer sein, wenn man es genau bedachte? Das frühere Arrangement war erfolgreich gewesen, dieses war es nicht. Man musste also nur die Entscheidung rückgängig machen, die alles verdorben hatte. Sie, Cass, war diejenige, die alles komplizierte, weil sie Gefühle, Verletzungen und Bedürfnisse ins Kalkül zog.

Die verregneten, trüben Wochen, in denen sie beschäftigt war, aber die Arbeit zum ersten Mal als unwillkommenen Zwang empfand, kamen ihr im Nachhinein wie eine Zeit der

Hoffnungslosigkeit vor, in der ihr weder Erfahrung noch klare Vorstellungen den Weg wiesen. Nicht aus Vernunft, sondern aus Feigheit war sie versucht, am Status quo festzuhalten, nicht weiter in Guy zu dringen und nicht noch mehr kaputtzumachen. Aber ihre Aufrichtigkeit zwang sie zu der Erkenntnis, dass dies eine unmögliche Lösung wäre und eine unehrliche dazu.

Ironie des Schicksals war, dass sie sich in diesen Wochen mit dem bevorstehenden Hochzeitstag beschäftigen musste, denn schließlich lebte sie noch mit Guy zusammen, und dieser Tag war ein Teil einer solchen gemeinsamen Existenz. In Gedanken spielte sie alle Varianten durch – von der Entscheidung, ihn gar nicht zu erwähnen und erst recht nicht zu feiern, bis zu einem Schulterzucken: »Oh, geben wir trotzdem eine Party – alle erwarten das von uns. Und was kann das schon schaden?«

Doch allein der Gedanke daran war wie ein Messer, das sich tief in ihr Herz bohrte. Vor einem Jahr: Hoffnung, Glück und Zuversicht.

Sie gab sich redlich Mühe, das Corrie nicht als Zufluchtsstätte anzusehen, als einen friedlichen Ort, an dem alle Wunden auf ganz natürliche Weise heilen würden. Eine Umgebung hatte keine solche Wirkung; man trug seine Probleme, Enttäuschungen und Ängste immer mit sich. Aber dennoch lockte das kleine Haus mit seiner Schlichtheit und Ruhe, und unentwirrbar damit verbunden war die Sehnsucht, mit Rick in seiner Scheune zusammenzusitzen oder mit ihm in der kühlen Frische bei Tagesanbruch über die Hügel zu wandern und sich all den Kummer von der Seele zu reden.

Es war eine Vorstellung, die so geschönt war wie das Bild, das sie sich vom Corrie gemacht hatte. Ihren gegenwärtigen Schmerz konnte sie vermutlich nie in Worte fassen; und es gab kein Wundermittel, das die Heilung beschleunigte. Doch die tröstliche Vision ließ sich nicht verbannen, und sie nahm immer wieder zu ihren Träumereien Zuflucht wie eine Süchtige zur Droge.

Ihre Entschlossenheit, nicht in den Glen zu fahren – eine

solche Flucht würde die Kluft zwischen ihr und Guy nur vertiefen –, wurde von der Tatsache gestärkt, dass sich Roey mit Freunden für zwei Wochen im Corrie eingemietet hatte.

Das wird mich vor einigen Kämpfen mit meinem Gewissen bewahren, sagte sich Cass an dem Abend, an dem Roey anrief, um ihr mitzuteilen, dass sie heil und gesund angekommen sei, aber vergessen habe, wie die Dusche funktionierte. Doch Cass musste feststellen, dass das Wissen, nicht ins Corrie fahren zu können, genau das Gegenteil bewirkte – ihre Sehnsucht wurde nur noch stärker und drohte, alles andere zu beherrschen. Das erschreckte sie, denn ein solcher innerer Aufruhr entsprach so gar nicht ihrer Natur.

Letzten Endes wurde sie sich bewusst, dass es ihr unmöglich war, ihren Hochzeitstag mit einer Party zu feiern, und sie war wütend auf sich selbst, weil sie so lange gebraucht hatte, um das als Fakt anzuerkennen. Wie hatte sie so etwas auch nur eine Sekunde in Erwägung ziehen können? Verlegen und voll des schlechten Gewissens, obwohl ihr eine innere Stimme sagte, dass das nicht allein ihre Schuld war, machte sie alle bereits getroffenen Arrangements rückgängig und trat damit eine Lawine von Fragen, Protesten und – dessen war sie sicher – Spekulationen und Klatsch los. Guy nahm ihre Entscheidung mit dem vertrauten schmalen Lächeln und einem Schulterzucken zur Kenntnis, mit dem er einem *fait accompli* begegnete, das ihm im Grunde gleichgültig war. Allerdings bewies er überraschendes Verständnis dafür, dass dieser Schritt Cass eine Menge Überwindung gekostet hatte.

»Daran werden sie ihre Zungen wetzen«, bemerkte er leichthin, behielt Cass aber aufmerksam im Auge. »An sich spielt das keine Rolle – sollen sie doch denken, was sie wollen. Aber vielleicht würde es helfen, wenn wir für eine Weile von hier verschwinden? Ein paar Tage in der Sonne, wie wär es damit? Wir hatten das ganze Jahr keinen Urlaub.«

Dieser Vorschlag ist nicht eigenartiger als die meisten anderen, stellte Cass mit Belustigung fest. Ihre Dankbarkeit für seine Feinfühligkeit wurde getrübt, als sie begriff, dass er die Aufenthalte im Corrie nicht als Urlaub angesehen hatte. Für eine Sekunde war sie versucht, seinen Vorschlag anzunehmen. Kein Mensch würde es merkwürdig finden, wenn sie die Party absagte, weil sie stattdessen ein paar Tage mit Guy auf Lanzarote oder auf den Seychellen verbringen wollte. Aber ihre Wahrheitsliebe verbot derlei Ausflüchte. Außerdem stellte sie sich vor, mit Guy an einem Urlaubsort zu sein, der alle Voraussetzungen für ein romantisches Zwischenspiel bot und Erinnerungen an frühere Zeiten heraufbeschwören würde, und in diesem Ambiente vor den Trümmern ihrer nur noch zum Schein bestehenden Ehe zu stehen. Alles würde nur noch weher tun.

Es wäre Heuchelei. Dieses eine Wort rief den Gedanken an eine andere Lebenslüge wach, die seltsame Fassade, die Ricks Ehe umgab. Rick ließ zu, dass man ihn noch für krank hielt, war damit einverstanden, in diesem schrecklichen Haus zu wohnen, tolerierte Beverleys lächerliche Ansprüche... Plötzlich wurde Cass wütend auf ihn und blinzelte die Tränen weg, die ihr unvermittelt in die Augen geschossen waren. Sie musste sich eingestehen, dass sie sich nichts mehr als Ricks beruhigende Gesellschaft wünschte. Ihre Wut galt eigentlich gar nicht ihm und der Art, mit der er sein »Schicksal« hinnahm, sondern ihrer eigenen Situation und Unehrlichkeit.

Obwohl Guy und sie von außen betrachtet so lebten wie früher – er vergrub sich vielleicht noch ein bisschen mehr in seine Arbeit, und sie machte sich auf den Weg, um all ihre Kontaktleute zu besuchen, noch ehe die Saison begann –, fehlte ein wichtiges Element. Sie schliefen nicht mehr miteinander.

Für Guy war Sex nie besonders wichtig gewesen, und wenn er von einer anstrengenden Reise zurückkam und sich langsam entspannte, dann gehörte es nicht zu seinen Gewohnheiten, sich Cass' körperliche Nähe zu wünschen. Das behielt er sich für die Momente auf, in denen er nach zehn Stunden bleiernen Schlafs seine Energien aufgetankt hatte – und für Nächte, in denen er nichts Interessanteres im Kopf hatte, fügte Cass in aller Offenheit hinzu. Bestimmt war die körperliche Liebe kein drängendes Bedürfnis für ihn, und das hatte sie schon vor langer Zeit akzeptiert.

Aber jetzt machte es ihr aus unerfindlichen Gründen etwas aus. Sogar sehr viel. In diesen unsicheren, qualvollen Tagen hätte sie in physischer Nähe Trost gefunden; es hätte ihr gezeigt, dass etwas zwischen ihnen Bestand hatte, das es wert gewesen wäre, bewahrt zu werden. Doch sie machte den Fehler, Guy die Gangart bestimmen zu lassen – selbst jetzt noch verstand sie nicht, dass die chronische Verletzlichkeit und der Drang nach Sicherheit bei ihm weit tiefer saßen als bei ihr. Sie wartete, und er wartete, und sie drifteten im einem Meer von Zaghaftigkeit, Respekt vor der Privatsphäre des anderen und Selbstzweifel immer weiter auseinander.

Ihr Hochzeitstag war zu einem Tabu geworden, aber die nächste Hürde, die es zu nehmen galt, waren die Osterfeiertage.

Wie hilflos wir in unseren Gewohnheiten zappeln, dachte Cass frustriert. Es musste eine Entscheidung getroffen werden, und vermutlich würden die Pläne die Kluft zwischen ihnen noch deutlicher machen. Sie erwähnte das Corrie mit keinem Wort – so sehr sie sich auch wünschte, im Glen zu sein, so wusste sie doch, dass sie die Feiertage nicht mit Guy und ihren ungelösten Problemen dort verbringen wollte.

Überraschenderweise fragte Guy, ob sie über das lange Wochenende nach Havenhill fahren wollte. Ostern gehörte nicht zu den traditionellen Besuchstagen bei der Familie, sondern war immer für Kurzurlaube vorgesehen gewesen. Die Vorstellung reizte Cass. Die Familie, die Spannungen und Vertrautheiten wären ein nützliches Sicherheitsnetz. Vielleicht würden sie und Guy dort erkennen, dass sie nicht vorsichtig umeinander herumzuschleichen brauchten.

Aber ihre Einstellung schlug in der alarmierenden Weise, die ihr in letzter Zeit oft zu schaffen machte, ins Gegenteil um. Cass erkannte, dass es feige wäre, sich im Schoß der Familie zu verkriechen. Wenn sie und Guy eine Basis finden wollten, auf der ein Zusammenleben möglich war, dann durften sie sich nicht in einer Umgebung verstecken, in der persönliche Gespräche nicht stattfinden konnten.

»Es ist lieb, dass du das vorschlägst, Guy, aber es wäre

schwer für mich, bei der Familie zu sein und so zu tun, als wäre alles in Ordnung, solange noch so vieles ungeregelt ist.«

»Was möchtest du dann machen?«, erkundigte sich Guy tonlos – das war seine Art, die Bereitschaft zu zeigen, sich eine andere Meinung anzuhören, obwohl er schon von vornherein wusste, dass sie wertlos war.

»Können wir nicht einfach hier bleiben? Ohne durch die Gegend zu fahren, uns eine Menge vorzunehmen und viele Leute zu sehen? Nur wir beide, und wir nehmen uns Zeit, friedlich miteinander zu reden.«

»Meinetwegen, wenn du meinst, dass das sinnvoll ist.« Die Diskussion war beendet, die Entscheidung gefällt, was immer er auch davon hielt.

Anfangs dachte Cass, dass diese Entscheidung die größte Fehleinschätzung ihres Lebens war. Später sah sie sie als schnellen, sauberen, lebenserhaltenden Schnitt an. Aber während des gereizten, endlos langen Wochenendes machte sie sich Vorwürfe, weil sie so idiotisch gewesen war, sich einer solchen Qual auszusetzen und auch noch anzunehmen, sie könnten irgendetwas erreichen.

Die Wohnung war ihr nie so öde und feindselig erschienen wie in diesen Tagen. Die Atmosphäre knisterte vor Spannung, und die Unfähigkeit, sich mitzuteilen, prallte von den Wänden ab. Sie vertrieben sich die Zeit, bewegten sich jeweils in einem eigenen Kreis und achteten peinlich darauf, keine Berührungspunkte zu haben. Guy saß die meiste Zeit an seinem Schreibtisch. Cass versuchte zu lesen, sich Filme anzusehen, die sie auf Video aufgenommen hatte, und nahm sogar zum Kochen Zuflucht.

Es gelang ihnen nicht, ein Gespräch anzufangen. Cass hatte gehofft, dass sie im Stande sein würden, über ihre Empfindungen und Erwartungen zu reden – selbst ein Streit hätte mehr genützt als geschadet, aber als die Zeit dahinkroch, sie in einem Lokal, in dem sich die Touristen drängten, zu Mittag aßen und Cass allein im Park spazieren ging, wurde sie sich bewusst, dass sie sich in ihrem ganzen Leben nie so eingesperrt gefühlt hatte wie jetzt.

Später erkannte sie, dass dieses Wochenende keines ihrer Probleme lösen konnte, weil sich Guy zu jeder Diskussion, die von ihr ausgegangen wäre, gezwungen gefühlt hätte. Er hatte weder Ort noch Zeit gewählt – er hatte nicht die Möglichkeit gehabt, die Art der Waffen zu bestimmen, berichtigte sie sich selbst.

Zwei Wochen nach Ostern folgte ohne Vorankündigung, ohne Auseinandersetzung oder weitere Enthüllungen der Todesstoß für ihre Ehe. Guy erklärte emotionslos und höflich wie immer: »Hör mal, Cass, ich denke, wir müssen uns damit abfinden, dass es nicht funktioniert hat. Wir haben uns geirrt, warum machen wir nicht einen klaren Schnitt? Was denkst du?«

Was ich denke? Vor meinen Füßen tut sich ein Abgrund auf. Ich bin sprachlos, entsetzt, erschüttert.

»Meinst du...«, stammelte Cass in dem Versuch, die zentrale Frage auszusprechen, die in tausend Splitter des Protestes und der Zweifel zu zerbersten schien. »Willst du, dass ... wir uns trennen? Nicht mehr zusammen leben? Uns scheiden lassen?«

Trotz ihres Elends wurde sie sich bewusst, wie absurd diese Frage war. Sie verstummte, als sie Guys Gesicht sah. Seine unnachgiebige, steinerne Miene verriet, dass er nicht in der Lage war, dies für sie beide leichter zu machen. Ihr Herz raste.

»Guy?« Sie war nicht sicher, ob ihr dünnes Stimmchen ihn erreichte.

»Ich habe mein Bestes getan«, sagte er hastig, als würde er einen Punkt auf der vorbereiteten Liste abhaken müssen. »Ich habe vorgeschlagen, dass wir zusammen wegfahren, weil ich uns die Chance geben wollte, das wiederzufinden, was wir früher hatten.« (Aber so hast du es nie gesagt.) »Ich war sogar bereit, Ostern bei deiner Familie zu verbringen, in dem Glauben, das würde die Harmonie zwischen uns wiederherstellen, aber du wolltest mir nicht auf halbem Wege entgegenkommen. Ich mache dir keinen Vorwurf, aber deine Haltung zeigt mir, wie weit wir uns voneinander entfernt haben. Ich bin nicht der Mann, den du willst und den du brauchst.«

Cass begriff, dass er das glauben wollte; er hatte das Bedürfnis, laut auszusprechen, dass er ihre Beziehung hatte retten wollen – mit zwei schwachen Vorschlägen.

»O Guy.« Cass fühlte sich schrecklich allein. Welche Worte konnten die Schale des emotionalen Selbstschutzes durchdringen? Sie sah seinem Gesicht an, wie sehr er sich vor Tränen, Anschuldigungen und Reue fürchtete, deshalb schwieg sie.

»Ja, also...«, seine bekannte Art, sich aus einer unerfreulichen Auseinandersetzung herauszuwinden..., »ich muss etwas mit dir besprechen, obwohl es keine Eile hat, irgendwelche Entscheidungen zu treffen. Eine neue Möglichkeit hat sich aufgetan.«

Eine geschäftliche Chance, die einen langen Aufenthalt im Ausland nötig machte? Cass war sich im Klaren, dass sie damit eine erträgliche Möglichkeit gewählt hatte, aber tief in ihrem Innersten wusste sie, dass das Schreckliche, das während all der Wochen über ihnen geschwebt hatte, endlich Gestalt annahm und näher kam.

»Ich habe mich gefragt, ob du allein glücklicher sein würdest«, fuhr Guy sachlich fort – anders hätte er dieses Gespräch nicht führen können. »Es ist mittlerweile alles ziemlich verkrampft, findest du nicht? Ich denke, wir stimmen überein, dass wir das Ende der Straße erreicht haben. Ich habe mit George Megmenham gesprochen, und er ist ganz scharf darauf, hier einzusteigen.« Sogar jetzt bezieht er sich noch auf ein Geschäft, dachte Cass. »Geld spielt keine Rolle für ihn, wie du weißt, deshalb wird er dich für einen ausgezeichneten Preis herauskaufen. Die Wohnung ist zu groß für mich allein, aber ich möchte mich auch nicht von ihr trennen. George hat keine Eile, und selbstverständlich will ich dich nicht Knall auf Fall rausschmeißen oder so was.«

Diese flapsige Ausdrucksweise – wie bei einem Freund oder Bekannten, der sich an einem Arrangement beteiligt hatte, das sich als unergiebig erwiesen hatte – rückte die ganze Sache in die richtige Perspektive und versetzte Cass sogar in die Lage, einen ähnlichen Ton anzuschlagen, obwohl ihr der

Schock in den Gliedern saß. Sie nahm zur Kenntnis, dass Guys Planungen schon weiter gediehen waren, als er sich am Anfang hatte anmerken lassen. Spielte das eine Rolle? Kaum. Vielleicht war es sogar gut, wenn sie sich nicht um Einzelheiten streiten musste. Möglicherweise war es sogar das Beste, genau wie Guy gar nicht daran zu denken, dass es keine Liebe mehr zwischen ihnen gab.

Trotzdem machte es Cass ungeheuer traurig, die Liebe ohne ein Wort aufzugeben – das setzte etwas herab, was ihr viel wert gewesen war.

Kapitel dreiundzwanzig

Cass überquerte den Weg und lehnte sich an ein Gatter – sie war müde, fühlte sich nach der langen Fahrt steif und unbeweglich und konnte es noch gar nicht richtig fassen, hier zu sein. Sie hatte es sich noch nicht gestattet, diesen Gedanken sinken zu lassen, da es noch etliche Barrieren und Hindernisse zu überwinden galt und Dinge geregelt und abgeschlossen werden mussten. In den letzten strapaziösen Wochen, in denen sie sich mit dem hatte auseinander setzen müssen, was Guy getan hatte, was er empfand und entschied, hatte sie all das, was erledigt werden musste, nur durchgestanden, indem sie das heiß ersehnte Corrie so gut wie möglich aus ihrem Bewusstsein verdrängt hatte; sie durfte nicht zulassen, dass die Vorstellungen sie beeinflussten oder ablenkten, und sie hatte unterschwellig das Gefühl, dass sie das Cottage verlieren würde, wenn sie zu sehr davon träumte.

Jetzt konnte sie sich über ihre abergläubische Vorsicht lustig machen. Sie überblickte die Weide, auf der die Schafe friedlich grasten und die Lämmchen in der unteren Hälfte ausgelassen tollten. Die aufgewühlte Erde um die Felsen herum zeigte, dass dies ihr bevorzugter Spielplatz war. Im letzten Jahr hatten sich die Lämmer auch an dieser Stelle vergnügt. Ein Jahr. Der Duft des Weißdorns wehte schwach vom Bach herüber. Beim Kauf des Corrie hatten die eigenen Büsche neben der Einfahrt den schweren Duft verbreitet. Jetzt waren alle ausgerissen. Cass verschränkte die Arme auf der obersten Sprosse des Gatters und legte den Kopf darauf. Der Gedanke beschwor viele Assoziationen herauf, mit denen sie kaum zurechtkam. Wehmütig dachte sie an die Hoffnungen und das Glücksempfinden bei ihrem ersten Besuch, gleichzeitig meldete sich der Zorn auf Guys verworrene Motivation, sich in dieser Gegend ein Feriendomizil anzuschaffen, und auf die

Veränderungen, die er so achtlos hatte vornehmen lassen. Noch tiefer saß die Trauer über seine letzte Zurückweisung – das war etwas, was sie nur schwer überwinden konnte. Aber in den Kummer mischte sich Erleichterung darüber, dass die Zeit der Trennung und Auseinandersetzung überstanden war.

Unten am Fluss rief ein Kuckuck. Die Laute, die so klar alle anderen Geräusche übertönten, weckten wie immer Erinnerungen an die Kindheit, und in diesem Moment waren die Szenen und Bilder von früher derart schmerzhaft, dass sie Cass die Tränen in die Augen trieben. Ich bin müde, sagte sie sich, ich habe mich zu sehr abgehetzt und hätte auf der Fahrt öfter eine Pause einlegen sollen. Aber in Wirklichkeit war sie in den letzten zwei Tagen immer den Tränen nahe gewesen. Guy war nicht da gewesen, um ihr beim Packen und beim Auszug zu helfen; er war in Malta. Cass war das wie eine unnötige Demonstration erschienen, dass ihre Wege trotz der Ehe, der guten Absichten und vernünftigen Planung unwiderruflich getrennt verliefen.

Denk nicht daran; es ist vorbei. Sie richtete sich auf, kehrte dem Gatter den Rücken zu und sah über den Weg zur Böschung. Ein paar einzelne Osterglocken hatten Guys zerstörerische Eingriffe in die Landschaft überlebt und wiegten die Köpfe in der leichten Brise – letztes Jahr war dort alles gelb vor Blüten gewesen. Die soliden Bretter des Weidezauns darüber wirkten plump und fehl am Platz. Konnte die unberührte Natürlichkeit wiederhergestellt werden? Oder war das ein Widerspruch in sich? Müsste das Haus zugesperrt und für lange Zeit verlassen werden, damit es wieder diese weltabgeschiedene Ausstrahlung bekam?

Nein, das Corrie würde nicht leer stehen. Cass schnitt schniefend eine Grimasse, um weitere Tränen zurückzuhalten, und ging den Weg weiter hinauf – sie wollte nicht bis zum Mains, sondern in die Berge gehen. Noch war sie nicht bereit, Gina zu treffen – oder irgendjemanden sonst.

Sei ehrlich, du bist nicht bereit, Rick zu sehen. Es war unwahrscheinlich, dass er zu dieser Tageszeit unterwegs war. Beverley setzte ihm vermutlich das vor, was sie »Dinner«

nannte, aber ihre Gewohnheiten und Instinkte trieben sie dazu, viel früher als zur üblichen Dinnerzeit zu essen, und ihr Tagesablauf war starr wie der einer jeden selbstsüchtigen Person. Zudem benutzte Rick diesen Weg nicht oft.

Aber warum denke ich an so was?, fragte sie sich ungeduldig. In diesem Augenblick hatte sie das Gefühl, rein gar nichts über Rick zu wissen. Sie hatte ihn in den letzten zwei Monaten so resolut aus ihrem Bewusstsein verbannt, dass er fast ein Fremder für sie geworden war, und jede Vermutung, die sie über ihn anstellte, war eine Ungehörigkeit.

Im Grunde war sie die Fremde, der Eindringling. Ihre Gedanken rasten haltlos weiter. Wie lange würde sie brauchen, um zur Ruhe zu kommen? Ihr kam es vor, als hätte es Ewigkeiten gedauert, bis alles geregelt war, und doch war das Ende blitzschnell gekommen; jetzt hatte sie das Gefühl, schutzlos und zu einer Entscheidung gedrängt worden zu sein, auf die sie nicht vorbereitet gewesen war.

Ein Kaninchen hoppelte an ihr vorbei und verschwand im Graben – das Geräusch erschreckte sie fast so sehr, wie ihre Schritte das Kaninchen erschreckt hatten. Andere Tiere ergriffen die Flucht. Cass bemerkte sie erst, als sie sich bewegten. Sie blieb ganz still stehen und versuchte ganz bewusst, sich zu beruhigen, zwang sich, ihre Umgebung wahrzunehmen, zu sehen, zu hören, zu riechen. Sie war zur zauberhaftesten Jahreszeit hergekommen, und der Glen war so schön, dass sie es kaum fassen konnte. Aber es hatte keinen Zweck: Sobald sie weiterging, wirbelte ihr wieder alles Mögliche durch den Kopf. Es war unmöglich, sich von einem Lebensweg loszureißen und seelenruhig einen neuen einzuschlagen. So einfach war das nicht. Irgendwann würde sich ihr Gemüt schon auf diesen Ort einstellen, auf die Gegenwart und auf das, was sie getan hatte. Sie brauchte Zeit, und sie hatte Zeit.

Die Wohnungssuche in London war ein grausames Unterfangen gewesen – sie wollte gar keine Wohnung und nicht allein sein. Und Guy hatte ihr nach Lage der Dinge nicht dabei helfen können, selbst wenn er die Zeit dafür gehabt hätte. Sie hatte in Erwägung gezogen, sich umzuhören, ob im

Bekanntenkreis jemand umziehen wollte oder einen Mitbewohner suchte, aber etwas in ihr sträubte sich, ihr Unglück offen hinauszuposaunen, deshalb verwarf sie diese Idee. Auch wenn Guy behauptete, George hätte es nicht eilig einzuziehen, wuchs in ihr der Verdacht, dass beide, George und Guy, erpicht darauf waren, die neuen Wohnverhältnisse herzustellen. Dabei konnte Cass gar nicht sagen, wodurch sich das ausdrückte. George kam öfter in die Wohnung, aber es wurde nie darüber gesprochen, dass er dort leben würde. Er hatte nichts Krasses unternommen wie seine Sachen gebracht, trotzdem gingen er und Guy auffallend locker miteinander um, als hätten sie schon alles geregelt. Na ja, es war alles geregelt, rief sich Cass ins Gedächtnis.

Es war mehr als das. Die beiden schienen sich auf etwas zu freuen, schienen irgendwie schon einen befriedigenden *modus vivendi* ausgearbeitet zu haben. Worauf deutete das hin? Auf eine Beziehung? Nichts Körperliches, davon war Cass überzeugt, aber zwischen den beiden Männern spürte sie eine Gewissheit, die ihr und Guy auch schon vor der Hochzeit gefehlt hatte. Vielleicht brauchte Guy genau das: eine Zusammengehörigkeit ohne feste Bindung. Vielleicht? Natürlich brauchte er das. Aber dass er die ideale Beziehung mit einem anderen Mann einging, war nach wie vor ziemlich Besorgnis erregend und verstärkte in ihr das Gefühl der Unzulänglichkeit. Das Gefühl, nicht begehrenswert zu sein, korrigierte sie sich in den Momenten schonungsloser Offenheit.

Es war ihr nicht schwer gefallen zu entscheiden, was aus dem Corrie werden sollte. Cass hatte Guy ausbezahlt.

»Ich dachte, du verkaufst und findest etwas näher an London«, hatte er gesagt, als sähe er die offensichtlichste Lösung nicht, und Cass hatte ihn perplex angestarrt. Hatte er sich das so sehr gewünscht? War das der entscheidende Punkt, der das Ende herbeigeführt hatte?

»Ich möchte kein Cottage in der Nähe haben«, hatte sie geantwortet und darauf geachtet, nicht zu viel Emphase in ihre Worte zu legen.

»Ah ja, Schottland.« Guy wandte sich von ihr ab. »Immer dieses verdammte Schottland.« Der bittere Tonfall führte Cass vor Augen, wie wenig sie sich bemüht hatte, seine tief sitzende Unsicherheit zu verstehen, die ihn so eifersüchtig auf das machte, was er als unbegreifliche Besessenheit ansah. Aber Schottland und speziell das Corrie waren das Gute, an dem sie festhalten wollte, während sich alles andere auflöste.

Als sie mit schwerfälligen Schritten wieder auf den Weg kam, wünschte sie, sie wäre nicht so weit gegangen. Das Auto war noch voll beladen und nicht abgeschlossen, ihre Handtasche lag auf dem Beifahrersitz – das machte deutlich, wie sicher und ungefährdet sie sich hier fühlen durfte im Gegensatz zu London. Sie hatte sich, ohne nachzudenken, den Gewohnheiten des Glen angepasst. In ihrer gegenwärtigen Stimmung hatte eine solche Kleinigkeit unverhältnismäßig viel Gewicht, und Cass hätte um ein Haar wieder geweint.

Sie schlang sich den Riemen der Handtasche um die Schulter und stapfte die Betonstufen hinaus. Diese Treppe müsste wahrscheinlich bleiben: Sie konnte sie mit Pflanzen kaschieren, mit etwas, was die Kaninchen nicht anknabberten. Cass wusste, dass sie Zeit schindete. Die bekannte Erregung, die sie so gut hinter Beiläufigkeit verbergen konnte, ergriff sie, als sie über den jetzt viel zu ordentlichen Pfad ging. Nach den kalten, feuchten Wochen dieses Frühjahrs klemmte die Verandatür, und Cass musste mit der Schulter dagegen drücken. Ob sich das große Zimmer irgendwie anders anfühlte? Konnten vier Steinwände menschliche Emotionen widerspiegeln?

Ihre Sorge war unbegründet. Der Raum war ihr sofort vertraut und hieß sie willkommen, dennoch kam er ihr aufregender und verändert vor, weil dies jetzt ihr neues Zuhause war. Cass wagte kaum zu atmen, als sie sich dem Kamin näherte und eine Hand auf die vom Rauch vergilbte Wand legte, um sich abzustützen. Diesmal flossen keine Tränen, sie spürte nur Geborgenheit und Freude.

Wie konnte sie so blind gewesen sein, so engstirnig, dass sie diese Möglichkeit derart lange ignoriert hatte? Es war, als wäre sie nicht fähig gewesen, etwas anderes als die Lösungen zu sehen, die ihr die Mitmenschen präsentierten, als hätte sie die Katastrophe, die über sie hereingebrochen war, so überrollt, dass sie ihre eigenen Bedürfnisse nicht mehr einschätzen konnte. Auszug aus der Wohnung – das war der einzige Schritt, den sie vor sich sah, als sie erkannt hatte, dass Guy sie nicht mehr dort haben wollte. Die Scheidung und das Auseinanderdividieren ihrer Angelegenheiten würden folgen, sobald sie die Maschinerie in Gang setzten. Das alleinige Eigentumsrecht am Corrie war ein Teil der Vereinbarungen. (Aber wir haben es uns gegenseitig geschenkt. Diese flehentliche Stimme brachte Cass unbarmherzig zum Schweigen. Nichts hatte den Abgrund, der sich zwischen ihnen aufgetan hatte, mehr verdeutlichen können als diese sentimentale, impulsive Transaktion.)

Cass konnte den exakten Augenblick benennen, in dem ihr das Nächstliegende in den Sinn gekommen war. Sie hatte die elfte Wohnung besichtigt. Sie war spät dran, und der Makler benahm sich ziemlich unhöflich. Es war einer dieser regnerischen Tage, die sie im Geiste immer mit ihrer Trennung von Guy in Verbindung bringen würde. Die Wohnung war günstig gelegen und ordentlich ausgestattet, aber schändlich teuer und bedrückend dunkel. Dunkelgrüne Seide verdeckte eine ganze Wand, und als Cass den Stoff zur Seite zog, entdeckte sie bodenlange, feinmaschige Gardinen vor den Fenstern, durch die man über eine schmale Gasse hinweg auf eine kahle, graue Wand schauen konnte. Die Beleuchtung war subtil oder spärlich – das hing vom Auge des Betrachters ab. In einer solchen Wohnung konnte man sich nur aufhalten, wenn man nie aus dem Fenster schaute. Sie bot beträchtlichen Komfort, war praktisch und bequem, und man würde sich jeden Abend, den man hier verbrachte, wie in einem düsteren Gefängnis vorkommen, wenn man die gedämpften Geräusche von draußen hörte.

Warum sehe ich mir so was überhaupt an? Die einfachste Frage, die sie bei all dem Trubel und Stress erstaunlich lange vergessen hatte. Und es gab kein Zurück mehr, nachdem diese Frage einmal gestellt war.

Niemand war mit ihrer Idee einverstanden, nicht einmal Diane, die jetzt Teilhaberin war und die volle Verantwortung für die Geschäfte in England und Wales trug.

»Sind Sie sicher, dass Ihnen das *genügt*?«, erkundigte sich Diane ein ums andere Mal.

»Das Einkommen? Ganz Schottland wartet nur darauf, Personal vermittelt zu bekommen«, neckte Cass sie.

»Nein, ich meine, genügt *Ihnen* das? Die Herausforderung, die Möglichkeiten, Interessen nachzugehen – all das.« Diane, die noch immer ganz benommen von der Wende in ihrer eigenen beruflichen Laufbahn war, konnte einfach nicht glauben, dass sich Cass mit der kleinen Agentur in Schottland zufrieden geben wollte.

»Ich werde mehr als genug zu tun haben, keine Sorge«, versicherte Cass. Aber in Wirklichkeit hatte sie nie ernsthaft über ihre Aussichten nachgedacht. Sie hatte sich nicht einmal richtig vorgestellt, wie ihre Tage verlaufen würden, und schon gar keine langfristigen Zukunftspläne geschmiedet. Was immer sie sich auch vornehmen mochte, es würde hier in Schottland stattfinden. Und in Schottland hatte sie einen wundervollen Platz zum Leben.

Guy zuckte nur mit den Schultern. »Du willst deinen Lebensunterhalt dort oben verdienen? Wenn dir das nicht die Flausen austreibt, dann weiß ich es auch nicht. Mir läuft ein Schauer über den Rücken, wenn ich daran denke, wie es im Winter sein wird. Die Hälfte der Zeit wirst du nicht einmal in dein Büro fahren können.«

Cass grinste bei der Erinnerung und sah sich um. Wie gut, dass Guy alles angeschafft hatte, was man brauchte, um von zu Hause aus zu arbeiten. Und jetzt konnte sie etwas tun, woran sie schon einmal gedacht hatte – sie konnte das kleine Schlafzimmer als Arbeitszimmer einrichten. All das war Teil ihres neuen Lebens. Cass legte einen Finger auf die Schutzhülle des Druckers. Sie hatte nie wirklich versucht, Guys Bedürfnisse auszuloten. Und jetzt durfte sie bei diesem Neuanfang nicht wieder die Augen so verschließen. Es war schön und gut, hier hereinzustürmen und zu rufen: »Ich bin hier! Ich bin nicht mehr nur die Bewohnerin eines Ferien-Cottages!« Es gab viele Dinge, die sie berücksichtigen musste.

Kein Mensch hier wusste, was wirklich geschehen war. Als sie in London gewesen war, hatte sie mit niemandem Kontakt gehabt, nicht einmal mit Gina. Obwohl der Glen Maraich zum Mittelpunkt ihres Daseins geworden war, war sie für alle anderen jemand, der gelegentlich auftauchte und dann wieder ins wirkliche Leben verschwand. Gelegentlich auftauchte – Cass machte sich nicht die Mühe auszurechnen, wie wenige Tage sie im vergangenen Jahr im Corrie verbracht hatte. Würden die Leute im Glen wie Diane, Guy, ihr Bruder und die meisten ihrer Freunde denken, dass sie eine übereilte und kaum durchdachte Entscheidung getroffen hatte? Mit einem Mal schwand Cass' Zuversicht, und sie war für einen Moment ratlos, wie sie Bridge of Riach und dem Glen auf dieser neuen Basis begegnen sollte.

Doch als sie anfing, das Auto auszuladen, Ordnung im Haus schuf und an ein Essen dachte, wurde sie sich bewusst, wo die Wurzeln ihrer Unsicherheit lagen. Wie weit ihre Träumereien von Rick auch gegangen waren, wie sehr er sie auch anzog – das alles existierte nur in ihrer Fantasie.

In der Realität lebte Rick aus freiem Willen mit Beverley in der Sycamore Lodge. Er hatte Mittel und Wege gefunden, sich mit all dem zu arrangieren, und vermittelte zumindest nach außen hin den Eindruck, dass er zufrieden damit war. Wenn sie hier wohnte, durfte sie sich nicht mehr erlauben, so an ihn zu denken wie bisher. Sie musste stets und ständig ihre wahre Position im Auge behalten.

Cass hatte sich gezwungen, ihre Gefühle gründlich zu erforschen, als ihr der Einfall, London zu verlassen, gekommen war. Benutzte sie das Corrie, den Glen, das Büro in Perth nur als Vorwand, um die wahren Gründe, an diesem Ort sein zu wollen, zu verschleiern? Sie glaubte ehrlich, dass es nicht so war. Sie hatte immer gewusst, dass Rick nicht frei war, und von Anfang an war ihr klar gewesen, wie sehr er sich Beverley verpflichtet fühlte. Es wäre undenkbar für ihn, die Ehe aufzulösen. Und es gab absolut keinen Grund anzunehmen, dass er sie, Cass, jemals auch nur eine Sekunde lang als Anlass angesehen hatte, sich von Beverley zu trennen. Allein der Gedanke, dass er vermuten könnte, ihr Umzug hierher hätte etwas mit ihm zu tun, trieb ihr die Schamesröte ins Gesicht.

Das war klar genug. Die Frage blieb: Würde sie ihn sehen und mit ihm zusammen sein können wie zuvor? Unwahrscheinlich. Die Begegnungen auf dem Hügel, die Spaziergänge, die Gespräche am Morgen in der Scheune waren für Rick etwas Außergewöhnliches, auch wenn Cass diese Zusammenkünfte immer herbeisehnte und sie ihr stets zu kurz und zu selten vorkamen. Sie hatte nie zugelassen, sich Gedanken darüber zu machen; Rick schien sehr genau zu wissen, was er tat. Sie hatte immer alles ihm überlassen und die gemeinsame Zeit genossen, dann war sie wieder für Wochen oder Monate fortgegangen. Für Rick waren die Begegnungen vermutlich nur kurze Zwischenspiele, die sein normales Leben von Zeit zu Zeit bereicherten. Jetzt, da sie ständig hier war, würde das alles bestimmt ganz anders werden. Cass wusste nur eines – sie durfte auf keinen Fall zeigen, was sie fühlte. Sie hatte sich selbst auf Herz und Nieren geprüft, bevor sie hergekommen war, und wusste, dass sie damit zurechtkommen würde.

Und es würde so viele andere wundervolle Dinge hier geben. Ihre Stimmung erhellte sich. Sie konnte mit Gina zusammen sein, ihr zuhören, ihr vielleicht sogar helfen, das Familienleben, das im Winter noch so fragil gewesen war, zu stabilisieren. Und abgesehen von Gina gab es noch andere, mit denen sie Freundschaft schließen konnte – mit Kate Munro zum Beispiel und besonders mit Joanna. Becky, das Kindermädchen, das Cass für den kleinen Jamie Mackenzie gefunden hatte, schien sehr umgänglich und offen zu sein, und es wäre schön, sie näher kennen zu lernen. Außerdem würde Kates Kindermädchen – von Cass höchstpersönlich ausgesucht – bald eintreffen und hoffentlich genauso tüchtig und liebevoll sein wie Becky.

Jetzt hatte Cass Zeit für all das. Sie holte tief Luft und hatte das Gefühl, vor Freude, hier zu sein, platzen zu müssen. Übertrieben und lächerlich – und schön, weil niemand da war, der ihr das vorhalten konnte.

Kapitel vierundzwanzig

Cass hatte damit gerechnet, dass sie kein Auge zutun würde. Sie hatte sogar Angst davor gehabt, ins Bett zu gehen, und den Moment gefürchtet, in dem sie das Licht ausschaltete und allein war mit ihren rastlosen Gedanken. Sie hatte stundenlang ausgepackt und aufgeräumt und sich klar gemacht, dass ihre Sachen jetzt keinen anderen Platz mehr auf der Welt hatten als diesen. Nie wieder würde sie den Wagen ein- und wieder ausladen müssen, es gab keine langen Fahrten mehr, aber irgendwie konnte sie kein Glück bei diesem Gedanken empfinden. Sie hatte eine Pause gemacht, um zuzusehen, wie der aprikotfarbene und blaue Sonnenuntergang über Bealach verblasste – dieser Zauber musste doch wirken! –, doch sie fühlte sich nach wie vor erschreckend losgelöst von ihrer Umgebung. Als sie zu Bett ging, dachte sie daran, wie froh sie war, das Fenster ohne jede Diskussion weit aufmachen und die würzige Luft hereinlassen zu können, aber diesmal fühlte sie nur den brennenden Schmerz der Einsamkeit. Dabei fehlte ihr Guy gar nicht so sehr, vielmehr machte ihr das Wissen zu schaffen, dass ihm die Trennung nicht viel ausgemacht hatte. Es würde lange dauern, bis sie das überwunden hatte.

Trotz aller Befürchtungen schlief sie sofort ein, als sie im Bett lag – sie hörte gerade noch den Schrei einer Eule, dann sank sie in einen bleiernen, bewusstlosen Schlaf und schüttelte alle Strapazen ab. Sie schlief etliche Stunden, und ihre Reaktion beim Aufwachen war ganz einfach: Sie fühlte sich sicher und geborgen.

Ihr nächster Gedanke war, dass sie sich zumindest an diesem Morgen nicht fragen musste, ob sie Rick sehen würde oder nicht. Es war schon nach neun, also viel zu spät für ein Treffen. Ohnehin herrschten jetzt neue Bedingungen, rief sie sich ins Gedächtnis.

Rick wartete. Er arbeitete nicht, tat nichts, die großen Türen der Scheune waren aufgeschoben. Er hatte gestern Abend das Auto vor dem Corrie gesehen. Er wartete lange in der Stille.

Für einen schrecklichen Moment, als Cass die veränderte Situation richtig bewusst wurde, tat sich ein Abgrund vor ihr auf, obwohl sie sich vorgenommen hatte, sich selbst zu disziplinieren. Sie würde keinen Kontakt mit Rick haben, abgesehen von den zufälligen Begegnungen, die man eben mit Nachbarn hatte. Er war ein verheirateter Mann. Schön, das war ihr klar gewesen. Aber worauf hatte sie sich sonst noch so sehr gefreut? Sie merkte, dass die anderen Recht gehabt hatten: Es gab hier rein gar nichts zu tun. Die Dinge, die sie geplant hatte, würde sie irgendwann erledigen, Dinge, für die sie bisher sogar an den kurzen Wochenenden Zeit gefunden hatte. Doch mit einem Mal erschien ihr all das unendlich trivial – das alles war in ein paar Stunden erledigt und würde nicht die unendliche Zeit ausfüllen, die vor ihr lag.

Was waren das überhaupt für Dinge? Der Garten? Spaziergänge? Was sonst noch? Erschreckenderweise fiel ihr nicht sofort etwas ein. Was hatte sie aus ihrem Leben gemacht? Es war die klassische Selbsttäuschung: Man verliebte sich in einen Ferienort und bildete sich ein, dort leben zu können. So etwas ging nie gut. Dies war einer der schlimmsten Momente, seit Guy und sie beschlossen hatten, sich zu trennen. Doch dann trieben Cass Zorn und Trotz aus dem Bett. Sie schalt sich einen jämmerlichen Schwächling. Es lag ganz allein in ihren Händen, was sie aus diesem Neuanfang machte. Es bestand keine Notwendigkeit, sich den Kopf über die Zukunft zu zerbrechen. Sie musste eine Sache nach der anderen in Angriff nehmen, und es gab genügend Schönes, was ihr das Leben leichter machen würde.

Sie öffnete die Türen und ließ den strahlenden Morgen herein. Weiße Wattewolken zogen über den blauen Himmel; es war kaum vorstellbar, dass die saftig grünen Wiesen bei ihrem letzten Aufenthalt unter einer dicken Schneedecke begraben gewesen waren. Sie lauschte auf die Geräusche, die der Wind zu ihr herübertrug. Zu dieser Jahreszeit hörte man in der Stille immer die Lämmchen meckern. Cass ließ sich Zeit, betrachtete die sanft nach Muirend hin abfallenden Hügel und genoss den Augenblick. Sie setzte sich hinaus, trank eiskalten Orangensaft, während die Sonne ihre Haut wärmte, und schloss die Augen, um die süße Morgenluft tief in sich einzusaugen. Der Duft von Kaffee, der in der Küche durch die Maschine lief, wehte zu ihr herüber. Sie war früher auch oft allein hier gewesen, hatte alles so wie heute gemacht, dennoch musste sie sich Stück für Stück an das Neue gewöhnen.

Fest entschlossen, die Entwurzelung und den Umzug ganz allein hinter sich zu bringen, hatte sie nicht einmal Lindsay von ihrer Ankunft in Kenntnis gesetzt. In der nächsten Woche mussten sie sich zusammensetzen und besprechen, was jetzt, da Cass ständig hier war, anders werden würde. Lindsay würde vermutlich befürchten, dass sie zur Seite gedrängt würde oder gar ganz überflüssig war, und Cass wollte diese Ängste gleich im Keim ersticken. Sie hatte vor, so viel wie möglich von zu Hause aus zu erledigen, und sah keinen Anlass, Lindsays Tätigkeiten einzuschränken. Sie hoffte, dass sie ihren Wirkungsbereich ausdehnen konnten, dann würde es genug Arbeit für sie beide geben.

Und bis dahin war da noch Gina. Es war Cass ein besonderes Vergnügen, einfach so an einem sonnigen Wochentag zum Mains hinaufzugehen und zu wissen, dass dies ab jetzt zum alltäglichen Muster gehören würde. Es rief ein anregendes Freiheitsgefühl hervor. Als sie den Bach überquerte und über die Wiese ging, fiel ihr noch etwas Gutes ein – es würde Gina gut tun, ungehindert über Nessas schwelende Feindseligkeit zu reden, die im Haus spürbar war, selbst wenn sich Nessa in ihrem Zimmer verschanzte. Während der Woche fuhr Gina ihre Tochter nur morgens nach Kirkton und holte sie nach der Schule wieder ab, am Wochenende hingegen musste sie x-mal nach Muirend und zurück kurven, damit Nessa ihr Gesellschaftsleben in vollen Zügen genießen konnte. Natürlich hatte Nessa nicht allein Schuld an der schlechten Stimmung, das musste Cass einräumen. Gina konnte ganz schön nervenaufreibend sein.

Über den Hof wehte eine Kaskade von Klaviertönen, die Cass zwar nicht erkannte, die aber trotzdem sehr imponierend waren. Die Melodie klang dramatisch, und Cass blieb stehen – sie bewunderte, dass sich menschliche Finger so schnell und behände bewegen konnten. Es wäre schade, Gina zu stören, besonders wenn dies eine Art Therapie nach einem Ehekrach sein sollte. Aber Tiree, der seinen morgendlichen Rundgang beendet hatte und schnüffelnd um die Scheune kam, bellte sich die Seele aus dem Leib, als er Cass entdeckte.

Die Musik verstummte. Na ja, falls es einen Streit gegeben hatte, dann vielleicht nur um fehlende Teebeutel oder so was, dachte Cass und gab es auf, Tiree abzuwehren, der endlich begriffen hatte, wer sie war, und mit fröhlichen Sprüngen neben ihr zur Tür lief.

Cass war schockiert, als sie Gina sah. Sie hatte immer schon die weiße Haut einer Rothaarigen gehabt, aber jetzt wirkte ihr Gesicht gelb und teigig. Die Augenpartie und die Wangen waren aufgedunsen, die Körperformen, die früher fest und robust erschienen waren, sahen jetzt schlaff und zu üppig aus. Auf dem gelben T-Shirt prangte ein Kaffeefleck, und das prachtvolle Haar, das mit einem dunkelroten Band zusammengefasst war, hätte dringend eine Wäsche gebraucht. Aber all das verlor an Bedeutung, als Gina Cass herzlich willkommen hieß.

»Cass! Du warst *Ewigkeiten* nicht hier! Gott, du hast mir gefehlt! Komm rein und setz dich, damit wir uns ausführlich unterhalten können. Hast du Zeit? Wie lange bleibst du? Und wieso bist du an einem Mittwoch hier? Hau ab, Tiree, sie hat vorerst genug von dir.«

Als Cass in die Küche gescheucht wurde, platzte sie fast, weil sie unbedingt die Neuigkeit, dass sie für immer hier wohnen würde, loswerden wollte, aber dann bombardierten sie sich gegenseitig mit Fragen, während Gina den Teekessel füllte und zwei Becher ausspülte. Cass nahm besorgt zur Kenntnis, dass alles um sie herum ganz und gar nicht so war, wie es sein sollte. Früher hatte hier ein buntes, kreatives Durcheinander geherrscht, jetzt war alles schmutzig und verkommen. Das abgestandene Wasser in der Spüle verbreitete einen fauligen Geruch, Tirees Korb stank nach nassem Hund, und in der Obstschale auf dem Tisch lagen verschimmelte Früchte. Vor diesem Hintergrund waren der übliche volle Wäschekorb, die halb fertig gebügelten Stücke, die nicht beendeten Flickarbeiten und das ungespülte Geschirr weit weniger akzeptabel als sonst. Cass dachte an Laurie. Der Ärmste; er war so ordentlich und sauber – wie ertrug er dieses Durcheinander?

Cass öffnete den Kühlschrank, um nach Milch zu suchen, und entdeckte einen schwarzen Schimmelrand an der Türdichtung. Drei offene Milchkartons standen im Flaschenfach. »Hast du einen Krug?«, fragte sie.

»Ich glaube, es ist keiner sauber«, erwiderte Gina. »Wir brauchen doch eigentlich keinen, oder?«

Cass roch an dem Karton und zog eine Grimasse. Gina brachte die Becher zum Tisch und ließ sich mit einem erschöpften Seufzer, der ihr offensichtlich ganz unbewusst entfuhr, auf den Stuhl fallen.

»Gina, was ist los?«, wollte Cass wissen – ihre eigenen Angelegenheiten waren vergessen.

»Frag lieber nicht, ich rege mich nur wieder auf«, stieß Gina hervor und schüttete so ungeschickt Milch in ihren Kaffee, dass die Hälfte davon auf dem Tisch landete.

»Okay, heul, wenn du musst, aber verrate mir, was hier vor sich geht.«

Gina kicherte unsicher und schluckte schwer, als die Tränen überquollen. »Genau das hat mir gefehlt – deine feinfühlige, fürsorgliche Art.«

»Du siehst schrecklich aus«, stellte Cass fest. Der besorgte Tonfall milderte die schonungslosen Worte ab.

»Ich weiß«, gab Gina schniefend zurück und sah sich nach etwas um, womit sie sich über die Augen wischen konnte.

»Die meisten Menschen nehmen dafür ein Papiertaschentuch«, bemerkte Cass, als sie sah, dass Gina ein Stück ungebleichten Baumwollstoff benutzte.

Gina kicherte wieder; ihre Schultern sackten sichtlich herunter, als die Spannung nachließ. »Es sind keine da.«

»Lieber Gott, Gina, wie oft habe ich dich hier in deiner Küche schon in Tränen aufgelöst vorgefunden? Du darfst nicht so weitermachen. Niemand sollte so leben. Kannst du nicht mit Laurie oder Nessa oder allen, die dich in diesen Zustand versetzt haben, sprechen?«

»Du hast Recht, ich glaube auch, dass ich so nicht weitermachen kann«, gab Gina zu. »Du hast ja keine Ahnung, wie das ist.«

Und wir haben noch nicht einmal unseren Kaffee getrunken, dachte Cass, aber sie fühlte mit Gina mit, als sie den Tisch umrundete und die Arme um die bebenden Schultern der Freundin legte, die viel fleischiger waren, als sie sie in Erinnerung hatte. Gina schien sich nicht mehr unter Kontrolle zu haben. Cass wartete, bis das Schluchzen nachließ.

»Es hat zu Ostern angefangen«, erzählte Gina, als sie sich einigermaßen erholt hatte. »Nessa fuhr zu ihrem Vater, obwohl ich der Ansicht war, dass sie zu Hause bleiben und lernen sollte. Sie widersetzte sich strikt, und ich fand, es sei so kurz vor ihren Prüfungen nicht der richtige Zeitpunkt für eine Auseinandersetzung. Und dann wollte sie nicht heimkommen – genau wie im letzten Sommer. Allerdings beschloss ich diesmal, nach Lancaster zu fahren und sie zu holen. Es war so demütigend, das kannst du dir nicht vorstellen!«

»Du hast dein Kommen nicht vorher angekündigt?«

»Genau das hat mir Laurie auch vorgeworfen«, gab Gina zu und sah Cass schuldbewusst an. »Ich bin einfach losgebraust – ohne nachzudenken. Ruth war furchtbar gastfreundlich und anständig, sobald sie die Fassung zurückgewonnen hatte, und obwohl sie mich behandelte wie einen auf Bewährung freigekommenen Sträfling, bestand sie darauf, dass ich über Nacht blieb. Du hättest das Nachthemd, das sie mir geliehen hat, sehen sollen – eines von diesen scheußlichen doppellagigen Dingern; ich hatte keine Ahnung, dass es so was überhaupt noch gibt. Es war so eng, dass die Naht an den Armlöchern richtig in mein Fleisch schnitt. Wenn man älter wird, dann gehört das zu den Stellen, die fülliger werden...« Dieser Versuch, allem eine leichtere Note zu geben, scheiterte kläglich und endete wieder mit Tränen.

Cass tröstete sie, so gut es ging. Sie verstand, dass sich Gina all das Elend von der Seele reden musste, und sie bestärkte sie, zum Kern der Sache zu kommen.

»Clifford war so wütend auf mich. Natürlich weil ich bei ihm auftauchte, aber auch wegen allem anderen. Er hat jedes Wort geglaubt, was Nessa ihm erzählte, und als ich versuchte, ihm etwas zu erklären, wurde er ungeduldig. Er sagt, ich sei der konfuseste Wirrkopf, den er jemals kennen gelernt hat, und er bedauert, mir begegnet zu sein. Aber es stimmt einfach nicht, dass ich alles für Andy und Steve tue und für Nessa gar nichts, und das hätte er erkennen müssen.«

»Ich bin überzeugt, dass er das weiß«, beschwichtigte Cass sie. Ginas Problem war, dass sie viel zu viel für ihre Tochter tat. Nessa, die das schamlos ausnutzte, würde es vermutlich nicht schaden, wenn man ihr Grenzen setzte.

»Und obwohl sich Nessa einbildet, ich würde ständig um die Jungs herumschwirren, sind die beiden auch nie zufrieden«, jammerte Gina und geriet mühelos wieder in das alte Fahrwasser. »Ich war fest entschlossen, eine gute Stiefmutter zu sein und Laurie alles recht zu machen, aber egal, was ich anpacke, es geht offenbar schief.«

»Wo ist Nessa jetzt?«

»In der Schule«, antwortete Gina erstaunt. »Oh, ich verstehe, worauf du hinauswillst. Sie ist wieder hier – Laurie hat sie geholt.«

»Laurie?« Cass hätte nie gedacht, dass er sich in Ginas und Nessas Angelegenheiten einmischen würde, obwohl sie schon lange den Verdacht hegte, dass er die Jungs auf seine stille Art weitaus mehr zügelte, als Gina ahnte.

»Er hat mir nicht erzählt, dass er das vorhat. Laurie hat Clifford angerufen und ist losgefahren, und Nessa ist ohne jedes Theater mit ihm heimgekommen. Das hat mich sehr verletzt, Cass. Selbstverständlich war ich froh, dass sie wieder da war, aber es hat schrecklich wehgetan, dass sie nicht meinetwegen gekommen ist. Und jetzt will sie nicht in der Schule bleiben, egal, wie gut sie in diesem Jahr abschneidet. Sie hat die Idee, zur Uni zu gehen, vollkommen aufgegeben und möchte sich, sobald sie die Prüfungen hinter sich hat, einen Job suchen, irgendeinen Job, aber nicht hier im Glen Maraich...«

»Arme Gina«, murmelte Cass leise und umarmte sie. »Aber es bleibt noch viel Zeit, ausführlich mit ihr darüber zu reden. Die Hauptsache ist, dass sie wieder zu Hause ist. Und wenn Laurie sie überreden konnte, mit ihm herzufahren, wird er dir vielleicht auch helfen, mit ihr die nächsten Schritte zu besprechen.«

»Oh, ich weiß, ich weiß. Manchmal habe ich nur das Gefühl, dass mir alles entgleitet. Und jetzt ist da auch noch die Sache mit Sillerton.«

Cass hatte gewusst, dass das zur Sprache kommen würde. In den vergangenen zwei Monaten hatte sie oft daran gedacht, mit Gina darüber zu reden und sie vorzuwarnen, dass etwas im Gange war. Oder ihr zu raten, nachzuforschen, ob Lauries Job auf dem Spiel stand, falls sie schon von den Veränderungen wusste. Aber es war ihr unmöglich, sich in Guys Geschäfte und Transaktionen einzumischen, und das hatte sie immer davon abgehalten, sich mit Gina in Verbindung zu setzen. Und wie konnte sie Mitgefühl zeigen, wenn Guy an der Misere schuld war? Er hatte sich geweigert, mit ihr darüber zu diskutieren, welche Auswirkungen der Verkauf seiner Anteile für das Unternehmen haben würde, das ihn noch vor einem Jahr so sehr begeistert hatte. Guy hatte ihr knapp, aber deutlich klar gemacht, dass er das nicht wusste und dass es ihn auch keinen Deut interessierte.

»Jemand hat meine Anteile gekauft. Frag ihn«, hatte er gesagt. Was konnte das bedeuten?

»Ja, was geschieht jetzt mit Sillerton?«, fragte Cass Gina betreten. »Du weißt sicher, dass Guy seine Anteile verkauft hat. Gehen die Arbeiten voran?«

»Ich bin nicht ganz sicher. Laurie erzählt so wenig. Es scheint offenbar endlose Streitereien darüber zu geben, wie die Gelder verteilt werden sollen. Der Architekt klagt gegen das Unternehmen, weil er nicht für den ersten Bauabschnitt bezahlt wurde, und die Teilhaber behaupten, er hätte keinen anständigen Job gemacht. Der Buchhalter ist gefeuert worden, glaube ich. Laurie möchte nicht mehr darüber sprechen. Er geht nur Tag für Tag zur Arbeit, und wenn ich ihm Fragen stelle, antwortet er: ›Ich habe noch meinen Job.‹ Mehr erfahre ich nicht.«

»Könnte er hier in der Gegend eine andere Arbeitsstelle finden?«, erkundigte sich Cass. Insgeheim war sie wütend auf Guy und seine Gleichgültigkeit,

»Ich glaube kaum, dass er sich hier umsehen würde«, gab Gina zurück. »Er ist ziemlich frustriert, weil er dauernd runter- und rauffahren muss. Ursprünglich wollte er in Muirend wohnen, als er den Job in Sillerton angenommen hat. Um ehrlich zu sein, die ganze Familie wollte das, aber jetzt sind die Jungen im College, und es ist ihnen nicht mehr so wichtig. Nein, wir leben nur meinetwegen hier. Dies war mein Traumhaus. Ich habe mich in das Haus, den ummauerten Garten, die Aussicht und die Abgeschiedenheit verliebt.«

Sie sagte das so sehnsüchtig, als beschriebe sie immer noch einen Traum und nicht die Realität. Es schien fast, als könnte sie heute noch nichts Selbstsüchtiges daran erkennen, die Familienmitglieder an einen Ort zu bringen, der weit von dem entfernt war, an dem sie eigentlich sein wollten. Für Cass war das eine ebenso eigenmächtige und willkürliche Laune wie Beverleys Entschluss, ausgerechnet hier einen so scheußlichen Bungalow zu bauen.

Das war ein neuer Zug an Gina, und Cass wollte dem auf den Grund gehen. Aber zu welchem Schluss sie dabei auch kommen mochte – sie war froh, dass sie Gina zur Seite stehen konnte. Ginas Warmherzigkeit und Großzügigkeit hatten ihr viel bedeutet, als sie sie gebraucht hatte, und es war schön, ihr im Gegenzug Unterstützung anbieten zu können.

Dies schien der geeignete Moment zu sein, die Neuigkeit zu verkünden. Eines war in jedem Fall klar: Gina brauchte nicht nur Hilfe, sondern jemanden, der sie zur Vernunft brachte.

Kapitel fünfundzwanzig

Rick kam an diesem Abend ins Corrie. Er war weder unsicher noch verlegen, als wäre es das Natürlichste von der Welt, vorbeizuschauen und Hallo zu sagen. Als er auftauchte, saß Cass draußen vor der Küchentür auf Guys »Patio« – eine seiner Umbauten, die sie nicht beseitigen würde – und fragte sich, ob ein paar große Pflanzkübel Probleme machen würden oder ob Blumenampeln zu sehr nach Sycamore Lodge aussehen würden. Cass war sprachlos, als Rick um die Ecke bog.

Sie sprang auf, und eine Woge der Freude spülte über sie hinweg. Cass hatte den ganzen Tag an Rick gedacht, die Hoffnung, ihn bald wiederzusehen, war trotz der Sorgen um Gina und ihrer eigenen Schwierigkeiten, sich an die neuen Lebensumstände zu gewöhnen, immer gegenwärtig. Letzteres im Geiste in Worte zu fassen – so, als erklärte sie Rick alles –, war eine gute Möglichkeit, damit fertig zu werden, aber in Wahrheit hatte sie das aus guten Gründen nicht getan.

Jetzt war er hier, lächelnd und gelassen, rückte einen schweren Gartenstuhl neben ihren, damit auch er die untergehende Sonne sehen konnte – seine großen Hände ließen den Stuhl aussehen wie ein Spielzeug. Ricks Größe imponierte ihr wie immer, und sie lachte glücklich.

»Woher wissen Sie, dass ich hier bin?« Es war vollkommen unwichtig, was sie sagte.

Er bedachte sie mit einem nicht ernst gemeinten tadelnden Blick. »Was für eine Frage! Bleibt so was hier im Glen Maraich geheim?«

»Rick, ich freue mich sehr, Sie zu sehen.« Sie konnte ihre Gefühle nicht im Zaum halten und ergriff seinen starken Arm mit beiden Händen.

Er wollte sich gerade hinsetzen, hielt aber mitten in der

Bewegung inne und drehte sich zu ihr um. Eine solche Geste war ungewöhnlich, aber die Wärme, die ihr zu Grunde lag, war keineswegs ungewöhnlich. Er legte seine Hand auf ihre, und sie sahen sich einen langen Moment in die Augen, ohne zu lächeln, wortlos. Dann nickte Rick und tätschelte leicht ihre Hand, als hätten sie einander gerade eine Botschaft zukommen lassen und sie verstanden. Sie setzten sich beide und fingen ohne irgendwelche Formalitäten wie das Anbieten von Getränken oder die Nachfrage nach Beverleys Befinden eine Unterhaltung an. Wusste Beverley, dass Rick hier war? Der Gedanke ging Cass durch den Kopf, aber er hatte keinerlei Auswirkungen und wurde rasch als unbedeutend abgetan.

»Sie waren zu lange weg«, bemerkte Rick, ohne den prüfenden Blick von ihr zu wenden.

Was sieht er?, fragte sich Cass. Alles, wäre wahrscheinlich die richtige Antwort, und es spielte keine Rolle für sie. Sie erwiderte schlicht: »Jetzt bin ich für immer hier.«

Das versetzte Rick in Erstaunen. Diese Worte waren enorm und lebensverändernd. Kein Warten mehr, dachte er und war grenzenlos dankbar. Doch im nächsten Augenblick verflog dieses Gefühl; die unveränderte und unveränderbare Realität tötete es ab. Sein Gesichtsausdruck gab nichts von all dem preis – vielleicht biss er die Zähne etwas fester aufeinander, und der Blick, mit dem er Cass musterte, wurde eine Spur intensiver.

»Ja?«, sagte er. Und dann kam der vernichtend sanft ausgesprochene Satz: »Sie haben eine Menge hinter sich, nicht wahr? Möchten Sie mir davon erzählen?«

Mit eiserner Beherrschung hielt Cass die Tränen zurück, die sein promptes Verstehen hervorrief. Gina, die so sehr in ihre eigenen Probleme verstrickt und ohnehin daran gewöhnt war, dass Cass das Corrie allein benutzte, hatte diese neue Entwicklung als Veränderung in Cass' Leben betrachtet, die ihr das ermöglichte, was sie sich so sehr gewünscht hatte. Außerdem war Gina froh, sie in der Nähe zu haben, aber sie hatte sich nie gefragt, was das Scheitern der Ehe für Cass bedeutete. Sie hatte natürlich die üblichen Worte darüber verloren und sich liebevoll und tröstend gegeben, doch welche Qualen Cass ausgestanden hatte, sah sie nicht.

Rick hatte Cass wissen lassen, dass sie ihr Herz ausschütten konnte, wenn sie das wollte. Jetzt oder später, wenn sie bereit dazu war. Dieser tolerante, bodenständige Mann würde Verständnis aufbringen, dessen war sie sicher; er würde den Schock nach dem abrupten Ende, die Selbstzweifel, das Gefühl, versagt zu haben, und ihre letztendliche Akzeptanz, dass die Trennung unvermeidlich war, nachvollziehen können.

Sie brauchte die Geschichte nicht in eine zeitliche Ordnung zu bringen. Obwohl sie, wenn man genau nachrechnete, nicht viele Stunden mit Rick verbracht hatte, wussten sie schon eine ganze Menge voneinander, sodass es nicht vieler Erklärungen bedurfte. Da die Trennung von Guy hinter ihr lag, allgemein bekannt und endgültig war, konnte Cass über alles, was in der Vergangenheit mit Diskretion behandelt worden war, offen sprechen. Erst als sie Rick davon erzählte, begriff sie in vollem Umfang, wie sehr Guy die Aufenthalte im Cottage verabscheut hatte, wie kritisch und unzufrieden er hier gewesen war und wie wenig er sich mit der Umgebung hatte anfreunden können.

»Ich war so naiv«, sagte sie, »so gefangen in der Vorstellung, die ich von einer Ehe hatte, dass ich die Tatsachen vollkommen ignorierte. Guy hat mich nicht getäuscht oder irgendwie angeschwindelt. Ich habe mir selbst etwas vorgemacht.«

Rick hätte in seinem Zorn auf Guy und seinem Mitgefühl für Cass am liebsten klargestellt, dass sie von der Ehe nur das erwartet hatte, was alle Welt mit gutem Recht von einer Ehe erwartete, und dass Guys Vorstellungen nicht nur verschroben, sondern sogar regelrecht grausam waren. Aber er wollte ihren Redefluss nicht unterbrechen, weil er sehr wohl wusste, wie wichtig es für sie war, über all das zu sprechen.

Nur einmal erhob er unwillkürlich Protest. Cass hatte fairerweise Guys chronische Zurückhaltung seiner lieblosen Kindheit zugeschrieben und mit einem kleinen Lachen, das bewies, welch gute Therapie diese Beichte war, hinzugefügt:

»Wahrscheinlich mochte er mich, weil ich total unmusikalisch bin. Musik existiert nicht für mich. Das muss nach all den Anforderungen, die seine Familie an ihn gestellt hat, eine Erleichterung für ihn gewesen sein. Und mir ist vor kurzem noch etwas in den Sinn gekommen: Er muss sich noch sicherer gefühlt haben, weil ich nicht sein Typ war, was das Äußere betrifft. Er brauchte sich nie Sorgen zu machen, ob er anziehend auf das andere Geschlecht wirkte oder nicht. In diesem Punkt stellte ich keinerlei Bedrohung dar, da ich groß, ungelenk und unattraktiv...«

»Ungelenk, unattraktiv? Sie sind hübsch!«, rief Rick und wedelte ärgerlich mit der Hand durch die Luft.

»Ich?« Cass starrte ihn erstaunt an. »Rick, seien Sie nicht so...«

»Erklären Sie mir nicht, was ich denken soll«, schnitt er ihr schroff das Wort ab und beugte sich mit einer Autorität zu ihr, die für einen kurzen Moment einschüchternd wirkte. »Und machen Sie sich nicht so klein – ich hasse es, wenn Sie das tun. Sie bewegen sich so geschmeidig und anmutig wie keine andere Frau, die ich kenne. Diese langen Glieder ziehen die Blicke aller Männer auf sich, egal, wer sonst noch in der Nähe ist. Nein, hören Sie mir zu...«, forderte er, weil Cass verlegen wurde und Einwände erheben wollte. »Sie haben schon früher einmal darauf angespielt, und ich merke, dass Ihnen das Gefühl, nicht attraktiv zu sein, zu schaffen macht. Und dieser selbstsüchtige Bastard, den Sie geheiratet haben; hat Sie in dem Glauben gelassen, Sie seien nicht hübsch; wahrscheinlich hat er sich nie die Zeit genommen zu erkennen, dass Sie das glauben. Aber sehen Sie sich doch einmal ganz genau im Spiegel an, Cass. Betrachten Sie die Farbe Ihrer Haut...«

»Sie ist beige«, behauptete Cass. »Ich werde nie braun.«

»Nein, schweigen Sie für einen Moment. Sehen Sie sich die klaren Züge Ihres Gesichts an, die Wangen, das Kinn, die Augen. Wo haben Sie diese Farbe je schon einmal gesehen? Am Morgenhimmel im Herbst. Es ist genau das gleiche Blau. Sie wissen vermutlich gar nicht, wie sehr ihre Augen blitzen, wenn Sie lachen. Und da ist noch etwas. Aber das können Sie im Spiegel auch nicht sehen«, er lächelte, »nämlich den großartigen, erfreulichen Anblick, den sie uns allen bieten, wenn Sie wie ein Insekt mit Stiefeln, dem langen wehenden Mantel und dem großem Hut den Berg hinaufstaksen. *Das* ist das Bild, das ich in meiner Erinnerung bewahre.«

Cass lachte – diese Beschreibung konnte sie akzeptieren. »Aber ich hasse meine Haare«, gab sie bescheiden zu.

»Gott, Frauen! Aber ja, ich nehme an, das ist eine Katastrophe für eine Frau. Sie haben viele, weiche und lockige Haare – ja und? Ihr Haar ist aschblond, und jetzt, da Sie London verlassen haben, wird es Ihnen niemand mehr so schneiden, dass es genau bis zur Kinnlinie reicht. Ja, das Haar ist ein Problem, das kann ich nicht abstreiten.«

»Jetzt, da ich London verlassen habe«, wiederholte Cass und lehnte sich gemütlich zurück. »O Rick, ist das zu glauben? Ich habe den ganzen Tag versucht, das zu begreifen, aber es kommt mir immer noch unwirklich vor.«

»Dieser Schritt zieht viele andere nach sich.« Er war wieder ernst. »Es wird einige Zeit dauern, bis Sie sich an alles gewöhnen. Aber welcher Ort wäre besser geeignet als dieser, die Erfahrungen der Vergangenheit zu verarbeiten und sich auf Neues einzustellen?« Er deutete auf die scharf umrissenen Silhouetten der Berge, und in diesem Augenblick verschwand die Sonne hinter einer grauen Wolke, die die Form eines Delfins hatte, und umrahmte sie mit Gold. Sie schauderten beide – es wurde sofort kalt.

»Zeit für einen Ortswechsel«, meinte Rick und streckte sich.

»Sie gehen doch noch nicht, oder?« Die Worte brachen aus ihr heraus, bevor sie nachdenken konnte.

»Ich gehe nirgendwohin. Möchten Sie diese Stühle unters Dach stellen oder zudecken?«

War das Beverleys Drill? Aber dies war nicht die richtige Zeit, auch nur einen Gedanken an Beverley zu verschwenden. »Ich denke, Sie werden hier die Nacht ganz gut überstehen, danke.«

»Kochen Sie uns einen Kaffee?« Die Frage war direkt und einfach.

»Rick, es tut mir Leid. Mir fällt erst jetzt auf, dass ich Ihnen gar nichts angeboten habe. Wäre Ihnen ein Drink lieber?« Cass hatte keine Ahnung, wie lange sie draußen gesessen und geredet hatten.

»Ich trinke keinen Alkohol. Ein Kaffee wäre wunderbar.«

Trank er aus gesundheitlichen Gründen nicht? Es kam ihr eigenartig vor, dass sie das nicht wusste. Sie hatte das Gefühl, ihn schon seit Ewigkeiten zu kennen.

»Wie wär es mit etwas zu essen? Fladenbrot, Suppe, Pizza? Ich habe auch Schinken, Käse ...«

»Fladenbrot ... und alles andere auch. Soll ich Feuer im Kamin machen?«

Das schien das Wichtigste zu sein. All die Wärme des Tages war mit einem Schlag verschwunden. Fröstelnd suchten sie alles zusammen, was sie zum Essen brauchten, machten Feuer und kochten Kaffee, während sie sich weiter unterhielten. Dann setzten sie sich an den Kamin. Es war, als nähmen sie das Gespräch von vorhin an einem ganz anderen Abend wieder auf.

Aber wir sind uns näher, viel näher als zuvor, dachte Cass zufrieden, doch augenblicklich machte sie sich klar, dass diese Stimmung, so wunderbar sie auch war, nur für den Moment Bestand hatte.

»Ich glaube nicht, dass ich zu Ihnen in die Scheune kommen sollte«, meinte sie – sie hatte sich gar nicht vorgenommen, darüber zu sprechen. Ursprünglich wollte sie alles auf sich zukommen lassen, aber jetzt wagte sie doch mutig den Sprung ins kalte Wasser und deutete damit an, dass etwas zwischen ihnen ganz neu war. Sie hätte die Worte am liebsten sofort wieder zurückgenommen; das Vorhaben, nicht mehr zu ihm in die Scheune zu gehen, war ein zu hoher Preis für das Leben im Glen. Dann gewann die Vernunft die Oberhand. Wie korrekt und umsichtig sie sich auch verhielten, ihre Gefühle für Rick erlaubten es nicht, dass sie die friedliche Zeit am Morgen weiterhin genossen.

Rick legte sein Messer weg, mit dem er sich eine dicke

Scheibe Käse abgeschnitten hatte, und sah Cass an. Einen Augenblick glaubte sie, er würde Einspruch erheben, erklären, dass ihm das Zusammensein fehlen würde, aber er sagte nur: »Ja.« Seine Stimme war tonlos, als hätte er in einer einzigen Sekunde erfasst, was sie meinte, darüber nachgedacht und es akzeptiert.

Cass war hin- und hergerissen zwischen Bewunderung für die Art, mit der er alles auf eine schlichte Ebene brachte, und dem verzweifelten Wunsch, dass er sich gegen diese Entscheidung wehren möge. »Sie wissen, ich würde wirklich gern...«, begann sie unsicher.

»Es ist schon gut. Ich weiß«, erwiderte Rick und nahm ihre Hand in seine, dann ließ er sie wieder los. »Sie leben jetzt hier, und das ist das Wichtigste«, fuhr er fort. »Sie müssen sich in all dem Neuen zurechtfinden, und nichts soll Sie dabei beeinträchtigen. Aber es ist wichtig, dass Sie sich frei fühlen. Sie sollten überall hingehen, wohin Sie wollen, und zwar zu jeder Zeit. Verstehen Sie, was ich damit meine?«

Cass nickte. Das war die einzig richtige Antwort. Sie durfte sich nicht in Zweifel, Vermutungen oder Hoffnungen verstricken, niemanden meiden und keine Spekulationen anstellen. Wie viel Rick mit diesen Worten ausgedrückt hatte! Er durchschaute ihre und seine Gefühle, sah die Verwicklungen, die ihre neuen Lebensumstände mit sich brachten, und die Tatsache, dass an seiner eigenen Situation nichts zu ändern war.

Es würde nicht einfach werden, in seiner Nähe zu wohnen, dennoch war Cass' Entschluss, ein neues Leben allein anzufangen, unverbrüchlich mit dem Wissen verwoben, dass er da war – wie ein Fels in der Brandung und absolut zuverlässig.

Sie ging mit ihm den Weg hinunter und kostete die letzten Minuten aus, die sie mit ihm auf diese Weise verbringen konnte. Die Schreie der Austernfischer am Fluss klangen hohl und unwirklich in der Dämmerung. Fledermäuse flatterten am grauen Himmel.

»Ich bin trotzdem hier«, sagte Rick. Er blieb stehen und drehte sie zu sich um, nahm seine Hände aber sofort wieder zurück. »Vergessen Sie das nicht.«

Sie nickte, brachte kein Wort heraus, und sie spürte, dass es ihm widerstrebte, sich von ihr abzuwenden und wegzugehen.

Cass sah nicht, dass er am Bungalow vorbeiging, kurz auf der Brücke stehen blieb und dann mit einem unmutigen Schrei und schnellen Schrittes am Fluss entlang in Richtung Allt Farr weiterlief. Und sie konnte nicht ahnen, wie groß der Zorn war, der in ihm brodelte, der Zorn auf Ketten, die ihn fesselten. Er hatte jahrelang so gelebt, und er würde weiter so leben können, redete er sich ein. Aber der heutige Abend war anders. Heute hatte er die unglaublichste Neuigkeit gehört, dass Cass für immer hier blieb. Er brauchte sich nicht mehr mit der Vorstellung zu quälen, dass sie mit diesem eiskalten Bastard zusammen war, der ihr die Liebe und Wärme verweigerte, nach der eine Frau wie sie so sehr hungerte, sondern musste sich stattdessen damit abfinden, dass sie ständig in seiner Nähe war und nicht irgendwo ein vollkommen anderes Leben führte. Sie war hier, hatte vor, sich in seiner Nachbarschaft ein neues Leben aufzubauen und ihre gescheiterte Ehe hinter sich zu lassen.

Rick würde ihr liebend gern helfen, aber genau das war ihm versagt. Er hatte keine andere Wahl, das wusste er. Seine Entscheidungen hatte er schon vor langer Zeit getroffen.

Kapitel sechsundzwanzig

Das Wissen, dass das Büro in Perth ab sofort ihre einzige berufliche Wirkungsstätte sein würde, vermittelte Cass ein eigenartiges Gefühl, als sie das Haus betrat. Schon als sie im Corrie ihre Aktentasche in die Hand genommen und die Haustür hinter sich verschlossen hatte, um sich auf den Weg nach Perth zu machen, hatte sie gewusst, dass dies ein besonderer Tag werden würde. Die A9, die nach Ansicht der Glen-Bewohner verkehrsreich und wegen notorisch unfallträchtiger Kurven gefährlich war, kam Cass vor wie ein Kinderspiel, eine Ferienstraße, die in das wunderschöne Tal des Tummel und dann des Tay führte und sie mehr beeindruckte als jemals zuvor.

Sie merkte, dass ihre Unsicherheit, was Lindsays Reaktion auf das neue Arrangement betraf, in Angst umschlug – es wäre schlimm für sie, wenn sie Probleme verursachen würde, denn dieser Lebensabschnitt sollte positiv sein. Aber sie hätte sich all die Bedenken sparen können. Lindsay war eine Angestellte durch und durch, und es störte sie kein bisschen, dass ihr Büro, das sich sogar in ihrem eigenen Haus befand, auch das Büro der Chefin werden sollte.

»Du weißt, dass ich nicht die Absicht habe, mich einzunisten und alles an mich zu reißen, oder?«, begann Cass gleich nach der Begrüßung. Sie meinte es ernst, aber Lindsay kannte sie gut genug, um zu wissen, dass genau das geschehen würde. Hinter Cass' umgänglicher, fast lässiger Art verbarg sich eine ungeheure Energie, mit der Lindsay, wie sie selbst wusste, nicht mithalten konnte. Obwohl sie noch nicht ahnte, warum Cass diesen neuen Brennpunkt und die neuen Herausforderungen brauchte, war sie bereit, sich damit abzufinden, dass Cass das Heft in die Hand nahm. Für Lindsay war es die Hauptsache, dass sie ihren Job behielt, und daran bestand kein

Zweifel. Und darüber hinaus war es ein Vorteil, Cass vor Ort zu haben und ihr nicht ständig hinterhertelefonieren zu müssen, wenn sie durch halb England kutschierte. Sie freute sich auch, einen Gesprächspartner zu haben; Phil brachte selten die Geduld auf, sich Geschichten über häusliche Dramen anzuhören.

»Du darfst nicht das Gefühl haben, dass dein Haus vereinnahmt wird«, erklärte Cass in dem Bestreben, alles offen anzusprechen. »Ich möchte so viel wie möglich von zu Hause aus erledigen, aber ich werde trotzdem hier oft ein- und ausgehen, und vielleicht bekommst du das Gefühl, dass ich mir mehr herausnehme, als wir abgemacht hatten. Wenn es dir lieber ist, können wir uns nach anderen Büroräumen umsehen...«

»Damit ich jeden Morgen aus dem Haus muss? Oh, bitte«, warf Lindsay ein. Cass' ungewöhnlich aufgeregte Art amüsierte sie. »Hier, trink deinen Kaffee und entspann dich.«

»Danke. Mache ich zu viel Wind um die Sache? Aber ich möchte sichergehen, dass du mit unserer Zusammenarbeit hier einverstanden bist, dass es für uns beide angenehm ist – langfristig.« Dieses eine Wort kostete sie regelrecht aus.

»Ich kann mir nichts Besseres vorstellen. Hör mal, ich will mich nicht einmischen, aber ... bedeutet all das, dass ... die Dinge anderswo nicht gut für dich gelaufen sind? Erzähl mir nichts, wenn du nicht willst«, setzte Lindsay hastig hinzu. Sie wurde verlegen, aber empfand echtes Mitgefühl. »Falls es so ist, möchte ich dir sagen, dass es mir ehrlich Leid tut.«

»Danke, Lindsay.« Cass hatte nicht damit gerechnet, hier Unterstützung oder Sorge um ihr Privatleben zu finden. Sie hatte nur an die Arbeit gedacht und daran, wie Lindsay mit ihrer täglichen Anwesenheit fertig werden würde. Sie war nicht bereit, über ihre gescheiterte Ehe oder über Guy zu reden; Lindsay und sie standen sich für solche Gespräche nicht nahe genug. Aber Cass erkannte eine gute, solide Loyalität, die sie bisher nicht ins Kalkül gezogen hatte, und war sich im Klaren, dass ihr diese Haltung noch viel wert sein würde. Mit frischem Enthusiasmus machte sie sich an die Arbeit, und zur Mittagszeit feierten sie Cass' Ankunft, sie luden Phil ein, sich zu ihnen zu gesellen, und brachten am Nachmittag nicht mehr viel zu Stande.

Genau wie das Büro und das Corrie selbst eine neue Qualität bekommen hatten, so erschien es Cass in diesen emotionsgeladenen Tagen, dass sich die Menschen von Bridge of Riach anders als früher zu ihr verhielten. Sie behielt dieses Gefühl für sich, lächelte nur freundlich, wenn Leute wie Ed Cullane und Nancy sie verschmitzt, aber auf nette Art neckten (»Dann sind Sie ab jetzt also eine echte Glen-Bewohnerin?«), wehrte höflich, aber bestimmt die weniger akzeptablen Fragen von anderen ab, die sie nicht so gut kannte, denen sie nur ab und zu in Kirkton beim Einkaufen begegnete oder die auf der Straße stehen blieben, um sie anzusprechen.

Joanna stellte überhaupt keine Fragen. Sie kam eines Tages bei Cass vorbei – sie war in Eile, weil sie mit einem der Setter zum Tierarzt musste und schon spät dran war. Sie streckte den Kopf zur Tür hinein und sagte: »Wir haben gehört, dass Sie jetzt ständig hier oben wohnen, und wir freuen uns alle sehr darüber. Kommen Sie zu uns, wann immer Sie wollen. Ich meine das ernst. Wenn wir Sie nicht ganz bald zu Gesicht bekommen, melde ich mich bei Ihnen.«

Kate Munro rief an, um zu berichten, dass das Kindermädchen, Hannah, angekommen sei. »Ich bin so dankbar, dass Sie sie für uns ausgesucht haben. Sie ist überhaupt nicht Angst einflößend.«

»Natürlich ist sie das nicht.« Cass hatte sich besonders angestrengt, eine geeignete Frau für diesen Posten zu finden. Hannah war geschieden, und obwohl sie das Sorgerecht für ihre zwölfjährige Tochter zugesprochen bekommen hatte, war sie so großzügig und selbstlos gewesen, sie ihrem Exmann zu überlassen, damit sie ein Jahr mit ihm in Montreal leben konnte.

»Möchten Sie nicht kommen und mit Hannah sprechen? Machen Sie anfangs keine Besuche, um zu sehen, ob die Leute, die Sie vermittelt haben, ihre Arbeitgeber nicht entsetzlich finden?«, fragte Kate. »Essen Sie doch morgen mit uns zu

Mittag. Wir müssen Hannah sowieso etwas bieten; im Moment gibt es hier nichts für sie zu tun.«

Cass lachte. Das war das Äußerste an Protest, was sich Kate erlaubte. Die Familie war einhellig der Meinung gewesen, dass Hannah lange vor dem errechneten Entbindungstermin kommen sollte. Kate hatte schon einmal eine Fehlgeburt erlitten, und Max wollte diesmal alle Gefahren ausschließen. Aber Kate, die sich sehr gut fühlte, meinte, man würde sie zu sehr umsorgen.

Wenn Cass in Muirend oder Perth Menschen wie Penny Forsyth aus Alltmore oder die Danahers aus Grianan traf, begrüßten sie sie immer mit denselben Worten: »Sie bleiben also für immer hier?« Dann folgten freundliche Kommentare wie »Ausgezeichnete Entscheidung« und »Sie müssen uns bald einmal besuchen«. Sally Danaher nutzte die Gelegenheit, um sie auf neues Personal für ihr Hotel anzusprechen. »Ich kann Ihnen gar nicht sagen, wie gut es ist, Sie hier zu haben. Ich weiß, dass es nicht so einfach sein kann, aber trotzdem habe ich das Gefühl, dass wir nie wieder Personalprobleme haben.«

»Nein, ich glaube, das kann ich Ihnen nicht versprechen.« Aber Cass ging lächelnd weiter. Die Herzlichkeit bei diesen zufälligen Begegnungen wirkte beruhigend und schien zu bestätigen, dass ihre Entscheidung richtig gewesen war.

Sie hatte auch ihre Tiefpunkte, wenn sie zum Beispiel über das Debakel mit Guy nachdachte. Cass konnte sich einfach nicht von dem Selbstvorwurf befreien, versagt zu haben. Wie hatte sie nur so blind sein können, dass sie seine tief sitzenden Probleme nicht erkannt hatte? Warum hatte sie nicht viel, viel früher auf einer Aussprache bestanden? Sicher hätte sie mehr tun können, um das, was einmal so gut gewesen war, zu erhalten. Aber mit der Zeit grübelte sie immer weniger, die Zweifel verblassten, und bald war die Vergangenheit in weite Ferne gerückt.

Es gab eine Menge, was sie beschäftigte. Cass arbeitete emsig im Garten, und besondere Befriedigung empfand sie, als der verhasste Zaun abgebaut wurde, der die Aussicht aus dem großen Zimmer blockierte. Ed Cullane war glücklich, ihr dabei zu helfen, weil sie ihm das Holz versprochen hatte. Er brachte es auf dem Anhänger des Riach-Traktors weg, um die Ställe und Laufgehege hinter der Gate Lodge damit zu flicken, in denen er Angora-Kaninchen, Hamster, Meerschweinchen und buntgescheckte Hennen beherbergte, mit denen er ein Vermögen – zumindest das Geld für Bier – verdienen wollte.

Cass pflanzte Bodendecker, um die hässlichen Stellen zu verstecken, die beim Bau des Parkplatzes entstanden waren. Zusammen mit den üppig wuchernden Sommerblumen im Garten kaschierten sie Guys schlimmste Schandtaten. Und sie durchstreifte die Landschaft, an der sie sich nicht satt sehen konnte. Endlich hatte sie das vage Gefühl, dass dies ihre Heimat war.

Vor allem anderen machte sie sich daran, das Cottage ihren Bedürfnissen gemäß und nach ihrem Geschmack einzurichten, und sie hätte in ihren kühnsten Träumen nicht gedacht, dass ihr der Zufall so sehr zu Hilfe kommen und diese Aufgabe zu ihrer größten Freude machen würde. Das kleine Schlafzimmer wurde ohne große Umstände ausgeräumt. Cass hatte sich gefragt, wie sie das Bett loswerden sollte, und innerhalb einer Stunde hatte sich ihr Problem herumgesprochen. Es stelle sich heraus, dass Kate Munro ein Bett für eines der Allt Farr-Cottages brauchte. Doddie Menzies kam am nächsten Abend mit dem Pick-up und lud es auf. Beverley bekam mit, wie Cass sich bei Gina erkundigte, welcher Tischler am besten geeignet sei, die kleine Kammer zu einem Arbeitszimmer umzubauen, und mischte sich eifrig ein.

»Das würde ein Vermögen kosten. Wir wollen doch nicht, dass Sie Ihr Geld zum Fenster hinauswerfen, oder?« (Cass ohne Ehemann und Cass mit dem Corrie als einzigem Wohnsitz war so etwas wie eine arme Verwandte geworden.) »Das kann Rick doch machen.«

Obwohl Cass Frauen nicht leiden konnte, die die Dienste ihrer Männer so gleichgültig anboten, als liehen sie eine Leiter oder eine Kettensäge aus, erhob sie diesmal keine Einwände. Sie konnte kaum fassen, was ihr Beverley so unachtsam in

Aussicht stellte. Aber Rick kam tatsächlich, passte einen Teil des großen Teakholzschreibtisches in die Nische unter dem Fenster des kleinen Schlafzimmers ein, von dem aus man den Bach und die Wiesen sehen konnte, und zimmerte einen Schrank für Akten und Büromaterial. Diese Stunden erschienen Cass im Nachhinein wie eine endlose Ewigkeit, und doch waren sie wie im Flug vergangen. Sie waren wunderschön und gleichzeitig beunruhigend, weil das kleine, flüchtige Glück nicht zu fassen war.

Cass war entschlossen, Rick nicht zu stören. Sie glaubte, dass er sich konzentrieren wollte, und nichts war schlimmer als eine Frau, die in der Nähe herumlungerte, wenn ein Mann seine Arbeit tat. Aber Rick machte ihr von Anfang an klar, dass sie dieses Unternehmen zusammen in Angriff nehmen würden. Sie waren sich einig, wie das Zimmer aussehen sollte, und es war ein Vergnügen, gemeinsam eine Aufgabe zu bewältigen, dabei zu plaudern oder zu schweigen. Cass sah, wie wunderschön alles sein könnte, und wusste, dass sie das niemals erreichen konnten.

So perfekt diese Zeit auch war, später bereute Cass, dass sie so wenig miteinander gesprochen hatten, weil eine solche Gelegenheit vermutlich niemals wiederkommen würde. Denn jetzt konnte sie nie mehr den Weg hinunterlaufen und durch den dunklen Tunnel zu der Scheune gehen, um mit Rick zusammen zu sein. Das durfte nicht sein. Tatsächlich fiel es ihr schwer zu glauben, dass sie das früher ohne Gewissensbisse hatte tun können. War es damals weniger schlimm gewesen, weil sie sich nur jeweils kurz hier aufgehalten hatte? Oder weil Rick durch eine offen ausgesprochene Einladung die Verantwortung für sie beide übernommen hatte? Sie hatte immer nur an seine Ehe gedacht, aber sie war auch eine »verheiratete Frau« gewesen. Vielleicht war ihr das nie durch den Kopf gegangen, weil Guy so gut wie nichts mit diesem Ort zu tun gehabt hatte. Vielleicht. Aber Cass glaubte, dass sie keine Schuldgefühle gehabt hatte, weil ihre Freundschaft zu Rick vollkommen unschuldig gewesen war. Gleichgültig, wie sehr sie sich zu Rick hingezogen gefühlt hatte – er hatte nie auch nur für einen Augenblick Schwäche gezeigt.

Gelegentlich traf sie ihn auf ihren Spaziergängen und war dann so aufgeregt, dass sie kaum ein Wort herausbrachte. Er redete auch nur wenig, und nach diesen Begegnungen fand Cass es einfach absurd, dass sie beide nur stumm auf einem Felsen gesessen und die Aussicht genossen hatten. Dennoch kannte Rick ihre Verfassung, ihre Schuldgefühle und ihren Kummer wegen der Vergangenheit besser als sogar Gina, und er wusste sehr gut, was ihr das neue Leben im Glen bedeutete.

Gina hatte sich ein wenig erholt und war im Moment in der Lage, über ihre Probleme hinauszuschauen. Cass war froh, in ihrer Nähe zu sein, auch wenn sie ihr in Wirklichkeit nicht viel helfen konnte. Ihre Gesellschaft tat Gina gut, und es gelang ihr, die Depressionen der Wintermonate ein wenig abzuschütteln, aber sie war noch weit davon entfernt, sich mit Nessa sachlich auseinander zu setzen oder die Ursachen der Verstimmung zu beseitigen.

Cass war im Grunde sehr beeindruckt, wie Nessa für ihre Prüfungen büffelte. Überhaupt war sie, was Gina nicht erkannte, ein gutes Stück vernünftiger, als sie vorgab. Sie versuchte, einen Handel mit ihrer Mutter abzuschließen: Wenn sie das Examen bestand, dann musste Gina ihr erlauben, von der Schule abzugehen. Doch Laurie verbot Gina, sich auf derartige Feilschereien einzulassen, und Nessa änderte ihre Taktik; jetzt forderte sie, dass sie den ganzen Sommer bei ihrem Vater verbringen durfte.

Cass, die Nessa hin und wieder zur Schule fuhr oder von dort abholte, schnitt nie eines dieser brisanten Themen an und wurde mit freundschaftlichem Geplapper und einer Menge Klatsch aus der Muirend Highschool belohnt, auf den sie gut hätte verzichten können. Aber zu Hause war Nessas Stimmung nach wie vor hochexplosiv, und sie schickte ihre Mutter auf eine emotionale Achterbahnfahrt, indem sie zwischen aggressiver Kritik und schweigender Verachtung abwechselte.

Cass machte sich Sorgen, wenn sie Gina bei ihren seltenen und verhassten Fahrten nach London allein lassen musste. Sie wollte nicht, dass Diane glaubte, sie würde sie ganz und gar im Stich lassen, und noch gab es einiges zu regeln, was die Wohnung und die gemeinsamen finanziellen Transaktionen anging, die Guy nach ihrer Eheschließung vorgenommen hatte – die ihn überhaupt auf den Gedanken gebracht hatten, eine Ehe mit ihr einzugehen. Trotz ihres ausgefüllten Lebens im Glen tat dieser Gedanke nach wie vor noch entsetzlich weh, und bei ihren Aufenthalten in London, bei denen sie so viel mit glücklicheren Zeiten assoziierte, konnte Cass diesem Gefühl nur wenig entgegensetzen.

Es beunruhigte sie, dass Guy darauf bestand, sich in der Wohnung mit ihr zu treffen, und noch mehr erschütterte sie, dass sie sich schon vorher unsicher und schutzlos fühlte. So gut sie konnte, wappnete sie sich gegen all die Erinnerungen und die Nervosität, die sich allein schon bei Guys Anblick einstellten. Sie war darauf gefasst, dass er sie zur Begrüßung nicht einmal küssen oder kurz in den Arm nehmen würde, doch nach dem Treffen fühlte sie sich einsamer denn je. Sie kannte den Ursprung dieses Schmerzes sehr genau – sie war so verletzt, weil er sich keinerlei Gedanken darum machte, was sie empfand und wie er ihr die schwierigen Verhandlungen erleichtern könnte. Die Begegnung bedeutete ihm auf persönlicher Ebene rein gar nichts. Cass war die Einzige, die sich Glück von der Ehe erhofft hatte und dieser naiven Erwartung nachtrauerte.

Auf eines war sie allerdings nicht vorbereitet, nämlich auf die friedvolle Atmosphäre in der Wohnung, obwohl sie nicht hätte sagen können, was genau diesen Eindruck hervorrief. George war nicht da, aber das war sicherlich nicht auf Guys Taktgefühl zurückzuführen, denn er war gar nicht auf die Idee gekommen, dass es Cass in irgendeiner Weise Schwierigkeiten bereiten könnte, in den ehemalig gemeinsamen Lebensraum zurückzukehren. An den beiläufigen Bemerkungen, an dem »wir«, das Guy so leicht über die Lippen kam, an den Sachen, die herumlagen, sogar an Guys entspannter Haltung erkannte sie die Wahrheit. Diese Lebensgemeinschaft hatte Erfolg; in George hatte Guy den Partner gefunden, mit dem er besser zurechtkam als mit Cass – oder als mit jeder anderen Frau, die mehr von ihm fordern würde als das, was er geben wollte.

Cass atmete befreit auf, als sie ins Corrie zurückkam. Gleich danach machte sie sich auf den Weg nach Skye, um ein paar Kunden zu besuchen. Nicht einmal der stetige Regen, der die Berge verschleierte, machte ihr etwas aus. Sie war wie ausgelaugt und brauchte die einsame Fahrt, um positive Gedanken zu entwickeln und den schlechten Geschmack von London aus dem Mund zu bekommen.

Als sie wieder nach Hause kam, vereinnahmte sie das Glen-Leben sofort. Die Mackenzie-Zwillinge hatten vor kurzem Mountain-Bikes bekommen (man hatte ihnen Ponys angeboten, aber sie hatten nur entsetzt geschrien: »*Striegeln? Stall ausmisten?* Nein, danke – es reicht schon, dass Laura die ganze Zeit nach Pferd stinkt.«), und sie bildeten sich ein, dass sie damit buchstäblich über Stock und Stein fahren könnten. Sie benutzten den Weg, der am Corrie vorbeiführte, als Hochgeschwindigkeitsstrecke. Am Morgen nach Cass' Rückkehr schwankte Sasha mit blutigem Gesicht ins Cottage und meinte, dass Sybilla etwas »wirklich Schreckliches« passiert sei. Sybilla saß noch ein wenig benommen am Wegrand und schüttelte den Kopf, als Cass zu ihr kam. Beide Kinder mussten verarztet werden, und diese Episode ließ Cass keine Zeit für Selbstbetrachtungen. Danach schauten die Mädchen öfter bei ihr vorbei, blieben zwar nie lange, da sie immer viel vorhatten, waren aber stets sehr unterhaltsam und lebhaft.

Manchmal begleitete Laura die Zwillinge oder kam allein bei ihren Ausritten mit Persephone vorbei, und Cass hörte sich in diesem Sommer geduldig an, was anderen schon längst auf die Nerven ging: Laura hatte furchtbare Angst davor, dass sie bald zu groß für ihre geliebte Persie sein würde, und sie war felsenfest davon überzeugt, dass es auf der ganzen Welt kein solches Pferd mehr gab. Persie lauschte diesen Klagen mit selbstgefälliger Miene, wie Cass fand.

Obwohl sie sich selbst darüber lustig machte, war sich Cass bewusst, dass sie sich nach Beständigkeit und Zugehörigkeit sehnte. Sie half Nancy, Plakate für eine Versteigerung in der

Gemeindehalle von Kirkton fast an jeden Telegrafen- und Strommasten im Glen zu kleben, oder sie verbrachte Stunden damit, die alten Brokatvorhänge zu unterfüttern, die Joanna bei der Auktion loswerden wollte.

»Ich wusste nicht, dass sie schon so zerschlissen und fadenscheinig sind«, gestand Joanna und betrachtete kritisch die Vorhänge, die auf dem Tisch im Esszimmer lagen. »Vielleicht könnte Kate etwas damit anfangen. Sie ist sehr geschickt mit der Nadel und langweilt sich bestimmt, weil sie im Moment zum Herumsitzen verdammt ist.«

Die Vorstellung, dass die kleine, hochschwangere Kate zwischen Bergen nach Alter und Schmutz stinkender Stoffteile hockte, trieb Cass zu der Entscheidung, die Sache selbst in Angriff zu nehmen. Gina ging ihr zur Hand und nähte mit großen Stichen den Futterstoff an einer Seite fest. Beverley machte sie darauf aufmerksam, dass der alte Plunder bestimmt viele Keime in sich hatte und sie sich alle möglichen hässlichen Krankheiten holen könnten. Aus diesem Grund verweigerte sie ihre Hilfe.

Mittlerweile ließ sich Beverley regelmäßig im Corrie blicken, immer sorgsam gewappnet gegen jeden möglichen Wetterumschwung und stets bereit, Cass gute Haushaltsratschläge zu geben.

»Die Sonne wird diesen Tisch ausbleichen, wenn Sie ihn hier stehen lassen. Ich habe diesen Teppich bei der Versteigerung gesehen – ist Ihnen, bevor Sie Ihr Gebot abgegeben haben, nicht aufgefallen, dass er auf der einen Seite schon zerfranst ist? Ich nehme an, Sie wissen, dass Sie sich jede Menge Ungeziefer ins Haus holen – zum Beispiel Holzwürmer –, wenn Sie den Korb mit dem Brennholz hier stehen lassen. Kunststofffenster wären gut, die werden nie wurmstichig, und heutzutage gibt es sie sogar in der rustikalen Version, die gut zu einem Cottage passen. Erinnern Sie mich daran, dass ich Ihnen den Katalog mitbringe...«

Cass fand sich mit ihr ab, weil sie nun einmal hier war und irgendwie dazu gehörte und genauso akzeptiert werden musste wie andere kleine Ärgernisse: Die Straße war im dichtesten Sommerverkehr für drei Wochen gesperrt, Channel 4 konnte nach den Reparaturarbeiten am Transmitter überhaupt nicht mehr empfangen werden, das Wasser lief manchmal viel zu spärlich für die Waschmaschine, und einige Kälber von Riach hatten sich eine ganze Nacht lang rund um den Volvo vergnügt, ihren Speichel auf der Windschutzscheibe verteilt und die Rückspiegel verdreht. Obwohl es keineswegs leicht war, bemühte sich Cass um Ricks willen, freundlich zu Beverley zu sein. Wie grotesk ihr diese Ehe auch erschien – Cass achtete, dass sich Rick an Beverley gebunden fühlte.

In den Augenblicken, in denen ihr irgendetwas zu drastisch vor Augen führte, dass Rick nicht frei war, meldeten sich Zweifel, ob es klug gewesen war, hierher zu ziehen. Dann stellte sie sich vor, ganz allein an einem fremden Ort zu leben, und verwarf diesen Gedanken rasch wieder. Vielleicht hätte sie an diesem anderen Ort unkluge Träume. Wenigstens war sie hier tagtäglich mit der Realität konfrontiert.

Und hier konnte sie sich wenigstens ein wenig nützlich machen. Eine ihrer neuesten Freizeitbeschäftigungen war Golf, und auf Lauries Einladung hin leistete sie ihm oft am Morgen vor seiner Arbeit Gesellschaft. Ein- oder zweimal verlieh er seiner Sorge um Gina Ausdruck, und zwar in unverblümter, knapper Art, die zeigte, wie unangenehm ihm dieses Thema war und wie wenig er über Gefühle sprechen konnte.

»Ich glaube manchmal, dass es ihr nicht gut geht«, sagte er einmal, dann bedauerte er die Worte offensichtlich und meinte barsch: »Den schenke ich Ihnen.« Damit ersparte er Cass den Put über einen guten halben Meter, obwohl sie keineswegs sicher war, dass sie den Ball tatsächlich ins Loch gebracht hätte. Cass wusste, dass er nahe dran war, über seine Befürchtungen zu sprechen, und sie dachte gar nicht daran, diese Gelegenheit ungenutzt verstreichen zu lassen.

»Sie ist zu viel allein, nehme ich an«, erwiderte sie vorsichtig, denn Laurie war manchmal ganz schön kompliziert.

Er ließ sich Zeit mit der Antwort, und Cass sah seinem geröteten Gesicht an, wie viel Anstrengung es ihn kostete, sich mehr zu öffnen. »Ich weiß nicht, was sie will«, stieß er schließlich hervor. »Sie hat sich so sehr nach einem Leben in der Abgeschiedenheit gesehnt, oder sie hat es sich wenigstens eingebildet. Jetzt geht sie kaum noch vor die Tür, nicht einmal um den armen Tiree auszuführen. Sie hat keinen Spaß mehr an dem Garten, den sie früher so sehr geliebt hat. Sie hat nur noch ihre Musik im Kopf, und sie scheint sie nicht für andere zu spielen, sondern nutzt das Klavier als eine Art Fluchtmöglichkeit. Aber wovor flieht sie? Was verlangen wir von ihr, was ihr so schwer fällt?«

Cass zuckte zusammen, als sie den Schmerz in seiner Stimme hörte – sie ahnte, dass er sich diese quälende Frage schon hundertmal gestellt hatte.

»Vielleicht sind es die Haushaltspflichten«, gab Cass zu bedenken. »Die Rolle, die eine Frau in einer Familie hat, ob sie sie einnehmen will oder nicht.«

Laurie merkte, wie zögerlich Cass vorging, dass sie Angst hatte, zu offen und schonungslos zu sein, obwohl er sie danach gefragt hatte. Er nickte knapp und schaute in die Ferne. »Na ja, wer weiß?«, gab er brüsk zurück. »Unser Leben ändert sich vermutlich sowieso bald, ob es uns gefällt oder nicht.«

»Haben Sie irgendetwas gehört?« Cass fühlte sich noch immer schuldig, weil Guy für die Schwierigkeiten verantwortlich war.

»Nichts Definitives. Wir schleppen uns irgendwie dahin.« Laurie beugte sich hinunter, um das Tee in den Boden zu stecken. Darüber wollte er nicht sprechen.

Würden sie aus dem Mains ausziehen? Das stand zur Debatte, seit Sillerton ins Trudeln geraten war, aber Gina würde eine große Lücke hinterlassen. Cass überlegte, dass es mit der lebenslustigen, kreativen, immer beschäftigten Gina genauso schnell bergab gegangen war wie mit ihrer Ehe – von den Flitterwochen bis zur bevorstehenden Scheidung. Warum versuchen Männer und Frauen immer wieder zusammenzuleben?, fragte sie sich. Vielleicht ist Rick auf der richtigen Spur – er akzeptiert die Tatsachen und findet sich damit ab.

Kapitel siebenundzwanzig

In den langen, warmen Sommertagen heilten die Wunden allmählich. Cass erlebte nie die einsamen, düsteren Stunden, vor denen sie sich so sehr gefürchtet hatte, aber auch nie die müßigen Nachmittage im Garten, auf die sie sich gefreut hatte. Das deutete darauf hin, dass sie mit der Zeit ein gutes und befriedigendes Dasein im Corrie fristen würde, und sie fühlte sich sicher genug, um sich einzugestehen, dass ihr anfangs die Zuversicht gefehlt hatte und dass Guys sarkastische Bemerkungen ihre Zweifel nicht nur genährt, sondern auch in Worte gefasst hatten.

»Das ist wohl kaum ein Ort, der hohe geistige Anforderungen an dich stellt. Begreifst du denn nicht, dass du dich innerhalb eines Monats zu Tode langweilen wirst...?«

Langweilen? Wann hatte sie sich auch nur eine Sekunde gelangweilt? Genau wie Cass gehofft hatte, bestand in Schottland eine große Nachfrage nach den Diensten ihrer Agentur, und Lindsay und sie hatten sich die Arbeit so aufgeteilt, dass beide zufrieden waren – Cass machte die Laufarbeit, sprach mit den Klienten und sah nach den vermittelten Leuten, während Lindsay die Stellung im Büro hielt. Cass fuhr gern durch die Gegend, und je weiter der Zielort entfernt war, desto besser. Sie liebte es, sich in fremden, einsam stehenden Häusern umzusehen (besonders in denen auf den wunderschönen Western Islands) und die interessanten Leute kennen zu lernen, die in ihnen lebten – von einem Kilt tragenden Araber, der bunte Glasmurmeln sammelte und polierte, bis zu einem ehemaligen Stahlarbeiter aus Corby, der Ziegen züchtete.

Auch im Glen Maraich gab es exzentrische Menschen, und Cass genoss besonders den beißenden Humor der alten Mrs Munro aus Allt Farr. Glücklicherweise war die alte Dame sehr zufrieden mit den Aupairmädchen, die Cass ihrer Tochter und Schwiegertochter geschickt hatte.

»Ich habe mich richtig davor gefürchtet, wieder in die finstere Zeit des Kinder-Hütens zurückzufallen«, sagte sie, aber das Funkeln in ihren Augen strafte sie Lügen. »Allerdings glaube ich, dass Sie uns zwei passable, vernünftige Personen ausgesucht haben.«

In Riach standen die Türen und Fenster den ganzen Sommer über weit offen, und die Familie benutzte das Haus wie einen riesengroßen, verstaubten Schrank, in dem sie ein paar Kleider aufbewahrten. In Allt Farr, Riach und den Cottages in Allt Farr schwirrten überall Freunde und Gäste herum, und es gab eine Menge Einladungen und Feste, zu denen Cass fast immer auch gebeten wurde.

Beverley konnte das nicht verstehen. »Sie sind noch ziemlich neu hier«, schmollte sie. »Wir wohnen schon viel länger als Sie in diesem Ort. Ich nehme an, sie sind nur so freundlich zu Ihnen, weil sie damit rechnen, dass Sie ihnen die Dienerschaft besorgen.«

»Aber, aber, Beverley – das ist ein Wort, das sie niemals in den Mund nehmen«, tadelte Cass ernst.

»Na ja, vielleicht nicht vor Ihnen, aber wenn sie unter sich sind.«

»Ah, ich verstehe.«

Möglicherweise provozierte das Beverley dazu, das zu geben, was sie eine »Gartenparty« nannte.

»Sollten wir ihr nicht ausreden, von einer ›Gartenparty‹ zu sprechen?«, fragte Cass Gina. Sie mochten sich privat über Beverley lustig machen, aber diese *folie de grandeur* weckte den Instinkt, sie vor sich selbst zu schützen.

»Na ja, es wird eine Party, und sie findet im Garten statt«, erklärte Gina. »Ich weiß wirklich nicht, wie wir ihr klar machen sollten, was wir meinen.«

Rick gab sein Bestes, um Beverley zu mäßigen – ohne Erfolg.

»Kommen Sie zu der Party?«, fragte Cass ihn. Sie verbarg nicht, dass sie sich aus eigenem Interesse danach erkundigte und nicht, weil sie fürchtete, Beverley könnte einen Narren aus sich machen.

Sie hatten sich auf der Holzbrücke hinter der Scheune getroffen. Cass war überglücklich, Rick zu sehen, und dachte, es sei reiner Zufall, denn sie zwang sich so entschieden, seine Lebensumstände zu tolerieren, dass sie selbst den Anschein vermied, irgendwelche Begegnungen absichtlich herbeizuführen. Rick dachte ganz anders.

»Ich glaube, diesmal lasse ich mich lieber sehen«, meinte Rick mit ungewöhnlich grimmiger Miene. Beverleys Legende, dass er sich noch nicht vollständig von seiner Krankheit erholt hatte, war nicht mehr aufrechtzuerhalten, aber die beiden lebten nebeneinander her wie immer, und es schien ihnen so ganz recht zu sein. Vielleicht würde Rick sonst verrückt werden, vermutete Cass. Kein Mensch würde sich wundern, wenn er einer derartigen Veranstaltung fern bliebe. Aber er fühlte sich noch mehr als Cass und Gina dazu verpflichtet, Beverley vor ihren schlimmsten Exzessen zu bewahren, und da sich das als undurchführbar erwiesen hatte, wollte er ihr wenigstens zur Seite stehen.

Beverley heuerte jemanden an, den sie »meinen Lebensmittellieferanten« nannte – es war ein mürrischer, arroganter Jugendlicher in einem Van –, und lieh sich Plastiktische und -stühle aus, die aussehen sollten wie schmiedeeiserne Gartenmöbel. Wie so oft fragte sich Cass, woher sie das Geld hatte. Obwohl Rick meinte, es gebe genügend reparaturbedürftige Möbel in den großen Häusern dieser Gegend, dass er ein Leben lang zu tun hatte, konnte sich Cass nicht vorstellen, dass er mit seiner Arbeit ein Vermögen verdiente. Und er beschäftigte sich auch oft viel lieber mit einem neuen Buch oder machte sich einen schönen Tag im Freien. Offenbar zehrte Beverley ganz kräftig von ihrem Kapital.

An einem heißen Tag im Juli versammelten sich etliche gutmütige oder auf Formen bedachte Leute – oder solche Menschen, die Rick mochten – artig in dem von Zäunen umgrenzten Garten der Sycamore Lodge. Sie verteilten sich über den dürren, schattenlosen Rasen und plauderten mit

Leuten, die sie sehr oft sahen, verzehrten Blätterteigpasteten mit farbloser Rührei-Füllung, winzige, dreieckige Sandwiches, die mit einem Klecks rosafarbener Paste bestrichen waren, und Törtchen, die mit einer klebrigen Masse aus Obst und sonst noch was belegt waren. Es war unmöglich, von diesem Obstklumpen abzubeißen, und wenn man das Zeug von den Zähnen bekam, musste man es im Ganzen hinunterschlucken. Tiree wäre begeistert von all dem gewesen.

Man erzählte sich neidisch und voller Bewunderung von Joanna, die Beverley höchstpersönlich angerufen hatte, um die Einladung mit warmherzigen und wohlwollenden Worten auszuschlagen. »Es war so lieb von Ihnen, uns eine Einladung zukommen zu lassen, aber ich fürchte, wir sind keine Party-Gänger...«

Die Gäste blieben nicht lange und bedankten sich ein wenig zu überschwänglich. Rick gab sich redlich Mühe, war freundlich zu allen, unterhielt sich zwanglos und behielt gleichzeitig den zwielichtigen Lieferanten des grauenvollen Essens im Auge, den es offenbar ins Haus zog. Rick machte die Runde und wechselte mit jedem Gast ein paar Worte. Cass beobachtete mit Interesse, dass er offenbar alle kannte.

Allerdings konnte er nicht jedes Unheil abwenden. Ed Cullane, der unter einem Van lag, den er gerade erworben hatte, und daran arbeitete, wurde auf die ungewöhnliche Betriebsamkeit in der Sycamore Lodge aufmerksam und stellte sich für eine Weile auf die Einfahrt zu Riach, um dem Treiben zuzusehen. Ein oder zwei Männer schrien »Hi, Ed« über die Straße, und Beverley presste verärgert die Lippen zusammen. Als Rick den Vorschlag machte, dass sich Ed zu ihnen gesellen konnte, war Beverley kaum mehr im Stande, ihre Wut zu zügeln. Die Gäste wandten sich betreten ab und unterhielten sich über das Wetter oder sonst etwas, nur um die Peinlichkeit zu überspielen. Als Beverley mit anhörte, wie Rick von Pauly Napier aus Drumveyn einen Auftrag annahm und zusagte, zwei Sessel frisch zu polstern – *er redete über Geschäftliches* –, war die Party zu Ende.

Das Traurige war, dass für Beverley das Fest ein großer

Erfolg gewesen war – abgesehen davon, dass Rick sie gründlich enttäuscht hatte. Sie nahm sich vor, in diesem Sommer jeden Sonntag zur Lunchtime eine Cocktailgesellschaft zu veranstalten.

»Alle werden erfahren, dass ich zu dieser Zeit zu Hause anzutreffen bin, und sich freuen, ein gemütliches Plätzchen zu haben, an dem man sich zwanglos treffen kann...«

Wie Rick ihr diese Idee ausgeredet hatte, wurde nie bekannt, aber das Vorhaben wurde niemals in die Tat umgesetzt. Beverley erhielt einige wenige Einladungen zu Gelegenheiten, die Mrs Munro boshaft als »bunte Volksversammlungen« bezeichnete, wie zum alljährlich stattfindenden Alltmore-Barbecue und der großen Gartenveranstaltung in Dalquhat – Beverley war erbost, als sie entdeckte, dass der Garten an diesem Tag für die Öffentlichkeit zugänglich war und jeder, der wollte, kommen konnte. Abgesehen von diesen Highlights der Saison musste sie sich mit den kleineren Einladungen bei Cass oder Gina zufrieden geben.

Cass sah Rick nach der großen »Gartenparty« nur selten. Erst kam Diane für ein verlängertes Wochenende zu Besuch, dann übernachteten Freunde, die auf dem Weg nach Ullapool waren, zweimal im Corrie, und zum guten Schluss nistete sich Roey für zwei Wochen ein – sie war glücklich, weil sie einen Tag vor der Abreise ihren Freund in die Wüste geschickt hatte. Roey liebte das Corrie und machte alles mit einer Bereitwilligkeit mit, die Cass sehr zu schätzen wusste. Sie war wegen der letzten WRI-Zusammenkunft vor den Sommerferien gekommen und war hellauf begeistert, als sie erfuhr, dass das Thema des Abends, der von Beverleys Kosmetiksalon organisiert wurde, »Gesichtsverschönerung« lautete.

Cass überredete Gina, sie zu begleiten – Laurie war ihr dankbar dafür. Die drei saßen nebeneinander, ihre Stühle bebten, und ihre Gesichtsmuskeln zuckten, als auf der Leinwand Furcht einflößende Dias von verschiedenen Hauttypen, großen Poren, Pickeln, Krampfadern und violetten Besenreisern gezeigt wurden. Die reglosen Zuhörerinnen waren hauptsächlich ältere Farmersfrauen, deren wettergegerbte Haut und ergrauten, vom Wind zerzausten Haare so gut wie nie mit kosmetischen Mitteln in Berührung gekommen waren. Bewegung kam in die Versammlung, als eine Frau hereinstürmte und mit ungewohntem englischen Akzent flötete: »Tut mir Leid, dass ich zu spät komme, aber mein kleiner Schatz hat sich selbst im Holzschuppen eingesperrt, und ich konnte ihn doch nicht einfach dort lassen, nicht wahr?«

Roey sah Cass voller Entsetzen an.

»Sie meint ihren Hund, nicht ihren Mann«, zischte Gina, und ihre Schultern fingen heftig an zu beben.

Roey war am Ende ihrer Beherrschung, als die Sekretärin, die von den Bemühungen der Organisation und den weiteren Veranstaltungsplänen berichtete, meinte: »Wir haben die Samariter angeschrieben, aber keine Antwort erhalten.«

Als der Vortrag zu Ende war, stapften die Frauen mit mürrischen Mienen nach vorn, um zu sehen, ob irgendeines der ausgestellten Schönheitsprodukte preiswert zu haben war.

»Ja, das Zeug tut's für mich«, verkündete eine Siebzigjährige mit Barthaaren am Kinn und dicken Augenbrauen und kaufte einen Cremetiegel.

Roey verging das Lachen, als sie, die Besucherin, gebeten wurde, die Jurorin beim Häkelwettbewerb zu sein. »Die Menschen häkeln immer noch?«, fragte sie Cass fassungslos.

»Halt den Mund und geh aufs Podium. Dies ist eine ernste Angelegenheit.«

Es war ernst, und Roey ging sehr gewissenhaft vor, obwohl ein paar mit Goldlurexfäden gehäkelte Wappen sie blendeten, und entschied schließlich, dass ein kleines Jäckchen, an dem ein Schild *Babys Matinée-Jackett* steckte, den ersten Preis bekommen sollte.

Eine Sensation. Eine Beleidigung. Die Schwesternschaft spaltete sich in zwei Lager.

»Ich halte es für besser, wenn wir nicht bleiben, bis es was zu futtern gibt«, meinte Roey nervös.

»Hast du den Verstand verloren? Du bist die Jurorin und sitzt an dem Tisch auf dem Podium mit den Porzellantassen, mit Würfelzucker und sagenhaftem Kuchen. Das musst du hinter dich bringen.«

»Sie werden mich in Stücke reißen.«

»Höchstwahrscheinlich.«

Als sie später den Weg zum Corrie hinaufgingen, erzählte Roey: »Ich habe alles gegeben. Schaut her, ich hab ungefähr zwanzig von diesen niedlichen Deckchen gekauft. Vierter Platz oder, da es nur vier Exponate gab, letzter Platz, kommt ganz drauf an, wie man es sieht.«

»Ein teures Einschleimen«, bemerkte Gina.

»Aber es ist seinen Preis wert. Ich werde sie aneinander nähen und ein Top daraus machen. So.« Roey streckte ihre Brüste vor und legte je ein Spitzendeckchen darüber.

»Das ist Nancys schönste Handarbeit«, warnte Cass. »Lass dich, um Himmels willen, hier nicht damit sehen.«

Roey war noch da, als in Riach eine Party stattfand, bei der Lauras Geburtstag und der der Zwillinge gefeiert wurde. Es war eigentlich eher ein Ball für Nachbarn und Freunde; James Mackenzie hatte den alten Brauch vor zwei Jahren wieder aufleben lassen und beschlossen, jedes Jahr ein solches Fest zu geben. Alle Glen-Bewohner schienen da zu sein – alle, bis auf Rick, stellte Cass betrübt fest, nachdem sie sich im Saal umgesehen und die Runde durch die anderen Räume gemacht hatte. Joanna hatte sie für die Party geöffnet, ohne den Versuch zu unternehmen, sie irgendwie festlich zu dekorieren. Niemand nahm daran Anstoß.

Rick blieb dem Ereignis fern, weil er an Beverleys Gewohnheit, ohne ihn gesellschaftlichen Anschluss zu finden, festhalten wollte. Und es fiel ihm schwer, Cass in der Öffentlichkeit zu begegnen.

Beverley kam *en grande tenue* zum Ball und erschrak, als Doddie Menzies sie zum Tanz aufforderte. Sie lehnte natürlich entrüstet ab, erholte sich aber so weit, um zu Cass sagen zu können: »Wie nett von ihnen, dass sie die Arbeiter auch ins Haus lassen. Das ist bestimmt eine große Ehre für diese Leute.«

»Es ist nett von ihnen, dass sie *uns* hereinlassen«, erwiderte Cass, aber Beverley hörte sie nicht, weil sie bereits mit einem strahlenden Lächeln auf einen Admiral zusteuerte, der schon bald bereute, sich von seiner Begleitung abgesetzt zu haben.

Roey amüsierte sich prächtig. Sie kam blendend bei Ed Cullane an und tanzte mit ihm, solange er aufrecht stehen konnte; als er schließlich ins Koma fiel, deponierte sie ihn sorgsam in einer Ecke und wandte sich dem schweigsamen Max Munro zu – mit wenig Erfolg. Er wollte nur kurz vorbeischauen, und ihm stand der Sinn gar nicht nach Tanzen. Kate hatte nach achtunddreißig Stunden Wehen ihr Baby Ende Juni zur Welt gebracht. Sie hatte die Geburt nur knapp überlebt, und sie und ihr kleiner Sohn waren erst vor zwei Tagen aus dem Krankenhaus entlassen worden.

»Ist es nicht erstaunlich, wie sich das traditionelle Gespür an einem Ort wie diesem erhalten hat?«, meinte Roey nachdenklich, als sie und Cass am folgenden Tag zu Fuß nach Allt Farr gingen, um sich den neuen Erdenbürger anzuschauen. »Sogar noch nach all den Veränderungen, bei den vielen leer stehenden Häusern und neu Hinzugezogenen.«

»Interessant, dass du so denkst«, bemerkte Cass. »Guy hat mir immer vorgeworfen, dass ich das nur so sehe, weil ich es nicht anders haben will.«

»Oh, na ja, du hast eben ein bisschen übertrieben mit deiner großen Liebe zu Schottland.« Sie hatten ihre Diskussionen über Guy bereits hinter sich, und sie hatten Cass sehr gut getan. »Ich glaube, ich war zu jung, um viel zu empfinden, als wir damals von Dalry weggezogen sind – für mich war ein Ort so gut wie der andere. Ich fand es immer ziemlich verrückt, dass du dein Zimmer mit all den Fotos, Bildern, Postern und Landkarten von Schottland zugekleistert hast. Aber unsere Wurzeln sind hier, das fühle ich, und ich verstehe gut, warum du hier leben willst.«

»Wirklich, Roey?«

Das bedeutete Cass sehr viel. Diese Bestätigung hatte sie noch gebraucht, auch wenn es ihr nicht bewusst gewesen war. Aber das Vergnügen, Roey hier im Glen zu haben, war ein zweischneidiges Schwert. Es bestärkte sie in dem Glauben, dass sie hier ein zufriedenes Leben führen konnte, aber es zeigte ihr auch, um wie viel besser es ihr ginge, wenn immer jemand da wäre, mit dem sie sich gut verstand und mit dem sie die Freuden teilen konnte. So könnte es mit Rick sein. Dieser Gedanke war unterschwellig immer da. Vielleicht wird es Zeit, dass ich mir einen neuen Mann suche, sagte sich Cass. Genau das würde Roey tun. Aber eine solche Idee schien so gar nichts mit der Realität zu tun zu haben.

Mit einer Sache hielt Roey überraschenderweise nicht hinter dem Berg. Sie sprach ganz offen aus, dass sie nicht viel von Gina hielt.

»Sie sollte ihren Hintern bewegen«, brummte sie. »Dieses Haus ist eine Müllkippe. Und worüber beklagt sie sich überhaupt? Die meisten Frauen würden alles dafür geben, ein solches Leben führen zu können. Kein Wunder, dass ihre Tochter verduftet ist.«

Nessa hatte einen Job auf einem Campingplatz in Bolton-le-Sands, bekam freie Kost und Logis bei Clifford und Ruth und bestand eisern darauf, nicht mehr in den Glen Maraich oder in die Schule zurückzugehen.

»Ich finde, du solltest Gina den Kopf zurechtrücken«, empfahl Roey. »Glaubt sie allen Ernstes, dass Nessa abgehauen ist, weil sie hier in der Abgeschiedenheit weit weg von ihren Freunden ist? Kapiert sie nicht, dass kein Mädchen gern zusieht, wenn die Mutter sich so fürchterlich gehen lässt?«

»Ich weiß. Nessa hasst dieses Chaos und die Auseinandersetzungen. Sie gibt sich alle Mühe, ihr Leben zu organisieren, aber letzten Endes macht Gina immer wieder alles zunichte. Und ich denke, Nessa, die ein so hübsches, zierliches Ding ist, ist hellstens entsetzt, dass Gina immer dicker und dicker wird.«

»Klar. Und Laurie wird es nicht anders gehen. Kann er nicht etwas unternehmen?«

»Er hat im Moment eigene Probleme. Außerdem ist er nicht gerade der kommunikativste Mensch auf der Welt.«

»Aber du bist kommunikativ. Und du bist Ginas Freundin. Rede mit ihr.«

Cass wusste, dass Roey Recht hatte.

Von Beverley konnte Roey gar nicht genug kriegen, und sie ging in die Sycamore Lodge, wann immer sie einen Vorwand für einen Besuch finden konnte.

»Sie ist Sonderklasse, der Zuckerguss auf dem Kuchen von Glen Maraich. Sie hat mir heute Nachmittag etwas von ihrer kostbaren Zeit geopfert, um mir zu zeigen, wie ich mir die Lippen anmalen muss. Anscheinend habe ich die Technik bei dem Vortrag neulich nicht richtig begriffen. Konturen nachzeichnen, Puder auflegen und Lippenstift darüber schmieren. Ich bin wirklich erleichtert, dass ich der Welt nie wieder mit verlaufenem Lippenstift ins Antlitz sehen muss. Ich muss mich alle drei Monate bei dir einnisten«, erklärte Roey ihrer Schwester. »Mein Erscheinungsbild braucht offenbar in regelmäßigen Abständen eine gründliche Aufbesserung. Außerdem muss ich unbedingt diese Hecke im Auge behalten. Sie fängt an, richtig zu wuchern, und nächstes Jahr um diese Zeit werden die gewöhnlichen Leute nicht mehr über den Zaun spähen können. Vielleicht wird Beverley die Sträucher so ziehen, dass sie sich oben nach innen biegen wie der Stacheldrahtzaun auf einer Gefängnismauer. Möglicherweise treffen sich die Äste eines Tages in der Mitte, dann braucht sie sich nie mehr über den Vogelkot, über Tiefflieger oder Hautkrebs aufzuregen.«

Hautkrebs – das war eine Bedrohung, die Beverley sehr ernst nahm. Sie ließ nie mehr als einen Hauch von Sonne an ihre gepflegte und genährte Haut an Hals und Dekolletee, obwohl sie »ihren Garten genoss«, ein Unternehmen, für das sie eine halbe Stunde Vorbereitung benötigte, eine Menge einschlägiger Essenzen, die die Insekten abschreckten, Aerosol, mit dem vorbeifliegende Fliegen besprüht wurden, einen mexikanischen Landarbeiterhut, Sonnenmilch, Sonnenbrille und einen Roman – möglichst mit einer wohlhabenden, erfolgreichen Frau auf dem Cover – und schwache Pimms mit viel Eis und Früchten.

Roey war abgereist, und Gina und Cass saßen eines Nachmittags im Garten der Sycamore Lodge und wischten sich die Oberlippen ab, weil sie versucht hatten, an den Früchten vorbei an den Alkohol zu kommen, während Beverley in ihrer blumengemusterten Hängematte mit Rüschen und Fransen damit beschäftigt war, auf sechs verschiedene Arten zu lächeln, um ihre Wangen zu straffen.

Sie unterbrach die Übung, um Cass anzuweisen: »Sie sollten sich mit dem hier einreiben, damit die Insekten nicht beißen.« Beverley deutete auf ein braunes Fläschchen. Als Cass um des lieben Friedens willen danach griff, sah sie die klein gedruckte Warnung auf dem Etikett: *Nicht vor intensiver Sonnenbestrahlung benutzen.*

Sie war drauf und dran kundzutun, was sie von derlei Mitteln hielt, als ein Taxi vor dem Tor hielt und den vollkommen unerwarteten Fahrgast in ihr Leben brachte.

Kapitel achtundzwanzig

»Hier hast du dich also versteckt, mein Mädchen.«
Die untersetzte Gestalt kämpfte sich ächzend aus dem Taxi und brauchte zwei Anläufe, um sich vom Sitz zu hieven. In jeder Hand hielt sie etliche pralle Plastiktüten; sie trug weiße Schuhe mit dicker Gummisohle wie die Krankenschwestern in amerikanischen Psychiatrie-Krankenhäusern. Die Frau war etwa Anfang, Mitte sechzig, hatte grauweißes krauses Haar und trug ein billiges, mit blauen und rosa Blumen gemustertes Kleid, das vorne bauschig war und hinten spannte und über dem V-Ausschnitt fleckige rote Haut frei ließ. Sie reckte das spitze Kinn, das dem Beverleys glich, aggressiv vor, und der Blick aus ihren kleinen runden Augen wirkte verächtlich und spöttisch zugleich.

»Du gibst ihm am besten was«, sagte sie mit vom Rauchen heiserer Stimme. Ihre Miene wurde noch hämischer, als sie die drei verblüfften Gesichter vor sich sah. Sie deutete mit dem Kopf auf den Taxifahrer, der einen verbeulten Koffer, dessen Ecken mit Pappe verstärkt waren, aus dem Wagen hievte. Der Anblick dieses Koffers schien Beverley, die sich wie Cass und Gina erhoben hatte und mit offenem Mund dastand, zu elektrisieren. Ihre Fassungslosigkeit wich blinder Wut. »Was, zum Teufel, hast du hier zu suchen?«, kreischte sie. »Du kannst nicht einfach so bei mir auftauchen!«

»Das kann ich nicht? Na ja, ich bin hier, ob es dir passt oder nicht. Also gib dem Burschen sein Geld und setz den Teekessel auf.« Der unfreundliche Empfang schien die Besucherin kein bisschen aus der Fassung zu bringen – im Gegenteil, sie nickte Cass und Gina zu, und Cass glaubte sogar, ein Zwinkern zu sehen. »Wie viel bekommen Sie, guter Mann?«, wollte sie von dem Chauffeur wissen, der neben ihr stand und unbewusst den Eindruck eines bedrohlichen Beschützers vermittelte.

Beverley stieß einen schrillen Schrei aus. »Nein! Du bleibst nicht hier.«

»Red keinen Unsinn«, gab die ältere Frau unbeeindruckt und in einem abweisenden Ton zurück, der darauf schließen ließ, dass sie Beverley gut kannte. Eine gewisse Verwandtschaft war in der Tat nicht zu übersehen, wie Cass fand, obwohl sie nach allem, was sie gehört hatte, der Meinung gewesen war, dass Beverley überhaupt keine Familie mehr hatte.

Beverley gab einen Laut zwischen Wimmern und Ächzen von sich. Diese Reaktion schien die Verwandte bis zu einem gewissen Grad zufrieden zu stellen.

»Könnte eine von Ihnen...?«, fragte Beverley matt und wandte sich an Gina und Cass, dann deutete sie auf den Fahrer, als wäre es das Selbstverständlichste von der Welt, dass die beiden Nachbarinnen in dieser Extremsituation für sie einsprangen.

»Wir haben keine Handtaschen dabei«, erwiderte Cass und zeigte ihre leeren Hände, Gina schüttelte den Kopf und übermittelte mit einem bedauernden Schulterzucken dieselbe Botschaft. Netter Versuch, Beverley, dachte Cass und wandte sich an die Frau im geblümten Kleid: »Tut mir Leid, dass wir nicht helfen können.«

Der Neuankömmling nickte und grunzte belustigt. Vermutlich freute sie sich, weil jemand Beverley durchschaute.

»Zwölf Pfund«, warf der Chauffeur in der Hoffnung ein, damit die Dinge ein wenig vorantreiben zu können. Aber so wie die Sache aussah, war ihm das Glück hold, und er hatte eine Fuhre direkt zurück zum Bahnhof. Mit der Blonden war nicht gut Kirschen essen. Ihn würde es nicht stören, wenn er den Fahrgast wieder in die andere Richtung befördern müsste – die alte Dame war amüsant, und er kutschierte sie gern noch mal durch die Gegend. »Ist es heute nicht wunderbar warm?«, erkundigte er sich höflich bei Gina – er kannte sie, weil er die Fraser-Jungs schon ein paarmal hergefahren hatte.

»Aber du kannst nicht einfach...«, zischte Beverley ihrem unwillkommenen Gast zu und warf einen zornigen Blick über die Schulter, den Cass als Aufforderung an sie und Gina deutete, sich taktvoll zu verdrücken.

»Wer sagt das?« Die boshafte Heiterkeit war verflogen. Das spitze Kinn zuckte in die Höhe, die runden Augen wurden zu blitzenden kleinen Perlen. »Du wirst es erleben. Nach wie vor unsere Bev, was? Greif ausnahmsweise mal in deine Tasche und mach nicht so ein Gesicht.«

»Dein Besuch kommt mir nicht gelegen. Wir werden etwas arrangieren...«

»Hol das Geld.« Die kleine Frau sammelte ihre Plastiktüten ein. »Ich bleibe.«

»Darf ich Ihnen helfen? Übrigens, ich heiße Cass, das ist Gina.« Als Cass ihr ein paar Tüten abnahm, die voller Klamotten waren, die man normalerweise zur Altkleidersammlung gab, sah sie, dass Beverleys Gesicht wutverzerrt war. Sie sah schlimmer aus als bei den Lächel-Übungen. Der ungeladene Gast war sehr mutig.

Das Taxi wendete schon mal. Beverley kam ein drastischer Fluch über die vornehmen Lippen, als sie ins Haus stampfte. Ihre Besucherin drehte sich zu dem schäbigen Koffer um, aber Gina kam ihr zuvor.

»Oh, danke, meine Liebe. Tragen Sie ihn mir hinein, wären Sie so nett?« Sie folgte Beverley mit watschelndem Gang und sah sich mit einer Mischung aus Entschlossenheit und Genugtuung um.

Beverley kam mit ihrer Kroko-Brieftasche zurück und schnaubte aufgebracht, als Gina den Koffer auf ihrem weidengrünen Teppich absetzte und Cass die rissigen Plastiktüten an den Kupferkübel mit der Birkenfeige im Flur lehnte.

»Und, was halten Sie von meinem Mädchen?« Die Frau sah mit einem Mal erschöpft aus, ließ sich mit einem erleichterten Seufzer auf das Sofa fallen und wischte sich mit dem fleckigen, schlaffen Unterarm über das erhitzte Gesicht.

»Ihr Mädchen?«, riefen Cass und Gina unisono.

»Hah.« Das klang zufrieden, aber es war auch ein gequälter Unterton in diesem Ausruf zu hören; Cass entging das nicht. »Meine Tochter. Hat sie Ihnen nicht erzählt, dass sie eine alte

Mum hat, mit der sie nichts mehr zu tun haben will? Nein? Dachte ich's mir doch. Win Hogg, das bin ich.« Ihre Miene verdüsterte sich, und Cass sah rasch weg – Fragen über Fragen wirbelten ihr durch den Kopf.

»Aber warum, um alles in der Welt, hat Beverley vorgegeben, Waise zu sein?«, fragte Gina verwirrt, als sie mit Cass den Weg hinaufging. »Wieso dieses ganze Gerede von einer schlimmen Kindheit?«

Man hatte ihnen keinen Tee angeboten. Beverley war ins Haus gestürmt, nachdem sie dem Taxifahrer ein paar Geldscheine durch das Wagenfenster geworfen hatte – Cass war überzeugt, dass er sich nicht über ein Trinkgeld hatte freuen dürfen –, in ihr Schlafzimmer gelaufen und hatte die Tür zugeknallt.

»Kleine Madam«, hatte ihre Mutter gemurmelt und geblinzelt, als verhieße diese Kriegserklärung eine Menge Spaß.

»Wäre es Ihnen lieber, wenn wir bleiben?«, bot Cass an, und am liebsten hätte sie hinzugefügt: Oder sollen wir Rick holen?

»Verstehen Sie mich nicht falsch, meine Liebe, doch es ist besser, wenn wir das unter uns regeln. Aber Sie wohnen ja in der Nähe, oder? Wer weiß – vielleicht klopfe ich irgendwann an Ihre Tür.«

Cass brachte es nicht fertig, sich an Ginas Spekulationen, was sich jetzt wohl hinter den exklusiven Mauern der Sycamore Lodge abspielte, zu beteiligen. Sie hatte das dringende Bedürfnis, allein zu sein und darüber nachzudenken, diese neue Entwicklung in Bezug auf Rick zu bedeuten hatte. Wusste er von Beverleys Mutter? Selbstverständlich, er musste über sie Bescheid wissen. Aber dann hatte er bei Beverleys Theater mitgemacht. Bei der Lüge, korrigierte sich Cass unbarmherzig. Aber wieso? Welchem Zweck sollte das dienen? Und wenn er an dieser Täuschung teilhatte, was war dann noch alles gelogen? War die ganze eigenartige Geschichte von seiner Krankheit erfunden? Cass hatte immer das Gefühl gehabt, dass es etwas gab, was er verschwieg. Sie kam sich vor, als hätte sie den Boden unter den Füßen verloren.

»Win Hogg! Liebe Güte«, meinte Gina. »Was für ein zäher kleiner Dragoner. Beverley hat einiges zu erklären. Unsere Bev.«

Normalerweise hätte sich Cass mit Gina amüsiert, aber es fiel ihr schwer, auch nur eine Antwort zu geben.

»Komm zu uns zum Abendessen«, bat Gina. »Wir haben nicht viel im Haus, aber Laurie ist in letzter Zeit noch reizbarer als sonst, und seine Laune ist immer besser, wenn du da bist. Andy ist nicht daheim, und ich überstehe keinen weiteren Mann-und-Frau-allein-Abend.«

»Gina, tut mir Leid, ich muss unbedingt heute noch ein paar Sachen aufarbeiten.« Das stimmte. Cass hatte eine Menge Arbeit, bevor sie nach London musste, um Diane während ihres Urlaubs zu vertreten – Cass hatte sich in diesem ersten Jahr dazu bereit erklärt. Nie war es ihr mehr zuwider gewesen, den Glen zu verlassen.

Sie wurde Gina endlich los und bereute fast, ihr abgesagt zu haben, als sich die Zeit langsam dahinschleppte und die Minuten voller Zweifel und Misstrauen vertickten. Es gelang ihr nicht, sich auf die Arbeit zu konzentrieren, sie zermarterte sich das Gehirn und überlegte, was Rick genau gesagt hatte, betrachtete all die Aussagen im Lichte der heutigen Ereignisse und verdrängte dabei jede Interpretation, die für sie zu schmerzlich gewesen wäre.

Du willst nur nicht glauben, dass er das wusste, schalt sie sich ärgerlich. Wenn er gelogen hat, um Beverley zu schützen oder weshalb auch immer, kommt er auch auf keinen Fall zu dir, um dir alles zu erklären.

Aber er kam. Cass sah seinem schockierten Gesicht sofort an, dass Wins Ankunft – Wins Existenz – ein vernichtender Schlag für ihn war, und er hatte bisher kaum Zeit gehabt, die volle Bedeutung dessen, was in der Sycamore Lodge geschehen war, zu begreifen. Am liebsten wäre Cass sofort zu ihm gelaufen, um ihn in die Arme zu nehmen und zu trösten – ihre Zweifel hatten sich nach einem Blick auf ihn in Luft aufgelöst.

Sie streckte ihm eine Hand entgegen, als sie aufstand, um ihn zu begrüßen, aber sie ließ sie schnell wieder sinken. Cass näherte sich ihm nicht, sondern zwang sich, sich auf praktische Dinge zu konzentrieren. Auch an heißen Tagen wie diesem waren die Abende in dieser Höhe ziemlich kühl, und zum Glück waren die Holzscheite schon im Kamin aufgeschichtet. Cass zündete das Feuer an und brühte Kaffee auf.

»Sie hat immer gesagt ... All das Zeug von Kinderheimen und Pflegefamilien, die ihr das Leben schwer gemacht haben ... Es war alles ... Ihre Mutter hat sie großgezogen, sie war immer für sie da. Sie hat nachts Büros geputzt und tut das noch. Sie hat alle möglichen Jobs angenommen, um für Beverley sorgen zu können. Die beiden haben die ganze Zeit in ein und demselben Haus in Birkenhead gewohnt, und Win ist noch immer dort. Sie hat Beverley allein aufgezogen.«

Die Bruchstücke, die ihm in den Sinn kamen, brachen aus ihm heraus, unkoordiniert und monoton, als müsste er sich vorsagen, was er nicht fassen konnte und bisher für unmöglich gehalten hatte. Cass redete nur wenig. Sie war froh, dass Rick da war, aber sie wusste, dass er ohne nachzudenken zu ihr gekommen und noch nicht bereit war, über alles ganz ruhig und vernünftig zu sprechen.

»Sie hat mich all die Jahre in dem Glauben gelassen, dass sie niemals von irgendjemandem Liebe oder Fürsorge erfahren hat, dass ich der erste Mensch war, der ...«

Immer wieder kam er auf diesen Punkt zurück, der ihn offensichtlich am meisten traf. Cass merkte, dass sein Verstand Mühe hatte, nach der neuen Erkenntnis die Jahre der Loyalität und Aufopferung in die richtige Perspektive zu rücken.

Sie hörte ihm schweigend zu, zeigte ihm ihr Mitgefühl und Verständnis, respektierte jedoch, dass sie im Augenblick in Ricks Bewusstsein keine Rolle spielte. Er starrte blicklos ins Feuer, während er das Fundament seines bisherigen Lebens Steinchen für Steinchen auseinander nahm. Für Cass war es schlimm, das mit anzusehen, besonders als er benommen eine andere Wunde entblößte.

»Sie war froh, als ich krank wurde.«

»Rick, nein, das ist bestimmt nicht wahr.«

»Sie hat es selbst gesagt; sie sagte, das hätte ihr die Chance gegeben, die sie immer herbeigesehnt hatte, nämlich alles aufzugeben und hinter sich zu lassen, die Verbindung zu den Menschen abzubrechen, die uns kannten, und irgendwo neu anzufangen, wo sie vorgeben konnte zu sein, was oder wer sie immer sein wollte.«

»Das hat sie *gesagt*?« Welche Wutausbrüche und rücksichtslose Offenheit mussten die Sycamore Lodge heute erschüttert haben?

»Sie meinte, ihr sei immer klar gewesen, dass ich gesellschaftlich nie aufsteigen würde, und ich hätte sie immer behindert, wenn sie sich hatte verbessern wollen.«

Wie brachte Beverley eine solche Behauptung mit der Mühelosigkeit in Einklang, mit der Rick hier in Bridge of Riach in allen Schichten Freundschaften schloss, während man ihr auf höfliche Weise klar machte, dass man sich nicht näher mit ihr einlassen wollte? Aber dies war nicht der richtige Zeitpunkt, solche Argumente anzubringen.

»Sie sagte, sie hätte sich gewünscht, dass ich wirklich unter diesem Erschöpfungssyndrom leiden und für immer krank bleiben würde.«

»O Rick, nein.«

»Doch.« Er drehte den Kopf, um sie gequält anzulächeln, dann wandte er sich wieder den Flammen zu, als könnte er es nicht ertragen, sich mit etwas anderem zu befassen als mit seinem Schmerz, den er sich von der Seele reden musste. »Dann hätte sie mich versteckt halten und allen Leuten erzählen können, dass ich ein Wrack bin, nutzlos. Sie hätte sich als wahre Heldin präsentiert, weil sie mich pflegen und umsorgen muss. Haben Sie nicht gemerkt, dass sie sich meinetwegen schämt?«

Die ruhige, ausgeglichene Cass spürte, wie der Zorn in ihr brodelte, aber sie zügelte ihn.

»Aber, mein Gott, sie hat nicht einmal mir erzählt, dass ihre Mutter noch lebt. Sie hat es nie möglich gemacht, dass wir uns kennen lernen ... all die Jahre. Und sie selbst hat ihre Mutter niemals besucht...« Rick drückte Daumen und Zeigefinger auf seine geschlossenen Augen und schüttelte den Kopf.

»Aber sie muss doch mit ihr Kontakt gehabt haben, oder nicht?« Die ganze Geschichte war so unglaublich, dass Cass gar nicht wusste, welche Frage sie zuerst stellen sollte.

»Sie hat sie nie gesehen, nie mit ihr gesprochen, ihr nie geschrieben. Und ihre Mutter lebte auf der anderen Seite des Flusses, nur eine kurze Fahrt mit der Fähre entfernt.«

»Und wie hat Win sie gefunden?«

Er schüttelte wieder den Kopf. Danach hatte er nicht gefragt; vielleicht war es bei dem lautstarken Rededuell zur Sprache gekommen, aber Rick war erst später dazugestoßen, und dann hatte Beverley ihr Gift über ihm ausgeschüttet.

Die Frage war nicht nur, wie Win hergekommen war, sondern auch, warum.

»Und all das Gerede über den Vater, wie sehr Beverley ihn vergöttert hat, dass er der große Held war...«, fuhr Rick noch immer gedankenverloren fort. »Ihre Mutter sagt, dass sie selbst nicht weiß, wer Beverleys Vater ist, und dass ihr das nie etwas ausgemacht hat. Sie hat Beverley ganz allein großgezogen, und als Beverley mit der Schule fertig war, hat Win Geld verdient, damit sie eine Ausbildung zur Diätassistentin machen konnte. Aber für Beverley sah das nach zu viel Arbeit aus, deshalb hat sie die Schule abgebrochen und ist zu Hause geblieben. Sie hat ihrer Mutter – ich weiß nicht, wie lange – auf der Tasche gelegen.« Rick rieb sich heftig den Kopf, als könnte er dadurch all das Scheußliche vertreiben. Plötzlich schien ihm bewusst zu werden, wo er sich befand. »Gott, Cass, es tut mir Leid, dass ich das alles Ihnen aufbürde. Ich gehe jetzt besser.«

»Seien Sie nicht albern.« Sie sehnte sich danach, ihn im Arm zu halten und zu beschwichtigen. Niemandem sollte erlaubt sein, ihn so sehr zu verletzen. »Sie wissen, dass es mir nichts ausmacht.«

»Mir ist gar nicht in den Sinn gekommen, irgendwo anders hinzugehen«, gestand er. Ich musste nur raus aus diesem Haus. Ich kann immer noch nicht...« Seine Stimme versagte, als ihn wieder die Ungeheuerlichkeit dessen, was er erfahren hatte, traf.

»Natürlich mussten Sie herkommen«, erwiderte Cass. »Und ich bin froh, dass Sie hier sind.« Froh um ihretwillen wie um seinetwillen. Es wäre ein fürchterlicher Abend für sie geworden, wenn sie allein gewesen wäre.

Sie schwiegen lange; Rick übte selbst jetzt noch eine gewisse Zurückhaltung. Cass wusste, dass er Zeit brauchte, um richtig zu verstehen, was geschehen war, und sah, so wenig ihr das auch behagte, dass nach wie vor noch ein Rest der Loyalität Beverley gegenüber vorhanden war. Rick konnte nicht innerhalb einer Stunde die jahrelange Gewohnheit abschütteln, die seine Handlungen und Entscheidungen bestimmt hatte.

Aber als er sich schließlich verabschiedete – noch immer waren ihm der Schmerz und die Niedergeschlagenheit ins Gesicht geschrieben – und grimmig den Weg hinunter zu seinem zerstörten Leben stapfte, meldete sich eine innere Stimme in Cass. Im Geiste rief sie ihm nach: »Aber du hast nichts zu mir *gesagt*!«

Was hätte sie sich gewünscht oder erwartet? Heute Abend hatte sie keinen Platz in seinen Gedanken gehabt. Sie dachte wieder an die Lektion, die sie bei Roeys Besuch gelernt hatte. Ihr neues Leben hier war vielleicht erfüllt, zufrieden stellend, geschäftig, aber es enthielt nicht das eine Element, nach dem sie sich sehnte. Dieser Abend hatte das bestätigt. Was immer auch aus Rick wurde – sie würde keine Rolle in seinem Leben spielen.

Nicht Rick, sondern Win machte weitere Enthüllungen.

Kapitel neunundzwanzig

Win schleppte sich zwei Tage später den Weg hinauf – zwei Tage, in denen Cass an kaum etwas anderes denken konnte als an das, was sich hinter den heruntergelassenen Jalousien in der Sycamore Lodge abspielen mochte. Sie war sogar versucht, ihre Abreise nach London um vierundzwanzig Stunden zu verschieben, aber dann begriff sie, dass das nur beweisen würde, wie weit sie davon entfernt war zu akzeptieren, dass Ricks Schicksal nichts mit ihr zu tun hatte.

»Ich hoffe, ich störe nicht, meine Liebe«, keuchte Win und ergriff Cass' ausgestreckte Hand, um sich die Stufen hinaufhelfen zu lassen. »Ich musste einfach mal aus diesem Haus raus, es macht mich verrückt.« Sie bekam nur mühsam Luft, ihr Gesicht war hochrot angelaufen, und auf der dunklen Oberlippe glitzerten Schweißperlen. Cass hatte draußen auf der Bank in der Sonne gesessen, aber Win führte sie vorsorglich ins kühle Zimmer. Doch ihre Atmung beruhigte sich auch nicht, als sich Win mit einem erleichterten Seufzer in einen Sessel sinken ließ.

»Möchten Sie etwas Kaltes trinken?«, fragte Cass und brachte ihr noch ein Kissen, denn Wins unförmige Beine waren zu kurz für die große Sitzfläche.

»Mir wäre ein Tee lieber, wenn es nicht zu viele Umstände macht«, antwortete Win sehnsüchtig, wischte sich das Gesicht mit der Hand ab und lehnte sich mit geschlossenen Augen zurück. »Schön kühl hier drin. Ich kam mir vor wie in einem Backofen, als ich den Weg raufgegangen bin.«

Cass mochte sie gar nicht allein lassen, um den Tee zu kochen, aber sie hoffte, er würde sie wieder beleben. Eigenartig, dachte sie, als sie Wasser aufsetzte und das Geschirr auf ein Tablett stellte, wie gut ich mit der kriegerischen alten Frau zurechtkomme. Sie ist aufrichtig und hat das Herz am rechten

Fleck – kein Wunder, dass sie der Sycamore Lodge entfliehen musste.

»Mein Gott, tut das gut«, krächzte Win, nachdem sie schlürfend einen großen Schluck Tee getrunken hatte. Sie saugte die Flüssigkeit durch ihre verfärbten Zähne, um das ganze Aroma zu genießen. »Gott, wie ich das gebraucht habe!« Ihr Atem ging immer noch nicht regelmäßig. Der Marsch bergauf und in dieser Hitze war offensichtlich weit anstrengender gewesen als ihre tägliche Arbeit. »Hübsches Plätzchen, das Sie hier haben«, stellte sie fest und sah sich nach einem zweiten großen Schluck aufmerksam um. »Ich habe nichts gegen das Alte oder Altmodische. Aber meine Bev hat sich alles in allem auch gemacht, wenn man so will«, setzte sie mit einem ärgerlichen Schnauben hinzu, allerdings zeigte sie auch eine Spur trotzigen Stolz, als müsste sie ihre Tochter gegen kritische Stimmen verteidigen. Doch schon im nächsten Moment zerbröckelte der Trotz, sie murmelte lautlos etwas vor sich hin, ihr Kinn bebte. Win setzte sich aufrecht hin, fummelte an ihrem Gürtel herum, dann steckte sie eine Hand in den Ausschnitt und beförderte ein schmuddeliges, verschlissenes Taschentuch zu Tage.

»Sie überlegen sicher, warum ich gekommen bin«, fuhr Win fort, nachdem sie sich mühsam wieder gefasst, die linke Gesäßbacke ein wenig nach vorn geschoben und ihren Gefühlen mit einem lautstarken Schniefen Luft gemacht hatte. »Sie müssen mich für übergeschnappt halten, weil ich mich selbst in einen derartigen Zustand laviert habe.«

»Ganz und gar nicht«, erwiderte Cass sanft – sie fasste eine sonderbare Zuneigung zu der Frau. »Lassen Sie sich nur Zeit. Sie können mit mir über alles reden, wenn Sie wollen und wenn es Ihnen hilft.«

»Das wusste ich. Schon in der Minute, in der ich Sie zum ersten Mal sah, sagte ich mir: ›Dieses Mädchen hat seinen Verstand beisammen.‹ Ich bin da unten bei all dem Theater fast verrückt geworden. Was Bev mir angetan hat, war schon schlimm genug, aber wie sie ihren Mann – ein sehr anständiger Kerl übrigens – behandelt hat, ist unfassbar, das ist...«

Jetzt weinte sie haltlos und heftig. Sie entschuldigte sich, ärgerte sich über sich selbst und fragte sich bange, was Cass von ihr denken mochte, aber sie konnte die Tränen nicht eindämmen.

Cass kniete sich neben sie und legte den Arm um die runden, von den Jahren harter Arbeit muskulös gewordenen Schultern. Sie sah, dass die rosige Kopfhaut durch das schüttere, von der fast herausgewachsenen Dauerwelle spröde Haar schimmerte, dass die Nase mit schwarzen Mitessern übersät und die Poren ihrer Haut sehr groß waren. War das das Erscheinungsbild, gegen das Beverley ankämpfte, das und alles, was es repräsentierte? Cass versuchte, sich die vielen Fragen aus dem Kopf zu schlagen – das alles ging sie nichts an. Sie konnte nur die arme, verstörte Frau, so gut es ging, trösten, denn ihr zäher Widerstand brach zusammen. Was immer auch in dieser Familie vorgefallen war – Win verdiente diesen Kummer nicht.

»Sie hat mir nicht gesagt, dass sie geht – verstehen Sie? –, mit keinem Wort. Sie wollte nichts mehr mit uns zu tun haben. Aber diesen Mann hier in diese gottverlassene Gegend zu zerren, während er krank war und nicht wusste, wie ihm geschah, das schlägt dem Fass den Boden aus. Das ist sogar für unsere Bev ein starkes Stück. Damit sollte sie nicht ungeschoren davonkommen. Ich habe die Nase voll. Sie würde sogar mit einem Mord durchkommen, das war immer schon so, aber es geht nicht, dass sie ohne jede Rücksicht auf andere weiterhin das Regiment führt.«

Es regte Win auf, das alles in Worte zu fassen, und Cass versuchte, sie zu beruhigen. »Sagen sie nichts, wenn sie nicht bereit dazu sind. Trinken Sie noch eine Tasse Tee. Möchten Sie ein Biskuit oder Teegebäck?«

Win betrachtete den Teller, den Cass ihr hinhielt. Mit einem Mal zitterte ihr ganzes Gesicht, und ihre Miene drückte eine Verzweiflung aus, die ihren Zorn bei weitem übertraf.

»Nein, Liebes.« Sie schob den Teller mit der Hand weg. »Sargnägel«, setzte sie hinzu und presste das zusammengeknüllte Taschentuch an ihren Mund, um einen Schluchzer zu unterdrücken.

»Was meinen Sie damit?« Cass überkam eine Vorahnung, als hätte Wins Elend ihre Sinne geschärft.

»Deshalb bin ich hergefahren. Ich hab unsere Hayley dazu gebracht, es mir zu verraten – sie wusste immer, woher das Geld kommt. So ist sie eben. Die kann man nicht so leicht hinters Licht führen. Und ich dachte: Gut, ich hab alles getan, was ich konnte. Wenn ich mein Mädchen noch mal sehen will, bevor ich gehe, dann wird mich kein Mensch davon abhalten.«

»Bevor Sie gehen? Was für Geld? Und wer ist Hayley?«

»Das ist es ja, meine Liebe. Ich gehe, gebe den Löffel ab, springe über den Jordan. Es hat keinen Sinn, sich da etwas vorzumachen. Die Pumpe. Das war in meiner Familie immer der Schwachpunkt. Das Herz. In der Familie meines Dads sind alle an Herzversagen gestorben, bevor sie siebzig wurden. Alle. Was habe ich dann zu erwarten? Hoher Blutdruck, hoher Cholesterinspiegel – ich weiß nicht mehr, wie hoch. Na ja, das Leben ist sowieso nicht viel wert, wenn man nicht essen kann, was man will, finde ich immer. Ich hatte kürzlich ein, zwei scheußliche Anfälle, deshalb sagte ich mir: ›Schön, Bev, du hast dir ungestraft einiges geleistet, aber diesmal kommst du mir nicht davon.‹ Ich wollte sie sehen, bevor ich sterbe, und sobald ich wusste, wo sie steckt, hab ich mich auf den Weg gemacht Aber jetzt, nachdem ich sie erlebt habe, glaube ich, ich muss meinen Kopf untersuchen lassen, weil ich mir überhaupt die Mühe gemacht habe.«

Sie schilderte ihre dramatische Situation so unbeteiligt, als erzählte sie von einer anderen Person. Cass musste trotz ihrer Betroffenheit lächeln.

»Wer ist Hayley?«, fragte sie noch einmal. Win war es vermutlich lieber, zu einem sachlicheren Thema zurückzukehren.

Win rieb mit dem Taschentuch über ihre Augen, dann hielt sie inne und verzog verächtlich den Mund. »Bevs Kind. Ich nehme an, sie hat auch über die Kleine nie ein Wort verlauten lassen, hab ich Recht? Mein Gott, sie ist eine hartherzige Person, unsere Bev! Fragen Sie mich nicht, von wem sie das hat.

Sie hatte alles, was sich ein junges Ding wünschen konnte. Aber eines sage ich geradeheraus: Sie hätte mir die Kehle aufgeschlitzt oder irgendjemandem sonst, wenn sie Grund gehabt hätte zu glauben, dass ihr Leben dadurch besser wird.«

Cass kam zittrig auf die Füße und holte eine Packung Papiertaschentücher. Sie hatte Mühe, das eben Gehörte zu verdauen. Hatte Rick von Beverleys Tochter gewusst? Nein, ganz bestimmt nicht. Wie hatte er die Enthüllung dieses Geheimnisses aufgenommen? Wie würde er auf diesen neuen Aspekt, der das Gefüge seines Lebens noch mehr durcheinander brachte, reagieren? Sah er das Kind als zusätzliche Verantwortung an? Sie riss ihre Gedanken von Rick los und merkte, dass Win über ihn sprach.

»Können Sie das glauben? Ich habe immer angenommen, dass er aus demselben harten Holz geschnitzt sei wie Bev. Sie behauptete von Anfang an, dass er nicht das Geringste mit uns zu schaffen haben will, dass er sie verlassen würde, wenn jemals jemand dahinter käme, aus welcher Familie sie stammt. Sie sagte, dass sie sofort aufhören würde, für Hayley zu zahlen, wenn irgendwas rauskäme. Ich habe mir nie etwas dabei gedacht – es machte Sinn: irgendein arroganter Schnösel, der nicht mit Schmutz in Berührung kommen will. Sie hätten mich mit einer Feder k.o. schlagen können, als ich ihn zum ersten Mal sah. Und er wusste von nichts! Die ganze Zeit hatte er keinen blassen Schimmer, dass es uns gibt. Mir ist schleierhaft, wie sie das geheim halten konnte, aber so ist unsere Bev...«

London war schrecklich. Cass hatte es bis in ihr Innerstes widerstrebt, wegfahren zu müssen – sie hatte im Glen Maraich, in Ricks Nähe sein wollen. Was in seinem Leben passierte, mochte keinen Bezug zu ihr haben, aber, lieber Gott, sie musste unbedingt wissen, welche Auswirkungen Wins Offenbarungen hatten!

Sie wohnte in Dianes Apartment, und obwohl es bequem und komfortabel war, fand Cass, dass es keine gute Entscheidung gewesen war, dort abzusteigen. Etwas Anonymeres hätte sie möglicherweise vor schmerzlichen Assoziationen und Gedanken an die Vergangenheit bewahrt. Sie war nicht darauf gefasst, von Erinnerungen an Guy überschwemmt zu werden, und noch weniger auf die Selbstvorwürfe, die sie wieder befielen – Selbstvorwürfe, weil sie glaubte, erhebliche Schuld am Scheitern ihrer Ehe zu haben. War ihr Respekt vor Guys Unabhängigkeit und Privatsphäre nichts anderes als Trägheit, als Einwilligung, die viel bequemer war als Gegenwehr? Hatte sie die Beziehung, die viel Gutes gehabt hatte, kampflos aufgegeben, und war sie genauso wenig bindungsfähig wie Guy? Die Perspektiven wären wieder zurechtgerückt worden, wenn sie mit Guy hätte reden können, aber er war während ihres London-Aufenthalts auf Reisen. So begleiteten sie die Zweifel durch die geschäftigen Tage und drängten sich hartnäckig zwischen sie und die Gedanken an Rick.

Sie hatte sich viel zu viel vorgenommen und zu viele Verabredungen vereinbart, als hätte sie schon vergessen, wie viel Zeit und Mühe es kostete, in London von einem Punkt zum anderen zu gelangen. Es hatte wie eine Menge Spaß ausgesehen, als sie die Termine im Glen Maraich geplant hatte – Gespräche im Büro, Treffen mit Freunden, Besuche alter Lieblingsplätze –, aber sie hatte kein Vergnügen an diesen Aktivitäten und konnte kaum glauben, dass sie früher den Lärm, die Hektik und die verpestete Luft als ganz normal angesehen hatte. Sie fühlte sich gehetzt und fremd, wie sie es sich nach so kurzer Abwesenheit nie hätte vorstellen können.

Ursprünglich war ausgemacht, dass Cass nach Dianes Rückkehr noch zwei Nächte bleiben sollte, damit sie noch einen gemeinsamen Tag in der Agentur hatten, und am Abend wollten sie sich mit Freunden auf einen Drink treffen, ins Theater gehen und irgendwo ein spätes Abendessen einnehmen. Im Büro hatte sich nichts ereignet, was nicht genauso gut per Telefon oder Fax besprochen werden könnte, und Diane war noch so sehr in Ferienstimmung, dass sie sich kaum für geschäftliche Angelegenheiten interessierte. Außerdem schwärmte sie von dem neuen Restaurant, in das sie Cass ausführen wollte, und gab verlockende Details preis, während sie sich umzogen.

»Ein bezaubernder Dachgarten ... Gerichte aus aller Welt ... fabelhafte Polenta mit weißen Trüffeln ... Vino-santo-Eis...«

Es war nicht zu übersehen, dass Diane ihre neue Stellung als Agenturchefin und den damit verbundenen Einfluss genoss. Plötzlich hielt Cass das alles nicht mehr aus, sie konnte keine Minute länger in dieser Wohnung ertragen. Die schmutzige Ferienwäsche, die aus Dianes Koffer quoll, die albernen Mitbringsel, die überall herumlagen, das viel zu schwere, schwülstige Parfüm, die Aussicht auf den Abend, die Freundschaften, die bedeutungslos geworden waren, da ihnen der tägliche Gedankenaustausch fehlte, das dämliche Essen – all das war schal, unwirklich, hatte nichts mit ihr zu tun.

Cass wirbelte zu Diane herum. »Es tut mir Leid, aber ich muss gehen.«

»Was soll das heißen?«

»Ich gehe – ich fahre zurück nach Schottland.«

»Aber wir haben einen Tisch reserviert! Sie haben ja keine Ahnung, wie schwierig es ist, in dieses Restaurant zu kommen. Die Leute warten Wochen – wir hatten unglaubliches Glück...«

Diese Auseinandersetzung hat haargenau gezeigt, wie weit ich mich vom Londoner Leben entfernt habe, überlegte Cass, als sie auf die M1 einbog. Sie würde die Sache mit Diane wieder in Ordnung bringen; sie waren immer gut miteinander ausgekommen, und sie brauchten einander. Aber jetzt endlich konnte Cass ihren Gedanken freien Lauf lassen und sich mit dem beschäftigen, was sie sich während der betriebsamen, anstrengenden Tage in London versagt hatte.

Wenn sie nur vor ihrer Abreise mit Rick hätte reden können! Aber wäre er bereit gewesen, mit ihr zu sprechen? Oder hätte das sein übersteigertes Pflichtgefühl verboten? Oder – und das war die Möglichkeit, die sie am meisten quälte –

glaubte er, dass die neuen Fakten gar nichts änderten? Wie wenig sie ihn kannte, und trotzdem war ihr nie im Leben jemand so vertraut erschienen wie er. Wenn sie mit ihm zusammen war, hüllte sie seine Ruhe ein; sie schaute weder vor noch zurück. Selbstzweifel und Fragen verloren sich im Nichts. Sie war einfach sie selbst.

An diesem trüben, Regen verheißenden Morgen, an dem Nebel den Bealach verdeckte und diffuses Licht durch die dicken Wolken sickerte, wahrte der Bungalow mit den heruntergelassenen Jalousien seine Geheimnisse.

Ich kann nur vorbeifahren, dachte Cass niedergeschlagen. Deshalb bin ich zurückgekommen, bin Meile um Meile voller Vorfreude durch die Nacht gerast. Mehr wird es nie sein. Das ist die Realität. Vorbeifahren. Was auch immer in diesem Haus vor sich geht – es betrifft nur die Familie Scott.

Aber sie wünschte sich so sehr, dass ihr das Herz wehtat, den Wagen einfach abzustellen, die Böschung hinunter, durch den Tunnel und über die nasse Wiese zur Scheune zu gehen. Wie lange war es her, seit sie das das letzte Mal getan hatte? Tränen standen in ihren Augen, als sie vor dem Corrie parkte. Das ist die Müdigkeit, sagte sie sich. Sie war wirklich vollkommen erschöpft und fühlte sich entsetzlich einsam, als wäre sie hier genauso von allen abgesondert wie in London.

»Nein, so ist das nicht«, widersprach sie sich laut. Sie gehörte hierher. Der Einsamkeit Tür und Tor zu öffnen, konnte sie sich nicht leisten. Sie würde ein, zwei Stunden schlafen, wenn sie konnte, und dann zu Gina gehen. Ihre Gesellschaft würde sie trösten, und wahrscheinlich hatte Gina sie auch vermisst, aber es könnte ja Neuigkeiten geben – spezielle Neuigkeiten, die ihr endgültig alle Illusionen nahmen. Dann konnte sie zumindest jede Hoffnung begraben.

Cass glaubte beinahe, dass es ein Fehler gewesen war herzukommen und dass sie es nicht ertragen könnte, denn noch bevor Cass richtig im Haus war, fing Gina zu erzählen an. Aber Cass musste sich eingestehen, dass sie im umgekehrten

Fall genauso fröhlich drauflosgeplappert hätte, wenn die Geschichte nicht eine so schmerzliche Bedeutung für sie gehabt hätte.

»Win ist abgereist«, verkündete Gina und hob eine Keksschachtel auf, die sie hatte fallen lasen. Die zerbrochenen Plätzchen warf sie nacheinander Tiree zu, der gierig nach einem schnappte und es hinunterschluckte, während er schon das nächste fixierte. »Sie war ein richtiger Schatz, nicht wahr? Ich habe sie nach Kirkton gebracht. Sie ist eines Morgens zu Fuß aufgebrochen, weil sie überzeugt war, der Bus würde früher oder später kommen. Kannst du dir vorstellen, dass Beverley das zugelassen hat? Zum Glück kam ich vorbei, und sie musste nicht weit gehen. Win kam mir nicht gerade gesund vor.«

»Ich glaube, sie hat Probleme mit dem Herzen«, erwiderte Cass und bildete sich ein, sogar Gina müsste merken, wie komisch ihre Stimme klang.

»Ich finde, Beverleys Benehmen könnte jedem Herzprobleme verursachen«, bemerkte Gina und spähte in die Keksschachtel. Wenn sie Tiree alle zerbrochenen Plätzchen gab, dann wären keine mehr übrig. Sie kippte die restlichen Bruchstücke auf einen Teller und stellte ihn auf den Tisch. Tirees Nase kam ihm gefährlich nahe. »Aber ihre Mum hat ganz schön Furore gemacht, solange sie hier war. Sycamore Lodge steht zum Verkauf, hättest du das gedacht?«

»*Was?*« Cass starrte sie an – sie war so erschüttert, dass es ihr ganz egal war, welchen Eindruck sie machte oder was Gina dachte. »Bist du sicher?«

Gina schien ihre Fassungslosigkeit nicht zu überraschen. »Das ist ein Ding, was? Der Kaffee ist nicht besonders heiß, oder? Vielleicht hat das Wasser gar nicht richtig gekocht. Wie schmeckt deiner?«

»Gut, danke.« Cass hatte ihn noch nicht probiert »Aber woher weißt du, dass sie verkaufen?«

»Beverley hat es gesagt. Sie behauptet jetzt, dass sie den Glen immer gehasst habe, dass es ein Fehler gewesen sei, ein so hübsches Haus in einer Gegend wie dieser zu bauen, am

Ende der Welt – kein anständiges Gesellschaftsleben und so weiter und so weiter. Mit anderen Worten: der übliche Quatsch. Aber die Wahrheit ist, sie kann nicht bleiben, nachdem ihre Mum die Bombe hat platzen lassen, wie Win es ausdrücken würde. Win ist ehrlich eine erstaunliche Person; sie ist in den paar Tagen ganz schön rumgekommen. Sie war auch hier, und sie hat mit allen geplaudert. Beverley war natürlich fuchsteufelswild; sie ist viel zu dumm, um zu erkennen, dass sie wegen ihrer Mutter nicht in der Achtung der Leute sinken würde – im Gegenteil – durch Win würde sie ihr Image erheblich aufbessern.«

»Aber was ... ich meine, wie denkt Rick über all das? Er muss sich doch auch ein Bild gemacht haben.«

»Er spricht doch nie über das, was in ihm vorgeht, nicht? Und ich vermute, es ist ihm ziemlich egal, wo er lebt – er ist sehr handzahm.«

Es ist ihm ganz und gar nicht egal. Er liebt diesen Ort. Es wird ihn hart ankommen, von hier wegzuziehen, dachte Cass. Aber warum nehme ich das an? Was weiß ich eigentlich von ihm? »Vielleicht besinnt sich Beverley noch eines Besseren.« Das war ein sehr dünner Strohhalm, aber Cass musste irgendetwas dazu sagen.

»Oh, bitte!«, rief Gina in gespieltem Entsetzen. »Ich glaube, morgen kommt jemand her, um sich das Haus anzusehen und die Details für den Makler schriftlich festzuhalten. Sie hätten uns darum bitten können, wir hätten eine ganze Menge auf die Liste setzen können.«

Aber Cass war nicht danach zu Mute, über die Geschmacksverirrungen in der Sycamore Lodge zu lachen.

Kapitel dreißig

Rick kam, um sich zu verabschieden. Cass fühlte sich weiter von ihm entfernt denn je und war sich schmerzlich bewusst, wie dürftig ihre Freundschaft im Grunde war. Es hatte wenig gegeben, was ihr mehr Substanz hätte verleihen können – zufällige Begegnungen, gelegentliche Gespräche, die sie sich wahrscheinlich gar nicht hätten erlauben dürfen und die ihr im Nachhinein trivial und unpersönlich erschienen. Sogar die Gelegenheit, die ihnen der Umbau des Arbeitszimmers geboten hatte, war ungenutzt verstrichen. Sie hatte zu viel in Begebenheiten hineingedichtet, die in Wahrheit vollkommen unbedeutend waren. Ihre eigenen Bedürfnisse und ihr Unglück mit Guy hatten sie zu dem Irrglauben verleitet, dass eine wunderbare Harmonie zwischen Rick und ihr bestand.

Er hatte offensichtlich nie etwas Derartiges empfunden. Seine knappen Worte und seine Verschlossenheit verrieten, dass er sich darauf konzentrierte, Gefühle zu kontrollieren, die nicht mit ihr in Zusammenhang standen.

»Verkaufen Sie wirklich das Haus?«, fragte Cass – sie suchte nach einem geeigneten Gesprächsthema, weil ihr seine Niedergeschlagenheit Angst einflößte. Dieser Mann hielt die Trümmer der letzten zwanzig Jahre seines Lebens in den Händen. War er stark genug, die Stücke wieder zusammenzusetzen? Wollte er seine Ehe retten? Jedes Wort von ihr würde er unter Umständen als Einmischung auffassen. Selbst diese eine Frage war überflüssig, denn vor dem Haus stand ein Schild *Zu verkaufen*. Es war allgemein bekannt, dass die Scotts den Glen verließen, und obwohl es vielen Leid tat, Rick verabschieden zu müssen – insbesondere diejenigen, deren kaputte Möbel er so wundervoll restauriert hatte –, war niemand über diese Entscheidung überrascht. Es kam sehr oft vor, dass hier Grundstücke und Immobilien aufgekauft und zum dreimal höheren Preis wieder an Leute aus dem Süden verkauft wurden – kaufen, renovieren, verkaufen und wegziehen.

»Wohin werden Sie gehen?«, versuchte es Cass noch einmal.

»Gehen?« Rick sah sie an, als wäre diese Wortwahl außergewöhnlich. Dann bedachte er sie mit einem Lächeln, das ihr gar nicht behagte. »Oh, Beverley möchte zurück in die Welt, die sie kennt. Ihr Vorstoß ins schottische Landleben kann wohl kaum als großer Erfolg angesehen werden.«

Er machte einen rastlosen Eindruck, stand auf, ging mit ungewöhnlich schweren Schritten zum Fenster, blieb schweigend stehen und betrachtete die Aussicht auf den Glen, über den sich schon die Schatten des Abends gelegt hatten. Verbarg Rick absichtlich sein Gesicht vor ihr? Cass war sich dessen sicher, und sie sehnte sich danach, zu ihm zu gehen, ihm nah zu sein. Was war mit seinen schottischen Wurzeln? War für ihn die Chance vertan, ein Leben zu führen, das er sich wünschte, an einem Ort, den er liebte? Wieder Liverpool? Was wollte er dort tun? Eine neue Firma gründen? Aber sein Kapital musste beträchtlich geschrumpft sein. Und wie lange würde es dauern, bis er einen Käufer für den Bungalow gefunden hatte?

Doch sie durfte ihm keine dieser Fragen stellen. Das alles war seine Angelegenheit oder besser: seine und die Beverleys; so war es immer schon gewesen. Cass war sich im Klaren, dass sie die Freude und den Frieden, den sie in seiner Nähe empfand, überbewertete, und sie war von Herzen froh, dass sie nie jemandem offenbart hatte, wie viel ihr Rick bedeutete. Plötzlich schwenkte ihre Stimmung um. Sie hatten in der Zweisamkeit so etwas wie Glück erlebt – das konnte sie sich nicht nur eingebildet haben. Es wäre seltsam und kaltblütig, Rick gehen zu lassen, ohne Mitgefühl zu zeigen.

»Rick, das alles tut mir so Leid. Es ist schlimm, dass Sie mit derartigen Entdeckungen fertig werden und den Glen verlassen müssen.« Sie merkte, dass die letzten Worte missverständlich sein könnten, und hielt verlegen inne.

Zu ihrer Erleichterung drehte sich Rick um. Seine Schultern sanken herab, als die Spannung in ihm nachließ. »O Cass, das ist lieb von Ihnen.« Er schüttelte den Kopf, als wollte er seine Gedanken klären, als fiele es ihm immer noch schwer, die Realität zu begreifen, und als wäre er zu müde, um darüber nachzudenken.

Er ging zu ihr an den Kamin und ließ sich kraftlos in einen Sessel fallen. »Eine Tochter! Und ich wusste nichts davon, hatte nicht die geringste Ahnung. Beverley hat mir weisgemacht, sie könnte kein Baby bekommen, weil sie als Kind missbraucht worden wäre.« Er wischte diese Erinnerung mit einer schroffen Geste beiseite. »Sie hat Win seit unserer Hochzeit regelmäßig Geld geschickt. Gott sei Dank hat sie wenigstens das getan.«

Aber warum bleibst du bei ihr? Sie hat dich belogen und betrogen und dir alles genommen. Hast du nicht genug für sie getan? Um sich selbst dazu zu zwingen, all diese Fragen, die wie ein Flehen aus ihr herauszubrechen drohten, nicht auszusprechen, konzentrierte sich Cass auf das, was Rick gesagt hatte. Die beiden letzten Sätze beschrieben genau seinen Charakter. Ein anderer Mann wäre wütend gewesen, wenn er herausgefunden hätte, dass er ohne sein Wissen Unterhalt für ein Kind gezahlt hatte. Rick hätte sich entsetzt, wenn Beverley ihrer Tochter kein Geld hätte zukommen lassen.

Cass schwieg hilflos, und Rick fuhr so leise fort, als wäre ihm kaum bewusst, dass er mit jemandem sprach. »Ich dachte, sie braucht meine Hilfe, meine Fürsorge. Sie hat mir vorgegaukelt, grauenvolle Dinge erlebt zu haben. Sie war nicht einen einzigen Tag in einem Heim oder bei einer Pflegefamilie. Und ich wollte sie das Schreckliche vergessen lassen und alles wieder an ihr gutmachen.«

Brennender Neid, den sie nie für möglich gehalten hätte, stieg in Cass auf. Jemanden zu haben, der so umsichtig und besorgt war ... und Beverley war seine Großzügigkeit ebenso gleichgültig wie die Schönheiten dieser Landschaft, die sie ohne Bedauern verließ. Cass schwieg, obwohl sie wusste, dass ihr nicht mehr viel Zeit blieb. Sie spürte, wie die Minuten zwischen ihren Fingern zerrannen, und sie war tieftraurig, weil sie so machtlos war.

»Ich gehe jetzt besser.« Bevor sie bereit für den Abschied war, erhob sich Rick. Seine kraftvolle Gestalt ragte neben ihr auf – das war auch etwas, was ihr schmerzlich fehlen würde.

»Ja, natürlich.« Sie wollte auf keinen Fall den Eindruck erwecken, an diesem Augenblick festzuhalten, deshalb sprang sie so plötzlich auf, dass ihr schwindelig wurde.

Sie nahm zu Platitüden Zuflucht und dachte: Du musst nach Hause, du hast morgen eine Menge zu tun. Ein Umzugstag bringt viel Arbeit mit sich. Die Verzweiflung breitete sich in ihr aus.

»Leben Sie wohl, Cass.«

Nein, *nein*, nicht so.

Rick trat einen Schritt auf sie zu, und sie sah die Wut, vermischt mit Hilflosigkeit, in seinem Gesicht, bevor er sie in die Arme nahm, sie ganz fest an sich drückte und so ihrem stummen Schrei Folge leistete. Die kraftvolle, schweigende Umarmung tat so gut! Cass klammerte sich blindlings an Rick und zog so viel Trost wie nur möglich aus dieser lange ersehnten Berührung, um die Leere, die darauf folgen würde, besser zu überstehen. Sie fühlte seine Wange an ihrem Haar, sein Körper war stark und warm und schmiegte sich fest an ihren.

Das war fast mehr, als sie ertragen konnte.

Sein Griff lockerte sich. Sie spürte, wie seine Lippen kurz ihre Wange streiften, und selbst als ihr mit einem schmerzenden Stich klar wurde, dass es mehr nicht geben durfte, fügte sie sich mit der ihr eigenen Aufrichtigkeit in das Unvermeidliche.

Rick wich einen Schritt zurück; sie standen sich einen Moment gegenüber und sahen sich so intensiv an, dass sie alles um sich herum vergaßen. Zuletzt drehte sich Rick um und ging zur Tür. Cass rührte sich nicht vom Fleck, aber sie zuckte zusammen, als die dunkle Gestalt vor dem Fenster vorbeiging. Sie neigte den Kopf zur Seite und lauschte auf seine Schritte. Dann war alles still – er war fort.

Während die Tage vergingen – Tage, in denen sie versuchte, Humor aufzubringen, der ihr über das Schlimmste hinweghalf –, dachte sie: Es ist die reinste Ironie, die Sycamore Lodge sieht immer gleich aus, ob sie bewohnt ist oder nicht. Das einzig sichtbare Zeichen, dass das Haus leer stand, war das rotweiße Schild: *Zu verkaufen*, das ihr jedes Mal einen Schock versetzte, wenn sie daran vorbeifuhr. Dann verwilderte ganz allmählich der einst so getrimmte und gestutzte Garten, ein paar Limo-Dosen waren über den Zaun geworfen worden, die Fetzen einer zerrissenen Mülltüte hatten sich im Tor verfangen, und die Hecke wuchs und wuchs bedrohlich – um das Bild der Verlassenheit und des Verfalls zu verbergen, fügte Cass in Gedanken hinzu.

Aber Spott half ihr nicht weiter. Wenn sie jetzt an Beverley dachte, konnte sie nicht mehr lachen. Cass fühlte sich einer Sache beraubt, die ihr sehr viel bedeutet hatte, und wie nach der Trennung von Guy fragte sie sich, ob sie zu passiv gewesen war und sich zu sehr der Gnade der Entscheidungen anderer ausgeliefert hatte. Aber was hätte sie tun können? Sie musste sich einfach mit dem abfinden, was sie hier hatte. Dennoch hatte sie das Gefühl, dass sie sich diesen Grundsatz schon seit Monaten einschärfte, und noch immer hatte sie ihn sich noch nicht zu Eigen gemacht.

Cass erlebte noch einen erheblichen Rückschlag bei ihrem Kampf um Selbstdisziplin. Gina zog weg. Nicht sofort, sondern erst Ende der Saison. Sillerton musste schließen, seine Zukunft war ungewiss, und Laurie hatte seinen Job verloren. Die Frasers würden das gemütliche, schäbige Farmhaus aufgeben, das Gina erst so wunderschön eingerichtet und dann so entsetzlich hatte verkommen lassen.

»Aber was werdet ihr tun?«, fragte Cass. Sie hatte viel geweint, seit Gina ihr die Neuigkeit am Abend zuvor beigebracht hatte. Doch heute hatte sie die Beherrschung so weit zurückerlangt, dass sie Interesse zeigen und Unterstützung anbieten konnte, besonders da Laurie zu Hause war, was die Unterhaltung im sachlichen Bereich halten würde.

»Mein Bruder eröffnet ein Freizeitzentrum in Stirling«, berichtete Laurie. »Na ja, es soll letzten Endes ein Freizeitzentrum werden, das hat er mir versichert. Im Moment ist es eher ein Fitness-Studio. Aber es ist genügend Platz da für Erweiterungen, und wir denken daran, das gemeinsam in Angriff zu nehmen.«

»Laurie ist immer so vorsichtig. Sie haben sich gestern Abend geeinigt«, warf Gina ein. »Da sein Bruder fast so einen Dickschädel hat wie Laurie, kann ich mir nicht vorstellen, dass es funktioniert. Sie hatte Laurie den Rücken zugekehrt und sah nicht, dass ihm die Röte ins Gesicht schoss und dass er die Lippen zusammenpresste.

Aber Cass fiel es auf. »Ich freue mich, dass Sie sofort etwas gefunden haben«, sagte sie zu Laurie. »Das nimmt Ihnen bestimmt einen großen Teil Ihrer Sorgen. Es muss ein Albtraum gewesen sein, nie zu wissen, ob Sie den Job in der nächsten Woche noch haben werden oder nicht. Aber ich hasse den Gedanken, euch alle zu verlieren, auch wenn das ziemlich egoistisch ist.«

»Und ich hasse den Gedanken, mein schönes Haus und den hübschen Garten zu verlassen«, erklärte Gina mit ihrer alten Vitalität. »Du musst uns oft besuchen kommen. Cass, ich kenne dort keine Menschenseele.«

Cass begriff, dass sie diejenige war, die hin- und herfahren würde. »Natürlich komme ich, das weißt du.«

Unerwarteterweise ging Laurie auf sie zu und legte tröstend einen Arm um ihre Schulter. »Keine Angst, Cass, Sie werden nie ohne Freunde sein, wohin Sie es auch verschlägt. Sie haben sich so mühelos in das Leben hier eingefügt, dass Sie kaum merken werden, dass wir nicht mehr hier wohnen.«

Das war nett gemeint, aber traf einen wunden Punkt. Seine Worte hallten hohl in ihr wider und gaben Cass das Gefühl, dass sie das Beste aus dem machen musste, was ihr noch geblieben war. Gina würde eine große Lücke in ihrem Leben hinterlassen.

Gina schien das kaum zu realisieren. Sie war viel zu sehr damit beschäftigt, die Schattenseiten von Lauries Plänen anzusprechen. »Ich hoffe nur, dass wir ein anständiges Haus zum Wohnen finden. Natürlich nicht in Stirling selbst. Nach der Zeit hier wäre das schrecklich für mich, und wie würde der arme Tiree in der Stadt zurechtkommen? Er braucht Auslauf, er würde nie...«

Mit einer harschen Entschuldigung stieß Laurie seinen Stuhl zurück und ging hinaus.

»Was, um alles in der Welt, habe ich jetzt wieder gesagt?«, fragte Gina betrübt. »Er ist in den letzten Tagen immer schlecht gelaunt.«

Cass holte tief Luft, um sicherzugehen, dass sie einen vernünftigen Ton anschlagen konnte. »Gina, der Ärmste hat monatelang Angst um seinen Job gehabt. Und jetzt muss er mit einem Neubeginn fertig werden, der nicht gerade viel versprechend...«

»Warum hat er sich dann darauf eingelassen?«, schnitt ihr Gina ärgerlich das Wort ab. »Er streitet sich ständig mit seinem Bruder, das weiß er ganz genau. Es ist verrückt, auch nur an so was zu denken.«

»Ich schätze mal, er macht es, weil er dich und die Familie ernähren muss.« Cass fühlte, wie Wut in ihr aufkeimte.

»Laurie möchte wieder in eine Stadt. Er hat immer betont, wie unpraktisch es ist, hier zu wohnen«, erwiderte Gina, die gar nicht richtig zugehört hatte und auf alte Auseinandersetzungen zurückgriff.

Cass' Ärger kochte über. Stück für Stück schien ihr das, was sie wollte und woran sie Spaß hatte, genommen zu werden. Ihr blieb keine andere Möglichkeit, als die Erschütterungen zu überwinden und sich wieder an die positiven Dinge zu klammern. Und hier war Gina, die alles hatte, was man sich nur wünschen konnte: eine Familie, einen Mann, der bereit war, eine Stellung anzunehmen, die keineswegs ideal für ihn war, nur um die Familie am Leben zu erhalten. Aber Gina merkte gar nicht, was Laurie für sie tat, und es war ihr egal, wie gut Nessa und den Jungs ein Umzug tun könnte Allerdings hatte Gina gejammert, als sie Cass erzählt hatte, dass sie von hier weggehen müsste, und behauptet, sie würde ihr entsetzlich fehlen. Cass war nicht davon überzeugt, dass das stimmte. Wieso auch? Gina war nicht allein – niemand, den sie kannte, so kam es Cass in diesem schmerzvollen Moment vor, war so allein wie sie.

Cass sah sich um, betrachtete die hübschen Dinge, mit denen Gina diesen Raum eingerichtet hatte, die jetzt aber in dem Chaos des täglichen Lebens untergingen; nichts war sauber, die Sachen wurden kaum gebraucht – Gina hatte sie gekauft, weil sie ihr gefallen hatten und weil sie sie hatte haben wollen. Sie hatte sich diese Extravaganzen sogar noch geleistet, als Lauries Job auf dem Spiel gestanden hatte. Und Cass dachte an die Lebensmittel, die in dieser Küche verdarben, von Tiree verschlungen oder weggeworfen wurden, weil Gina es nicht zu Stande gebracht hatte, sie zu verwenden, bevor sie schimmelten. Der Zorn übermannte Cass.

»Gina, wie kannst du nur so egoistisch sein? Denkst du jemals an jemand anderen als an dich?« Sie war überrascht, dass sie schrie, scherte sich aber nicht darum. »Was ist mit dem armen Laurie? Er hat die Anstellung verloren, die er mit so vielen Hoffnungen angetreten hatte. Was ist mit Andy und Steve und Nessa? Ein Umzug nach Stirling ist vielleicht genau das Richtige für sie. Und was kümmert dich dieses Haus und der Garten? Sieh dich doch um! Als ich zum ersten Mal herkam, war alles hübsch, aber du hast es verkommen lassen. Was macht es für dich schon aus, ob du in einer Stadt lebst oder nicht? Du setzt sowieso nie einen Fuß vor die Tür. Tiree wäre mitten in London nicht mehr eingesperrt als hier, denn du gehst nie mit ihm spazieren. So wie ihr heute lebt...«

Sie brach ab – plötzlich erschrak sie, weil sie sich zu einem solchen Ausbruch hatte hinreißen lassen. Das kam bei ihr so selten vor, dass sie das Gefühl hatte, von einer äußerlichen Kraft bestimmt zu werden, die Macht über sie gewonnen hätte. Und als ihr Zorn verebbte, wurde sie sich klar, dass nicht nur Ginas Nachlässigkeit die Ursache dafür war.

Gina starrte sie wie vom Donner gerührt an, ihre erhobenen Hände in den schmuddeligen Topflappen-Handschuhen sahen grotesk aus. Aber trotz Ginas fassungsloser Miene und ihres eigenen Horrors vor Streit war Cass froh, dass sie diese Dinge endlich ausgesprochen hatte.

»Gina, es tut mir Leid, dass ich dich angeschrien habe«, erklärte sie und stand auf, um eine Hand unter Ginas Arm zu schieben. »Aber ich finde, es ist höchste Zeit, dass dir das mal jemand vor Augen führt. Komm und setz dich, lass uns vernünftig darüber reden.«

Gina war noch immer zu erschrocken, um Einwände zu erheben. Sie ließ die Handschuhe fallen, und Cass führte sie zum Tisch. »Ich verstehe nicht, warum alle so böse sind«, wimmerte Gina, und in ihren hellbraunen Augen glitzerten Tränen.

»Ich weiß – es tut mir ehrlich Leid. Aber sieh mal, Gina, dies könnte eine neue Chance für dich sein, und ich möchte nicht, dass du sie wegwirfst, bevor es überhaupt so weit ist.«

»Ich denke an Nessa und die Jungs, das weißt du. Ich denke die ganze Zeit an sie. Und ich nehme an, Nessa wäre glücklicher in einem Ort wie Stirling, wo viel los ist. Oder sie macht mir erst recht Vorwürfe, weil ich sie von ihren Freunden in Muirend wegbringe. Manchmal habe ich das Gefühl, ich kann tun und lassen, was ich will, sie findet alles schrecklich.«

Cass ergriff die Gelegenheit beim Schopf. »Sie ist getrennt von ihren Freunden in Lancaster, und sie hat sich entschieden, hier zu sein. Nein, Gina, das ist nur ein Teil des Problems, genau wie ihre Beschwerden, dass du für die Jungs mehr tust als für sie.«

»Was meinst du damit?« Wenn es um Nessa ging, wurde Gina sofort hellhörig.

»Es verletzt dich vielleicht, und das Letzte, was ich will, ist, dir wehzutun, das weißt du – aber ist dir schon mal in den Sinn gekommen, dass Nessa deinetwegen so bockig ist? Dass sie sich Sorgen um dich macht?«

Gina sank auf dem Stuhl in sich zusammen. Ihre Augenränder und die Nasenflügel waren rot; Tränen liefen ihr über die Wangen. »Bitte, red weiter«, flüsterte sie.

»O Gina.« Cass nahm ihre Hand, die sich ganz schlaff in ihrer anfühlte. Konnte sie dieser unglücklichen Frau wirklich helfen?

»Gina, siehst du denn nicht? Dein eigenes Leben ist so leer und unbefriedigend geworden, dass es die Menschen, die dich lieben, nicht mehr mit ansehen können. Nicht nur Nessa – es geht nicht nur um sie, sondern auch um Laurie. Und um mich. Du hast dich in diese Abwärtsspirale begeben, und niemand von uns kann dir helfen. Nessa wird damit nur fertig, indem sie sich gegen dich zur Wehr setzt und sich benimmt, als verachte sie dich. Laurie regt sich über Kleinigkeiten auf, über die Pannen und Unzulänglichkeiten im Haushalt. Ich versuche, dich aufzuheitern, aber damit werden die Symptome nur verschleiert. Stört es dich, wenn ich darüber rede? Soll ich den Mund halten?«

Gina hielt den Kopf gesenkt, das Haar verdeckte ihr Gesicht, und Cass wartete atemlos auf eine Antwort. Sie hatte furchtbare Angst, zu viel gesagt zu haben.

Doch Gina schleuderte ihr Haar zurück, straffte die Schultern und sah Cass entschlossen an. »Warum willst du jetzt aufhören? Ich habe alles einfach schleifen lassen, vernachlässigt. Dies...«, ihre Armbewegung umfasste die chaotische Küche..., »und das.« Sie kniff sich brutal in eine Speckrolle am Bauch. »Darum geht es in Wahrheit, hab ich Recht? Ich bin schlampig, ich lasse mich gehen und kann nichts dagegen tun. Ich beginne jeden Tag mit hundert guten Vorsätzen, aber ich halte mich nie daran.«

»Und du suchst Zuflucht am Klavier?«

»Und vergeude viele Stunden mit Musik. Ja. Nur am Klavier fühle ich mich sicher und bin ganz ich selbst. Aber obwohl es mir im Moment hilft, fühle ich mich danach noch einsamer, so, als führte mich die Musik und das, was sie mir gibt, weiter weg von den Menschen, die ich mag.«

»Gina, ich bin keine Psychologin, und ich weiß, dass es keine einfachen Antworten gibt, doch mir scheint es, als versuchtest du ständig, gegen den Strom zu schwimmen, und dabei kann niemand glücklich sein. Ist es denn nicht möglich, die

Musik für dich arbeiten zu lassen, etwas Richtiges damit anzufangen?«

»Oh, das ist vorbei«, gab Gina prompt zurück. »Ich kann heute kaum noch ordentlich spielen. Du verstehst das nicht.«

»Das weiß ich«, räumte Cass bescheiden ein. Es machte ihr mehr aus, als sie jemals zugab, dass sie keinen Zugang zur Musik hatte. »Aber du könntest wieder spielen, oder nicht? Wenn du nur willst. Hier hattest du wahrscheinlich keinen richtigen Ansporn dazu, aber wenn du in einer Stadt wärst, könntest du dann nicht wieder ernsthaft üben oder vielleicht wie früher Unterricht geben?«

»Dazu habe ich keine Zeit – es ist immer viel zu tun«, lautete Ginas Einwand, aber Cass fasste Mut, weil sie praktische Gründe als Vorwand nutzte.

»Was hast du zu tun? Der Umzug und die erste Zeit werden natürlich hektisch, aber dann? Die Hausarbeit erscheint dir nur wie ein riesiger Berg, weil du sie so sehr hasst. Stell jemanden ein, der sie für dich erledigt. Mach ausnahmsweise mal das, was dir wichtig ist – und lass dich dafür bezahlen. Dadurch lernst du neue Leute kennen und bist zufriedener, ausgefüllter. Und wenn du glücklich bist, färbt das auf die ganze Familie ab.«

»Ich bin außer Übung. Du hast ja keine Ahnung, wie viel ich arbeiten müsste, um wenigstens einigermaßen anständig zu spielen.«

Cass wartete – sie erahnte einen Stimmungsumschwung: Gina kämpfte mit sich.

»Es muss hunderte von überflüssigen Klavierlehrern im ganzen Land geben. Kein Mensch möchte heute noch Klavierspielen lernen.«

Die Saat war ausgebracht. Ob Gina sie aufgehen ließ oder nicht, lag ganz allein in ihrer Hand. Cass würde nicht da sein, um ihr zu helfen. »Warum dränge ich dich zu einer positiveren Sichtweise?«, überlegte sie laut. »Du wirst nicht das Geringste unternehmen, wenn ich nicht in deiner Nähe bin, um dich anzuschubsen.«

Gina lachte; es war ein fröhliches, aufrichtiges Lachen. »Sehr spitzfindig! Gott, diese aufwühlenden Gefühle haben mich vollkommen erschöpft. Aber genau das habe ich gebraucht – einen ordentlichen Tritt in den Hintern. Ich war schon oft ganz nah dran, alles in den Griff zu bekommen; jetzt denke ich, dass ich es schaffe. Das müssen wir feiern.«

Einfach so, dachte Cass und schüttelte den Kopf, während Gina nach einer Flasche suchte. Von totaler Hoffnungslosigkeit bis zur Überzeugung, und das innerhalb weniger Minuten. Wie lange es letzten Endes dauern würde, war ungewiss, aber wenigstens war der Moment der Entscheidung da, und das könnte bei der nächsten Depression den Ausschlag geben.

»Gott, du wirst mir fehlen«, seufzte Cass und nahm den Korkenzieher aus einer Dose mit Stiften, als Gina eine hektische Suche in verschiedenen Schubladen begann.

»O Cass, ich weiß, es ist schrecklich, dass ich fortgehen muss, gerade nachdem du dich entschlossen hast, für immer hier zu wohnen. Komisch, dass Beverley auch nicht mehr da ist, aber ich vermute, damit kannst du ganz gut leben.«

Drei Hinzugezogene, ging es Cass durch den Kopf. Aber ich werde nicht dem Beispiel der anderen folgen und so schnell wieder verschwinden, weil ich hier nicht Fuß fassen kann. Rick hätte das auch nicht gemacht, wenn er die Wahl gehabt hätte. Aber hätte er sich nicht doch anders entscheiden können?

Cass erhob ihr Glas und prostete Gina zu – sie spürte einen Kloß in der Kehle. »Du warst für mich vom ersten Moment an ein Teil von hier.«

»Der Regen, der Schlamm auf dem Weg und diese schlecht gelaunten Umzugsmänner – und du kommst hier hereingestapft wie etwas aus *The Man from Snowy River*...« Gina lachte wieder.

Vor Cass' Augen entstand ein Bild des Corrie, wie es damals ausgesehen hatte. Sie sah wieder seine schlichte Schönheit, spürte die Atmosphäre des ungestörten Friedens. Rick war nicht mehr da, Gina würde wegziehen, aber sie, Cass, befand sich an dem Ort, an dem sie sein wollte; sie hatte die Mittel zu überleben, und sie konnte andere Freundschaften schließen und vertiefen. Als sie allein über die Wiese zum Corrie ging, kam es ihr wie eine Laune des Schicksals vor, dass von den drei Ehen ausgerechnet die beiden unpassendsten Bestand hatten, während sich ihre, die so rational und ausgewogen erschienen war, sozusagen in Luft aufgelöst hatte.

Kapitel einunddreißig

Der voll beladene Van hatte keine Probleme, den steilen Anstieg nach Muirend zu schaffen. Rick war erleichtert. Dies war vielleicht nicht das richtige Auto für einen harten Winter im Glen Maraich, aber in anderer Hinsicht diente es seinen Zwecken sehr gut. Der Wagen war die einzige größere Anschaffung, die er für sich getätigt hatte, nachdem der Verkauf von Sycamore Lodge unter Dach und Fach gewesen war und Beverley in Bromborough den heiß ersehnten Schönheitssalon eingerichtet hatte. Sie schien damit einigermaßen zufrieden zu sein. Wenigstens war sie jetzt auf derselben Seite des Flusses wie Win und Hayley, und vielleicht würde sie sich manchmal bei ihnen blicken lassen.

Rick biss grimmig die Zähne zusammen. Beverley hatte die beispiellose Fähigkeit, die Menschen, die ihr nicht nützen konnten, zu vergessen. Er selbst war überflüssig geworden, sobald er ihre Wünsche befriedigt, das Haus aus den Dreißigerjahren mit den Erkerfenstern und die Einrichtung des Salons gekauft und dafür gesorgt hatte, dass ein Zaun ihren neuen Steingarten vom Grundstück der Nachbarn trennte...

Er schüttelte unmutig den Kopf. Wenn er doch nur auch im Stande wäre, unwillkommene Gedanken einfach auszulöschen. Gleichzeitig wusste er, dass er sie in gewisser Weise brauchte, dass er an Einzelheiten aus den vergangenen Wochen, die nicht enden zu wollen schienen, festhalten musste. Langwierige Verhandlungen, Behördengänge und Einkäufe ... Aber er hatte den übermächtigen Drang verspürt, nichts, aber auch gar nichts unerledigt zu lassen. Diesmal durfte er keine Fehler machen, keine losen Enden hinterlassen, keine Verantwortungen oder Verpflichtungen, die ihn wieder zurückwerfen könnten. Beverley konnte alles haben, was er besaß. Er wollte es nicht, brauchte es nicht – er sehnte sich nur nach Freiheit und einem neuen Anfang, bei dem ihm nichts anderes helfen würde als seine beiden Hände und sein Geschick.

Win hatte ihm ordentlich zugesetzt, weil er so wenig an sich selbst dachte. Seine Miene hellte sich unwillkürlich auf, als er sich an Wins Tiraden erinnerte, aber dann fiel ihm wieder ein, wie sehr sie der ganze Aufruhr angestrengt hatte, wie sie ihre kleinen, abgearbeiteten Hände auf die Brust gepresst und ihr Gesicht vor Schmerz verzogen hatte. Rick war froh, dass er sie kennen gelernt hatte. Bei dem Gedanken, dass er jahrelang nichts von ihrer und Hayleys Existenz gewusst hatte, stieg wieder Wut in ihm auf, und ihm war klar, dass er lange brauchen würde, bis er diesen Zorn überwunden hatte.

Die Beschäftigung mit Vergangenem war ein Schutzschild gewesen. Jetzt war er seinem Ziel schon nahe. Die Straße führte bergauf in den Glen. Hinter ihm lagen die nervenzermürbend lange Fahrt, das Zählen der Meilen, der dichte Verkehr und die Ortschaften, die seine Reise in das neue Leben verzögert hatten.

Jetzt endlich konnte er an die Zukunft denken. Die Scheune wartete, und er hatte all die Dinge im Wagen, die ihm helfen würden, sich einigermaßen komfortabel einzurichten, bis er etwas Besseres gefunden hatte. Max Munro war auf seine lakonische Art sehr hilfreich gewesen und hatte nichts gegen ein langfristiges Pachtverhältnis und den Einbau von sanitären Anlagen einzuwenden gehabt. Genau genommen hatte Rick im Moment keine große Lust, sich »etwas Besseres« zu suchen; die Aussicht, in der Scheune zu hausen, erschien ihm viel verlockender. Im Augenblick brauchte er nichts als die Möglichkeit, sich allein in der Abgeschiedenheit an der Flussbiegung durchzuschlagen und genügend Arbeit zu haben. Später würde er die restlichen Dinge, die er sich vorgenommen hatte, in Angriff nehmen. Es würde ihm nicht gut tun, den ganzen Tag in den vier Wänden zu verbringen. Er würde sich dem zuwenden, was er kannte, und versuchen, das zu machen, was sein Großvater im Moor über Lochindorb bei Wind und Wetter getan hatte. Die Gutsbesitzer brauchten immer jemanden, der die Weidezäune reparierte und Gräben zog – vielleicht reichte das nicht, um sich den Lebensunterhalt zu verdienen, aber es wäre eine willkommene Abwechslung zu seiner Möbelschreinerei.

Er näherte sich Kirkton, und jetzt konnten ihn keine positiven oder negativen Überlegungen mehr davon abhalten, an den wahren Grund für seine Rückkehr zu denken, an das, wonach er sich jede Minute, seit er den Glen verlassen hatte, gesehnt hatte. Cass' Gesicht beim Abschied ging ihm nicht aus dem Sinn, genauso wenig wie die Erinnerung an die Umarmung, an die überschäumenden Gefühle, die ihn um ein Haar übermannt hätten. Es war ihm immer klar gewesen, dass er zurückkommen würde, aber in diesen Augenblicken war ein Funke übergesprungen, der sein Leben für immer verändert hatte.

In den darauf folgenden Wochen hatte er nichts gesagt und nichts unternommen. Er hatte sich außer Stande gefühlt, Verbindung zu Cass aufzunehmen, denn die Fesseln seiner Ehe, aus der er sich jahrelang nicht hatte befreien können, hatten ihn noch zurückgehalten. Ihm war nichts anderes möglich gewesen, als die Kette Glied für Glied zu lösen und sich zu vergewissern, dass es keine versteckten Haken und Ösen mehr gab, die ihn auch in Zukunft festhalten könnten. Erst wenn er wirklich frei war, wollte er sich wieder mit Cass befassen.

Was musste sie von ihm gedacht haben? Was empfand sie wirklich für ihn? Er hatte es kaum gewagt, sich diese Fragen zu stellen. Doch jetzt konnte er sie nicht mehr zurückhalten, und entsetzliche Zweifel nagten an ihm, während die Hügel am Anfang des Glen in Sicht kamen. Die Abendschatten krochen schnell die Abhänge hinauf, und die Sonne versank hinter dem westlichen Bergkamm.

Er würde Cass morgen sehen. Doch plötzlich fielen ihm etliche Hindernisse ein, die er bei der überwältigenden Vorstellung, sie endlich wiederzusehen, nicht hatte sehen wollen. Es war, als verdränge die Realität den Traum mit jedem Meter, den Rick seinem Ziel näher kam. Vielleicht war sie beruflich unterwegs, oder sie hatte Besuch, der im Corrie übernachtete.

Wenn Licht im Corrie brennen würde, müsste er es von hier aus sehen. Nichts. Die Angst, die er bisher entschlossen unterdrückt hatte, war nicht mehr zu bändigen. Cass könnte den Entschluss gefasst haben, den Glen zu verlassen. Warum sollte sie bleiben? Sie und ihr Mann hatten das Cottage gemeinsam gekauft, und jetzt waren sie geschieden. Es wäre viel bequemer für sie, wenn sie in der Nähe von Perth wohnen würde. Ricks Handflächen wurden feucht, und er fluchte heftig, während er mühsam versuchte, sich irgendwie zu beruhigen. Natürlich war sie noch da. Sie liebte das Corrie und den Glen. Aber war sie auch für *ihn* da? Und warum brannte kein Licht im Haus?

Seine Schultern schmerzten, und seine Arme waren steif. Vielleicht unternahm sie einen Spaziergang – sie war oft draußen, bevor die Dämmerung hereinbrach. In der Vergangenheit war dies die einzige Möglichkeit für ihn gewesen, sie zu sehen. Jetzt können wir uns jederzeit treffen, redete er sich in dem Versuch ein, seine Angst im Zaum zu halten. Sie hatten Zeit und waren frei.

Rick bog in die alte Straße am Fluss ein und verspürte Erleichterung. Die Freude, wieder hier zu sein, kämpfte gegen die Ängste an, die sich in ihm angestaut hatten. Der Weg, der sich zu seiner Rechten in die Höhe wand, gab ihm keine Aufschlüsse. Kein Licht, kein Licht! Was hatte das zu bedeuten?

Der Van fuhr durch den Tunnel und holperte über die Wiese auf die dunkle Scheune zu. Zu Hause. Was auch sonst passieren mochte, hier würde er sich sein Leben einrichten. Und morgen würde er sich auf die Suche nach Cass machen.

Er hielt vor dem großen Tor, stieg mit steifen Beinen aus und spürte plötzlich die ungeheure Spannung, die ihm während der Fahrt zu schaffen gemacht hatte. Die süße Luft des frühherbstlichen Abends stieg ihm in die Nase und erfrischte sein Gesicht. »Gott sei Dank, ich bin hier«, sagte er mit heiserer Stimme, für die er sich nicht schämte. Das Rauschen des Flusses war zu hören, Fledermäuse flatterten durch die Dämmerung.

Ohne eine unbewusste Entscheidung gefällt zu haben, drehte er sich plötzlich um und ging den Weg zurück, den er gekommen war, um auf den Hügel zu steigen.

Als er um die Biegung kam, sah er, dass das Auto vor dem Corrie parkte.

Barbara Shawcross hat eigentlich allen Grund, glücklich zu sein: Sie hat einen Ehemann, der sie auf Händen trägt, eine hübsche Tochter und lebt in einem wunderschönen Haus auf dem Land. Doch ihre Tochter ist gerade mit einem Hallodri durchgebrannt, und ihr Mann scheint nie da zu sein, wenn sie ihn braucht. Dann trifft Barbara eines Tages ihren früheren Tanzpartner, den charmanten David, wieder, und zum ersten Mal in ihrem Leben ist sie bereit, sich auf ein Abenteuer einzulassen …

ISBN 3-404-14675-1